*La Dame de cœur*

Isaure de Saint Pierre

# La Dame de cœur

## Un amour de Napoléon III

ROMAN





Albin Michel

Réfugiés derrière un piano, il y a devant nous des épaules, des chignons de ces cheveux qui se tordent à la nuque et sous le peigne comme dans une main, des dos lisses, des diamants, un peigne treillagé d'or, une branche de fleurs blanches jetées sur le côté d'une tête. En face de nous, bouchant la porte d'entrée, un groupe d'hommes bardés de « crachats », de cordons devant lesquels est une monstrueuse figure, la plus basse, la plus épouvantable face batracienne, des yeux éraillés, des paupières en coquille, une bouche en tirelire et comme baveuse, une sorte de satyre de l'or : c'est Rothschild.

LES GONCOURT,
*Le Salon de la princesse Mathilde.*

# 1

Il faisait encore froid en cette fin de mars à Florence, mais quelle agitation dans le sévère palais Lamporecchi ! Le propriétaire, un avocat célèbre et austère, se sentait perdu parmi ces innombrables allées et venues, ces cris de femmes qui s'affolaient, ces linges qu'on apportait puis remportait. Il avait beau essayer de s'absorber dans la lecture de ses trop volumineux dossiers, lui non plus n'était pas vraiment à ce qu'il faisait. Soudain son gendre, le marquis Oldoïni, fit irruption dans son bureau en se tordant les mains.

– Je n'en puis plus de cette attente, lui avoua-t-il en se laissant tomber dans un fauteuil. Il paraît que je gêne et l'on m'a renvoyé des appartements d'Isabelle.

– Tout ceci n'est pas une affaire d'homme, en effet. Vous serez prévenu à temps, n'ayez crainte. Je vous sers quelque chose à boire, un petit remontant ?

Le pauvre marquis en avait bien besoin. Son beau-père, qui n'en menait pas large non plus, se servit également une large rasade de porto. Sa fille unique, Isabelle, avait ressenti les premières douleurs à l'aube et accouchait chez elle, c'est-à-dire chez son père, comme c'était l'usage. Le comte Lamporecchi était veuf et ne savait pas ce qu'il convenait de faire en pareille circonstance. Il entendait crier sa fille et en ressentait davantage d'embarras que de pitié. Enfin, un coup fut frappé à la porte. La gouvernante, la coiffe de travers, mais l'air très satisfait, annonça :

– C'est une fille, une jolie petite fille aussi belle que sa maman. L'enfant et la mère se portent bien. Vous pouvez venir à présent.

Les deux hommes, aussi gauches l'un que l'autre, se précipitèrent dans la chambre de la jeune accouchée. On avait mis à son lit une nouvelle parure de dentelles, sur une table, un gros bouquet des premières roses poussées en serre répandait des effluves délicieux. La jeune mère, toute pimpante, mais pâle dans son déshabillé de soie parme, souriait aux deux visiteurs et tendait le poupon à son père puis à son grand-père. On appela l'enfant Virginia. Elle était née le 22 mars 1837, à Florence.

Même si l'accouchement avait été pénible et avait duré quatre bonnes heures, Isabelle Oldoïni, quoique encore un peu faible, était bien jolie. Les deux écrins que lui tendirent son père et son époux achevèrent de la réconforter. Ce jour-là, tout à la joie d'être mère, cette jeune Italienne ardente et sensuelle, prompte à s'enflammer devant le premier beau cavalier qui passait, oubliait que son père l'avait mariée trop jeune et sans guère lui demander son avis au marquis Oldoïni parce qu'il était d'une bonne et riche famille, de surcroît amie de celle des Lamporecchi. Une jeune fille bien élevée se devait d'épouser sans mot dire celui qu'on lui avait choisi. Isabelle ne détestait pas son jeune époux, seulement elle ne le trouvait ni très beau ni très brillant. Si elle l'aimait bien, elle ne l'aimait pas et le méprisait même un peu, disant volontiers à ses plus proches amies en croyant lui rendre justice :

– Cavour n'apprécie guère Philippe, mais il a tort. Bien que mon époux ne soit pas un Metternich, c'est cependant un très bon employé.

Elle se consolait en se persuadant que, bon mari et bon employé, Philippe serait à coup sûr un bon père. Pourvu qu'il continuât à ne pas trop encombrer sa jeune femme et la laissât sortir et se distraire à sa guise, Isabelle resterait agréable et souriante. Dans le cas contraire auraient lieu ces interminables scènes que Philippe préférait éviter. C'était à Florence où elle passait tous ses hivers qu'Isabelle reprenait tout à coup goût à la vie, courant du théâtre au bal et recevant sans beaucoup de résistance de nombreux hommages masculins. Déjà, elle ne pensait qu'à ses relevailles et au moment où elle pourrait enfin retourner au spectacle.

La petite Virginia, que l'on nommait Nicchia, avait bien compris que ses parents ne s'entendaient pas. Ce foyer désuni, la frivolité de sa mère qui ne s'occupait guère d'elle, l'austérité de son grand-père pour qui le travail primait les distractions et qui avait de son métier de juriste le sérieux et l'ennui, tout cela contribua à faire de la petite fille une enfant solitaire et renfermée au joli visage en pointe, aux yeux immenses et souvent tristes sous l'arc exquis des sourcils. Sa bouche couleur de fraise souriait peu. Pendant que sa mère s'étourdissait de plaisirs à Florence, Virginia s'ennuyait dans le trop fastueux palais Lamporecchi. Il ne fallait jamais rire à la table de son grand-père, ni courir dans les interminables couloirs du palais ornés de portraits d'ancêtres qui semblaient s'ennuyer dans leurs cadres. Son plus grand plaisir était d'aider dans ses préparatifs de sortie cette mère lointaine qui lui semblait si belle et qu'elle admirait tant. Virginia aimait choisir avec elle la robe qu'elle porterait, les bijoux qui l'accompagneraient. Dans le secret de sa chambre, elle s'exerçait à adopter l'élégante démarche maternelle, à rire comme Isabelle, à s'éventer avec la même grâce. Bien que n'étant pas une élève très assidue au travail, Virginia avait le goût des langues. À douze ans, elle parlait déjà avec aisance et presque sans accent le français et l'anglais.

Ce fut également à cet âge que sa mère la présenta à la haute société florentine en l'emmenant avec elle au théâtre de La Pergola. On regarda avec admiration cette toute jeune fille, ravissante dans sa robe de tulle rose, les épaules découvertes, ses cheveux fauves simplement relevés par deux grands peignes d'or. Elle était plus que belle, avec un visage parfait, un corps en devenir, mais déjà fin, élancé. Si elle ne savait encore rien de son éclat, de l'étrange pouvoir qu'il lui offrirait, lors de ce premier soir de ses débuts à La Pergola, Virginia ne put ignorer les murmures d'admiration qu'elle suscita et le regard de fierté dont la couva sa mère. Car Isabelle Oldoïni avait sans doute bien des défauts, mais elle ne jalousait pas sa fille. Au contraire. Souvent, elle se jetait sur la jeune fille, la prenait dans ses bras avec transport et la serrait sans fin contre sa poitrine en s'écriant avec fougue :

– Dire que ce trésor est à moi. Dire que c'est moi qui ai su créer une telle merveille !

Virginia n'appréciait guère cette soudaine tendresse maternelle exprimée avec une effusion presque vulgaire, trouvait-elle.

C'était l'été, dans le charmant petit port de La Spezia, que Virginia se sentait enfin heureuse. La famille du marquis Oldoïni y possédait un vieux palais tout noir, de vastes domaines, des villas et d'innombrables fermes et, surtout, une antique tour génoise qui avait jadis servi à guetter l'arrivée toujours redoutée des Barbaresques. Elle se dressait face à une mer la plupart du temps limpide et Virginia s'y réfugiait pour lire ou pour rêver. Parfois, elle tentait d'imaginer avec nostalgie cette chaude après-midi du 8 juillet 1822, quand le grand poète Shelley avait quitté Livourne à deux heures de l'après-midi sur une barque non pontée. Le temps était magnifique, un peu lourd sans doute, mais nul n'avait prévu le terrible orage qui éclata ensuite. Ballotté sur des flots en furie, l'*Ariel* avait sombré, la mer l'avait englouti. Ce ne fut que six jours plus tard que l'on retrouva le corps de Shelley, déjà à demi rongé par les poissons, les crabes et les mouettes. L'accident était survenu dans ce même golfe de Gênes.

On ne s'occupait pas beaucoup de l'enfant dans le palais Oldoïni et on la laissait libre de courir à sa guise dans la campagne ou sur la grève. Souvent, elle suppliait les pêcheurs de la prendre avec eux à bord de l'une de leurs barques. Ils accédaient d'autant plus volontiers à sa demande qu'ils l'adoraient pour sa simplicité, ses rires et sa joie de vivre. Ce n'était qu'une fois rentrée pour l'hiver à Florence que Virginia retrouvait ses yeux tristes et sa bouche pincée.

Lorsqu'elle eut treize ans, son père partit pour Paris comme secrétaire de première classe de la légation. Pour un marquis Oldoïni, ce n'était certes pas un emploi prestigieux, mais il avait l'avantage de mettre une large distance entre deux époux qui ne s'accordaient pas. Tous deux y gagnaient une grande liberté. Philippe Oldoïni, qui était fou de sa jolie Virginia, lui envoyait des lettres enthousiastes qui la faisaient beaucoup rêver. Il y vantait l'élégance de cette brillante capitale, la plus belle d'Europe à son sens, où le prince Louis Napoléon s'efforçait de faire revivre les fastes du premier empereur. Aristocrate de vieille souche considérant la noblesse impériale française comme un peu jeune pour lui, le marquis Oldoïni était néanmoins reconnaissant à Louis Napoléon d'avoir su arrêter la révolution de 1848 qui avait pris tout le monde par surprise, et au premier chef le roi Louis-Philippe. Ce dernier n'avait su ni la mater ni faire à temps les concessions nécessaires, se contentant de fuir en Angleterre en laissant derrière lui un chaos qui aurait pu gagner toute l'Europe.

Sous la plume du marquis Oldoïni, la vie du prince Louis Napoléon devenait une véritable épopée. Virginia apprit ainsi que le prince avait osé quitter sans la moindre assurance de succès l'Angleterre où il était réfugié pour se rendre à Paris. Là, il avait dit bien haut qu'il adhérait à la nouvelle République. Il était vrai qu'on ne lui en demandait pas tant et qu'il fut même prié par le poète Alphonse de Lamartine, membre du gouvernement provisoire, de regagner le sol anglais, ce qu'il fit dès le 2 mars suivant. Pourtant, la leçon avait porté.

Pour réussir à Paris, il fallait de l'argent et se faire connaître du peuple. Aussi Louis Napoléon trouva-t-il 600 000 francs à emprunter à des banquiers anglais et chargea-t-il ses amis de jeunesse, Orsi, Thélin et Persigny, de poser pour lui sa candidature comme député et de faire campagne à sa place. Tous ces compagnons du prince, le marquis les connaissait et Virginia aurait bien voulu leur être aussi présentée... Le prince fut élu le 4 juin dans le département de la Seine, mais aussi en Corse, dans l'Yonne et en Charente-Inférieure. Si ce n'était pas un succès probant, c'était un joli début.

Dès le 8 juin, à la lecture des résultats, on criait : « Vive l'empereur » et « À bas la République ! » dans bien des rues de France et dans plusieurs quartiers de la capitale. Lamartine, de plus en plus irrité, se proposa de faire arrêter le nouvel élu s'il posait le pied sur le sol de France. Le prince était, en effet, toujours exilé, mais par décret du roi Louis-Philippe, lui-même à présent en exil. La situation semblait donc assez cornélienne ! Son chien Ham sur les talons, Louis Napoléon prenait soin de se montrer un peu partout à Londres, au parc ou chez son libraire et le soir à l'Opéra, pour que l'on ne pût dire qu'il se trouvait secrètement à Paris. Dans le même temps, il adressait un mot assez hautain aux représentants de l'Assemblée, affirmant : « Si le peuple m'impose des devoirs, je saurai les remplir ; mais je désavoue tous ceux qui me prêteraient des intentions ambitieuses que je n'ai pas. »

Le marquis admirait le rôle de rassembleur qu'avait su jouer Louis Napoléon et se demandait si leur roi Victor-Emmanuel II serait un jour capable de remplir une telle mission et de faire l'unité italienne. Toute l'enfance de Virginia avait été bercée par ces mots : « unité italienne ». Aussi se passionnait-elle pour l'ascension du prince, préfigurant peut-être celle de leur roi.

Dès que le décret d'exil fut révoqué, Louis Napoléon rentra en France. Il arriva à Paris le 24 septembre. Virginia suivait dans les lettres paternelles chaque étape de sa carrière. À la fin du mois, il siégeait à l'Assemblée. D'après le marquis Oldoïni, le prince connaissait à peine sa patrie, ayant passé toute sa jeunesse en Suisse, puis six ans sur le sol français, mais dans la prison du fort de Ham, après avoir tenté un coup d'État mal préparé en 1840 ! Et Virginia, qui avait l'âme tendre, de s'émouvoir sur le sort du pauvre prisonnier.

Son père lui raconta qu'à quarante ans, le troisième enfant de Louis Bonaparte et d'Hortense de Beauharnais était un piètre orateur et le savait. Il avait même un petit accent étranger qui surprenait. De taille médiocre, il avait une tête trop importante pour son corps et marchait un peu en crabe, en traînant les pieds. Ses yeux aux paupières lourdes ne s'allumaient que lorsqu'il croisait une jolie femme. Sur son visage, on ne pouvait rien lire de ses émotions – une habitude d'exilé. Pourtant, le nez et le menton agrémenté d'un petit bouc étaient impérieux, les moustaches qu'il frisait souvent d'un geste machinal lui donnaient un peu de la prestance qui lui manquait.

Le 10 octobre, le prince annonça sa candidature à la présidence. L'élection était prévue pour le 10 décembre 1848. Le marquis, et sa fille avec lui, en suivait les préparatifs avec fièvre. Bizarrement, ce patriote au passé socialiste, qui s'était voué dans sa jeunesse à la cause italienne et y avait même perdu son frère aîné, était appuyé par l'armée et la droite catholique. Ses amis, Persigny, mais aussi son secrétaire Mocquard et le chef d'escadron Fleury, beau militaire de trente-trois ans, s'étaient donné du mal pour sa campagne. Dès les premiers jours de décembre, on savait que son seul opposant sérieux, avec Ledru-Rollin, candidat de la gauche, serait le ministre Cavaignac, imposé par l'Assemblée, et qu'il ne ferait pas le poids contre lui. Dans l'armée surtout, le souvenir de l'Empereur était encore bien vivace et l'on réserva le meilleur accueil à son neveu. Un Bonaparte président... La perspective enflammait la troupe. On était même si sûr du résultat de l'élection que Fleury s'occupait déjà avec le Garde-Meuble de l'aménagement de l'Élysée où devait résider le futur président et où il n'y avait pas grand-chose en fait de mobilier !

Et ce fut la victoire ! Dans l'entourage de la marquise Oldoïni, tout le monde suivait de près les succès de Louis Napoléon et l'on applaudissait ses scores : cinq millions et demi de voix contre un million et demi à Cavaignac et seulement trois cent soixante-dix mille voix à Ledru-Rollin.

– Quel dommage, disait la marquise qui s'occupait aussi de politique, mais un peu moins que de théâtre, que la Constitution ait prévu un mandat de seulement trois ans pour la première présidence et l'impossibilité d'une réélection immédiate. En si peu de temps, comment pourrait-il aussi se préoccuper de l'Italie, même s'il aime notre pays ?

Pour Virginia, trois ans, cela semblait beaucoup et elle se disait que bien des choses pouvaient arriver durant cette présidence. À présent qu'il avait enfin le pouvoir, le prince-président chercherait sans doute à le garder, sous une forme ou sous une autre. Son père les appellerait peut-être enfin auprès de lui, sa mère et elle. Virginia connaîtrait Paris, cette ville de toutes les fêtes... Son père, qui ne savait rien lui refuser, lui offrirait de nouvelles toilettes et la mènerait au spectacle. Que ce serait bon de se sentir belle aux yeux des hommes, car Virginia s'enivrait de ses nouveaux pouvoirs et avait besoin de plaire !

Voir la présidence française aux mains d'un homme qui avait couru des risques pour son pays comblait d'aise le marquis Oldoïni, d'autant plus que les affaires d'Italie ne prenaient pas vraiment bonne tournure. Si la révolution de 1848 avait d'abord paru secouer la domination autrichienne en Italie, le pape Pie IX, élu deux ans plus tôt, avait refusé de s'associer à une guerre de libération contre l'Autriche, ce que Virginia et sa mère ne manquaient pas de critiquer ouvertement. Voir des étrangers sur le sol italien leur était insupportable. Quand Mazzini et Garibaldi avaient proclamé la république romaine, le pape s'était réfugié dans le royaume de Naples. L'Autriche avait réagi et son armée avait défait à l'automne 1848 celle du roi du Piémont Charles-Albert. C'étaient la France et Cavaignac qui avaient empêché l'Autriche d'écraser davantage le Piémont. On disait le prince-président bien décidé à continuer la politique italienne de celui qu'il venait de battre aux élections. Le principal problème restait celui du pape. Fallait-il ou non le rétablir dans son pouvoir temporel ? Les catholiques conservateurs l'exigeaient, la gauche s'y opposait. Or Louis Napoléon, homme de gauche, avait paradoxalement été élu grâce à l'appui de la droite...

Ne voulant ni trop s'immiscer dans les affaires italiennes, ni permettre aux Autrichiens une nouvelle victoire, Louis Napoléon trouva un moyen terme qui convenait aussi au marquis Oldoïni et à l'ensemble de la légation italienne à Paris. Il envoya, sous le commandement du général Oudinot, un corps expéditionnaire de quatorze mille hommes qui débarqua au port romain de Civitavecchia, formant ainsi écran entre les Autrichiens et Rome. La lettre que Louis Napoléon écrivit le 8 mai à Oudinot, et qui fut rendue publique, reçut toute l'approbation du marquis. Le prince-président y disait très clairement : « Notre honneur militaire est engagé ; je ne souffrirai pas qu'il reçoive une atteinte. »

Louis Napoléon se posa ainsi en champion de l'honneur national italien et fascinait la petite Virginia. Son père avait été reçu à l'Élysée avec la délégation italienne et vantait à l'envi l'embryon de la cour toute militaire qui s'y était formée. Persigny s'y était transformé en colonel d'état-major de la Garde nationale, Baccioli, le neveu d'Élisa, sœur du grand empereur, organisait à l'Élysée fêtes et représentations théâtrales, Ney se chargeait des chasses à Marly et à Saint-Cloud. Fleury, devenu officier d'ordonnance, veillait à la bonne marche du palais et avait formé un bureau militaire recevant directement toute la correspondance des armées. Oui, l'Élysée et son prince-président avaient séduit le marquis Oldoïni. Bien sûr, il n'était pas convié aux dîners plus intimes que donnait dans son hôtel proche de l'Élysée la richissime miss Howard, la maîtresse officielle de Louis Napoléon ayant aidé à financer sa campagne présidentielle et jouissant d'une position quasi officielle près de lui.

Le marquis avait aussi rencontré dès le début de l'année 1849 le comte de Morny, le demi-frère de Louis Napoléon né d'une liaison de la reine Hortense avec le comte de Flahaut. Lui non plus ne faisait guère mystère de sa maîtresse, Fanny Le Hon, issue d'une riche famille d'hommes d'affaires belges. Fanny l'avait largement aidé à se faire élire député du Puy-de-Dôme en 1842. Décidément, en France, la politique passait par les femmes, comme le faisait à juste titre remarquer dans ses lettres le marquis.

Si Virginia suivait avec passion les événements de la vie parisienne, elle s'intéressait encore plus à la politique italienne – toujours, la politique la passionna, et toujours, elle rêva d'y participer. Aussi applaudit-elle avec le reste de sa famille à la nouvelle de l'entrée à Rome de l'armée française, le 13 juillet, et de la restauration du pape Pie IX au Vatican. La déception suivit. Le pape, qui s'était d'abord montré libéral, se posa bientôt en adversaire convaincu des menées révolutionnaires, donc de l'unité italienne. Enfin, tout valait mieux que l'Autriche et son oppression, pensaient sa mère, son grand-père et Virginia avec eux...

Nicchia était aussi cette très jeune fille rieuse qui goûtait la grâce des terrasses du palais Oldoïni, qui aimait courir dans cette nature luxuriante de La Spezia où abondaient citronniers, cyprès et orangers, rosiers, jasmins et lauriers-roses. C'étaient là d'interminables parties de cache-cache avec ses plus proches voisins, les quatre fils du marquis et de la marquise Doria, de l'illustre famille du grand amiral italien. Ambrogio, Marcello, Andrea et Giacomo se disputaient les faveurs de cette femme-enfant devenant chaque jour plus jolie. Elle les menait à la baguette et ils se pliaient volontiers à ses ordres pour être remerciés d'un sourire. C'était à qui inventerait pour elle une nouvelle excursion à cheval dans la ravissante campagne environnante, une nouvelle partie de pêche. Parfois, des amis anglais connus à Florence, le diplomate lord Holland et son épouse, venaient passer quelques jours dans ce joli petit port encore épargné par le modernisme. Ils aimaient beaucoup Nicchia et sa mère. Ils parlaient volontiers anglais avec elle pour lui faire faire des progrès. Bien sûr, leur *darling beauty* serait invitée à Londres sitôt que lord Holland serait rappelé chez lui !

Ce fut lorsque l'échéance de la fin du mandat présidentiel de Louis Napoléon se rapprocha que les lettres du marquis Oldoïni à sa fille devinrent plus nombreuses. Grâce à elles, Virginia avait l'impression de vivre les événements parisiens en direct et, très informée, brillait auprès de ses amis Doria. Sa vie durant, Virginia fut sourcilleuse sur le chapitre de son intelligence, furieuse lorsqu'on ne voyait et n'admirait que sa beauté, toujours désireuse d'être considérée comme un bel esprit. Le marquis, de même que le reste des Parisiens à l'affût des événements, avait pu reconstituer dans les grandes lignes ce qu'il s'était passé. Il y avait d'abord eu, au soir du 1er décembre 1851, après la réception de routine à l'Élysée, une réunion plus secrète entre le prince-président et ses fidèles : Morny, Saint-Arnaud, Maupas et Mocquard, son chef de cabinet. Les consignes étaient rassemblées dans le dossier Rubicon, un nom de code, bien sûr. Dans la nuit, l'aide de camp Béville porta à l'Imprimerie nationale les « affiches blanches » annonçant le coup d'État à la population. Pour que les ouvriers ne pussent intervenir, les affiches furent composées par fragments avant d'être déposées à la préfecture de police puis placardées sur les murs de Paris.

Le marquis Oldoïni avait pu les lire dès le matin, mais n'apprit que plus tard dans la journée les soixante-dix-huit arrestations préparées par Maupas, dont celles de Cavaignac et de Thiers. Au même moment, le Palais-Bourbon fut gardé par un régiment aux ordres du colonel Espinasse, un autre ami de la première heure du prince-président. Des soldats furent massés le long des Champs-Élysées, devant le quai d'Orsay, le Carrousel et l'Hôtel de Ville. Des groupes de badauds, de bourgeois et d'ouvriers – et le marquis parmi eux – s'assemblaient devant les fameuses « affiches blanches » et lisaient avec stupéfaction que l'Assemblée nationale et le Conseil d'État étaient dissous, que la loi électorale de 1850, celle qui limitait le pouvoir du président, était abrogée. Enfin, le peuple français était convoqué « dans ses comices » pour voter au suffrage universel, ce qui excluait bien sûr les femmes. Le vote aurait lieu du 14 au 21 décembre 1851. La capitale se trouvait en état de siège...

Virginia regrettait amèrement de ne pas se trouver aux côtés de son père. Elle aurait adoré cette atmosphère de fièvre et de conspiration et rêvait de pouvoir un jour approcher ce prince-président auréolé de la gloire du grand Napoléon et qui savait, comme lui, saisir sa chance au vol.

Le président réélu proposa à la nation une Constitution inspirée de celle de l'an VIII, avec un chef responsable nommé pour dix ans et un Corps législatif élu au suffrage universel, votant les lois et les impôts. Une seconde Assemblée servait de pouvoir modérateur et garantissait les libertés des citoyens. Dans l'une de ses lettres, le marquis reproduisait même une partie de la proclamation du prince-président :

*Aujourd'hui que le pacte fondamental n'est plus respecté de ceux-là mêmes qui l'invoquent sans cesse et que les hommes qui ont déjà perdu deux monarchies veulent me lier les mains afin de renverser la République, mon devoir est de déjouer leurs perfides projets, de maintenir la République et de sauver le pays en invoquant le jugement solennel du seul souverain que je reconnaisse en France, le peuple. Je fais donc appel à la nation tout entière. Si vous avez encore confiance en moi, donnez-moi les moyens d'accomplir la grande mission que je tiens de vous. Cette mission consiste à fermer l'ère des révolutions en satisfaisant les besoins légitimes du peuple et en le protégeant contre les passions subversives. Elle consiste surtout à créer des institutions qui survivent aux hommes et qui soient enfin des fondations sur lesquelles on puisse asseoir quelque chose de durable.*

La proclamation semblait habile au marquis Oldoïni. Le peuple serait flatté que l'on fît appel à lui. Il en avait assez de toutes les révolutions par lesquelles il était passé, avait désespérément besoin de paix, de stabilité. Face à l'Assemblée dont le pouvoir inquiétait, le prince Louis Napoléon se posait en sauveur et en gardien de la paix.

Quand, en fin de matinée, Louis Napoléon décida de se montrer dans sa capitale, encadré de ses officiers, l'accueil de la troupe fut excellent, celui des civils plutôt bon, mis à part quelques cris, çà et là, de « Vive la République ! ». Il y avait foule partout sur les boulevards, jusqu'à la Bastille, dans les cafés et les restaurants de la Madeleine ou de Montmartre, lieux habituels de rencontre des « habits noirs », les journalistes. Sur les sept cent cinquante députés que comptait l'Assemblée, deux cent vingt protestèrent contre le coup d'État et se rassemblèrent dans la salle des mariages du X$^{e}$ arrondissement pour prononcer la déchéance du président et faire appel à la Garde nationale. La Garde ne vint pas. Ils furent arrêtés et conduits symboliquement en prison pour être libérés deux jours plus tard. Les tentatives de Carnot, Victor Hugo ou Jules Favre pour appeler le peuple aux armes, n'eurent aucun écho. Le peuple n'avait plus envie de se battre, il était las du sang répandu. Il y eut aussi quelques barricades élevées faubourg Saint-Antoine, dans les Halles ou dans le Quartier latin, mais les insurgés n'étaient guère plus de quinze cents et trente mille soldats en vinrent aisément à bout. Il y eut tout de même près de quatre cents tués...

Si la marquise Oldoïni ne s'émouvait guère du sort de son époux – il y avait longtemps que sa vie ne l'intéressait plus –, elle se passionnait pour les événements parisiens. Elle n'aurait pas voulu qu'il pût arriver malheur au prince-président, mais elle ne s'émut pas non plus du sort des vingt six mille hommes arrêtés pour leurs opinions hostiles au coup d'État, parmi lesquels près de dix mille furent envoyés en Algérie, d'autres déportés à Cayenne. Ce qui importait plus à ses yeux était le résultat du scrutin du 20 décembre, qui déciderait de l'avenir de la France, donc de l'Italie. Aussi fut-elle soulagée quand le marquis annonça plus de six millions de oui contre environ six cent mille non. Qu'importait qu'il y eût eu près d'un million et demi d'abstentions ! À court terme, le coup d'État avait réussi, et c'était le principal. De nouveau, la marquise et Virginia pouvaient rêver d'un bel avenir pour l'Italie.

Les nouvelles du marquis arrivaient régulièrement. La capitale semblait plus paisible à présent. Paris avait retrouvé son calme et la vie s'y organisait. Le président signait à présent ses lettres et décrets « Louis Napoléon » et était appelé « Son Altesse impériale », ce qui avait tout de même davantage d'allure, pensait le père de Virginia. Il s'était même transporté de l'Élysée aux Tuileries. Là, une vraie cour s'organisait, avec Vaudrey comme gouverneur du palais, Lepic comme sous-gouverneur, Bacciochi comme introducteur des ambassadeurs. Fleury devenait premier écuyer et Edgar Ney capitaine des chasses. Le docteur Conneau, un autre ami des temps de la jeunesse de Louis Napoléon, était chargé de recevoir les solliciteurs et le fidèle Thélin gardait la cassette du prince. Bure, ancien frère de lait de l'empereur, était promu intendant général, autant dire qu'il gérait la fortune de « Son Altesse impériale ». Miss Howard avait été largement remboursée de ses prêts, pourvue de belles terres et faite comtesse de Béchevet.

Le marquis contait longuement les fêtes splendides illuminant Paris et faisant un peu oublier les jours sombres. Le 5 mai 1852, un service funèbre à Notre-Dame avait commémoré la mort de Napoléon I^er^. Le 15 août, c'était la Saint-Napoléon que l'on célébrait par de somptueuses illuminations. Des « N » couronnés et des aigles impériaux étaient dessinés sur toutes les places par la lumière des becs de gaz... Virginia pressait sa mère de l'emmener à Paris, le centre du monde. Isabelle Oldoïni aurait également bien aimé connaître la capitale française, mais ne pouvait se résoudre à reprendre la vie commune avec son époux.

La découverte d'or en Alaska et en Australie avait augmenté le stock d'or mondial et l'économie française était à la hausse. On allait enfin, grâce au crédit, pouvoir engager de grands travaux, ce dont tout le monde rêvait. On parlait beaucoup, à la légation italienne, de la création d'un réseau de chemin de fer et de la promotion d'un urbanisme moderne. Les travaux de réunion du Louvre aux Tuileries, le tracé de la rue de Rivoli, l'amorce du boulevard Sébastopol et de la rue des Écoles commençaient. Les Halles étaient transformées. Paris devenait un gigantesque chantier que le marquis ne se lassait pas d'admirer.

Et puis, si le gouvernement était enfin riche, il pourrait à nouveau penser à l'unité italienne ! Partout, on s'enthousiasmait pour le crédit, mis si fort à la mode par les frères Pereire dès le mois de septembre 1852, lorsqu'ils lancèrent le principe du Crédit mobilier. Et le marquis d'expliquer longuement à sa fille comment cette banque, regroupant les épargnes du grand public, serait capable d'atteindre une puissance financière sans précédent.

Virginia ne pensait plus qu'à la capitale où de si importantes réalisations voyaient le jour. Même Florence lui semblait tout à coup une bien petite ville, presque provinciale... C'était à Paris que tout se jouait. C'était à Paris qu'elle ferait sa vie...

Comme bien des Parisiens, le marquis Oldoïni assista, le 16 octobre, depuis le débarcadère du chemin de fer d'Orléans, à l'arrivée triomphale du prince Louis Napoléon. Ce dernier avait effectué un vaste périple à travers le pays en chemin de fer et en bateau à vapeur, deux stupéfiantes inventions qui faisaient reculer les distances. Au débarcadère, il avait été chaleureusement accueilli par son cousin Napoléon Jérôme, dit Plonplon, et par son demi-frère Morny. Toute la capitale avait été pavoisée comme s'il s'était agi du retour de campagne d'un vainqueur. Partout se dressaient des arcs de triomphe. Les ouvriers et les dames de la Halle avaient été mobilisés pour agiter bannières et drapeaux. À nouveau, on criait : « Vive l'Empereur ! »

Le marquis Oldoïni, qui n'aimait guère la République,

trouvait qu'il était grand temps d'entériner ce que Louis Napoléon se plaisait à considérer comme le vœu de la majorité des Français : le rétablissement de l'Empire. Et ce fut le plébiscite du 21 novembre 1852, ratifié par près de huit millions de oui contre seulement deux cent mille non. Louis Napoléon devenait empereur des Français sous le nom de Napoléon III. Comme tenait à le souligner le marquis Oldoïni, il s'agissait moins de l'hérédité dynastique du premier empereur, puisque Louis Napoléon n'était pas l'aîné de la famille, que d'une succession des Bonaparte par des moyens légaux.

Dans la nuit du 1er au 2 décembre 1852, le président du Corps législatif, Billault, à la tête de deux cents voitures escortées par des cavaliers en grand uniforme, porteurs de torches, se rendit au palais de Saint-Cloud pour féliciter le nouvel empereur en le nommant « Sire ». Virginia aurait tout donné pour pouvoir s'y trouver. Il était pourtant dommage que le pape Pie IX eût refusé de venir sacrer le nouvel empereur à Paris. Elle trouvait même un peu déplacé qu'il eût à nouveau posé le problème de ses possessions romaines...

Ce qui agaçait surtout Virginia, c'était l'admiration perçant dans les lettres de son père pour une jeune beauté invitée à présent à tous les bals de la Cour, une Espagnole de vingt-six ans, une certaine Eugénie de Montijo, comtesse de Teba, dont on disait l'empereur d'autant plus épris qu'elle lui résistait. Vingt-six ans, cela semblait bien vieux à Virginia qui n'en avait que quinze. Certes, l'empereur avait déjà quarante-quatre ans, mais on ne peut être vieux quand on est l'empereur des Français, quand on aime l'Italie comme il avait déjà prouvé qu'il l'aimait...

Le soir, avant de s'endormir, la jeune fille se racontait avec exaltation ce que son père lui avait appris de la jeunesse malheureuse de l'empereur. Lorsqu'il avait son âge, il avait déjà subi l'exil et découvert l'Italie. Sa mère y séjournait en hiver car le climat était moins rude que sur les rives du lac de Constance où elle habitait d'habitude. Il était passé par Florence pour revoir son père et son frère aîné avant de gagner Rome où il avait retrouvé le clan Bonaparte, Madame Mère, bien sûr, Lucien et sa nombreuse famille, Jérôme et les siens, Pauline, princesse Borghèse. Seul Joseph manquait à l'appel puisqu'il habitait alors les États-Unis.

Ce fut en Italie aussi qu'il fit la connaissance du docteur Conneau et du comte Francesco Arese qui restèrent toujours ses amis. Par leur intermédiaire, il rencontra de jeunes révolutionnaires soucieux de libérer leur pays de la tutelle autrichienne et de réussir enfin l'unité italienne avec un régime proche de celui de l'Italie napoléonienne. Comment ne pas s'enthousiasmer pour la cause des vaincus de Waterloo quand on s'appelle Bonaparte ? Virginia savait que si, à la différence de son frère, Louis Napoléon n'avait pas fait partie des carbonari, il en avait été très proche. Elle imaginait sans peine sa déception lorsque, à l'annonce de la chute de Charles X, chassé par les Parisiens, on avait proclamé roi Louis-Philippe. L'Aiglon, devenu duc de Reichstadt, toujours retenu à Vienne et coupé de son pays, n'avait pas régné... Pour Louis Napoléon, c'était un usurpateur qui s'était emparé de la couronne sans consulter les Français – une erreur que lui même ne commettra pas. Tout à sa haine du bonapartisme, Charles X avait maintenu la proscription des Bonaparte par la loi du 11 septembre 1830.

L'année suivante, Louis Napoléon, expulsé de Rome, avait rejoint son frère et les bandes armées insurgées à Florence. Ils avaient parcouru la campagne de Romagne en soulevant les villages. Ce fut à Pesaro, où la reine Hortense retrouva son cadet, qu'elle apprit de sa bouche la triste nouvelle : Napoléon Louis était mort dans les bras de son frère, succombant à une épidémie de rougeole. Virginia regrettait qu'il ne fût pas mort les armes à la main, ce qui aurait été plus joli pour la légende !

La reine avait ensuite traîné à Ancône son fils cadet malade et grelottant de fièvre, puis ils étaient partis le 3 avril pour la France, un voyage épuisant qui avait duré trois semaines. À Paris, ils n'étaient que des proscrits. Toujours malade, Louis Napoléon avait assisté d'une fenêtre de sa chambre à la marche de nombreux cortèges venus rendre hommage aux cendres de l'Empereur, le 5 mai. À voir cette ferveur populaire, il comprit ce jour-là que le culte voué à l'Empereur n'était pas mort... Il avait pourtant dû quitter Paris et regagner Arenenberg, en Suisse. C'était la fin de son aventure italienne. Virginia l'imaginait, triste, déçu, empli de nostalgie...

Durant l'été, pour passer le temps et obéir aux conseils de son précepteur resté à Florence en attendant les lettres de son père et les nouvelles de Paris, Virginia entreprit de retracer sur ses cahiers d'écolière l'histoire de la Toscane.

Elle avait à peine achevé le quatrième et dernier cahier qu'elle fit une rencontre décisive. Il s'agissait d'un jeune veuf de vingt-cinq ans, François, comte Verasis de Castiglione. Virginia avait seize ans. Elle gardait encore le charme de l'enfance, mêlé à des grâces de femme. Le comte de Castiglione en fut ébloui pour toujours.

Écuyer de la reine du Piémont à Turin, il avait beaucoup de loisirs. En 1851, il venait de perdre sa toute jeune femme, morte en couches avec l'enfant. Veuf, riche, plus perdu que vraiment triste après trois ans d'un mariage qui ne lui laissait pas de grands souvenirs, François avait été introduit auprès de la *gentry* par son cousin Emmanuel d'Azglio, ministre du Piémont auprès du gouvernement britannique. Lors d'une réception chez la duchesse d'Inverness, il avait confié avec naïveté la cause de son périple londonien au comte Alexandre Walewski, ambassadeur de France à Londres, époux de la délicieuse Marie-Anne, elle aussi italienne.

– Je suis ici pour me remarier, avait-il dit au comte, qui était le fils naturel de l'Empereur et de la très belle Marie Walewska.

– Aucune de nos beautés anglaises n'a le feu des belles Italiennes, aucune d'elles n'égale la perfection de la jeune Virginia Oldoïni que j'ai pu brièvement croiser à Florence.

Lancée comme une boutade, cette phrase avait suffi à enfiévrer l'imagination du comte de Castiglione. Rentré en Italie, il n'avait plus eu qu'un désir : rencontrer au plus vite cette Virginia Oldoïni dont le nom sonnait dans son crâne de façon harcelante et poétique.

Arrivé à La Spezia par un beau jour de juillet, le comte

de Castiglione n'eut aucune peine à trouver le palais Oldoïni, que chacun connaissait dans le petit village. Il se fit ouvrir le portail enfoui sous la magnificence de la végétation méditerranéenne. L'air embaumait la rose et le jasmin. Il remit sa carte au majordome, qui avait trop chaud dans sa livrée galonnée d'or et boutonnée serré. On l'introduisit dans un vaste et magnifique salon donnant de plain-pied sur la terrasse ornée de pots plantés de lauriers-roses. La marquise Oldoïni parut charmée de cette visite dans ce bourg perdu où il n'y avait pas grand-monde à voir à l'exception des Doria. Elle voulut tout savoir du comte de Castiglione, de son voyage à Londres, de son existence à Turin. Elle plaignit son veuvage et, devinant la cause de sa visite, fit demander Virginia.

Quand celle-ci parut, fraîche comme une rose dans sa simple robe de dentelle blanche, il resta stupéfait. Elle était longue et fine, avec ses boucles brunes simplement nouées sur sa nuque et coulant bas dans son dos, les bras nus et le cou orné d'un petit rang de perles. Surtout, elle avait de ravissants yeux verts – une coulée de mer – la peau blanche et veloutée, un nez très pur, une bouche minuscule et mobile qui riait tout le temps. Elle le questionna sur Londres, où elle espérait bien rendre un jour visite aux Holland, et, surtout, sur Paris dont son père l'avait tant fait rêver. Elle exigea qu'il lui contât par le menu l'avancement des travaux du baron Haussmann, les réceptions aux Tuileries où il avait été présenté à Leurs Majestés l'empereur et la jeune impératrice, l'intrigante espagnole s'étant fait épouser.

Le comte de Castiglione n'était pas à Paris lors des noces de l'empereur, mais son père avait conté par le menu à

Virginia la progression du cortège officiel quittant les Tuileries pour Notre-Dame en empruntant la toute neuve rue de Rivoli, décorée d'arbres de Noël couverts de rubans tricolores, tandis que l'armée et la Garde nationale formaient la haie. Il lui avait dit la jolie révérence d'Eugénie à la foule lorsqu'elle s'était trouvée sur le parvis de Notre-Dame, un geste qui lui valut de folles ovations. Même si le pape ne s'était pas dérangé, le service avait été grandiose. Après la cérémonie, le cortège impérial avait suivi les quais pour recevoir à Saint-Cloud ses invités à dîner. Le comte devait absolument lui dire comment il avait trouvé l'impératrice, que le marquis Oldoïni prétendait très élégante, très blanche de peau, avec des épaules somptueuses, une gorge admirable.

– Sa chevelure ne peut en aucune façon se comparer à la vôtre, affirma le comte de Castiglione. Quant à sa peau, maintenant que je vous ai vue, elle me semble bien terne.

Ces mots avaient été prononcés en aparté, tandis que la marquise faisait servir du sirop d'orgeat et du vin de Madère. Virginia commençait à prendre conscience de sa beauté, même si elle était encore cette enfant sauvage qui voulait nager en pleine mer, monter sur les barques des marins et courir dans la campagne sans souci de déchirer sa robe ou de malmener le cuir de ses brodequins. L'admiration éperdue qu'elle lisait dans les yeux de François la ravit. C'était délicieux de se sentir la plus belle dans le regard d'un homme...

Il revint le lendemain et le jour suivant, faisant à Virginia une cour de moins en moins discrète sous le regard indulgent de la marquise Oldoïni. Il était bel homme, bien en cour. Veuf, sans enfant, il jouissait d'une fortune confortable et semblait adorer Virginia. Pour Isabelle Oldoïni, c'étaient des qualités suffisantes. Grand, blond et mince, il avait un haut front pensif, un regard sans doute un peu vide et un nez régulier. La bouche était sensuelle sous la moustache assez fournie, prolongée par un petit bouc semblable à celui qu'arborait Napoléon III et qu'il avait mis à la mode parmi l'aristocratie européenne. Il semblait ne pas déplaire à Virginia qui en oubliait de reprocher à sa mère sa futilité. Il y avait davantage de douceur sur le visage de la jeune fille. Ses yeux perdaient cet éclat glacé qu'ils prenaient si souvent. Bref, elle devenait plus agréable à vivre. Toutes choses qu'Isabelle Oldoïni mettait à juste titre au compte du séduisant François de Castiglione. Pour sa part, elle était conquise par le prétendant. Son mari n'aurait comme d'habitude pas grand-chose à dire du moment qu'elle consentait à cette union. Restait à savoir quels étaient les sentiments de Virginia.

– Quelle réponse pensez-vous faire au comte de Castiglione quand il se déclarera ? demanda Isabelle à sa fille. Vous plaît-il ?

– Sans doute, il est beau et agréable et j'aimerais bien vivre à Turin, en attendant Paris, bien sûr.

Toujours, ce rêve parisien... Sa mère soupira et insista :

– Enfin, l'aimez-vous ?

– Je le suppose, puisqu'il m'aime.

François de Castiglione fit sa demande à Virginia le 27 juillet. Tous deux s'étaient rendus à cette tour solitaire, *il Torretto*, que Virginia aimait tant que sa grand-mère la lui avait offerte comme cadeau de Noël trois ans plus tôt.

Assis côte à côte sur un banc de pierre scellé dans l'un des murs de la tour, ils regardaient la mer dérouler ses vagues en faisant doucement danser autour de leurs ancres les barques de pêche peinturlurées de couleurs vives.

Elle accepta et trouva son premier baiser plutôt agréable. Ressentait-elle de l'amour ? Elle ne le savait pas, mais c'était délicieux de se savoir aimée, de se laisser aimer. Et puis, il ne lui déplaisait pas de quitter le palais de son grand-père et son éducation trop rigide, ses précepteurs et cette petite ville de Florence qu'elle jugeait décidément bien étriquée. À Turin, la capitale du Piémont, elle serait présentée au roi et à la reine, elle aurait son propre palais. Elle irait au bal, au théâtre et à l'Opéra. Des réalités physiques du mariage, Virginia ne savait pas grand-chose, même si elle supposait que cela devait ressembler aux amours brèves et bruyantes des animaux qu'elle avait vus s'accoupler dans les fermes. Elle avait du mal à imaginer ainsi ce François toujours si timide envers elle, qui ne pensait qu'à lui complaire, qu'à la gâter. Ce devait être un peu ridicule, sans doute, mais s'il fallait en passer par là pour vivre enfin, pourquoi pas ? Surtout, elle espérait, grâce à lui, connaître enfin ce Paris de légende où tout se tramait, en particulier le destin de son pays.

Le mariage fut fixé au 9 janvier 1852. En attendant cette cérémonie qui la ferait comtesse de Castiglione et la rendrait, pensait-elle, enfin autonome, la vie de Virginia reprit comme à l'accoutumée. Sitôt les vacances finies, elle retrouva le triste palais de son grand-père et sa vie florentine recommença comme par le passé, occupée par les séances avec ses maîtres. Isabelle Oldoïni y ajouta des leçons de piano – il était inconcevable qu'une jeune fille de l'aristocratie ne pût jouer d'au moins d'un instrument –, de chant, de danse et de maintien. Il fallait savoir évoluer avec grâce dans les salons des notables de Turin, et surtout dans ceux du palais royal, faire la grande révérence à ses souverains sans paraître gauche ou provinciale, ce qui aurait été une horreur ! Isabelle était si fière de sa fille qu'elle voulut qu'elle fût parée comme une reine. Elle écrivit donc à son époux pour l'informer du prochain mariage de Virginia, auquel il était bien sûr convié. Elle lui précisait aussi qu'elle avait de pressants besoins d'argent afin de constituer à sa fille un trousseau décent – ce genre de demande constituait d'ailleurs l'essentiel de la correspondance d'Isabelle avec son époux.

Le marquis Oldoïni accéda à ses prières, mais prévint qu'il ne pourrait assister au mariage de sa fille unique, lui envoyant par avance sa bénédiction. En réalité, il redoutait la fièvre de mondanités qui allait secouer son épouse. Nul doute qu'elle ne voulût profiter du mariage de Virginia pour éblouir toute la société florentine. Il craignait plus que tout son agitation brouillonne et ses incessantes demandes d'argent. Il en était désolé pour Virginia, mais n'avait aucune envie de se rapprocher d'Isabelle et de recevoir à ses côtés la noblesse toscane, d'autant plus que la cérémonie et les festivités devaient se dérouler au palais Lamporecchi, fief d'un beau-père trop brillant qui le jugeait. Qu'était un petit diplomate envoyé en France en comparaison du grand avocat Lamporecchi ?

Ce que le « petit diplomate » ne disait ni à sa femme ni à sa fille, c'était qu'il voulait rester à Paris avec sa légation pour observer ce qu'il adviendrait de la « question turque ». Tout avait commencé en Palestine par une banale querelle entre moines catholiques et prêtres orthodoxes. Se sentant soutenus par la Russie, les orthodoxes ne voulaient plus partager les lieux saints avec les catholiques. Sous prétexte de protéger les chrétiens orthodoxes, le tsar Nicolas Ier entendit préciser son influence dans cette partie du globe et plus spécialement sur les voies de communication entre Méditerranée, mer de Marmara et mer Noire. On s'éloignait des querelles religieuses, mais Nicolas voulait profiter de l'épuisement du trop vaste Empire ottoman pour obtenir un débouché sur la mer – éternelle préoccupation russe ! Aussi expédia-t-il à Constantinople, soi-disant pour négocier avec le sultan, en réalité pour poser ses conditions, son envoyé extraordinaire, Son Altesse sérénissime le prince-amiral Mentchikov, ministre de la Marine. La France ne pouvait rester simple spectatrice. Si le tsar voulait la guerre, il fallait une flotte française sur les lieux. Aussi l'escadre française de Méditerranée quitta-t-elle la rade de Toulon le 23 mars pour faire voile vers la Grèce. La flotte anglaise se joignit à la flotte française. Était-ce la guerre ? Toute l'Europe avait les yeux tournés vers la Méditerranée, et le marquis Oldoïni avec elle.

Ni Virginia ni sa mère ne se sentaient très concernées par ces affaires internationales qui ne mettaient pas directement l'Italie en cause. Elles avaient mieux à faire : préparer le trousseau et le mariage de Virginia. Le temps passait pour elle dans un tourbillon d'achats, de mètres de soie et de tulle déroulés autour de sa petite personne, d'essais de coiffures et de voiles. Les couturières, les bottiers, les gantiers se succédaient et Virginia se sentait heureuse de cette joyeuse agitation. Pour une fois, c'était elle le centre d'intérêt et non plus sa mère, cette coquette superficielle qui aimait toujours à plaire et ne faisait guère mystère de ses nombreuses bonnes fortunes.

François était à ses pieds. Il lui offrait dans sa corbeille de noces une somptueuse parure de diamants et des dentelles de grand prix. Il faisait restaurer, embellir et meubler au goût du jour son immense palais turinois. Chaque fois que son service près de la reine le lui permettait, il accourait de Turin pour contempler avec des airs extasiés la ravissante fiancée dont il était fou. Il lui apportait à chaque fois une bague, un éventail, de précieux mouchoirs de dentelle. Il la couvrait de fleurs.

Un matin que Virginia essayait devant sa mère une robe de bal aérienne, toute en gaze rose – sa couleur favorite –, elle vit son grand-père pénétrer, furieux, dans le salon investi par les couturières en brandissant un document :

– Qu'est ceci que l'on vient de me faire parvenir ? demanda-t-il avec rage à sa fille.

Isabelle examina le document et expliqua avec embarras :

– C'est le contrat de mariage de Virginia.

– Et vous ne me l'avez pas montré ? Vous l'avez signé sans me consulter ?

– C'est que la dot que nous pouvons offrir à notre fille ne s'élève qu'à 270 000 francs alors que le comte de Castiglione a pour sa part un actif de plus de 3 millions de francs. Les sommes sont si disproportionnées qu'il n'était guère possible de discuter les clauses du contrat prévu par le notaire du comte de Castiglione.

– Vous avez agi bien légèrement, ma fille. Les intérêts de Virginia sont lésés, son avenir compromis, sa position si elle venait par malheur à être veuve perdue d'avance. Je m'oppose formellement à ce mariage. Il faut rompre, Virginia. Un fiancé épris n'impose pas de telles clauses à sa future femme.

– Je sais tout cela, grand-père, dit Virginia, mais j'ai donné mon consentement et ne le reprendrai pas. Songez à la honte qui rejaillirait sur notre famille si les fiançailles venaient à être rompues alors que les invitations sont déjà lancées.

L'argument pesa et l'irascible avocat consentit à ce que les réceptions eussent lieu chez lui comme prévu. Seulement, il prévint sa fille qu'il se montrerait à peine aux invités et n'assisterait pas à la messe.

Quand François se présenta le lendemain au palais Lamporecchi pour voir sa fiancée, Virginia le fit attendre plus d'une heure. Lorsqu'elle descendit enfin de sa chambre, il ne vit qu'une bouche maussade et des yeux brillant d'une colère mal contenue.

– Ce que vous avez fait est indigne, François. Votre notaire a abusé de la crédulité de ma mère pour l'inciter à signer n'importe quoi. Ce contrat de mariage est odieux et même offensant. Si nous n'étions pas déjà à la mi-décembre, j'aurais tout annulé. Par ce contrat, je suis livrée à vous. Je ne possède rien en propre. Si vous veniez à disparaître, je n'aurais plus qu'à retourner vivre telle une misérable chez les miens. Est-ce donc là votre bel amour ?

Il était atterré. Il avait fait établir ce contrat parce qu'il fallait bien en constituer un et s'était fié à son notaire. Or ce dernier, ne voyant que l'intérêt de son client, avait gravement lésé sa future épouse. Il balbutia avec maladresse en tentant de l'embrasser :

– Vous savez bien que tout ce que j'ai est à vous. C'est pour vous et pour vous voir sourire que je restaure mon château, je voulais vous en faire la surprise. De sordides questions d'argent ne peuvent déjà ternir notre bonheur. Voyez plutôt ce que je vous ai apporté.

Il désigna un grand carton déposé dans le vestibule. Virginia ne pouvait lui en vouloir longtemps. Qu'importait après tout ce contrat, puisqu'il l'aimait et la couvrait de cadeaux plus délicieux les uns que les autres ? Le carton contenait une élégante amazone de velours prune toute gansée de soie et la petite toque assortie allait à ravir à la carnation claire de Virginia.

Déjà, elle avait oublié ses griefs. François avait sans doute commis une indélicatesse en laissant adresser à sa mère un tel document, mais ses regrets semblaient sincères. Virginia se plaisait à le houspiller pour le voir s'affoler, se muer en un soupirant ardent qui ne savait que faire pour retrouver le sourire et l'air heureux de sa fiancée. « L'une des plus belles jeunes filles de l'époque », avait dit le comte Walewski. Et cette beauté, bientôt, serait sienne. Tout Turin, toute l'Italie, Paris peut-être la lui envieraient. La contempler, la voir rire avec un tel bonheur le comblait de joie. Encore quelques jours et elle serait la superbe et très enviée comtesse de Castiglione.

Quant à Virginia, elle jouait de son étrange pouvoir sur ce fiancé si complaisant. Un visage boudeur et quelques larmes suffisaient à lui faire perdre l'esprit. Si elle n'était pas tout à fait sûre de l'aimer – que connaissait-elle de l'amour à seize ans, quand elle s'était si vite fiancée au premier homme qui avait levé les yeux sur elle ? – , elle savait du moins qu'elle adorait qu'il l'aimât et qu'il lui passât tout. Même lorsqu'elle était enfant, elle ne cédait jamais. Il fallait toujours satisfaire à l'instant ses caprices, sous peine de la voir s'étouffer de désespoir. Alors, sa mère qui avait si peu de temps à lui consacrer trouvait plus simple d'abdiquer, de l'ensevelir sous les baisers de la réconciliation avant de s'enfuir vers ses sémillants admirateurs et soupirants.

Le mariage fut célébré en grande pompe dans la chapelle du palais Lamporecchi. Les mariés, tous deux grands, jeunes et minces formaient un couple splendide. Virginia était délicieuse dans sa robe de satin blanc bordée d'hermine au col et aux manches. Un voile de dentelle blanche accroché assez bas dans sa chevelure la laissait mousser sur les tempes – une coiffure que Virginia affectionnait. Il y eut ensuite la réception au palais, l'immense cohorte des invités, des amis et des parents. On s'étonnait bien un peu de ce père absent, de ce grand-père qui avait laissé Isabelle jouer les maîtresses de maison à sa place. Les salles de réception étaient splendides sous leur profusion de lustres et de girandoles, les buffets bien garnis. Virginia ouvrit le bal au bras de son mari, puis l'assemblée suivit le couple dans la musique, valsant et tourbillonnant au son des violons.

La nuit de noces se passa au vieux palais de son enfance et Virginia s'en trouva rassurée. Sa mère avait fait somptueusement aménager la plus belle des chambres et cette attention toucha la jeune épousée. Cette nuit ne lui laissa pas un souvenir terrifiant, comme c'était le cas de bien des filles de son milieu. François fut un amant tendre, précautionneux et patient. Il ne se lassait pas de la regarder, de l'admirer. Elle en conçut un nouveau respect pour ce corps qu'elle savait charmant, mais auquel elle n'avait jusqu'à présent demandé que de bien la servir. Il dénuda un bout de peau, un bras, une épaule, un sein, s'émerveilla de ce qu'il vit et couvrit aussitôt de baisers. Cette adulation ravit Virginia. La timidité de François, comme s'il répugnait à lui faire trop durement sentir son étreinte, l'incita à l'effleurer longuement, à la caresser tout en douceur. Des caresses de plume. Le corps de Virginia, peu à peu, sous ces attouchements si prudents, s'éveilla au désir.

Le lendemain matin, ils partirent en voiture pour La Spezia. Tous deux avaient voulu qu'il y eût aussi une fête dans ce ravissant port de pêche près duquel ils s'étaient connus, au bord de cette eau si bleue où s'élevait cette tour où François lui avait avoué son amour. Virginia avait tenu à ce que tous fussent invités à ses noces, du plus simple paysan au plus pauvre pêcheur. Elle avait été si heureuse et si libre à La Spezia.

Après des adieux inquiets à sa mère – son grand-père ne les avait pas suivis à La Spezia –, Virginia quitta le village de son enfance pour Turin. Elle n'avait pas d'amis dans la capitale du Piémont et appréhendait de se retrouver tout à coup sans la protection de sa famille, dans une aussi grande ville, maîtresse de maison et responsable d'une vaste demeure. C'était excitant, aussi. Et puis, l'aventure l'appelait.

La berline fila vers le nord. On passa par les charmants bourgs de Monterosso et de Chiavari avant d'aborder la courbe majestueuse du golfe de Gênes. La ville lui sembla immense, le bruit et l'agitation lui tournaient la tête. Ils dormirent dans une auberge que son mari connaissait bien pour s'y être arrêté chaque fois qu'il venait la voir. On leur avait réservé la meilleure chambre et la bonne hôtesse parut tout attendrie par son jeune âge et sa beauté. Puis ils continuèrent le voyage en train, traversant la riche plaine du Pô qu'elle ne connaissait pas. Tout enchantait Virginia, cette impressionnante locomotive crachant la vapeur par ses naseaux comme un cheval, la sensation de se déplacer sans cesse alors qu'elle demeurait dans cet univers bien clos, tellement plus spacieux qu'une berline. Le paysage défilait sous ses yeux – on approchait parfois les cinquante kilomètres à l'heure, prodigieuse impression de vitesse et de griserie.

Sur le quai de la gare, dans l'incroyable cohue des voyageurs qui descendaient des wagons, cherchaient leurs bagages ou quelques amis venus à leur rencontre, on eut de la peine à récupérer les sacs de voyage – les malles de Virginia suivraient plus tard. Les attendait à la gare avec une voiture Marie de Castiglione, la délicieuse épouse de Clément, le frère de François. Virginia fut touchée de l'attention. Marie offrit de les escorter jusqu'au palais et de l'aider à s'installer, ce qu'elle accepta avec reconnaissance, effrayée de se retrouver toute seule dans la demeure inconnue.

Sur le chemin, Virginia, emmitouflée dans sa pelisse car l'air était bien plus vif que sur la Riviera, contemplait avec admiration les larges avenues à colonnades tracées comme au cordeau, les vastes places conçues pour empêcher les embarras de la circulation si fréquents dans les ruelles tortueuses de Florence. Le palais Castiglione, situé en plein centre de Turin, jouxtait celui de Cavour. Il datait du XVIe siècle, mais avait subi au cours des ans bien des remaniements. La façade principale se blottissait au fond d'une cour d'honneur sur laquelle donnaient les écuries. Un jardin encadré par une serre et une galerie d'armes prolongeait la cour.

La demeure un peu vieillotte que François, en sa qualité d'aîné, avait héritée de son père, avait été embellie et modernisée à l'intention de sa deuxième épouse. Partout, ce n'était qu'une profusion de marbres et de sculptures, de parquets bien cirés, de tapis moelleux, de meubles très travaillés, incrustés de nacre et d'ivoire, comme le voulait la mode. D'immenses palmes installées dans des pots en barbotine, des orchidées en grappes somptueuses parfaisaient le décor. Marie, qui avait aidé son beau-frère à tout rénover pour charmer une très jeune femme, se sentait heureuse des cris de joie et des battements de mains de Virginia.

Quand elle pénétra dans la chambre qui lui était réservée au rez-de-chaussée et qui ouvrait directement sur le jardin, elle fut éblouie. Tout était rouge et or, avec d'immenses miroirs vénitiens qui agrandissaient encore la pièce. Le lit évoquait un vrai décor de théâtre, juché sur une estrade, avec ses pilastres en bois dorés soutenant un dais de soie cramoisie. C'était presque trop riche et trop chargé, mais la décoration charma l'enfant qu'elle était encore. Là, elle pourrait recevoir les amies que lui ferait connaître cette gentille Marie, leur montrer ses toilettes et bijoux et jouer avec elles à la dame.

Dans cette chambre donnaient trois petites pièces. L'une servait de garde-robe, l'autre de cabinet de toilette et la troisième renfermait une baignoire, luxe dont Virginia avait été dépourvue dans l'austère palais Lamporecchi. La chambre de son mari était séparée de la sienne par un vestibule. Le rez-de-chaussée comportait aussi l'enfilade des salons et salles à manger habituels et même une salle de bal. Les appartements des invités étaient au premier étage et ceux des domestiques sous les combles.

À son arrivée, ils se trouvaient tous réunis pour la saluer dans le hall d'entrée, une dizaine en tout en comptant palefreniers, cochers et jardiniers. Virginia, un peu effarée, se demandait s'il lui faudrait donner des ordres à tout ce personnel pour la plupart plus âgé qu'elle et sans doute très compétent. À son grand soulagement, François lui avait présenté une femme d'une cinquantaine d'années, Isabella, qui avait la charge de gouvernante et qui serait à ses ordres. C'était elle qui s'occupait de la bonne marche du palais.

# 2

Le 25 janvier 1854 fut une date importante dans l'existence de Virginia. Il y avait bal à la Cour, au palais royal de Turin. François de Castiglione y était convié en sa qualité d'écuyer de la reine et devait présenter sa ravissante épouse à Leurs Majestés. Virginia avait passé avec Marie des heures à choisir ce qu'elle porterait, la coiffure la plus seyante, les bijoux qui sauraient le mieux la mettre en valeur. Elle s'était finalement fait faire une nouvelle toilette, une robe de tulle rouge rehaussée d'argent qui dégageait harmonieusement son long cou, dévoilait ses épaules rondes et sa belle gorge. Marie avait décrété que, pour une première présentation, les diamants offerts par François s'imposaient. Quant à sa chevelure d'un châtain fauve, elle était si opulente, naturellement ondulée, qu'il fallait la laisser le plus libre possible, juste partagée en deux bandeaux bouffants, rassemblée en chignon un peu vague sur la nuque.

François, devant assurer son service de gentilhomme de la reine, était parti bien avant elle. Ce fut donc avec Marie que Virginia se rendit au palais. Elle fut émerveillée par la longue façade ocre du palais royal conçu par Amedeo di Castellamonte. Dans la cour d'honneur arrivaient sans cesse de nouvelles calèches, d'autres voitures. Une fois à l'intérieur, le faste de la décoration du XVII^e^ siècle, toute d'or et de glaces, les plafonds décorés d'allégories dues aux pinceaux des peintres Morello, Miel et Seyter la laissèrent interdite. Marie lui montra l'audacieux escalier des Ciseaux réalisé par l'architecte Filippo Juvarra, qui s'envolait, gracieux, aérien, vers les hauteurs du palais. Il ne s'agissait plus, comme à Florence, d'une ville-musée repliée sur son passé, mais de la capitale moderne d'un État enrichi par les caravanes marchandes devant franchir ses cols pour gagner le reste de l'Europe. Dans la salle du trône et la salle de bal, tout était encore plus rutilant, s'il se pouvait. Les bougies des grands lustres se reflétaient à l'infini dans les immenses glaces, faisant étinceler les dorures des boiseries et du mobilier.

Marie la présenta à la reine Adélaïde, née archiduchesse d'Autriche. Virginia fut immédiatement convaincue de l'insignifiance de cette petite personne falote semblant vivre dans la crainte perpétuelle de déplaire à son mari. Elle lui fit la révérence. La reine lui dit aimablement qu'elle lui souhaitait la bienvenue dans sa ville et ce fut tout. Virginia était horriblement déçue. Ainsi, ce n'était que cela, une présentation à la reine, une vague révérence, un mot aimable, puis c'était le tour d'une autre, qui refaisait le même geste guindé. Et le roi ? Il ne se trouvait pas dans le même salon...

Marie, heureuse de piloter sa petite belle-sœur dans les méandres d'un bal royal, l'emmena vers la plus grande des salles et lui montra où se tenir, en compagnie des épouses des autres écuyers. Déjà résonnaient les premiers accords d'une valse et Virginia se vit enlever par le comte d'Aglié, un séduisant jeune homme qui dansait bien. À peine la valse était-elle terminée qu'un autre danseur se présentait, et encore un autre. Virginia avait l'impression de tourbillonner sans fin sur les parquets bien cirés de la salle de bal, sa belle toilette rouge et argent démultipliée par les glaces ceinturant la salle. La tête lui tournait un peu, elle riait beaucoup et ne songeait qu'à s'amuser en jouissant presque naïvement de ce premier succès mondain. Ce fut le chevalier d'Azeglio, un familier du palais Lamporecchi et ancien soupirant de sa mère qui, tout en valsant, prononça les mots que Virginia n'attendait plus :

– Vous ravagez ce soir bien des cœurs, ma chère Virginia, c'est un franc succès. Aimeriez-vous que je vous présente au roi ?

Virginia n'avait pas encore appris à dissimuler, c'était ce qui faisait son principal charme. Elle était heureuse, éblouie. Le chevalier la conduisit vers le trône royal et Virginia fut surprise par la personne du roi Victor-Emmanuel II. Il faisait plus que ses trente-quatre ans et l'on ne pouvait dire qu'il fût bel homme, avec sa large figure aux traits épais, ses petits yeux trop saillants, son nez en trompette surmontant une moustache énorme rejoignant presque les oreilles, son teint rubicond et la barbe en bouc qui dépassait largement son menton. Son confortable petit bedon pointait en avant malgré sa haute taille. Virginia, impressionnée malgré elle, plongea dans sa plus belle révérence, exposant largement aux regards du souverain une gorge très blanche. Elle se releva avec grâce et lui adressa son plus joli sourire. Plaire à ses amis Doria ou à son tout jeune mari était sans doute bel et bon, mais il était plus délicieux encore de lire un émoi soudain dans le regard lourd du roi !

Plus tard, il vint la retrouver parmi la cohorte des invités et se montra plus qu'aimable avec elle, empressé, lui demandant si elle se plaisait dans sa ville, si elle était bien installée, la conviant à revenir aussi souvent qu'elle le voudrait au palais royal.

– Je n'ai entendu ce soir que des compliments sur votre compte, lui dit François, enchanté, tandis qu'ils s'asseyaient l'un en face de l'autre dans la calèche qui les ramenait chez eux.

– J'ai passé une excellente soirée. Le roi s'est montré très aimable envers moi.

– Défiez-vous tout de même de lui, ma chère, c'est un homme à femmes qui ne résiste guère au passage d'un joli jupon. Même s'il a pour maîtresse attitrée une certaine Rosina, fort belle et assez vulgaire, simple fille d'un tambour-major, on ne compte plus ses passades. Sa Majesté aime tous les plaisirs, ceux de la chair comme de la bonne chère.

– C'est aussi un inconditionnel de l'unité italienne et, pour cela, je le respecte. Je l'ai entendu parler de cette entrée en mer Noire de la flotte franco-anglaise et de son intention de repousser tout navire russe qui s'y aventurerait comme d'empêcher toute agression contre le pavillon ottoman. Croyez-vous que la paix puisse encore être préservée, François ?

L'intérêt de sa très jeune épouse pour la politique ne laissait pas de surprendre François, habitué à davantage de futilité de la part des jolies femmes.

– Je crois que Napoléon III ne désire pas la guerre, mais que le tsar la veut. Ce qui ne nous regarde en rien.

– Tout ce qui est français concerne l'Italie, rétorqua sèchement Virginia.

Décidément amoureux et fier de sa si jolie femme, François de Castiglione lui prit une loge au théâtre d'Angènes, le plus élégant de la ville. Virginia était d'autant plus heureuse de cet arrangement qu'une troupe française, la compagnie Meynardier, s'y produisait durant toute la saison. Pour elle, tout ce qui était français était bien et la perspective d'assister régulièrement aux pièces données à Paris lui plaisait follement. Elle fut pourtant un peu étonnée lorsque, à l'entracte, elle vit se presser dans sa loge les plus beaux noms de la ville : le chevalier d'Azeglio, qu'elle connaissait déjà et grâce auquel elle avait pu rencontrer le roi, le marquis et la marquise de Villamarina, ses cousins San Marzano, les Viale et les Doria, ses amis d'enfance. L'aîné, Ambrogio, lui parut très séduisant dans son bel uniforme d'aide de camp du duc de Gênes.

Le lendemain, le succès se répéta dans sa loge du Théâtre Royal. Le roi était là et, durant l'entracte, il adressa quelques mots aimables à Virginia. Il se mettait en frais pour elle. Cet homme aux façons abruptes, qui ne s'embarrassait pas de beaucoup de retenue lorsqu'il faisait la cour à une femme dans le but manifeste de la mettre le plus vite possible dans son lit, en dépit de l'existence quasi-officielle de la Rosina et du regard triste de la reine, semblait ému par la jeunesse et la fraîcheur de Virginia. Tous voyaient qu'il recherchait sa compagnie, l'entretenant de sujets graves pour son jeune âge, charmé de ce qu'elle semblât comprendre.

L'Italie n'était qu'une mosaïque d'États indépendants aux régimes politiques divers. Le Piémont de Victor-Emmanuel comprenait aussi la Savoie, Nice, Gênes et la Sardaigne. Les Bourbons gouvernaient Naples et la Sicile. Entre ces deux royaumes s'étendaient les possessions du pape, occupées au nord par les Autrichiens et au sud, Rome comprise, par les Français. Aux mains également des Autrichiens haïs, le grand-duché de Toscane, les duchés de Parme et de Modène, ainsi que le Royaume lombard-vénitien s'étendant de Milan à Venise. On était encore bien loin de l'unité italienne chère au cœur de Virginia et du roi. C'était vers le riche Piémont et son roi libéral que se tournaient les pensées des adeptes de cette unité. Doté d'une vraie constitution, il devenait le symbole de toutes les libertés...

Quant au chef du gouvernement, Camillo Benso, comte de Cavour, alors âgé de quarante-quatre ans, il ne surprit pas beaucoup Virginia en venant un jour lui rendre visite dans son palais. Ce cousin assez proche s'entretenait autrefois longuement avec son grand-père de la cause italienne. Virginia, sans se faire remarquer, les rejoignait souvent dans le cabinet, écoutant la voix chaude et passionnée de ce petit homme sans grande prestance, mais enflammé par la cause de l'unité italienne. Elle savait que, grâce à son journal, *Il*

*Risorgimento*, il avait été l'un des fervents promoteurs de la constitution qu'il avait réussi à faire accepter par le roi Charles-Albert, le père de Victor-Emmanuel, dès le mois de février 1848. Depuis lors, il avait siégé au Parlement de Turin et était vite devenu le chef du centre-droit. Ensuite, au ministère de l'Agriculture, il avait mis en pratique ses théories libre-échangistes. Ministre des Finances, il avait rendu plus juste la répartition des impôts et abaissé les tarifs douaniers avant d'être éloigné du gouvernement. Rappelé très vite par Victor-Emmanuel II, il avait alors cumulé le ministère des Finances et la présidence du Conseil. Le roi lui faisait toute confiance et il était, depuis deux ans, le chef de la politique du royaume de Piémont-Sardaigne. Napoléon III en faisait grand cas. Virginia était donc ravie de l'entendre l'appeler « ma cousine » et lui confier ses projets immédiats

– Nous avons tant à faire, ma petite Virginia. Au Piémont même, il faut construire des chemins de fer, libérer les douanes pour accroître les échanges extérieurs, diminuer la puissance du pape qui se défie de l'unité italienne et y voit un amoindrissement de son propre pouvoir.

Ses rêves devenaient ceux de Virginia. Certes, Cavour n'était pas beau, avec son visage poupin, son nez épaté coiffé de petites bésicles, son grand front accentué par la calvitie. Tout rond et courtaud, il ne payait pas de mine, mais c'était lui le symbole de la future grandeur de l'Italie. Massimo Taparelli, marquis d'Azeglio et père du chevalier qui avait présenté Virginia au roi, l'accompagnait ce jour-là. C'était lui qui, le premier, avait appelé Cavour sur la scène politique. À cinquante-six ans, le marquis ne se contentait pas d'avoir été un politicien éminent, un guerrier valeureux blessé en 1848 lors du conflit contre l'Autriche, l'auteur de réformes judiciaires audacieuses, c'était aussi un peintre de renom et l'auteur de romans historiques ayant bercé l'adolescence de Virginia. Il y prônait la résurrection nationale italienne. S'il ne jouait plus de vrai rôle politique, s'il professait des idées moins avancées que Cavour, il jouissait toujours d'un grand prestige dans les salons de Turin.

François de Castiglione était flatté que de tels personnages pussent connaître si bien Virginia. Certes, sa beauté rayonnante, son entrain et sa gaîté étaient de puissants phares qui attiraient les hommages masculins, mais il y avait quelque chose d'autre en elle, cette fascination pour la politique et l'Italie qui la rendait bien moins futile que les autres jeunes femmes de son âge.

– L'unité italienne, disait le marquis d'Azeglio, ne se fera qu'avec l'aide d'une grande puissance d'Europe. Il nous faut un appui important pour, à la fois, juguler les ambitions du pape et celles de l'empereur d'Autriche. Faute de cet appui, la triste défaite de Novare quand l'armée du Piémont fut vaincue par les soldats de l'empereur François-Joseph d'Autriche se renouvellera.

– Et cet appui, renchérissait Cavour, ne peut venir que de la France et de Napoléon III. Il faut, par tous les moyens, nous assurer la sympathie de l'empereur.

Pour l'heure, Napoléon III avait d'autres soucis en tête que la réalisation de l'unité italienne. Les nouvelles que le père de Virginia continuait à lui envoyer de Paris restaient assez alarmantes. Le 29 janvier 1854, Napoléon III adressa un ultime message au tsar pour l'adjurer de sauver la paix. Or celui-ci répondit que « la Russie se montrera en 1854 ce qu'elle a été en 1812 ». C'était rejeter tout espoir de paix et rappeler, sans la moindre diplomatie, la grande défaite russe de Napoléon Ier et le martyre de ses troupes dans l'enfer blanc et glacé. La Grande Armée y était morte. C'était presque la guerre. Le 27 février, la France et l'Angleterre envoyèrent un ultimatum au tsar, le sommant d'évacuer les principautés du Danube avant le 30 mars.

Au début du mois de mars, Virginia lisait avec émotion le discours que Napoléon III venait de prononcer à la Chambre. Il avait dit entre autres :

*Nous ferons la guerre pour défendre le sultan, maintenir l'influence française en Méditerranée et protéger l'Allemagne contre un voisin trop puissant. Et pourtant, j'espère arriver bientôt à une paix qu'il ne serait plus au pouvoir de personne de troubler.*

Ainsi, elle ne s'était pas trompée dans ses choix ! Napoléon III était bien le champion de la liberté qu'elle croyait, n'hésitant pas devant la perspective d'une guerre lorsqu'il pensait ses idéaux bafoués, lui qui croyait tant au « droit des peuples à disposer d'eux-mêmes ».

Le 12 mars, un traité fut signé entre la Turquie, la France et l'Angleterre, promettant au sultan l'envoi d'une armée. Le 27 mars, face à l'absence de réaction du tsar, la France et l'Angleterre déclarèrent la guerre à la Russie.

Le père de Virginia pensait que Napoléon III songeait plus à une campagne d'intimidation qu'à une vraie guerre. Début mai, le contingent de la classe 1853 porté à cent quarante mille hommes arrivait à Gallipoli, dans les Dardanelles, une ville sinistre, sale et pouilleuse. Bien vite, on manqua de tout car l'intendance n'avait pas suivi. L'armée elle-même était peu préparée, mal vêtue. Surtout, on n'avait pas pensé à l'équipement sanitaire indispensable et, quand furent observés les premiers cas de choléra, on s'aperçut qu'on n'avait rien pour les soigner. L'épidémie se répandit comme une traînée de poudre et l'on ne sut que faire des innombrables cadavres qui empestaient sous le lourd soleil d'Orient. L'armée était moribonde avant même d'avoir combattu. L'ennemi se repliait en Turquie d'Asie et vers le Caucase – toujours cette politique de fuite qui avait déjà plus sûrement décimé la Grande Armée que la pire mitraille.

Comme il fallait tout de même trouver un enjeu à cette guerre absurde, Napoléon III hasarda que l'on pourrait prendre aux Russes la Crimée, cette riche presqu'île en triangle avançant ses champs de blé jusqu'à la mer Noire, bordée à l'est par la mer d'Azov, au sud par le massif montagneux d'où descend la rivière de l'Alma. Avec à sa pointe de l'île, le port de Sébastopol aux puissantes défenses. Sans bien connaître ce territoire ni les forces dont disposait l'ennemi, on commença le 20 août à transporter les troupes vers la Crimée : trente mille Français, trente-deux mille Anglais et sept mille Turcs.

Même si elle s'informait régulièrement de la campagne de Crimée, Virginia ne pensait qu'à s'amuser durant ce mois d'août. Le roi et la famille royale s'étaient installés dans leur palais de Stupinigi, à dix kilomètres de Turin. François, pris par les nécessités de son service à la Cour, y dormait et Virginia venait le rejoindre avec Marie presque chaque après-midi. Elle appréciait tout particulièrement ce somptueux décor baroque de taille pourtant plus humaine que le palais royal, même s'il y avait quarante chambres. Édifié au début du XVIIIe siècle par l'architecte Filippo Juvara pour le roi Victor-Amédée II, ce palais évoquait le luxe et le raffinement de Versailles. Le corps central en forme de cylindre orné de balustres et coiffé d'un grand dôme au sommet duquel se dresse un cerf – l'édifice était à l'origine un pavillon de chasse – faisait heureusement alterner courbes et lignes droites. C'était surtout la magnificence des fresques peintes en trompe-l'œil par Carle Van Loo qui charmait la jeune femme. Planté dans un immense parc comportant rivière et petit lac, le palais Stupinigi constituait une ravissante résidence d'été loin de l'agitation turinoise. Le roi, encore jeune, aimait à s'amuser. Chaque jour, ce n'étaient que joyeux pique-niques, séances de canotage, courses à cheval et bals champêtres.

Bien vite, la beauté de Virginia et l'intérêt évident que lui portait le roi en firent la coqueluche de Stupinigi. Quand arrivait la calèche que François avait spécialement fait venir de Paris pour elle, décorée de ses armes, tous s'empressaient autour d'elle. C'était à qui lui donnerait la main pour l'aider à descendre, lui porterait son ombrelle ou lui offrirait à boire ! François n'avait pas tardé à s'exaspérer de ce succès trop manifeste que Virginia ne repoussait pas.

– Dieu sait que je n'aime guère le rôle de mari jaloux, lui disait-il en aparté, mais vos folles imprudences me forcent à vous demander un peu plus de retenue envers vos chevaliers servants. On dirait qu'au lieu de fuir les hommages, vous les recherchez.

– Et si cela était, quel mal ce serait ? Auriez-vous préféré avoir une femme laide et de peu d'éclat ?

François soupirait. Être l'époux de la plus belle femme d'Italie n'était pas de tout repos, mais il avait ce qu'il avait voulu... Un jour où la conduite de son épouse, ses rires excessifs, ses coquetteries insupportables l'excédaient trop, il osa évoquer la séparation. Elle ne lui adressa plus la parole de toute la journée. Son air boudeur incita même le roi, pour dérider la jolie petite comtesse, à la raccompagner à cheval jusqu'aux abords de Turin. Un roi caracolant à la portière de sa calèche, même si ce n'était pas un adonis, cela avait tout de même plus d'allure que des scènes conjugales de plus en plus fréquentes...

Ensuite, elle fit payer cher à François de Castiglione leur réconciliation et l'apparition de son sourire. Cela lui coûta une nouvelle toilette et d'autres bijoux. D'ailleurs, elle se devait pour lui de soigner son apparence lors de ces journées à Stupinigi et ne pouvait toujours paraître avec les mêmes robes. Et François de mendier son pardon et d'offrir de nouveaux cadeaux, encore des cadeaux. Plus il s'abaissait devant elle, plus Virginia usait de son pouvoir et commençait à en avoir vaguement pitié. Le mépris n'était pas loin, même si elle était toujours éprise de son beau mari qui l'avait initiée à cette brillante vie de cour qui la grisait.

Sa mère, affolée par l'écho de ces disputes trop fréquentes pour un jeune couple amoureux, se décida à venir à Turin. Elle s'ennuyait dans la torpeur de La Spezia et avait assez envie de participer, elle aussi, à quelques belles fêtes. Virginia, ravie de cette arrivée, lui avait fait préparer un agréable appartement au premier étage du palais Castiglione. Pourtant, à peine à Turin, Isabelle Oldoïni trouva le moyen de faire une scène à sa fille et à son gendre. Le voyage l'avait éreintée, l'appartement ne donnait pas sur les jardins, on n'avait prévu aucune réception particulière pour célébrer sa venue.

La capricieuse Isabelle se calma lorsque sa fille lui eut appris qu'elle était enceinte. Quant à François, il n'en pouvait plus de joie et de fierté. Il n'avait d'yeux que pour sa très jeune femme, lui offrit une profusion de roses et une nouvelle bague de grand prix. Surtout, il voulait lui montrer la surprise qu'il lui avait préparée dans le plus profond secret : la rénovation de sa propriété de Costigliole, un beau domaine et une vieille demeure de plus de mille ans d'âge qu'il partageait avec ses cousins. Il s'agissait des Asinari di San Marzano, alors que lui-même était issu de la branche des Asinari Verasis. Se sentant de trop dans le bonheur du jeune couple, et trouvant surtout qu'on se s'occupait pas assez d'elle, Isabelle reprit bientôt le chemin de La Spezia. Il est vrai qu'elle s'était montrée assez odieuse, critiquant sans cesse sa fille et son gendre, les aménagements de leur palais, la conduite des domestiques, l'ordonnance des repas. On ne chercha guère à la retenir.

Virginia était heureuse de changer d'air. Son début de grossesse la fatiguait et elle montrait moins d'entrain à participer aux plaisirs du séjour à Stupinigi. Surtout, elle trouvait son teint brouillé et craignait de ne plus être la plus belle. Et puis, cela ne lui déplaisait pas de jouer les châtelaines. Elle prit possession de ses terres, acclamée par ses sujets, avec l'impression de vivre un perpétuel conte de fées.

Ils firent le trajet en voiture de poste tirée par cinq chevaux, Virginia bien emmitouflée dans sa couverture de zibeline. Les postillons étaient en grande livrée. Des piqueurs sonnant de la trompe pour prévenir de leur arrivée les précédaient, selon un usage très ancien. Le château, située au-dessus de la bourgade du même nom, parmi une foison de pins et d'oliviers, était une vraie forteresse médiévale avec donjon, mâchicoulis et créneaux. Il fallait traverser le village pour y accéder. Tous les habitants, avec danseurs et musiciens, se trouvaient rassemblés sur la place devant l'église. On donna l'aubade à la nouvelle petite comtesse qui souriait à la ronde avec gentillesse et agitait la main pour répondre aux signes de bienvenue. De la place de l'église jusqu'au château, on avait dressé des arcs de triomphe de verdure, faits de palmes et de branches de lauriers-roses entrelacées. On y avait piqué toute une moisson de roses qui embaumaient. Virginia, touchée par ces préparatifs, pressa avec tendresse la main de François. Quand il oubliait de lui faire des crises de jalousie, c'était le plus délicieux des maris.

On accédait au château par une poterne, surmontée d'une horloge, qui avait été autrefois un pont-levis. Si l'extérieur restait austère et évoquait davantage une machine de guerre qu'une maison de plaisance, l'aile appartenant à François, séparée de celle de ses cousins et ayant une entrée particulière était exquise. Il n'avait pas lésiné pour tout refaire à l'intérieur dans le goût du jour. Ce n'étaient qu'une succession de glaces et de lambris dorés, de profonds canapés favorisant le repos et la conversation, de meubles graciles aux délicates incrustations, un délire de plantes en pots et de fleurs. Il y avait plusieurs salons et salles à manger, une galerie pouvant servir de salle de bal. François avait poussé la prévenance jusqu'à faire aménager dans les greniers un vrai petit théâtre avec toute une machinerie compliquée permettant de changer sans effort les décors. Il ne savait plus que faire pour plaire à sa jeune femme.

À peine étaient-ils installés que Marie et Clément annoncèrent leur arrivée à Costigliole. Virginia était heureuse de revoir sa belle-sœur et comptait sur elle, qui avait déjà deux enfants, pour lui donner les conseils que sa propre mère ne lui avait pas prodigués sur la bonne poursuite de sa grossesse. Elle s'irritait des violentes nausées qui la tordaient tous les matins et la laissaient maussade et sans force, incapable d'avaler le moindre aliment. Au début, elle avait souhaité cacher son état et se serrait la taille sous ses grands jupons raidis par des crins de cheval, comme le préconisait la mode, mais François avait affirmé :

– Il ne convient pas de taire votre grossesse à mon frère

et à votre belle-sœur, nous serions ridicules de ne rien leur dire.

Elle s'était laissé convaincre, la seule condition étant que ce fût François qui annonçât l'événement. Sans se l'avouer de façon formelle, Virginia avait honte d'être enceinte, de cette fragilité qu'elle détestait, elle qui avait toujours été si fière de sa belle santé.

C'était le soir de leur arrivée. Marie lui avait offert une jolie broche de malachite qui lui avait fait plaisir. On jouait aux cartes quand François avait juste mentionné qu'ils attendaient un heureux événement et qu'il était le plus heureux des hommes. Virginia n'avait pu alors retenir ses larmes, elle s'était levée de la table de jeu, en faisant tomber sa chaise, et s'était enfuie dans sa chambre. Marie, craignant qu'elle ne se trouvât mal, l'y avait suivie pour la trouver pleurant sur son lit.

– Je n'ai que dix-huit ans, disait-elle en sanglotant, et tout est déjà fini pour moi. Je n'ai rien vu, rien vécu, je commençais à peine à m'amuser et me voici déjà mère. C'est affreux...

Marie se mit à rire. Elle lui semblait encore si enfant, cette délicieuse petite belle-sœur tellement naïve.

– Voyons, Virginia, la vie ne s'arrête pas parce que l'on a un enfant, au contraire. Et ce n'est pas parce que vous serez mère qu'il n'y aura plus de bals et plus de réceptions. Avec cette naissance, vous rendrez François si heureux qu'il vous sera encore plus dévoué, s'il se peut.

– Je suis déjà affreuse, épuisée et malade au bout de deux mois. Qu'est-ce que ce sera ensuite ?

– Vous êtes si jeune, vous retrouverez vite votre taille et

votre belle santé. Les premiers mois sont les plus pénibles et les plus décourageants.

Marie avait trouvé les mots pour rassurer cette très jeune fille que sa mère n'avait même pas tenté d'aider. Pour calmer l'angoisse et la mélancolie de Virginia, elle encouragea son beau-frère à convier à Costigliole le cercle de leurs intimes de Turin, le château étant assez vaste et assez bien organisé pour recevoir une assemblée nombreuse. Durant septembre et octobre se succéda là toute la noblesse turinoise, dont le marquis et la marquise de San Marzano, cousins de François.

Pour distraire son épouse, François avait écrit des petits drames et charades que l'on décida de jouer. Virginia se prétendit trop fatiguée, trop mal en point pour tenir un rôle et fut ulcérée de constater que son refus n'empêchait pas les représentations. Elle reçut la visite d'Ambrogio Doria et se mit en frais pour son ami d'enfance, ne voulant pas sembler laide aux yeux du compagnon de jeux de La Spezia. La cour discrète qu'il lui fit, l'admiration moins discrète qu'elle pouvait lire dans les yeux de son cousin, le marquis de San Marzano, la rassuraient un peu quant à son pouvoir. Pourtant, elle ne pouvait s'empêcher d'infliger des scènes de plus en plus fréquentes au pauvre François qui ne savait plus que faire pour lui complaire. Après tout, c'était la faute de François si elle était devenue cette pauvre créature malade et nauséeuse qui s'épaississait de jour en jour.

On parlait beaucoup, dans la petite société rassemblée à Costigliole, de la réception faite au prince Albert, l'époux bien-aimé de la reine Victoria, par Napoléon III à Boulogne le 3 septembre.

– J'ai lu dans les gazettes, disait Ambrogio Doria, que l'empereur, en grand uniforme, a attendu le prince avec tout son état-major à la coupée du yacht royal, le *Victoria-and-Albert.*

– J'ai rencontré le prince à Londres, répondait François. Il a trente-six ans, une silhouette longiligne un peu voûtée, le cheveu rare. Pourtant, il a toujours belle allure.

– On dit la reine folle de son beau prince mélomane et qu'elle admire son travail acharné, renchérissait Virginia qui trouvait cet amour follement romantique.

Les journaux racontaient aussi que l'empereur avait su écouter avec le plus grand sérieux les idées du prince sur cette guerre de Crimée bien plus meurtrière qu'on ne l'aurait cru. Il l'avait traité en égal et en roi, ce qui lui avait valu l'inconditionnelle reconnaissance de Victoria. Le prince Albert fut logé avec faste à l'hôtel Brighton. Pour son confort, même si son lit était un peu court à son gré, Napoléon III avait personnellement veillé à faire venir de Paris un mobilier appartenant au Matériel de la Couronne. Lui-même habitait non loin de là, au château de Capecure. Victoria, en femme amoureuse, avait envoyé toute une équipe de dessinateurs chargés de reproduire l'intérieur et l'extérieur de l'hôtel, afin qu'elle pût savoir dans quel décor vivait son cher époux pendant les six semaines que devait durer son absence.

Les nouvelles de la guerre continuaient d'arriver avec ponctualité chez François et sa femme. Dès le 14 septembre, les alliés débarquaient à Eupatoria, sur la côte nord-ouest de la Crimée. L'armée russe de Mentchikov, forte de cinquante mille hommes, s'était embusquée derrière les rochers surplombant le cours de l'Alma. Les Anglais décidèrent de s'occuper de l'aile droite de l'armée russe tandis que, du côté français, les zouaves et les tirailleurs algériens attaquaient l'aile gauche. Pendant ce temps, les bataillons du général Canrobert, au centre, franchissaient l'Alma et campaient sur le plateau. L'armée russe, cernée de trois côtés, dut s'enfuir en abandonnant Sébastopol et dix-huit mille morts derrière elle. Il ne restait plus, croyait-on, qu'à assiéger une ville sans défense.

Or les Alliés eurent bientôt plus de quarante-cinq mille malades – toujours le choléra. Les conditions de vie des deux armées devinrent dramatiques. Virginia et ses amis s'alarmaient du sort de ces troupes françaises si favorables au Piémont, donc à l'avenir de l'Italie.

Les dramatiques nouvelles de Crimée et l'intérêt qu'y prenait Virginia ne l'empêchèrent pas de redoubler ses scènes à son mari. Pensant que la superbe vue sur le village et la vallée que dominait le château aurait charmé son épouse, François lui avait réservé la plus belle chambre, au premier étage, nouveau prétexte à d'incessantes disputes.

– Vous auriez pu prévoir que, dans mon état, gravir sans arrêt un interminable escalier serait exténuant, lui dit-elle avec aigreur. Mais bien sûr, vous ne pensez à rien. Il y a un appartement très spacieux au rez-de-chaussée, l'appartement marron, je veux m'y installer.

Des invités occupaient l'appartement en question et il

fallait les faire déménager, puis descendre les meubles de Virginia. Elle exigeait et François n'osait s'opposer à aucun de ses desiderata. Virginia avait d'ailleurs un moyen de pression très sûr. S'il ne satisfaisait pas, à l'instant, le moindre de ses désirs, elle lui interdisait sa chambre sous prétexte de migraines et refusait de le tutoyer lorsqu'ils se trouvaient seuls, comme il l'avait suppliée de le faire. Et Virginia s'installa dans l'appartement marron sans devenir beaucoup plus aimable pour autant.

L'été et l'automne s'achevèrent dans ce climat assez hostile pour le pauvre François, alors que Virginia savait au contraire être tout sourire envers ses invités – la gent masculine surtout. Il commençait à faire froid dans cette immense forteresse difficile à chauffer. Virginia avait hâte à présent de retrouver son ravissant palais de Turin et, surtout, sa chambre rouge, l'agitation de la ville, même si son état lui interdisait de paraître aux réceptions du palais royal.

Ils quittèrent Costigliole le 26 décembre pour Asti. Les vignes du célèbre muscat, bien déplumées à cette époque de l'année, étaient sinistres, avec leurs moignons tragiques tendus vers un ciel gris, mais Virginia était heureuse du voyage, heureuse de traverser au pas de leurs chevaux la petite cité médiévale pour se diriger vers la gare – son état ne lui permettait pas d'effectuer tout le trajet en voiture, le train était tout de même plus confortable. Ils déjeunèrent dans une auberge de la piazza Vittorio Alfieri, en face de la statue de l'écrivain romantique dont Virginia aimait tant les tragédies, puis prirent le train pour Turin. Le soir même, Marie vint la voir. Son optimisme, sa gaîté et son solide bon sens rassuraient Virginia, de plus en plus nerveuse à l'approche de son terme.

Elle voulut surtout avoir des nouvelles de la Cour. La reine mère avait attrapé un refroidissement et semblait très malade. Quant à la reine Adélaïde, enceinte également, son état demandait quelques égards que son époux n'était guère habitué à lui dispenser. Pourtant, il y avait moins de réceptions officielles.

Quelques semaines plus tard, Adélaïde accoucha d'un petit prince. Toute la ville fut pavoisée, les canons tonnèrent, des messes d'actions de grâces furent dites dans chaque église de Turin. La joie fut de courte durée, la reine mère, épuisée par une neuvième saignée, mourut. Dès le lendemain, un cortège somptueux mené par le roi Victor-Emmanuel conduisit le petit prince vers la basilique de la Superga pour son baptême. La reine n'avait pu encore se lever pour assister à la cérémonie. Le cortège montait à peine les marches menant au portique d'entrée surmonté d'un dôme imposant que des émissaires du palais venaient l'arrêter en toute hâte : Adélaïde se mourait et avait demandé l'extrême-onction. On hâta le baptême...

En sa qualité d'écuyer de la reine, François de Castiglione ne quittait l'appartement de sa souveraine que pour venir rapidement se restaurer chez lui. Il neigeait et la capitale du Piémont semblait s'ensevelir sous un mélancolique manteau blanc. Virginia, en larmes, cousait fébrilement, poussant l'aiguille, refusant de s'arrêter. Elle ne cessait de pleurer. On aurait dit qu'elle venait de perdre sa plus chère amie. Avec l'aide de sa femme de chambre, Luisa Corti, une jeune femme de son âge venue de Florence avec elle, elle confectionnait avec une opiniâtreté désolée sa future robe de deuil.

Le 10 janvier, afin de gagner l'estime des grandes puissances, et surtout de la France dont l'aide lui serait si précieuse, le roi Victor-Emmanuel offrit à la France et à l'Angleterre l'envoi de quinze mille hommes pour participer au siège de Sébastopol. De la fenêtre de sa chambre, Virginia admira et salua les troupes défilant dans la ville.

Le 24 janvier, tandis que les premiers contingents piémontais partaient pour la Crimée, le roi et la ville de Turin faisaient de splendides funérailles à celle qui avait occupé si peu de place de son vivant et que, morte, l'on célébrait avec faste. Bien sûr, François, en grand uniforme, escortait le cortège funèbre. Virginia, de plus en plus fatiguée et déprimée, se jugeant affreuse, n'assista pas à l'enterrement, ne voulant pas se montrer ainsi à ses admirateurs.

Le tsar de Russie, Nicolas I^er^, venait de mourir et son fils, Alexandre II, continuait la politique de son père. Le siège de Sébastopol se poursuivit, avec sa moisson de morts. Le typhus s'était joint au choléra pour faire de cette campagne une interminable agonie.

Le vendredi 9 mars 1855, Virginia fut éveillée à six heures du matin par une première contraction et alla prévenir François. Maintenant que le grand moment était enfin arrivé, elle se sentait calme, presque détachée. François au contraire perdit tout à fait la tête. Il donna en courant mille ordres contradictoires, mais pensa tout de même à faire chercher la *levatrice*, la sage-femme, une certaine dame Dominici. Luisa avait tressé les cheveux de sa maîtresse, apprêté un lit d'appoint dans le cabinet de toilette, mis de l'eau à bouillir et préparé les linges.

Virginia, qui ne tenait pas en place et avait moins mal debout qu'allongée, faisait fébrilement les cents pas dans son appartement, jusqu'à ce qu'à dix heures, M^me^ Dominici la fît se coucher presque de force. François, affolé, se tenait à son chevet, maladroit, empressé, encombrant dans cette affaire de femmes. Les contractions s'accentuaient et la jeune femme, les dents serrées, fit sagement ce qu'on attendait d'elle, poussant quand il le fallait, se détendant ensuite, lorsque l'onde de souffrance s'en était allée. À midi, elle accoucha d'un beau et gros garçon que l'on nomma Giorgio.

Ainsi, elle était mère... Se mêlaient en elle la fierté de s'être montrée brave et d'avoir donné à son mari l'héritier mâle qu'il attendait et l'impatience de retrouver bientôt un corps parfait et sa beauté.

Elle était heureuse aussi de la joie de François, des nouvelles robes, des fourrures et des bijoux qu'il lui offrait avec une prodigalité un peu folle. Elle recevait ces témoignages de son adoration comme un tribut naturel. Toutes ses amies trouvaient son fils magnifique et elle regardait avec attendrissement le berceau rose où reposait ce petit bout d'homme que l'on disait si beau. Parfois, elle le prenait dans ses bras et l'embrassait avec transport, le tendant aussitôt à sa nourrice s'il pleurait trop fort ou crachait. Elle ne voulait pas salir ses élégants déshabillés.

Dès le début du mois, bien jolie parmi ses ruchés de dentelles, ses ravissants cheveux aux reflets fauves épars sur l'oreiller, encore un peu pâle, ce qui lui donnait un air « intéressant », Virginia reçut dans sa somptueuse chambre rouge son petit cercle d'intimes dont Marie et Clément, Henry Gastion qui ne parlait que d'aller se battre en Crimée et Ambrogio Doria qui préférait à ces propos belliqueux le plaisir de se plonger dans les yeux si verts de Virginia.

Quant aux journaux italiens, ils contaient l'arrivée à Douvres, le 16 avril, par un brouillard qui avait failli rendre le débarquement impossible, de l'empereur et de l'impératrice à bord du *Pélican*. Le prince Albert, le comte Walewski – l'ambassadeur de France que François avait rencontré à Londres et qui lui avait le premier vanté la beauté de Virginia Oldoïni – et son épouse montèrent à bord du *Pélican*. Les souverains français se rendirent ensuite à Londres pour évoquer avec la reine Victoria la difficulté de cette campagne de Crimée, ainsi que ce qu'il convenait de faire pour en finir au plus vite.

Ce qui intéressait surtout les chroniqueurs concernait les toilettes des dames. Ils évoquaient longuement l'élégance de l'impératrice, en robe de tartan écossais, paletot gris et chapeau de paille ou bien les appartements que la reine avait fait préparer pour ses hôtes, la chambre des souverains aux tentures écarlates, le lit où avait dormi Nicolas Ier, meuble pesant et tourmenté ceint de rideaux violets surmontés de plumes. Victoria y avait fait graver un peu partout les initiales de l'empereur et de l'impératrice et elle avait même placé dans l'ancien bureau de George IV, devenu cabinet d'Eugénie, son propre nécessaire de toilette en or. Le prince de Galles, Bertie, qui n'avait que quatorze ans, et la princesse royale Vicky avaient été présentés à Leurs Majestés impériales qui avaient trouvé les enfants très beaux. Victoria avait même embrassé les souverains français sur les deux joues avant de les mener à la salle du trône où les attendaient le prince Albert et ses cinq autres enfants. Ce soir-là, l'empereur évoqua devant Victoria et son époux son désir de se rendre lui-même en Crimée pour prendre le commandement de son armée. L'empereur avait fait venir quatorze de ses chevaux en Angleterre et il montait fièrement l'une de ses plus belles bêtes, Philippe, pour passer la revue des troupes de la maison royale, sous l'œil attentif des deux souveraines. Bien sûr, tout se termina par un grand bal dans la galerie de Waterloo – il était un peu tard pour en modifier le nom... La reine avait adoré le couple impérial et dit très haut de Napoléon III après son départ :

– Je suis heureuse de connaître cet homme merveilleux et remarquable, qu'il est certainement impossible de ne pas aimer et admirer au plus haut point quand on a vécu avec lui comme nous l'avons fait. Nous sommes restés onze heures ensemble hier... Je le crois capable de bonté, d'affection, d'amitié et de gratitude. J'ai confiance en lui pour l'avenir...

Elle ajoutait au sujet de l'impératrice :

– Elle est remplie d'esprit et de courage, cependant si douce, avec une telle innocence et un tel enjouement que cela donne un ensemble charmant. Malgré sa grande vivacité, elle a les manières les plus agréables et les plus modestes.

Virginia se régalait de ces petits détails et se demandait

encore une fois s'il lui serait un jour donné de connaître enfin Paris et ses souverains...

Bien sûr, comme toute l'Italie, elle fut stupéfaite et indignée d'apprendre l'attentat dont l'empereur faillit être victime une semaine après son retour en France. C'était le 28 avril 1855, en fin d'après-midi. Ce soir-là, l'empereur, dans le but de se rendre à cheval au bois de Boulogne, remontait l'avenue des Champs-Élysées et dépassait le rond-point lorsqu'un homme se précipita au milieu de la chaussée. À cinq ou six pas de lui, il leva son revolver, visa l'empereur et fit feu à deux reprises. Par bonheur, Napoléon III ne fut même pas touché. L'homme fut aussitôt arrêté par des policiers. Il avait trente-deux ans, se nommait Giovanni Pianori et était un ancien garibaldien évadé de la prison de Faenza. Comme il était italien, les journaux de Turin rapportèrent en détail l'événement, en profitant pour rappeler les nombreuses conspirations visant à attenter à la vie de l'empereur. Il y avait eu celle de la rue Mouffetard en 1852, celle de l'hippodrome l'année suivante, celle du 5 juillet 1853 visant la voiture impériale près de l'Opéra, puis celle de 1854 pour faire sauter le train de l'empereur lors de sa visite à Lille...

Cette fois, il s'en était fallu de peu. Virginia, indignée, ne cessait de répéter à Ambrogio Doria, qui venait à présent la voir presque tous les jours et lui faisait une cour assidue :

– Un Italien, tirer sur l'empereur, et qui plus est un garibaldien ! Comment est-ce possible ? Napoléon III est peut-être le seul des souverains d'Europe à se soucier de nous, à prendre ouvertement notre parti. Si un jour l'unité italienne peut enfin se faire, ce sera par lui et avec lui. Mon cousin Cavour est d'ailleurs de cet avis. Pour l'instant, avec cette guerre de Crimée qui n'en finit pas, ce siège de Sébastopol et les armées décimées par la maladie, l'empereur ne peut bien sûr rien faire en Italie, mais j'ai confiance en lui. Il suffirait de peu pour l'inciter à nous aider...

Et Ambrogio, de plus en plus sensible aux charmes de sa belle amie, acquiesçait à tout ce qu'elle disait. Il voyait autour de lui ses amis partir pour la Crimée, mais lui n'avait qu'une envie, celle de rester. Son seul siège était celui de Virginia et il se souciait bien peu de Sébastopol ou de l'attentat de Giovanni Pianori. Cependant, puisqu'il bouleversait ainsi Virginia, il convenait de s'en émouvoir avec elle. Mais Ambrogio avait plus envie de parler d'amour que de politique. Et Virginia, qui ne l'aimait pas, mais voulait à toute force être aimée, l'écoutait évoquer ses sentiments pour elle sans toute la froideur qu'il aurait fallu.

Quant à François, devenu gentilhomme du roi, il était souvent retenu au palais royal et laissait sa jeune femme seule. Il ne voyait rien, ne remarquait rien et se disait même avec un méritoire aveuglement qu'il appréciait cet ami d'enfance de Virginia. Ambrogio Doria avait le mérite de la distraire quand il n'était pas là et de ramener un sourire sur les belles lèvres trop souvent maussades.

Ce fut à la fin du mois de mai que le marquis Oldoïni, qui n'avait pas vu sa fille depuis des années, qui n'avait pas assisté à son mariage et ne connaissait ni son gendre ni son petit-fils, annonça brusquement sa visite à Turin. Il désirait surtout rencontrer Cavour et, si possible, le roi pour les entretenir de sa carrière française et leur demander un avancement qu'il n'obtenait pas par ses seuls mérites. Il fut enchanté de revoir sa belle Virginia et de la savoir si bien en cour. Elle lui raconta longuement les bals au palais royal, les pique-niques si joyeux à Stupinigi, l'intérêt que lui avait marqué Victor-Emmanuel, la façon dont il l'avait raccompagnée à Turin en caracolant à la portière de sa calèche. Le marquis demanda à sa fille un rendez-vous avec le roi, qu'il n'obtint pas, mais s'entretint longuement avec son cousin Cavour qui voulait savoir dans quelles dispositions se trouvait Napoléon III à l'égard de l'Italie et s'il pensait toujours à l'unité italienne. Cavour promit vaguement qu'il songerait à la carrière du marquis et ce dernier dut se contenter de ces belles paroles.

En revanche, le marquis Oldoïni fut enchanté de son petit-fils qu'il qualifia de « beau et braillard poupon ». Il ne trouva pas Virginia très maternelle et s'épouvanta de son goût pour les belles toilettes, les bijoux de prix et les attelages racés.

– Un peu d'économie, ma fille, recommanda-t-il sans y croire.

Sur le plan des dépenses et des plaisirs, elle ressemblait un peu trop à son goût à sa mère, dont il n'était pas fâché d'être séparé et qu'il n'avait pas la moindre intention d'aller voir à Florence. Surtout, il fut effrayé par les querelles qui éclataient à tout propos dans le couple. François, tout à coup follement jaloux d'une femme qui lui interdisait souvent la porte de sa chambre, hurlait que la séparation serait la meilleure des solutions. Virginia éclatait aussitôt en sanglots et les domestiques se gaussaient tout bas de ces scènes de plus en plus fréquentes. Le marquis Oldoïni tenta maladroitement de morigéner et son gendre et sa fille et tous deux lui firent comprendre, sans trop d'égards, qu'ils entendaient continuer à se disputer en paix, avec ou sans sa bénédiction. Que son beau-père ne fût même pas venu pour leur mariage ou la naissance de leur fils, qu'il n'eût même pas fini de payer la maigre dot de Virginia ulcérait François. Il ne marquait donc pas un très grand respect pour le marquis Oldoïni. Aussi, ni sa fille ni son gendre ne cherchèrent-ils à le retenir lorsqu'il annonça sa décision de retourner à Paris quinze jours à peine après son arrivée.

Ce qui préoccupait pour l'heure beaucoup Virginia était la nomination de son cher Ambrogio Doria à la petite garnison de Pinerolo. La bourgade, qui avait connu un essor important quatre siècles plus tôt, lorsqu'elle était la capitale d'une des branches de la maison de Savoie, les princes d'Achaïe, était ensuite retombée dans sa torpeur et il n'y avait pas grand-chose à y faire. Même si elle n'était éloignée que d'une quarantaine de kilomètres de Turin, ce ne serait plus comme avant, lorsque Ambrogio était chaque soir à sa disposition.

Dès le lendemain de sa nomination, Ambrogio Doria profita d'une après-midi de liberté pour galoper à bride abattue jusqu'à Turin et le palais Castiglione. Hors d'haleine, sa passion exaspérée par l'attente, il se précipita dans le boudoir de Virginia, l'enlaça et lui offrit un premier baiser tumultueux qui se prolongea longtemps.

La trop romanesque Virginia ne se contentait plus des ardeurs timides de François et le méprisait pour ses colères intempestives immédiatement suivies de demandes de pardon larmoyantes et de présents excessifs. Un homme si dépendant d'elle, si soumis à ses entières volontés ne l'incitait plus du tout au rêve. Au contraire, la cour éperdue que lui faisait Ambrogio, ces quarante kilomètres qu'il parcourait d'une traite pour la voir quelques instants chaque fois qu'il était libre lui semblaient le signe d'un bel amour. Il ne cessait de lui dire et de lui répéter combien elle était belle et Virginia buvait ces paroles, enchantée de l'entendre lui parler sans fin d'elle-même et de ses charmes. Son sujet de conversation préféré.

Le vendredi 29 juin, jour de la Saint-Pierre, François quitta Turin à l'aube pour se rendre dans son village de Costigliole afin d'y présider la fête et de conduire la procession. Virginia n'avait pas voulu le suivre sous le prétexte de ne pouvoir quitter son enfant. En réalité, elle avait fait porter un billet à Ambrogio pour le prévenir de l'absence de son époux. Lorsqu'elle revint de la messe, vers onze heures, elle aperçut, derrière un massif du jardin, la haute silhouette de son beau cavalier. Les domestiques étaient en train de déjeuner, le palais était désert et elle l'entraîna dans sa chambre. Il l'attendit tandis qu'elle se déshabillait dans son cabinet de toilette. Revêtue d'un grand peignoir blanc orné de dentelles, les cheveux dénoués, elle revint et il l'entraîna vers le lit.

Ce matin-là, elle s'offrit à ses plus folles caresses, aux baisers les plus passionnés. C'était trop bon d'exaspérer ainsi son attente, son désir d'elle et de lui permettre presque tout. Avec une science consommée de séductrice, elle joua avec les sens d'Ambrogio qui en était fou.

Quand il fut reparti à l'aube, elle prit son journal, écrivit la date et le nom d'Ambrogio, puis un *b* barré et un *x*. Elle venait d'établir un code, le *b* barré signifiait qu'on l'avait embrassée et le *x* qu'elle avait été caressée. Mais ce jour-là, elle ne traça pas encore de *f* barré devant le prénom d'Ambrogio, ce qui aurait voulu dire qu'elle s'était donnée entièrement...

Désormais, Ambrogio ne pensait qu'à galoper éperdument vers sa belle, ne songeant qu'aux bras si blancs de Virginia, à sa bouche délicieuse, à sa gorge parfaite, à la taille si mince et si flexible entre ses mains, à ce ventre dont il rêvait. Elle sut encore freiner sa fougue durant deux autres rendez-vous. Les caresses se faisaient plus exigeantes, elle-même n'en pouvait plus de cette attente. Mais c'était si bon de se parer pour lui, d'essayer pour lui une nouvelle robe mettant ses épaules mieux en valeur, un parfum plus voluptueux, des cheveux décoiffés sensuellement.

Avant leur troisième rendez-vous amoureux, elle dîna avec son époux à Turin, chez son oncle, le général Cigala. Elle avait revêtu une vaporeuse robe rose, couleur qu'elle affectionnait, découvrant audacieusement ses épaules. Son quadruple rang de perles avait la couleur laiteuse de sa peau. Elle riait beaucoup, d'énervement et de plaisir anticipé puisque François, après l'avoir reconduite chez eux, devrait retourner au palais royal où il était de service. Quant à Ambrogio, il l'attendait sans doute déjà dans le secret du jardin. Jamais son mari ne l'avait trouvée si éclatante et il dut se faire violence pour la quitter devant les grilles. Virginia se montra presque aimable en lui souhaitant le bonsoir. Il en fut bouleversé, lui promettant de ne pas rentrer trop tard. Elle lui sourit distraitement, ne songeant qu'à

Ambrogio, à ses cheveux bruns, à ses yeux tendres, à sa belle bouche qui savait si bien émouvoir la sienne et laisser pleuvoir partout sur elle de délicieux baisers la faisant longtemps frissonner. Et si elle eut, très brièvement, comme une pitié tendre pour ce pauvre François qui ne voyait rien, ne savait rien et l'adorait si mal, mais avec une telle ferveur, elle oublia tout lorsque Ambrogio, surgi de l'ombre d'un arbre, fondit soudain sur elle pour l'étreindre. C'était un aigle ou une bête de proie qui l'emportait très loin du timide François, en des contrées de désir et de passion.

Elle l'entraîna vers le salon dont elle ferma la porte à clef et tira avec soin chaque rideau. Elle n'avait allumé qu'un grand candélabre et la lueur dansante des bougies parait toute sa chair de reflets rosés, doux à l'œil. Ambrogio la porta jusqu'au canapé. Elle l'aida à venir à bout d'une multitude de petits boutons et d'agrafes et émergea finalement de ce flot de dentelles neigeuses, si belle dans sa nudité, si triomphante qu'il la contempla un instant, interdit, avant de se pencher sur elle et de l'enlacer.

Cette nuit-là, elle ne lui refusa rien.

Dans son journal, elle apposa un *f* barré devant le nom de son amant.

Le matin, François enfin reparti, Virginia relut sans fin un billet qu'Ambrogio avait griffonné à la hâte avant de la quitter et de s'enfuir au grand galop vers sa caserne.

*Je vous aime maintenant, oh ! oui, je vous aime à la folie ! et il n'y a rien au monde que je ne sois prêt à faire pour vous – vous avez tous les droits d'exiger, quand même vous en abuseriez – adieu donc, chère et bonne Bisisi, soyez toujours pour moi ce que vous avez été hier, et surtout hier au soir depuis le dîner. Voilà désormais mon seul vœu. Adieu, adieu, tout à vous pour la vie.*

Elle avait un amant ! Elle avait osé transgresser l'ordre établi et tromper son mari. Toute jolie femme ne se doit-elle pas d'avoir un amant ? Loin de se sentir coupable – François était si fatigant avec ses scènes éternelles, ses menaces de séparation aussitôt suivies de repentirs éperdus –, cette idée l'exaltait. La nécessité du secret renforça la puissance de sa passion. Persuadée qu'elle aimait pour la première fois et pour toujours, elle voulut combler son amant de cadeaux, d'attentions, se faire encore plus belle pour lui, afin de le voir s'enflammer davantage. Puis elle s'exaspéra de la présence, pourtant discrète, de François à ses côtés, de la nécessité de se montrer prudente, quand elle ne rêvait que de nouveaux excès, d'autres folies avec Ambrogio. Pourquoi ne pas s'enfuir quelques jours avec lui à La Spezia, le village de leur enfance, et être à lui pleinement, se coucher, s'éveiller avec lui ? Elle ne supportait plus le moindre contact avec son mari, le moindre de ses gestes un peu tendres ou une tentative de baiser. Elle ne s'appartenait plus, elle était toute à Ambrogio.

Affolé par les ardeurs de sa maîtresse et ses projets d'évasion, celui-ci vantait la prudence, prônait la nécessité du secret. La violence de Virginia et son peu de discrétion lui faisaient peur. Il était enchanté d'avoir une si belle maîtresse, il était amoureux d'elle, mais ne voulait pas se brouiller avec le comte de Castiglione dont il avait pitié ou, pis encore, être obligé de se battre en duel contre lui et le blesser. Fort de l'amour de Virginia, il ne croyait pas une seconde pouvoir être à son tour atteint. Ses équipées nocturnes n'étaient un secret pour personne dans sa petite garnison. Ses camarades lui enviaient sa bonne fortune. Turin n'était pas une assez grande ville pour qu'on ignorât ses visites au palais Castiglione. Il lui semblait même que tous les yeux de la ville étaient tournés vers eux et il ne cessait de recommander l'extrême prudence à Virginia. Elle s'affolait à son tour, redoutant la tiédeur de son amant une fois sa passion assouvie.

Mi-juillet, Virginia et son mari, sa femme de chambre Luisa Corsi, le petit Georges, qu'elle appelait affectueusement Baby, sa nourrice et un monceau de malles prenaient le train pour La Spezia. Son père, venu régler des affaires car il avait besoin de liquidités pour son train de vie à Paris, les attendait en calèche devant la gare.

Même si on s'était quittés un peu fraîchement, les retrouvailles furent joyeuses. Virginia était heureuse de revoir ses parents, de montrer à sa mère combien son beau bébé avait grandi, de reprendre ses habitudes dans le palais paternel, de retrouver le port et ses barques si pimpantes, la plage et son cher *Torretto*, toujours vaillant dans son éternel guet marin. *Il Torretto* symbolisait toute son enfance et les débuts de sa vie amoureuse avec François. Un peu radoucie à l'égard du mari qu'elle trompait avec bonheur,

Virginia se sentait revivre dans ce parfum de grand air et de liberté. Ambrogio avait promis de lui écrire.

Aussi, dès le lendemain, s'en alla-t-elle flâner du côté du palais Doria. Elle se fit annoncer et vint présenter ses compliments à la vieille princesse qui l'aimait bien et la félicita sur sa bonne mine. Après l'entretien, Andrea Doria lui remit avec embarras une lettre d'Ambrogio. Feignant de ne rien remarquer, elle prit la lettre et le remercia. Le mot, trop prudent, presque banal, la déçut. Elle s'attendait à une missive plus enflammée. La réponse fut un peu sèche et le pauvre Ambrogio, éperdu, décontenancé dut lui expliquer dans une seconde lettre qu'il n'écrivait ainsi que par souci de prudence, de peur que ses courriers ne tombent entre de mauvaises mains.

Le temps passait délicieusement dans une atmosphère de fête permanente. On organisait des pique-niques et des excursions dans les environs. On louait un bateau et partait en barque, les hommes pesant sur les avirons. Le marquis et la marquise d'Oldoïni, pour une fois réconciliés dans cette ambiance de joie générale, participaient à la plupart des expéditions. Outre Andrea Doria, il y avait là son frère Marcello, qui était fiancé, mais flirtait avec la fille du signore Lever, un ami de longue date des Doria. La petite en était folle et levait des yeux furibonds sur Virginia quand elle osait un sourire un peu appuyé à Marcello qui lui faisait lui aussi une cour discrète et pressante.

Quant à Andrea, il aimait sincèrement Virginia et s'épouvantait de la voir, si jeune et encore si innocente, fourvoyée dans une liaison sans issue.

– Prenez garde, Virginia, lui disait-il, prenez garde de ne pas finir comme la Martini, repoussée, oubliée de tous.

La Martini était une jeune fille de leur connaissance qui, après avoir été mariée et avoir pris plusieurs amants, avait été rejetée par son mari lorsqu'il avait appris son inconduite. Il avait demandé le divorce. Depuis, chassée de sa famille, bannie de la haute société, elle menait une existence misérable et presque solitaire. Ces mots d'Andrea firent pleurer Virginia qui savait s'être jetée un peu rapidement dans une liaison insoluble. C'était si bon, pourtant, d'être courtisée par tous les hommes et de se voir si belle dans leur regard ! Aussi ne découragea-t-elle pas tout à fait la cour pressante faite par Marcello. Il eut droit à des baisers, mais rien d'autre. Avoir un frère Doria pour amant était nettement suffisant.

La petite compagnie s'intéressait beaucoup à la prochaine arrivée en France de la reine Victoria et de son époux, qui allaient débarquer à Boulogne avant de filer jusqu'à Paris pour visiter l'Exposition universelle. Les souverains anglais arrivèrent le 18 août, en même temps que sept vapeurs britanniques portant dans leurs flancs dix mille passagers venus assister au débarquement de leur reine. L'empereur s'était installé pour les attendre et les accueillir à l'Hôtel du Pavillon impérial de Boulogne, où il avait retenu pas moins de dix chambres, plus le salon du rez-de-chaussée.

Les gazettes italiennes relataient avec force détails l'interminable voyage en train jusqu'à Saint-Cloud. Pour honorer le peuple de Paris à son entrée dans la ville avec son époux et ses deux aînés, la reine avait demandé une calèche découverte où l'empereur monta avec la famille royale anglaise. C'était une splendide calèche à ressorts à l'intérieur garni de reps gris perle. La caisse et le train, vernis bien sûr « à l'anglaise », étaient verts, rechampis de filets vermillon. Des chasseurs de la Garde marchant au pas encadraient la calèche. Deux cent mille hommes firent la haie le long des Champs-Élysées. Cent coups de canon saluèrent l'arrivée du cortège. La nuit était tombée lorsqu'il s'arrêta devant le château des Tuileries brillamment illuminé. L'impératrice et la princesse Mathilde s'avancèrent ensemble sur les degrés du grand escalier pour recevoir les voyageurs.

Et les journaux de dépeindre dans les détails la chambre de la reine et du prince Albert, s'attardant sur les voiles du baldaquin en taffetas cramoisi et bleu. Les chroniqueurs donnaient une liste et un récit précis de la visite anglaise et Virginia dévorait leurs articles. La compagnie visita Saint-Cloud et l'exposition des Beaux-Arts, l'Élysée et l'ensemble de la capitale, Versailles, Trianon et le Hameau de Marie-Antoinette, l'Opéra de la rue Le Peletier et l'Hôtel de Ville où un bal eut lieu. Quarante-cinq mille hommes défilèrent devant les souverains anglais pour une grande revue au Champ-de-Mars, puis la reine tint à s'incliner devant le tombeau de l'Empereur aux Invalides. L'émotion fut intense lorsque Victoria, prenant la main du prince de Galles vêtu en highlander, avec kilt et veste de velours, le plaça face au sarcophage en lui disant :

– Agenouille-toi devant le tombeau du grand Napoléon.

À cet instant, l'orgue se mit à jouer, très lentement, comme une marche funèbre, le *God Save The Queen*.

À La Spezia, la marquise Oldoïni supportait d'autant plus mal l'agitation autour de Virginia qu'elle n'était plus le centre des hommages masculins. Elle avait disparu du devant de la scène alors qu'elle y avait joué si longtemps le rôle principal. Elle annonça qu'il fallait fermer le palais Oldoïni : le marquis rentrait à Paris et elle à Florence. François et sa jeune femme décidèrent de partir le dimanche. Après avoir été à la messe au bras de Marcello, Virginia invita le jeune homme à la suivre dans sa chambre. Celui-ci, plein d'espoir, pensa aussitôt qu'il allait pouvoir concrétiser un flirt qui l'avait jusque-là laissé sur sa faim. Virginia, qui le trouvait assez transparent, s'amusa de ses espérances déçues. Elle s'assit à son petit bureau et le chargea de tailler ses plumes tandis qu'elle lui écrivait, à son insu, une lettre de rupture qu'elle ne lui remettrait qu'après avoir quitté La Spezia. Elle avait encore besoin des deux frères pour l'aider, dans l'après-midi, à ranger ses livres, ses innombrables toilettes et bijoux et boucler ses malles.

En dépit de cette petite pointe de cynisme, les adieux avec Marcello furent tendres et un peu tristes. Il lui donna ses boutons de manchettes et elle une mèche de ses cheveux d'un brun doré, puis elle voulut à son tour avoir des cheveux de Marcello et coupa elle-même une boucle châtaine qu'elle cacha dans sa broche.

Elle reprit le train, s'arrêta avec Baby, époux et bagages pour un bref séjour à Costigliole, puis ils remontèrent à Turin. Dès midi, elle y recevait sa belle-sœur et son beau-frère, flanqués d'Ambrogio Doria. Tandis que François reprenait son service auprès du roi, elle donnait rendez-vous à son soupirant pour l'après-midi même et passait quelques heures dans ses bras. Les conseils du pauvre Andrea avaient été vite oubliés, mais Virginia n'était pas encore comme la Martini, puisqu'elle n'avait qu'un amant !

Le 8 septembre 1855, Turin apprit le suprême assaut des Alliés contre les murailles de Sébastopol. Bientôt, le drapeau du 1^er^ zouaves flotta sur la redoute de Malakoff. On citait le fameux mot de Mac-Mahon disant en refusant de quitter la redoute : « J'y suis, j'y reste ! »

Malakoff prise, la position du prince Gortchakov devenait intenable. Après avoir fait évacuer la ville et détruit par le feu tout ce qui pouvait l'être, il quitta Sébastopol. Pélissier y entra le 10 septembre. Il avait fallu trois cent trente-deux jours de siège et d'innombrables morts pour réduire Sébastopol. La victoire gardait un goût amer.

Dans tout Turin, et spécialement dans le petit cercle des intimes de Virginia, on ne parlait que du départ du roi Victor-Emmanuel II pour la France. À présent que Napoléon III n'était plus occupé par la guerre contre la Russie, il était grand temps de lui redonner le goût de l'Italie. Plus que jamais, Cavour venait rendre visite à sa belle cousine. Plus que jamais, il accablait le marquis Oldoïni d'ordres et de contrordres, tant il était inquiet de la prochaine venue du roi.

– Il y a tout de même une chose qu'il serait bon d'obtenir de Sa Majesté avant son départ, faisait remarquer Virginia, c'est qu'elle coupât ses moustaches. Elles sont imposantes, trop imposantes. Elles lui barrent toute la joue. Pour un écuyer de cirque, passe encore, mais pour un roi... Il ne faudrait pas que l'on pût rire de Sa Majesté aux Tuileries ou à Saint-Cloud.

– Sa Majesté ne voudra jamais. Elle tient à ses moustaches plus qu'à la vie ! Il y a une autre chose qui m'inquiète, soupirait Cavour, c'est le goût immodéré de Sa Majesté pour les femmes. Pour un joli jupon, le roi renoncerait à la réunion la plus importante.

– Puisque Sa Majesté attache tant d'importance à l'avis féminin, dites-lui donc, que son amie la comtesse de Castiglione trouverait son visage plus avenant avec une moustache raccourcie de dix bons centimètres !

– Je vais essayer, promit Cavour qui ne trouvait pas sa tâche bien facile.

À la surprise générale, Victor-Emmanuel accepta finalement de sacrifier les dix centimètres requis de sa royale moustache. Le roi et son ministre se préparèrent donc à ce voyage si important pour l'avenir de l'Italie.

Les éternels chassés-croisés amoureux de Virginia avec les quatre frères Doria ne l'amusaient plus. Ambrogio, le seul qui fût pour l'heure son amant, commençait même à l'ennuyer franchement avec ses récriminations et ses éternelles lettres de reproches. Avoir un amant n'était pas si divertissant qu'il y paraissait... La politique l'intéressait bien davantage.

Depuis quelque temps, son oncle, le général Cigala, attaché à la personne du roi et très intime avec lui, venait souvent s'entretenir le soir avec elle dans son salon du palais Castiglione. Peu à peu, la conversation prit un tour plus intime qui étonna Virginia.

– À présent que vous avez donné un héritier mâle à votre époux, donc rempli votre devoir envers les Castiglione, vous pouvez à juste titre vous sentir plus libre de votre personne. Turin n'est pas une ville digne de vos charmes, de votre beauté...

Virginia était bien d'accord, bien qu'elle ne vît pas où son oncle voulait en venir.

– Il me semble, continua-t-il, que votre attachement va aussi à vos amis d'enfance, les frères Doria. On dit même, de mauvaises langues probablement, qu'Ambrogio est souvent reçu chez vous.

Il était admirablement renseigné, ce qui fit beaucoup rougir Virginia. Elle se demanda si la ville était aussi au courant de leur liaison. Peut-être ce sot d'Ambrogio s'était-il vanté de sa bonne fortune auprès de ses compagnons de régiment ? Furieuse, elle répondit :

– Je vous assure qu'Ambrogio ne m'est plus rien, même si, au nom de notre enfance commune, j'ai pu avoir une certaine tendresse pour lui.

Pourtant, la semonce ou tout au moins les conseils de prudence qu'elle attendait ne vinrent pas. Le général Cigala semblait au contraire enchanté de sa nièce. Il la complimenta sur sa jolie robe, sa belle mine et la splendeur de son teint, puis il la salua en lui disant simplement :

– Un auguste visiteur désire prendre congé de vous avant son départ. Peut-il espérer que vous le recevrez ? Il voudrait surtout vous parler de l'Italie...

– Il s'agit de mon cousin Cavour, j'imagine.

– Plus auguste que cela. Cette personne désire s'entretenir discrètement avec vous le 16 au soir, vers huit heures, d'une mission que l'on souhaite vous confier.

– Je suis toute à ses ordres, répondit Virginia en esquissant une petite révérence.

Il était impossible de refuser un souhait royal. Une mission... L'imagination de Virginia galopa follement. Elle se sentait enfin revivre. Le roi allait lui confier une mission et la question était assez importante pour qu'il prît le risque de venir chez elle au lieu de la convier au palais, assez importante pour qu'on lui recommandât le secret à l'égard de François... Aussi Virginia ne fut-elle pas très surprise d'apprendre qu'on envoyait son mari en mission à Milan. C'était elle, et elle seule, que le roi souhaitait voir et, à l'évidence, il ne s'agissait pas d'une banale affaire de galanterie.

À l'heure dite, elle était prête, vêtue de velours noir pour ne pas avoir l'air d'une jolie femme futile. Elle avait fait fermer toutes les portes du palais, sauf une près de laquelle elle avait posté Pongio, son valet. Elle avait même renvoyé Luisa en lui disant qu'elle était lasse et qu'elle avait à écrire avant de se coucher.

Toute la Cour accompagna l'ensemble de la délégation italienne à la gare, le roi et Cavour à sa tête. Dès lors, on vivrait à Turin à l'heure de Paris.

Le 20 novembre, le roi et son entourage – le marquis Oldoïni en faisait partie – étaient à Lyon. Trois jours plus tard, ils arrivaient à Paris. Une partie de la gare avait été transformée en salon d'accueil pavoisé des drapeaux pris à

Sébastopol. Un régiment et une fanfare militaire accueillirent les voyageurs. Cavour nota avec dépit que l'empereur ne s'était pas déplacé. Il avait envoyé son cousin, le prince Napoléon, dit Plonplon.

La police française craignait un accueil trop enthousiaste des nombreux réfugiés italiens que comptait la capitale et qui n'auraient pas manqué de crier « Vive le roi d'Italie ! », ce qui aurait tout de même été un peu prématuré et aurait causé un incident diplomatique avec le pape. On avait donc décidé d'éviter les Grands Boulevards pour passer par les quais et la rue de Rivoli. Sous une petite pluie glacée, le cortège officiel s'engouffra le plus vite possible dans les neufs voitures officielles envoyées par l'empereur. Napoléon III attendait ses hôtes sur le perron des Tuileries. Victor-Emmanuel, vexé de cet accueil assez cavalier, bougonna dans sa moustache raccourcie que Louis XIV n'avait pas hésité à se déplacer pour accueillir en personne le prince de Savoie. Il trouvait qu'il faisait figure de parent pauvre et que l'empereur des Français n'avait pas l'air d'attacher l'importance nécessaire à l'alliance italienne. Furieux et enrhumé, il écourta la visite ce soir-là, se prétendant indisposé, lui qui avait une santé à toute épreuve et ne s'écoutait guère d'habitude. Cavour n'osa pas lui faire le moindre reproche, lui aussi était déçu.

Durant les six journées prévues pour le séjour du roi du Piémont en France, ce ne furent que dîners officiels, chasse à Saint-Germain, bal à l'Hôtel de Ville, visite des monuments de Paris et du château de Versailles. Victor-Emmanuel commençait à se dérider. Pourtant, lors de l'éternelle revue militaire au Champ-de-Mars, Napoléon passa devant son hôte sans lui donner la préséance. Le climat entre Napoléon III et Victor-Emmanuel II se réchauffa lors d'une soirée à l'Opéra de Paris. L'empereur n'avait jamais été un mélomane, le roi non plus. Il s'anima pourtant en admirant une fort jolie danseuse pendant un pas de deux.

– Combien pour cette petite ? demanda-t-il à l'empereur.

– Je n'en ai pas la moindre idée, avoua Napoléon en riant, demandons à Bacciochi.

Consulté, l'introducteur des ambassadeurs et intendant, promit de se renseigner. Il revint bientôt en disant :

– Pour vous, Sire, ce serait cinq mille francs.

– Diable, c'est bien trop cher, répondit, navré, le roi du Piémont.

– Bacciochi, dites à la petite que c'est d'accord et prenez cette somme sur ma cassette personnelle.

La froideur des débuts était oubliée ! De Paris, la suite italienne gagna Londres où lui fut réservé un accueil des plus chaleureux et puis revint à Paris les 7 et 9 décembre. Napoléon III, même si la guerre avec le tsar ne s'était pas terminée avec le siège de Sébastopol et s'il exigeait, pour prix du rapatriement de ses troupes, la neutralisation de la mer Noire, avait confié au roi du Piémont qu'il pourrait bien ensuite remettre la question italienne à l'ordre du jour d'ici peut-être dix-huit mois. À Cavour enfin, il demanda un rapport expliquant quel rôle pouvait exactement jouer la France dans la future unité italienne.

– Nous resterons en contact, Votre Majesté. Ma cousine, la comtesse de Castiglione, viendra prochainement s'établir à Paris avec son époux. C'est une fervente patriote.

Napoléon III se moquait du patriotisme comme de l'époux. Il devina pourtant que le ministre italien n'avait pas prononcé ce nom à la légère. D'ailleurs, Cavour n'avait cessé, durant son bref séjour parisien, de distiller à bon escient le nom de la comtesse. Il en avait parlé à Walewski, qui la connaissait et avait évoqué sa beauté auprès de l'empereur.

– La comtesse est-elle si belle qu'on le dit ?

– Elle est bien plus que cela, répondit Cavour avec sincérité. On n'a jamais vu corps plus voluptueux, peau plus lumineuse, cheveux plus magnifiques pour auréoler un visage d'ange, mais la comtesse vient de se marier et d'être mère. Elle ne se consacre qu'à sa famille et à la cause italienne.

Le rusé petit Italien savait bien que Virginia avait déjà donné un sérieux coup de canif dans le contrat conjugal avec sa brève passion pour Ambrogio Doria, mais il trouvait plus habile de la présenter comme une étoile inaccessible.

Sans avoir été un échec, ce premier voyage à Paris du roi et de son ministre n'était pas non plus la réussite fulgurante que l'on avait escomptée. Si Cavour était dépité, Virginia et son cercle d'amis l'étaient plus encore.

Chez les Castiglione, on commença de parler d'établissement à Paris, même si le pauvre François prétendait que ses finances ne lui permettaient pas de vivre dans la capitale française, leur fortune ayant été sérieusement écornée par les embellissements des différents palais, les toilettes et bijoux qu'il donnait sans compter à Virginia. D'ailleurs, il avait son service au palais royal. Virginia ne céda pas et il fallut trouver un poste à François dans la légation italienne de Paris. Tout en tempêtant, François ne put que s'incliner. Il partit cette fois par ordre royal. Quant à Virginia, elle n'avait plus que sa mission en tête. Elle représenterait le roi et le gouvernement du Piémont à Paris, elle serait l'ambassadrice aux Tuileries de l'unité italienne. Face à de telles perspectives, les embarras financiers de François ne pesaient pas lourd. Quand on n'avait plus d'argent, on en empruntait !

Durant le mois de décembre, elle fut fort occupée à trier ses toilettes, à empaqueter robes, bijoux et argenterie, à s'occuper des affaires de Baby et de celles de François. Dans le palais, ce n'était qu'agitation désordonnée. Les malles et les caisses s'amoncelaient dans le hall d'entrée. Tout Turin vint prendre congé de la belle comtesse, les hommes surtout, les quatre frères Doria, mais aussi leurs proches, gentilhommes de la Cour ou fringants militaires. On aurait dit que tous s'étaient donné le mot pour se rendre dans les salons des Castiglione et présenter leurs hommages à Virginia. Enchantée de ce tourbillon mondain dont elle était le centre, ravie de se savoir si populaire et de constater les regrets qu'elle laissait, Virginia se montra charmante. Fêtée, adulée, elle revivait et en oubliait de se quereller avec son mari.

Cavour, qui semblait prendre très au sérieux la « mission » de sa cousine, ne cessait de lui donner de nouvelles consignes. Il lui envoya même un certain Brémontier qui passa quelques heures seul avec elle pour lui apprendre le code grâce auquel elle pourrait régulièrement communiquer avec Cavour. Il n'y avait que le pauvre François pour ignorer le véritable but de leur voyage en France et de leur prochaine installation à Paris. Virginia devait, par tous les moyens, avait insisté Cavour, s'insinuer dans les bonnes grâces de l'empereur et l'amener à s'intéresser à leur cause.

Enfin arriva le lundi 17 décembre, veille du départ pour Florence, où elle voulait embrasser sa mère et son grand-père avant de rejoindre son époux à Gênes. De là, ils s'embarqueraient pour Marseille. François s'occupait des caisses et des malles dont il souhaitait surveiller lui-même l'embarquement. Luisa, Baby et sa nourrice et le valet, Pongio, se trouvaient avec lui. La majorité des meubles étaient sous housse et le palais paraissait désolé. Pourtant, rien ne pouvait atténuer l'entrain de Virginia, grisée par la perspective du voyage et de leur prochaine installation à Paris, ce Paris mythique où régnait l'empereur, où se déroulaient tant de fêtes somptueuses...

Sans paraître remarquer la mélancolie des lieux, elle avait dîné avec Rignone, un autre fidèle de Cavour, d'un reste de côtelettes et d'une glace – on n'avait pas renouvelé l'approvisionnement des cuisines, puisque tout serait fermé dès le lendemain au palais. Ne resteraient que le concierge et sa femme. Quant à la date de leur retour, on n'en avait même pas parlé... Puis elle était revenue dans sa chambre où régnait un grand désordre. Elle s'était énervée de ne pouvoir retrouver ses chaussures de voyage que Luisa avait par malheur emballées. Après les avoir enfin découvertes dans un sac, un peu lasse, elle s'assit devant sa coiffeuse pour dénouer son lourd chignon et brosser avec soin ses cheveux. On frappa à sa porte.

– Vite, lui dit son fidèle Persano, le roi vous attend dans le jardin. Il a tenu à prendre personnellement congé de vous.

Ce n'était pas la première fois que le roi venait chez elle, mais qu'il se fût dérangé pour lui souhaiter bonne chance la bouleversait. Elle donna à Persano la clef de la serre aménagée en salon d'hiver dans le jardin et le pria d'y introduire Sa Majesté et de la faire patienter. Elle n'en avait que pour un instant. Sans Luisa pour l'aider, tout devenait plus difficile. Elle parvint tout de même à revêtir et lacer la robe de velours noir qu'elle avait déjà portée pour recevoir son souverain – le noir mettait particulièrement en valeur sa peau crémeuse. Elle repiqua vite quelques épingles dans ses cheveux ramenés en torsades sur sa nuque et se hâta vers le jardin.

Le roi se trouvait assis dans le meilleur canapé. Il se leva à son approche, lui embrassa la main et sa bouche remonta vers la saignée du coude, puis il l'étreignit avec violence. Ses mains s'égaraient dans le corsage et sous la jupe noire. D'un autre de ses soupirants, Virginia eût repoussé l'assaut en prétendant ne pas être une fille facile, vis-à-vis du roi, c'était difficile. Il la voulait avec une telle impétuosité, une telle violence, qu'elle en fut stupéfaite et ne lui opposa aucune résistance. Être la maîtresse de celui pour lequel elle osait un tel voyage la flattait. Certes, il aimait les filles, ses maîtresses étaient innombrables, il vivait quasi maritalement avec la Rosina depuis son veuvage, mais elle, il l'avait distinguée entre toutes, en la chargeant de plaider sa cause à la cour de France. Ce furent deux heures de douce folie sur le canapé de la serre, parmi le violent parfum des roses et des violettes qui fleurissaient là, bien en avance sur le printemps.

Dans son journal, Virginia écrivit de sa petite écriture appliquée le nom du roi suivi d'un *f* barré.

À Florence, où elle résida trois jours dans le vieux palais Lamporecchi, elle revit un ancien ami de leur famille, le comte Lao de Bentivoglio. Il revenait de Paris où il avait exercé auprès de Napoléon III les fonctions de « lieutenant des chasses à tir » et se disposait à partir pour Alep, en Syrie, où il avait été nommé consul. Virginia se trouvait dans la chambre de sa mère lorsqu'il se présenta. Il fut ébloui par la vision, ou plutôt l'apparition de Virginia, en vaporeuse robe d'intérieur rose. De son côté, elle était heureuse de revoir un homme qui connaissait si bien la cour française, qui avait eu de multiples occasions d'approcher l'empereur.

– Parlez-moi de Paris, supplia-t-elle, de ces réceptions des Tuileries que l'on dit exceptionnelles. Quelle figure a l'empereur, et l'impératrice est-elle si belle qu'on le dit ? Dites-moi comment se décident les « séries » de Compiègne et si les chasses y sont aussi fastueuses qu'à Fontainebleau.

Subjugué par la beauté de Virginia, Lao de Bentivoglio s'efforça de se montrer drôle, éloquent. Il raconta les fameuses « séries » de Compiègne, comment l'impératrice réunissait par « séries » les artistes, les hommes politiques, ceux de la Finance ou les élégantes dans l'ancienne résidence royale qu'aimait déjà le roi Clovis. L'immense forêt où se blottit le château en avait fait de tout temps un séjour délicieux pour les chasses. Charles X, Louis XV, Charles VII, Charles VIII puis Louis XII, Henri II et Charles IX aimèrent à y chasser. Louis XIII surtout y fit procéder aux premières et indispensables réparations. Louis XIV réorganisa toute la forêt, avec son grand octogone et ses cinquante-quatre routes nouvelles, ses ponts de pierre enjambant les ruisseaux. Il ne se contenta pas d'y chasser, mais y organisa aussi ses grandes manœuvres militaires, somptueux spectacles. Le goût de Compiègne était pris. La décoration des appartements de Louis XV faisait référence à la chasse. Et, si Louis XVI y vint peu, Napoléon Ier aima tant ce séjour qu'il chargea l'architecte Berthault de le remettre en état. On y créa une galerie de bal et l'on chargea Jacob de remeubler le château. L'empereur y accueillit l'archiduchesse Marie-Louise avec faste. Louis XVIII et Charles X y séjournèrent, Louis-Philippe y maria sa fille aînée, la princesse Louise. Quant à Napoléon III, il affectionnait particulièrement ce séjour champêtre où la Cour vivait de façon plus détendue qu'aux Tuileries, sans les contraintes de l'étiquette.

Oui, Lao de Bentivoglio avait adoré Compiègne et il trouvait des accents enthousiastes pour en décrire l'atmosphère si particulière à Virginia. Il n'y avait qu'à Compiègne qu'on entrait dans l'intimité du couple impérial

« Moi aussi, je serai reçue à Compiègne », se promit-elle. C'était un défi qu'elle se lançait. Restait le problème de leur logement à Paris. Là aussi, Lao de Bentivoglio fut de bon conseil.

– Il est un homme indispensable à toute femme élégante qui veut réussir à Paris, lui expliqua-t-il. Il s'agit d'un certain John Arthur, l'agent des étrangers de qualité. Il sait tout, il connaît tout. Pas un roi, pas un empereur, pas un prince ne visite Paris sans être en affaire avec lui. Sa boutique de la rue de Castiglione, à l'angle de la rue du Mont-Thabor, pourra vous fournir tout ce dont vous aurez besoin, meubles, vêtements de chez le meilleur faiseur, vins parmi les plus excellents crus. C'est chez lui qu'il faut aller pour acheter ou louer une maison, un appartement, et pour trouver un domestique. Si vous avez besoin de sièges supplémentaires lors d'une réception ou d'un bal, c'est encore à John Arthur qu'il vous faudra vous adresser.

Qu'il y eût une boutique dans une rue portant son nom amusa Virginia. Elle y vit comme un signe du destin. Le précieux Lao de Bentivoglio lui proposa d'écrire séance tenante à John Arthur pour lui annoncer la venue de ses amis Castiglione à Paris et l'engager à leur chercher au plus tôt un appartement confortable et bien situé. Virginia accepta l'offre avec reconnaissance. À quoi bon s'installer d'abord à l'hôtel si c'était pour devoir ensuite déménager ? Quel soulagement s'ils pouvaient habiter un bel appartement sitôt arrivés !

Le comte de Bentivoglio jouissait aussi, à cause de son ancienne charge auprès de l'empereur, de relations importantes aux Tuileries. Il se proposa en particulier de la faire inviter avec son mari au bal de la princesse Mathilde qui aurait lieu le 9 janvier suivant. Virginia était stupéfaite. Tout allait si vite ! Cousine germaine de l'empereur, Mathilde était un personnage considérable à la Cour. Elle avait même été un temps « fiancée » à son cousin, alors qu'il n'était encore que le prince Louis Napoléon en exil à Arenenberg avec sa mère, la reine Hortense. Les fiançailles n'avaient jamais été officielles. Mathilde avait fini par épouser le prince russe Demidoff, aussi rustre qu'il était riche. Enfin libérée de cette union catastrophique, elle vivait depuis presque maritalement avec le « Beau Batave » Nieuwerkerke, un sculpteur amateur de renom. Jusqu'au mariage de l'empereur, c'était elle qui faisait office de maîtresse de maison aux Tuileries comme à Saint-Cloud, Compiègne ou Fontainebleau.

– En dépit de son franc-parler, de ses manières parfois considérées comme très abruptes, la princesse Mathilde est une grande dame, affirma le comte de Bentivoglio à Virginia. Ses bals et ses réceptions sont courus du tout-Paris à la mode, évidemment des proches de l'empereur, mais aussi de la vieille aristocratie du faubourg Saint-Germain. La princesse Mathilde est par sa mère une cousine du tsar et donc une parente d'à peu près tous les souverains d'Europe.

Virginia comprit sans peine qu'être conviée à un bal chez la princesse Mathilde pour sa première sortie parisienne était une consécration.

– J'ai entendu dire, répondit-elle, que la princesse est considérée comme une amie enthousiaste de l'Italie. Mon père m'a affirmé qu'elle recevait souvent dans son hôtel de la rue de Courcelles le marquis de Villamarina, ministre des Affaires étrangères du Piémont.

– C'est exact.

Être vue chez elle à la veille de l'arrivée du tsar à Paris pour l'ouverture de ce Congrès de la paix où serait sans doute évoquée la question de l'unité italienne combla Virginia. Avoir rencontré si à propos le comte de Bentivoglio était un signe du destin.

Afin de fêter le jour de Noël et le prochain départ de sa fille pour Gênes, puis pour la France, Isabelle Oldoïni avait su convaincre son père d'ouvrir les portes de son palais à leurs amis florentins. Ce fut une petite soirée presque impromptue et à peine nostalgique. Nul ne savait, même pas l'intéressée, quand Virginia serait de retour. Consciente d'être l'objet de tous les regards, elle resplendissait. Jamais elle n'avait été aussi belle. Quand elle avait envie de plaire et de séduire, son teint devenait plus éclatant, ses yeux plus enjôleurs, sa belle bouche si fraîche souriait avec grâce, abandonnant enfin le pli boudeur qu'elle arborait si souvent en présence de son mari. Jamais elle n'avait ri de si bon cœur, jamais elle n'avait répondu avec tant d'à propos à ses admirateurs.

Lorsque son grand-père et sa mère se furent retirés, on continua de boire du vin d'Asti et de deviser gaîment sous les lambris dorés du palais Lamporrechi. Les derniers invités partaient un à un, mais Lao de Bentivoglio resta. Quand Virginia lui dit qu'elle s'en allait tôt le lendemain et qu'elle désirait se retirer dans sa chambre, il proposa de l'y accompagner, ce qu'elle ne refusa pas. Elle ne lui interdit pas non plus d'entrer chez elle et d'y rester jusqu'au matin...

Le lendemain, il l'escorta jusqu'à Gênes, fit la connaissance de François de Castiglione, ce qui ne l'empêcha pas

de différer son départ pour Alep et de s'embarquer pour Marseille afin de rester plus longtemps près de sa belle.
Il lui écrivit sur le bateau qui l'emportait vers l'Orient :

*Je t'aimais quand tu avais douze ans, même quand tu en avais dix, et je t'aimerai toute la vie. Je savais que j'aimais avant de te l'avouer, mais j'ignorais que c'était toi. Mes yeux et mon cœur se sont ouverts le jour où tu es arrivée à Florence et lorsque je t'ai embrassée sur le front, dans la chambre de ta mère. Quand tu es entrée, un voile est tombé de mes yeux et je vis le véritable amour, le seul vif, puissant, terrible, qui me fera ou beaucoup de bien ou beaucoup de mal... Bonheur de mon bonheur, rêve de ma vie, ma plus grande joie, ma seule même ! Souvenir si court et si heureux, bonheur passager, mais souvenir éternel, ineffable et puissant.*

Cette fois encore, Virginia avait cédé bien vite. De même que la Martini, elle avait à présent plusieurs amants, et François ne se doutait toujours de rien.
À Marseille, ils rencontrèrent le prince Joseph Poniatowski et sa femme, eux aussi des amis d'Isabelle Oldoïni. Joseph, qui adorait les jolies femmes et habitait Paris, se montra enchanté de savoir Virginia bientôt installée dans la capitale. On promit de se revoir le 9 chez la princesse Mathilde.

Leurs premiers jours à Paris se passèrent dans un affolement de chaque instant. John Arthur se révéla en effet un homme indispensable. Il leur avait loué un appartement dans l'immeuble où se trouvait son magasin, au 10, rue de Castiglione. L'appartement avait été meublé par ses soins et l'aménagement ne fut pas trop difficile. Virginia avait sa propre chambre, qu'elle fit tendre de soie rose, sa couleur fétiche. Rideaux, tapis et abat-jour dispensaient en ces journées d'hiver une lumière tendre et veloutée. La jolie promenade des Tuileries n'était qu'à deux pas de leur logement, ce qui serait excellent pour la santé de Baby. En se penchant un peu à sa fenêtre, elle apercevait les arbres déplumés des Tuileries et le palais où habitaient l'empereur et la Cour depuis le coup d'État. Ce n'était qu'un perpétuel défilé de carrosses et de calèches emmenant ministres, ambassadeurs, financiers ou belles amies de l'empereur – de son propre aveu, il n'était resté que six mois fidèle à celle qu'il avait épousée par amour, mais qui n'était pas très empressée à partager sa couche. « L'amour physique, quelle saleté ! » confiait volontiers l'impératrice à ses dames d'honneur et suivantes. Les régiments caracolaient sur leurs chevaux. Passaient dans la rue de Rivoli, encore en travaux, les brillants équipages se rendant dans les propriétés de la banlieue, Passy ou la plaine Monceau, allant au Bois ou aux courses d'Auteuil. Les élégantes flânaient sous les arcades, visitant couturiers ou parfumeurs.

Le cher John avait suggéré à Virginia de s'amuser un peu avant le fameux bal chez la princesse Mathilde. L'endroit furieusement à la mode où il fallait se montrer, à la fois peuple, bon enfant, follement drôle et follement gai, mais aussi prisé de toute la bonne société parisienne était la salle des Bouffes-Parisiens, passage Choiseul, où régnait un singulier personnage, un certain Jacques Offenbach, à la fois compositeur, chef d'orchestre, décorateur et costumier de son singulier théâtre. Il avait commencé sur les Champs-Élysées, dans une simple baraque de saltimbanque, le Carré Marigny. La recette de ses pièces comiques et musicales que l'on appelait parfois opérettes avait bien marché. Il jouissait à présent d'un vrai parterre, de stalles d'orchestre, de trois rangs de loges, de sièges couverts de velours moelleux. John Arthur offrit aux Castiglione deux places pour le nouveau spectacle, *Ba-Ta-Clan*.

Virginia avait envie de rire, de s'amuser, de se montrer, de se frotter une première fois à ce public parisien qu'elle redoutait un peu et ils se rendirent passage Choiseul. Elle s'était faite belle pour l'occasion, une robe toute mousseuse en tulle vert, assortie à ses yeux. Elle voulait examiner les toilettes des autres femmes, vérifier qu'elle était toujours la plus belle. Malgré elle, Virginia se sentie si prise par le spectacle qu'elle ne pensa à rien d'autre. Cette chinoiserie musicale offrait d'invraisemblables intrigues comiques ponctuées par une musique délicieuse, entraînante, douce et voluptueuse à la fois. C'était tout Paris qui s'offrait à elle dans cette divine opérette. Offenbach y moquait pêle-mêle les grands, les courtisans, les banquiers, les petites gens si facilement abusés, l'imbécillité des complots politiques ou militaires. C'était une invite à la fête, au plaisir d'aimer. C'était une bulle de champagne qui n'en finissait pas de monter vers le ciel de Paris et, quand elle crevait, une autre arrivait, encore une autre, faisant tourner la tête. Elle donnait envie d'être léger, plein d'esprit, de danser, de s'élancer dans la musique en une valse ou une polka qui ne connaîtrait pas de fin.

À l'entracte, tout le public fredonna en s'agitant et en continuant de battre la mesure : « Valsons, polkons, sautons, dansons. » Virginia était enchantée. François, stupéfait, ne savait s'il devait rire ou critiquer. Il choisit de rire.

Offenbach, c'était la magie de l'instant, la précieuse légèreté. Le début de la « mission » de Virginia serait le bal de la princesse Mathilde. Du succès de ce bal dépendrait sa réussite. Ce fut toute une affaire pour la jeune femme que de s'apprêter pour un tel soir.

Après bien des hésitations et sur les conseils du cher et indispensable John, elle opta pour une robe de soie rose lamée d'argent laissant jaillir ses épaules d'un bouillonnement de tulle. Pour être à la mode de Paris, elle avait remplacé les jupons empesés et garnis de crins durs par une robe de dessous garnie de baleines et de cercles d'acier que l'on appelait « crinoline ». L'impératrice Eugénie, arbitre des élégances parisiennes, avait adopté ce modèle pour dissimuler sa grossesse. La beauté d'une femme se jugeait par le contraste entre l'ampleur des jupes à crinoline et la finesse de la taille. Virginia, qui n'avait pas encore dix-neuf ans et jouissait d'une insolente santé due sans doute à son enfance passée au bord de la mer, avait vite retrouvé une taille de guêpe. John lui choisit une coiffure de marquise, les cheveux bouffants sur les tempes, rejetés en arrière en deux boucles pendantes, où des plumes d'autruche roses étaient piquées. Des perles au cou et à ses poignets s'assortissaient mieux que des diamants à son teint de porcelaine. François, admiratif, ne cessait de tourner autour d'elle en mendiant un baiser.

– Cessez donc, à la fin, vous allez froisser ma robe et déranger ma coiffure.

Le pauvre comte de Castiglione avait l'habitude d'être ainsi rabroué, mais se consolait du caractère difficile de son épouse en se disant qu'il restait l'heureux propriétaire de la plus belle femme de Paris. Il ignorait que cette propriété était déjà assez partagée et ne savait rien des billets de reconnaissance de dettes que Virginia ne cessait de signer à l'intention de John Arthur, dont les conseils, services et fournitures n'étaient pas gratuits, il s'en fallait même de beaucoup.

C'était un véritable embarras de voitures de toutes sortes devant l'hôtel de la princesse Mathilde. On ne pouvait même plus accéder à la vaste cour d'honneur précédant le bâtiment. On pénétrait d'abord dans un grand vestibule tendu de soie pourpre où siégeait un buste de Napoléon dû au ciseau de Canova, qui semblait présider la réception. Ensuite, après avoir laissé à un laquais chapeau, manteau ou fourrure, chaque nouvel arrivant était introduit par un aboyeur annonçant ses noms et qualité à la princesse Mathilde. Cette femme imposante de trente-six ans, au grand front pur sous les bandeaux bien lissés, savait recevoir comme personne. Tout le Paris à la mode, le monde de la finance et de la littérature, se pressait dans ses salons.

La princesse salua avec affection le comte et la comtesse de Castiglione qu'elle avait connues à Florence du temps de son exil. D'ailleurs, tout ce qui était italien était toujours bien reçu chez elle.

– Quelle joie fut la mienne, leur dit-elle, quand le comte de Bentivoglio m'annonça votre prochaine arrivée à Paris et quand, chère comtesse, la nouvelle me fut confirmée par votre père, le marquis Oldoïni.

L'accueil avait été on ne pouvait plus cordial. Déjà, l'on s'empressait auprès de cette jeune comtesse que précédait une réputation de grande beauté soigneusement entretenue par Cavour et ses agents. C'était à qui obtiendrait une danse avec la comtesse de Castiglione. Un premier soupirant l'entraîna dans la danse, un deuxième et un troisième suivirent. Virginia, grisée, ne pensait plus qu'au plaisir d'être la plus belle et la plus courtisée. Soudain, la musique se tut, les archets des violons restèrent suspendus dans les airs, les couples s'immobilisèrent. On annonça :

– Sa Majesté, l'empereur.

Napoléon III était venu seul, l'impératrice, très fatiguée par sa grossesse, ne sortant plus guère. L'empereur embrassa sa cousine, puis se figea tandis que le même huissier, dans un rang prévu par l'étiquette, lui énumérait au fur et à mesure les noms des invités. Quand fut venu son tour, Virginia plongea dans une grande révérence de cour. Napoléon III la dévisagea avec complaisance.

– J'espère que Paris saura vous plaire, comtesse, et que vous nous ferez bientôt l'honneur de venir aux Tuileries.

Pour une simple présentation, ces quelques mots étaient beaucoup et toute la Cour contempla cette belle jeune femme au sourire délicieux qui avait su plaire à l'empereur. On spéculait sur l'influence qu'elle pourrait prendre sur lui si la faveur impériale se confirmait. Virginia, qui avait d'habitude la repartie si vive et à laquelle les hommages masculins semblaient désormais naturels, se troubla sous tant de regards. Elle se sentit très gauche et ne sut que répliquer. Elle bredouilla quelques mots inintelligibles et se redressa, la honte au front. Déjà, l'empereur se penchait vers une autre dame. Lorsqu'il se retira, à son habitude de bonne heure, il confia à l'un de ses familiers, le comte de Reiset :

– Cette comtesse de Castiglione est bien belle, mais elle paraît dépourvue d'esprit !

Pour rasséréner la pauvre Virginia, qui ne décolérait pas depuis la soirée chez la princesse Mathilde, ne sachant que trop la piètre impression qu'elle avait faite à l'empereur, Joseph Poniatowski se rendit chez les Castiglione quelques jours plus tard. Il était curieux de voir leur installation, mais, surtout, il était porteur d'une excellente nouvelle. Après avoir franchi la porte cochère, à gauche du magasin de John Arthur, il traversa la cour pavée, ouvrit la porte vitrée comme on le lui avait recommandé, monta au premier étage et sonna.

Pongio l'introduisit dans le vestibule et lui prit sa pelisse, son chapeau et ses gants avant de le faire entrer dans le grand salon. Si le mobilier restait un peu disparate – il avait fallu s'installer très vite et John Arthur avait fait au mieux –, il reconnut quelques bibelots, une belle pendule, des biscuits et une charmante terre cuite venus d'Italie. Des plantes vertes et des orchidées dans leurs vases de barbotine illuminaient le décor.

– Monsieur le comte n'est pas là, mais M^me^ la comtesse

vous demande de bien vouloir passer dans sa chambre. Elle achève de s'apprêter.

Et Pongio ouvrit une nouvelle porte. La chambre de Virginia, qui donnait sur les Tuileries, était claire et spacieuse. Un jupon rose en bouillonné ornait la coiffeuse devant laquelle était assise Virginia, qui faisait une ultime retouche à sa coiffure. Le baldaquin et le dessus-de-lit étaient aussi de soie rose, comme les murs. Seuls les rideaux étaient blancs. Les appliques murales drapées de mousseline alternaient ces deux teintes. C'était l'atmosphère délicate et raffinée d'une femme à la mode, un écrin à sa beauté. Elle leva vers lui ses yeux verts, étirés vers les tempes, et lui sourit avec affection.

– C'est bon de vous voir, mon cher Beppino. En revanche, vous savez combien je me suis montrée sotte devant Sa Majesté l'empereur, incapable de lui sortir une phrase qui tînt debout. Je suis à battre !

– C'était sans doute l'émotion. Qu'à cela ne tienne, l'empereur a vanté votre beauté, cela devrait vous suffire.

– Je n'aime guère qu'on me trouve idiote.

– Pour votre cher vieux, vous ne le serez jamais !

Le prince Poniatowski n'avait pas quarante ans, mais, face aux dix-neuf ans si frais de Virginia, il se sentait bien vieux. Par coquetterie, pour l'entendre affirmer le contraire, il signait volontiers « le Vieux » ses billets à Virginia. Même s'il descendait du roi de Pologne Stanislas, le malheureux amant de la Grande Catherine, et s'il tenait aux préséances attachées au sang royal, de Virginia, il supportait toutes les familiarités et adorait ce surnom de Beppino qu'elle lui avait donné.

– Vous ne me demandez pas ce que je viens faire chez vous ?

– Dites toujours.

– Je suis porteur d'une bonne nouvelle : nous allons tous trois ce soir au bal que donne le prince Jérôme dans sa résidence du Palais-Royal.

On n'appelait en effet plus « roi », mais « prince » Jérôme, le frère du premier empereur, qui était donc l'oncle du second. Le prince Jérôme avait porté tous les titres, tous les grades : lieutenant de vaisseau, contre-amiral, général de division, Altesse impériale, roi de Westphalie, général encore, prince allemand... Il était à présent, en plus de « prince », maréchal de France et gouverneur des Invalides et habitait le très somptueux palais ayant autrefois appartenu au duc d'Orléans, le cousin régicide du malheureux Louis XVI. Virginia l'avait connu durant son exil à Florence, mais elle n'était alors qu'une enfant qui trouvait bien âgé ce monsieur la faisant sauter sur ses genoux. Elle fit un bref calcul : le prince avait à présent soixante-douze ans. C'était pour elle un très vieil homme qui ne devait guère quitter son fauteuil durant un bal, se contentant de regarder danser la jeunesse. Être invitée chez lui lui fournirait sans doute une nouvelle occasion de rencontrer l'empereur. À elle de ne pas la gâcher !

Virginia n'en finissait plus de s'apprêter. Il y avait plus d'une heure que Joseph Poniatowski, venu les chercher rue de Castiglione, et François, prêt depuis longtemps, s'impatientaient et frappaient à tour de rôle à la porte de sa chambre.

– Enfin prête ?

Mais non, Virginia avait toujours une ultime retouche à demander à Luisa, même si elle était éblouissante dans sa vaporeuse robe blanche et or. Le décolleté vertigineux révélait une grande partie de sa gorge, une mousseline de soie d'or, assortie aux motifs brochés de sa jupe, couvrait à peine ses épaules. Sa taille était ravissante, toute menue au-dessus de l'ample crinoline. Elle ne portait ce soir-là que des diamants et une résille d'or enserrait le bas de son chignon.

– Nous allons manquer l'empereur, qui a pour habitude de se coucher tôt, fit observer le prince Joseph.

Cette remarque hâta soudain ses préparatifs.

La calèche du prince les déposa devant les grilles du Palais-Royal. Virginia, flanqué de ses deux chevaliers servants, commençait à peine de gravir les marches du perron lorsqu'un ordre retentit :

– Garde-à-vous !

Aussitôt, la haie de gardes postés de part et d'autre du perron se figea pour présenter les armes, sabre au clair. L'empereur s'en allait. Elle arrivait trop tard...

Napoléon III la salua galamment en lui faisant remarquer :

– Vous arrivez bien tard, comtesse !

– Vous partez bien tôt, Sire !

Cette fois, la réponse avait fusé. L'empereur lui lança un second regard, très appréciateur, et continua comme à regret de descendre l'escalier. Son retard avait eu le mérite de la faire remarquer. Peut-être serait-il un peu fâché de partir...

Les grands salons du Palais-Royal n'étaient qu'un scintillement de bougies aux lueurs mille fois reflétées par les immenses glaces. Les buffets, pris d'assaut, offraient aux regards cet air un peu chaviré des fins de soirées. Les fleurs se languissaient dans leurs vases. Quelques couples tournoyaient sans entrain, la plupart des invités s'étaient assis sur les sièges dorés alignés le long des murs.

Virginia, toujours entourée de ses deux accompagnateurs, vint s'entretenir quelques instants avec le vieux prince qui l'assura avec galanterie qu'il n'avait pas oublié sa ravissante petite Nicchia et qu'il était fort aise de la revoir, si belle, resplendissante. Tout le monde se retournait pour la contempler. Les femmes détaillaient sa toilette. Les hommes examinaient sa gorge et ses épaules, étonnés d'entendre discuter si vivement avec le prince Jérôme cette ravissante Italienne que l'empereur avait un peu vite jugée sotte.

Quand elle eut pris congé du vieux prince, Joseph Poniatowski lui présenta un homme chauve, à la petite barbiche et aux moustaches rappelant de façon étonnante celles de Napoléon III, mais au regard plus vif. Le sourire et le charme étaient les mêmes que ceux de l'empereur. Pourtant, le nouveau venu était bien plus grand et sa silhouette plus élégante.

Le comte de Morny se pencha sur la main de Virginia et demanda à François la permission de l'entraîner dans une valse. Tout en tournoyant dans les bras du séduisant fils naturel de la reine Hortense et du comte de Flahaut, demi-frère tout aussi naturel de Napoléon III, Virginia avait envie de rire en se souvenant d'une caricature qu'elle avait vue dans la gazette satirique *Punch*. Le dessin représentait un Morny tout rêveur, assis dans son fauteuil de président du corps législatif. La légende disait : « Ma mère, c'est la reine Hortense, mon père, c'est le comte de Flahaut, l'empereur Napoléon III est mon frère ; tout cela est naturel. »

Le comte de Morny était un personnage auquel il était primordial de plaire si elle voulait approcher l'empereur. Grâce aux bavardages du cher John, Virginia savait tout de lui. Elle savait que sa maîtresse, Fanny Le Hon, l'avait beaucoup aidé dans ses débuts politiques en avançant les fonds nécessaires à sa campagne de jeune député conservateur du Puy-de-Dôme. La révolution de 1848 avait ruiné un début de carrière prometteur. L'ascension fulgurante de son demi-frère lui avait offert une seconde chance. Il l'avait contacté dès le mois de janvier 1849 par l'intermédiaire de Bacciochi. Le premier entretien n'avait pourtant guère été positif. Les deux hommes ne s'étaient pas plus. Morny reprochait à Louis Napoléon un libéralisme sentimental éloigné des réalités de la politique. Le prince trouvait son demi-frère envahissant. Et pourtant, trois mois plus tard, Morny était devenu le conseiller le plus influent de Louis Napoléon. Dès lors, sa carrière était faite, même si Virginia avait entendu plus d'un ami de son père lui reprocher de trop mélanger politique et affaires, car Morny, probablement parce qu'il en avait manqué, adorait l'argent et en avait toujours un urgent besoin.

D'ailleurs, le comte de Morny lui proposa soudain :

– Je suis assez ami avec Bacciochi pour vous faire inscrire sur la double liste des « invitations courantes » comme des « invitations réservées ». Dès lors, vous serez de toutes les fêtes de l'empereur.

Morny ne s'était pas vanté. Peu après arrivait rue de Castiglione un carton aux armes de l'empereur conviant le comte et la comtesse au bal donné aux Tuileries le mardi 29 janvier, à neuf heures du soir.

Napoléon III y résidait. Le palais, surpeuplé, était occupé jusqu'aux combles et garni comme une ruche. De jour comme de nuit, les interminables couloirs étaient éclairés par des lampes à pétrole. Des escaliers en colimaçon peu commodes pour les crinolines des dames faisaient communiquer les étages. S'il y avait un calorifère pour les appartements impériaux, aucun autre n'en bénéficiait et Virginia avait entendu dire que, l'hiver, il y régnait un froid glacial. Nulle part n'était installée l'eau courante. Sans cesse, des porteurs d'eau et de bois desservaient le château. Dans les étages, faute de commodités, les odeurs devenaient pestilentielles. La grande idée de Napoléon III était d'achever la jonction du Louvre avec les Tuileries, afin de gagner de l'espace. Les travaux avaient commencé, ajoutant à l'impression de confusion.

Joseph Poniatowski, qui connaissait bien le palais, l'avait maintes fois décrit à Virginia.

– Les souverains, disait-il, habitent l'aile sud, entre la Seine et le pavillon de l'Horloge. Napoléon s'est attribué le rez-de-chaussée côté jardin. Le décor en est quelconque, hormis quelques beaux tableaux, surtout un *Jules César* d'Ingres qui voisine bizarrement avec un immense plan de Paris. Il y fait toujours trop chaud et l'air est empuanti par les petits cigares que l'empereur fume à la file. Quant à l'impératrice, elle occupe une douzaine de pièces qu'elle a fait refaire, juste au-dessus de chez son mari. Il n'y a pas moins de trois salons particuliers : le salon vert des dames d'honneur, le rose, et le bleu, où Eugénie donne ses audiences. Ils sont meublés d'un mobilier XVIIIe, mais surchargés de bibelots.

Virginia ne se lassait pas de ces confidences et voulait tout savoir de la vie du couple impérial.

– D'ordinaire, poursuivait Joseph, on dîne à sept heures et le service est rapide, pas plus de trois quarts d'heure, la nourriture abondante, mais simple et sans grand apprêt. Les plats arrivent du sous-sol par un monte-charge. Ils sont présentés sur la table « à la française », puis découpés et proposés « à la russe ». Ce qui est plus simple et demande moins de temps. Les convives sont servis par des maîtres d'hôtel ayant l'épée au côté et des valets poudrés opérant sous les ordres du « chef de la bouche ». Un valet noir sert l'impératrice.

Ce bizarre mélange de faste Ancien Régime et de mœurs bourgeoises plaisait au cher Beppino, depuis longtemps familier des fêtes des Tuileries. L'empereur donnait trois à quatre grands bals par an. On lançait alors jusqu'à six mille invitations. Les hommes devaient venir en culotte et bas de soie – un usage que l'empereur avait voulu remettre au goût du jour – ou en uniforme s'ils en portaient un, les femmes en grand décolleté. Les Français étaient introduits par le chambellan et les étrangers par leur ambassadeur.

Grâce aux confidences et aux conseils de son ami, Virginia se sentit sûre d'elle lorsque leur voiture s'arrêta ce soir-là un peu avant neuf heures devant le perron des Tuileries. Il n'était pas question d'être en retard lorsqu'on devait être officiellement présenté à l'empereur. Elle avait choisi sa toilette avec un soin maniaque. Une robe du soir bleu argenté accompagnée bien sûr d'une parure de saphirs qu'elle avait prétendue obligatoire, et François, après avoir un peu tempêté pour la forme, avait cédé, comme d'habitude.

Un escalier raide, à deux paliers, menait aux appartements de réception. Dans le vestibule se pressait la foule. Les femmes rectifiaient vite un dernier détail de leur toilette, ajustaient une plume qui avait tendance à chavirer, les hommes remettaient d'aplomb leurs décorations. François tendit leur carton au chef des huissiers qui annonça d'une voix retentissante :

– Le comte et la comtesse de Castiglione.

La réputation de sa parfaite beauté avait précédé Virginia, Cavour y avait habilement veillé. À peine entré dans la galerie précédant la salle des Maréchaux, tous les regards convergèrent vers ce couple élégant. Un murmure d'admiration courut dans la galerie. Et Virginia, un sourire triomphant aux lèvres, hautaine et un peu méprisante, s'avança comme une reine parmi sa cour, ce qui lui valut bien des inimitiés de la part des femmes.

– Elle est belle, c'est sûr, mais elle pourrait se montrer plus aimable.

– Quelle affectation dans son maintien et ses moindres gestes !

– Pour qui se prend-t-elle à la fin, cette Castiglione ?

Une draperie de velours cramoisi séparait les deux salles. Le fauteuil de l'impératrice était vide. Elle était épuisée par sa grossesse et souffrait de sa silhouette déformée en dépit des crinolines masquant un peu son ventre. Ce fut donc devant celui de l'empereur que Virginia se tira avec brio de la grande révérence de cour. Ensuite, elle se dirigea vers le salon de jeu pour laisser la place aux suivantes, comme le voulait l'étiquette. Ce soir-là, les yeux d'habitude si vagues de l'empereur avaient brillé d'un éclat inaccoutumé en contemplant la jeune femme à la robe d'un bleu argenté ressemblant à un nuage.

Dès qu'elle fut dans le salon de jeu, le prince Poniatowski, le comte de Morny, le ministre et marquis de Villamarina s'empressèrent autour d'elle. Et Virginia, consciente d'être devenue en quelques instants le centre d'intérêt des Tuileries, n'en finissait plus de rire de leurs moindres paroles en s'éventant avec coquetterie, recevant hommages et compliments comme s'ils lui étaient dus. Quand le silence se fit tout à coup, que la foule s'écarta autour d'elle, Virginia sut qu'il était là. Celui qu'elle attendait sans oser espérer sa venue s'approchait d'elle. L'empereur lui parlait tout bas, il lui faisait les compliments d'usage sur son charme et sa beauté. Elle buvait chacune de ses paroles avec une étrange volupté, l'impression délicieuse d'être le centre du monde, le centre d'un certain monde...

Le soir même, elle écrivait longuement à sa belle-sœur, Marie, pour lui conter en détail la magnificence des fêtes des Tuileries, tellement plus éclatantes que celles de Turin.

Après la signature à Vienne, le 1er février 1856, d'un protocole de paix, il fut décidé que le traité qui mettrait fin à la guerre de Crimée se conclurait à Paris, grande victoire diplomatique pour l'empereur.

« Il faut aller à Paris », disait et répétait Virginia à son cousin Cavour dans ses nombreux courriers. « Le Piémont s'est engagé dans la guerre aux côtés des Alliés, il est inconcevable que la paix soit signée hors de sa présence. »

Cavour était d'accord, mais il ne pouvait être question d'être à nouveau considéré avec légèreté, voire avec désinvolture. La dignité de son pays exigeait qu'il fût placé sur le même pied que les autres ministres étrangers.

« Si je dois encore être traité comme un gamin, à quoi bon me rendre là-bas ? » répondait-il à Virginia.

Enfin, il se décida à partir, arriva à Paris le 15 février 1866 et s'installa à l'Hôtel de Londres. Il vint, bien sûr, saluer les Castiglione, avant même de rencontrer Walewski. À Virginia, il apportait une lettre fort tendre de son souverain qui l'assurait de son éternel souvenir tout en l'incitant à poursuivre avec diligence sa « mission ». L'entretien avec Walewski combla d'aise Cavour, et il s'empressa de venir le conter à Virginia.

– Je ne serai pas accueilli en parent pauvre, comme je le craignais avant mon départ. Au contraire, les diplomates du Piémont seront reçus au même titre que les autres, ce qui n'est que justice. Après tout, les Italiens se sont bien battus en Crimée. Comme les autres, ils ont subi des pertes.

Et Cavour, toujours volubile et enthousiaste lorsqu'il s'agissait du sort de sa chère Italie, affirmait à sa cousine qu'il n'avait pas la moindre intention de suivre les conseils de prudence de l'ambassadeur anglais, lord Clarendon, qui avait osé lui dire :

– Vous avez trop de tact pour prétendre prendre part aux affaires qui ne vous regardent pas. Vous assisterez à leur discussion en pensant à autre chose.

# 3

Le mois de février ne fut qu'une succession de bals, une scintillante féerie, une valse permanente. François s'affolait des sommes englouties en robes, parures, dentelles et éventails et en avait un peu assez d'escorter de réception en réception son épouse et de jouer les seconds rôles. Certes, c'était flatteur d'être considéré comme l'heureux propriétaire de la plus belle femme du moment, d'entendre son éloge sur toutes les lèvres masculines, mais c'était d'autant plus lassant que Virginia lui refusait la plupart du temps la porte de sa chambre en se prétendant fatiguée. Qui ne l'aurait pas été en revenant à l'aube de ces épuisantes soirées où l'on demeurait interminablement debout quand on ne dansait pas, où il fallait sans cesse faire des compliments et sourire, paraître alerte et brillant ?

La rue de Castiglione était devenue le lieu de rendez-vous des livreurs de la capitale. Même si la grossesse de l'impératrice et l'approche de son terme la retenaient dans ses appartements et qu'elle ne se montrait plus en attendant la naissance prévue pour la mi-mars, elle avait lancé la mode à Paris et les élégantes se donnaient beaucoup de mal pour savoir où elle se fournissait et ce qu'elle avait commandé. Il fallait l'imiter. Joseph Poniatowski, lui-même un élégant, bien que sa femme Mathilde fût plutôt effacée et fagotée, avait guidé Virginia dans ce labyrinthe difficile de la mode parisienne. Mathilde Poniatowski était d'un naturel timide et cela la gênait beaucoup qu'il y eût deux « princesses Mathilde » à la cour des Tuileries, mais elle aimait bien Virginia et comprenait cette course éperdue pour être la plus élégante. À quoi lui eût servi la plus parfaite beauté si elle avait dû être mise comme une étrangère ou, pire encore, une provinciale ?

Les maisons de couture parisiennes où il convenait de se faire habiller étaient celles de M^lle^ Palmyre et de M^me^ Vignon. Lors du mariage impérial, la première avait fourni les toilettes de soirée, la seconde les vêtements de jour. Leurs boutiques ne désemplissaient pas. On parlait même des « robes politiques » de l'impératrice, tout en soie bruissante, destinées à encourager la production des soyeux de Lyon. Il y avait aussi les manteaux festonnés, garnis de ruchés et d'un flot de rubans d'une certaine Félicie, les chapeaux, capotes et mantes de M^me^ Lebel ou M^me^ Virot...

Pour chaque nouvelle toilette, il fallait les bas, le chapeau, les gants, les souliers, le réticule, l'éventail assortis, le châle de cachemire... Accessoires indispensables à la réputation d'élégance d'une Parisienne accomplie. Le prototype de la femme séduisante en toutes occasions se trouvait chez Gagelin, « marchand de nouveautés et de cachemire ». On commençait, parmi les habituées des Tuileries, de parler d'un certain Charles-Frédéric Worth, un Anglais arrivé à Paris dix ans plus tôt et employé chez Gagelin, qui avait dessiné pour son maître une traîne de cour toute brodée de perles et de fils d'or ayant valu à la maison une médaille lors de l'Exposition universelle de l'année précédente.

En compagnie du prince Joseph, Virginia adorait aller admirer les albums de modèles dessinés par les créateurs de ces diverses maisons. Sur ses conseils, elle retenait ses robes, choisissant celles élues par l'impératrice ou l'une de ses dames d'honneur, mais en faisant effectuer les modifications indispensables pour que la nouvelle toilette semblât une création. Il suffisait de varier tissus, couleurs, dentelles ou garnitures. Ce jeu l'amusait. Et quel délice de voir les regards admiratifs de Beppino ou des employés célébrant sa beauté en affirmant que tout lui allait. La fortune de François ne suffisait plus à satisfaire ces folies. Virginia, insouciante, tout à la griserie de ses succès, refusait de l'entendre. Du moment que son principal pourvoyeur était le prince Poniatowski et que ce dernier l'encourageait à la dépense, tout était bien.

Adulée, fêtée, remarquée par l'empereur, Virginia était devenue la nouvelle idole du Paris à la mode, le nouvel astre qu'en si peu de temps tous célébraient. Le samedi 2 février, elle tourbillonnait au petit bal des Tuileries jusqu'à deux heures du matin ; le mardi 5 février, elle s'entretenait longuement avec un domino qui n'était autre que l'empereur au bal costumé de M. Le Hon. Napoléon III ne parvenait jamais à rester longtemps incognito, sa bizarre stature, sa tête toujours un peu penchée et trop grosse pour son corps, sa démarche traînante le faisaient vite remarquer. Le 19, lors d'une réception chez la princesse Mathilde, elle retrouvait ses chers lord et lady Holland, et parlait longuement de l'avenir de son père avec le marquis de Villamarina.

Philippe Oldoïni était un ambitieux qui ne voulait pas se contenter d'une place obscure au sein de la légation italienne quand sa fille devenait si bien en cour, quand on la voyait s'entretenir avec Cavour ou Villamarina, si ce n'était avec l'empereur en personne. Et Virginia promettait à son père l'indispensable avancement. Pour cela, il lui fallait briller de tous ses feux. Ainsi, le jeudi 21, toute poudrée, emperlée, emplumée, elle assistait, aux Tuileries, entre son père et son mari, au concert que l'empereur y donnait pour les diplomates. Ensuite, elle s'entretint à nouveau longuement avec Villamarina de la carrière paternelle. À la demande du marquis, elle demanda pour lui un poste de premier secrétaire à l'ambassade de Saint-Pétersbourg, en Russie, ainsi que les indispensables décorations allant avec cette promotion. Le ministre promit d'autant plus facilement le poste qu'il était au courant de la « mission » de Virginia et de son prochain dîner avec l'empereur...

Les bals se succédaient à Paris depuis l'ouverture du Congrès de la paix, le 25 février. Les ambassadeurs étrangers se pressaient dans les salons, lord Clarendon pour l'Angleterre, le comte Alexis Orloff pour la Russie, Buol pour l'Autriche, Ali Pacha pour la Turquie et Cavour pour le Piémont. En dépit de ses soixante et onze ans, le comte Orloff, par sa prestance et le nom prestigieux qu'il portait, plut à la folie aux élégantes des Tuileries et fut de toutes les fêtes. Walewski fut aussi particulièrement à l'honneur lors du Congrès. Devenu ministre des Affaires étrangères, il en avait été élu président. Pour Napoléon III, que le Congrès eût lieu à Paris était une consécration. Il avait l'impression grisante d'être devenu l'arbitre de l'Europe, et tout lui souriait. Ses armées avaient été victorieuses en Crimée, le Congrès se tenait à Paris, le président en était son ministre. Il était loin, le temps de l'aventure italienne, de l'exil en Suisse et en Angleterre, des malheureuses tentatives avortées de Strasbourg et de Boulogne pour prendre le pouvoir, de l'emprisonnement au fort de Ham. Toujours, il avait cru à son étoile, à son destin. Quand on lui avait signifié sa condamnation à la prison perpétuelle, n'avait-il pas demandé à ses juges avec son flegme habituel :

– Combien de temps dure la perpétuité en France ?

Napoléon III n'était-il pas porté par le culte que l'on vouait encore en France au souvenir de l'Empereur ? Oubliés, le coup d'État très discuté du 2 décembre, « l'opération de police un peu rude », les nombreux morts, les emprisonnements et les déportations inutiles. Depuis quatre ans qu'il régnait, la paix et la sécurité étaient acquises, les puissances étrangères le respectaient, la prospérité régnait à la ville comme dans les campagnes. Paris devenait une fête éternelle où brillait surtout Virginia.

Le même jour, Cavour envoyait cette lettre à son roi :

*Lundi (25 février) nous entrons en scène ; si la chose n'est pas amusante, elle est tout de même curieuse. Entre-temps, les dîners officiels ont commencé et, si ce n'est pas le cas de nos intelligences, ce sont nos estomacs qui sont mis à dure épreuve. Je vous avertis que j'ai engagé dans la carrière la très belle comtesse de X et je l'ai invitée à coqueter et à séduire si le cas se présentait l'empereur.*

*Elle a commencé discrètement sa mission au concert des Tuileries d'hier. Adieu.*

À partir du moment où il se trouvait dans la place, Cavour n'avait nulle intention de se taire. Au contraire, il fut convenu que, lors de la dernière séance du Congrès, Walewski ferait un exposé sur la situation italienne. Cavour aurait préféré expliquer lui-même la question, parce qu'il la connaissait mieux que quiconque, et qu'il y eût mis plus de chaleur que Walewski, qui fut parfaitement terne et ennuyeux. Enfin, le petit homme put prendre la parole. Il exprima avec fougue l'humiliation italienne face aux prétentions autrichiennes. Il parla de ce peuple divisé, occupé militairement, de ces multiples royaumes aux mains de puissances étrangères, de la tiédeur du pape qui pensait davantage au maintien du pouvoir temporel qu'à l'unité italienne. Bref, il exalta l'âme italienne et la nécessité de construire enfin ce pays que l'on avait dépecé, dans lequel chacun s'était taillé un morceau de choix, quitte à allumer des conflits sans fin. Il fut précis, brillant et convaincant. Même le placide lord Clarendon sembla intéressé, presque troublé.

Virginia était fière de son cousin et satisfaite des résultats du Congrès. La mer Noire et le cours du Danube restaient neutres. La Russie renonçait à son protectorat sur les souverainetés du Danube qui demeuraient indépendantes, quoique sous le contrôle de la Sublime Porte, c'est-à-dire de l'Empire ottoman. En revanche, le tsar gardait Sébastopol, ou plutôt ses ruines. C'était lui le grand perdant en cette affaire, mais il ne pouvait que s'incliner. La liberté du culte était garantie dans toute la Porte. Virginia oubliait un peu vite les trois cent mille morts que la guerre avait causés. Enfin, on arracha une plume à un aigle du Jardin des Plantes, le traité fut signé et la plume remise à la reine Victoria en guise de souvenir.

Pour fêter cet indéniable succès de la diplomatie française, tout ce qui était à la mode à Paris voulut donner son bal, sa réception. Dès lors qu'elle dînait en petit comité avec l'empereur, Virginia, son père, bientôt consul, et François étaient reçus partout. Aux Tuileries, chez Morny, chez la princesse Mathilde, chez le comte Le Hon qui avait le bon goût de ne pas remarquer la liaison presque affichée de sa femme avec le demi-frère de l'empereur. On les voyait aussi chez les Castellane, les Villamarina, le duc de Bassano, les Holland, lord et lady Cowley, les ambassadeurs d'Angleterre, et chez Stéphanie Tascher de La Pagerie, cette langue de vipère si intime de l'impératrice et de sa famille...

Les toilettes de Virginia devenaient presque une affaire d'État. Leur réussite était indispensable pour mener à bien sa « mission », prétexte pour ne plus écouter les éternelles remontrances du pauvre « Bocco », comme elle nommait son mari avec quelque condescendance.

Ses amis étaient mis à contribution pour lui trouver un voile rare, un tissu chamarré, des étoiles de diamants à piquer dans ses cheveux ou sur son corsage. La rue de Castiglione était une vraie petite usine où lingères et couturières s'affairaient à parfaire les robes d'un soir qui feraient de Virginia la reine de ces fêtes éphémères. Lors d'un bal chez le comte de Morny, on aurait dit une apparition, avec sa large jupe de satin doré et son diadème d'or posé sur ses beaux cheveux.

– Vous devriez toujours vous vêtir d'or, lui dit galamment le comte Jules de Castellane.

– Justement, j'ai cherché dans tout Paris du tulle d'or pour le bal masqué du comte Le Hon. Je voudrais un costume d'Aurore, mais je ne trouve rien et suis au désespoir.

– Vous êtes en effet l'Aurore et je vous promets de vous dénicher ce tulle.

Jules de Castellane tint parole. Il fit teindre spécialement du tulle en doré et, trois jours avant le bal, le lui apporta triomphalement. Le tulle d'or était destiné au corsage et, bien sûr, fort transparent.

Ce soir-là, Virginia ressemblait plus au soleil qu'à l'aurore. Satisfaite du résultat, elle se montra à François et à son père. Si François trouva le décolleté vertigineux, il n'en fit rien remarquer, tant il redoutait les colères de sa femme. Cependant, le marquis Oldoïni dit avec fermeté :

– Nicchia, vous ne pouvez sortir ainsi, c'est indécent. Vous avez l'air d'une cocotte.

Virginia, décontenancée, ne sut plus que faire. Même si elle voulait plaire et séduire, s'il était de bon ton d'être considérée comme une « cocodette », il ne fallait pas non plus être assimilée à une cocotte. Il y avait une marge importante entre ces deux termes différenciant la mondaine de la demi-mondaine. La « cocodette » désignait ce type féminin du second Empire correspondant à la « merveilleuse » du Directoire ou à la « lionne » de la monarchie de

Juillet. Des femmes lancées, courues, à la mode, vantées pour leur beauté comme pour leur esprit. Virginia entendait être une « cocodette », certainement pas une femme entretenue. De même, ses amis, Castellane ou Poniatowski en tête, ne s'offusquaient pas d'être considérés comme des « cocodès », l'équivalent au masculin. Des hommes fort à la mode, de beaux esprits et des arbitres des élégances que tous s'arrachaient, des « muguets de cour », bien différents des « gandins » qui faisaient un peu calicots ou garçons coiffeurs.

Virginia, n'ayant aucune confiance dans l'avis de son falot de mari pour arbitrer cet important dilemme, envoya chercher le prince Joseph. Il tourna autour d'elle, prit un air pensif, la fit encore tourner, puis lâcha enfin d'un air pénétré :

– Beppino dit oui.

L'avis suffisait au marquis Oldoïni comme au comte de Castiglione. On partit fort en retard pour se rendre au rond-point des Champs-Élysées où le comte et la comtesse Le Hon avaient leur hôtel. En dépit de l'approbation finale de Joseph Poniatowski, les critiques de son père avaient gâché la joie de Virginia. Elle fit très vite le tour des salons, salua les uns et les autres, accepta les compliments plus ou moins sincères que lui valait son audacieuse tenue au tulle d'or... et s'en alla au bout de dix minutes, se prétendant fatiguée. Cette fois, François, furieux, ne manqua pas de la morigéner :

– Tout cet argent gaspillé, toutes ces courses, tous ces soins de vos couturières, de vos femmes de chambre et de la pauvre Luisa pour en arriver là : rester dix minutes à un bal, c'est un caprice insensé, une dépense folle et inutile !

Une dépense folle, sans doute, inutile, c'était à voir. Virginia, en dépit de sa toilette plus qu'immodeste, était apparue comme une étoile filante. Elle s'était montrée, avait accepté les compliments, puis avait disparu sans jouir de son succès, laissant sur leur faim tous les hommes de la soirée qui n'avaient même pas pu la serrer brièvement entre leurs bras, le temps d'une valse. C'était à devenir fou. Dès lors, on parla beaucoup des caprices de la trop belle comtesse et de ses arrivées fulgurantes suivies de départs tout aussi soudains.

Le Congrès de la paix s'acheva sur une indéniable victoire française. Il était temps pour les diplomates de s'en aller. Après la traditionnelle audience de congé donnée aux Tuileries, Cavour réussit à voir Napoléon III quelques instants en tête-à-tête. L'empereur lui confia :

– Si je ne puis en ce moment entrer en conflit avec l'Autriche, j'ai pourtant le pressentiment que la paix ne sera pas éternelle. Alors, nous penserons à l'Italie.

Ce n'était pas tout à fait une promesse, mais Cavour vit que l'empereur était sincère et qu'il n'avait pas oublié sa ferveur d'autrefois pour leur cause. Grâce à Virginia et à son incroyable ascendant sur l'entourage de Napoléon III, le petit homme gardait un allié de poids dans la place...

Dans l'appartement, rue de Castiglione, enivrée par ses succès, Virginia collectionnait les journaux et gazettes qui parlaient d'elle. L'admiration, parfois nuancée, l'exaspérait. Comme celle de Jules Lecomte dans son « Courrier de Paris » de *L'Indépendance belge* :

*Quant à la jeune étrangère, on assure que sa présence désespère les habitués de certains salons. L'autre soir, nous disait une hospitalière et charmante maîtresse de maison, lorsqu'elle entra, ces dames restèrent consternées. Consternées ? Vraiment c'est un peu trop ! Sans doute cette jeune comtesse est charmante ; elle a de merveilleux cheveux bruns, des yeux superbes et d'une expression farouche et singulière, une jolie taille, un ensemble original et attractif, auquel s'ajoutent évidemment sa coiffure un peu étrange, des toilettes de son invention et je ne sais quoi qui étonne et vous cloue là, à regarder en oubliant presque la bienséance. Mais il n'y a pas dans tout cela de quoi tant se consterner, et l'alphabet parisien nous fournirait de nombreuses initiales rivales de cette Turinoise, qui s'étonne modestement de son succès et s'en trouve gênée.*

Modeste ou gênée, Virginia ne l'était pas le moins du monde, mais ulcérée que l'on osât mettre en doute le caractère unique, exceptionnel, d'une beauté que tous vantaient. Ce Jules Lecomte n'avait-il aucun goût ? Elle pleura beaucoup et se lamenta à propos de cet article avant d'entrer dans une de ces colères folles qu'on ne savait comment calmer. Dans ce cas, tous disparaissaient prudemment et s'empressaient de quitter les salons de la rue de Castiglione. Par chance, Luisa l'apaisa en lui faisant lire aussitôt une autre chronique, celle d'un certain Henry de Pène, qui écrivait non sans emphase :

*La reine de la Saison est nommée. C'est cette beauté incomparable que l'Italie nous a envoyée. L'Italienne à Paris, tel est le titre d'une symphonie que l'admiration chante du matin au soir et du soir au matin.*

Si tous les chroniqueurs, journalistes, échotiers et gazetiers gaspillaient beaucoup d'encre pour vanter la personnalité de Virginia, l'événement que tous attendaient dans la fièvre était la prochaine naissance impériale. Dès le 13 mars, une foule immense, et Virginia parmi elle, se pressa à l'Hôtel de Ville pour admirer le berceau d'apparat offert par la ville à son empereur, un ruissellement d'or aussi lourd que disgracieux, propre à engendrer bien des cauchemars chez l'auguste poupon, mais on s'extasiait. On ne parlait que des tentures brodées d'abeilles d'or, spécialement tissées pour l'enfant à Lyon et l'on se répétait tout bas le prix incroyable de la merveille : quarante mille francs...

Déjà, la Cour n'ignorait rien du personnel qui serait spécialement attaché à l'enfant. La nourrice serait une plantureuse Bourbonnaise vêtue en costume de sa province qui n'attendait que de donner son lait et de prouver sa bonne qualité. La nurse recommandée par la reine Victoria, une Anglaise du Yorkshire dénommée miss Schaw, se prenait déjà pour le personnage le plus important du palais. Quant à la gouvernante, M^me^ Bruhat, on ne lui avait pas assigné moins de deux sous-gouvernantes, M^me^ Bizot, veuve d'un général tué sous les remparts de Sébastopol, et M^me de Brancion, veuve d'un colonel du 50^e de ligne tombé lors de la prise du Mamelon-Vert.

L'empereur ne tenait plus en place. Il avait cessé de paraître dans les différents bals élégants, omettait de courtiser les belles de sa cour, ainsi que Virginia.

Dès le matin du 15 mars 1856, Joseph Poniatowski, oublieux de son habituelle dignité de sénateur, vint, tout excité, rendre compte à Virginia des progrès de l'accouchement. Eugénie avait commencé de ressentir les premières douleurs dans la nuit. Aussitôt, cela avait été l'ébullition aux Tuileries. L'empereur, affolé, hors de lui, avait fait vite prévenir Dubois, le chirurgien-accoucheur, puis son fidèle ami le docteur Conneau, son compagnon à Londres et à Ham. Ensuite étaient arrivés le chirurgien ordinaire, Boyer, accompagné du médecin ordinaire, Corvisart, puis le docteur Daralde, le médecin d'Eugénie aux Eaux-Bonnes. Tous se bousculaient dans la chambre de l'impératrice, M^me de Montijo en tête, toujours aussi agitée et brouillonne. Eugénie, qui souffrait beaucoup, faisait les cent pas dans sa chambre en refusant de s'allonger.

– Vous devriez voir, ma chère, disait le prince en riant, la mine sombre du pauvre Plonplon, qui a si peur que l'enfant ne soit un garçon, ce qui l'éloignerait de la succession de son cousin au trône de France ! Il n'essaye même pas de cacher sa mauvaise humeur...

La journée passa, interminable, ponctuée au palais par les cris de l'impératrice qui ne parvenait plus à les retenir. À minuit, l'empereur, vieilli de dix ans, l'air hagard, revint donner des nouvelles à la Cour en balbutiant des paroles inintelligibles. On apprit bientôt que l'impératrice avait demandé à être chloroformée, tant elle souffrait. On hésitait encore à employer cette pratique hasardeuse que l'on savait mal doser. Enfin l'on accéda à sa demande. L'enfant ne parvenait pas à naître ; les médecins avertirent l'empereur qu'il fallait employer les fers. Il y consentit en disant d'une voix navrée :

– Sauvez l'impératrice.

Enfin, le 16 mars, à trois heures trente du matin, en ce dimanche des Rameaux, l'enfant naquit. L'empereur s'agenouilla près du lit. Eugénie demanda d'une voix faible à son mari :

– C'est une fille ?

L'empereur fit un signe de dénégation.

– C'est donc un garçon ?

Il secoua encore la tête.

– Mais enfin, qu'est-ce donc ? cria l'impératrice, affolée et croyant avoir mis au monde un monstre.

L'empereur, très ému, ne savait plus ce qu'il disait. Il sanglotait sans pouvoir prononcer un mot. Ce fut le docteur Conneau qui lui apprit avec joie :

– Madame, c'est un fils.

– Je ne vous crois pas, je veux le voir.

Et le docteur Dubois lui mit dans les bras son bébé nu comme un ver.

Eugénie, épuisée, retomba sur ses oreillers. Elle avait accompli sa mission. Napoléon, se tournant vers les dames d'honneur de l'impératrice qui entraient dans la chambre impériale pour admirer le bébé et féliciter la mère, leur dit alors :

– Mesdames, je ne comprends pas qu'après avoir éprouvé de telles souffrances, vous puissiez encore vous y exposer. Il faut que vous nous aimiez beaucoup...

De sa chambre, Virginia entendit sonner à la volée les cloches des différentes paroisses de Paris, puis les canons se mirent à tonner. Tout Paris comptait les coups : vingt et un pour une princesse, cent un pour un prince. Les salves ménagèrent une pause entre le vingt et unième et le vingt-deuxième coup. Vingt-deux, compta Virginia ! L'empereur avait un fils et la France son héritier. Les badauds s'embrassaient dans les rues, les bistrots et cabarets ne désemplissaient plus, des drapeaux pendaient des fenêtres et des balcons. C'était un jour de liesse pour la capitale et le pays tout entier.

Dès le lendemain matin, Joseph Poniatowski raconta à Virginia la suite des événements. Dans les salons des Tuileries, Fould, ministre de la maison de l'empereur, présenta au prince Napoléon l'acte de naissance à signer. Furieux de voir le trône lui échapper, Plonplon s'écria d'un ton haineux :

– Comment pourrais-je signer un tel acte quand je n'ai pas assisté à l'accouchement ?

Et il quitta la pièce à grandes enjambées. Sa sœur, la princesse Mathilde, se hâta de le rattraper pour le raisonner.

– À quoi bon faire un tel esclandre alors que vous n'y pouvez rien faire ? Le prince impérial est né. Que vous signiez ou non ce papier d'état civil ne changera rien à l'affaire.

Plonplon, rageur, signa, mais en laissant tomber une large tache d'encre sur le registre.

Quand l'un des courtisans demanda à l'empereur ce qu'il pouvait offrir à l'enfant, celui-ci répondit tout à trac : « Une moustiquaire contre les cousins ! »

De sa fenêtre, Virginia assista à l'incessant va-et-vient des familiers de la Cour se pressant vers les Tuileries, venus présenter leurs félicitations à l'empereur et à l'impératrice. Députés et sénateurs devaient, précisait l'étiquette, s'assembler en uniforme dans leurs palais respectifs. Joseph Poniatowski repartit donc. Le soir, il revint l'informer des dernières nouvelles : l'empereur accordait l'amnistie à la plupart des proscrits du 2 Décembre. L'empereur et l'impératrice seraient les parrain et marraine des trente-six mille enfants nés ce jour-là, qui recevraient chacun la somme de cent francs. On frappa une médaille et des banderoles portant les mots ORDRE, CRÉDIT, SÉCURITÉ, PROPRIÉTÉ flottèrent aux fenêtres des édifices publics. Quant aux généraux Bosquet et Canrobert, qui dînaient avec l'empereur, ils l'entendirent avec stupéfaction leur dire :

– Messieurs, faites remplir vos coupes de champagne et trinquez avec moi à la santé de deux de mes bons amis : « Au maréchal Canrobert, au maréchal Bosquet ! »

Les monuments de Paris furent illuminés, des lanternes de papier multicolores accrochées aux façades des maisons. Les spectacles étaient gratuits sur les Boulevards. Le conseil municipal décida d'offrir deux cent mille francs aux nécessiteux pour retirer leurs objets gagés du Mont-de-Piété et payer tous les mois de nourrice en retard des plus pauvres.

– Quand le comte de Morny, dit encore Joseph Poniatowski, vint féliciter son demi-frère au nom du Corps législatif, Napoléon III, les larmes aux yeux, lui répondit : « Je me confie à la Providence en la voyant relever par un concours de circonstances extraordinaires tout ce qu'il lui avait plu d'abattre il y a quarante ans, comme si elle avait voulu vieillir par le martyre et la douleur une nouvelle dynastie sortie des rangs du peuple. »

Il fut décidé que le baptême d'Eugène-Louis-Jean-Joseph-Napoléon aurait lieu le samedi 14 juin, à Notre-Dame. L'empereur voulut que tout fût semblable à celui du roi de Rome et l'on se plongea dans le compte rendu des journaux de l'époque et dans les archives. Tandis que M^me^ de Montijo repartait pour l'Espagne sans escorte et sans même un chambellan, en larmes car on ne l'avait pas conviée au baptême, on choisit les parrain et marraine. Le pape récusa cet honneur et envoya à sa place le cardinal Constantin Patrizzi porteur de la rose d'or pour Eugénie. La reine Joséphine de Suède, la fille d'Eugène de Beauharnais, accepta.

Au jour dit, Virginia sortit au bras de Joseph Poniatowski pour admirer la Garde impériale et la Garde nationale formant la haie depuis les Tuileries jusqu'à Notre-Dame. Le cardinal, escorté par quatre escadrons de chasseurs et de dragons, quitta le premier le château, suivi une demi-heure plus tard par le cortège impérial qui passa sous l'arc de triomphe du Carrousel au son des trompettes du 1^er^ régiment de carabiniers. Dragons, cuirassiers, guides et piqueurs escortaient les voitures. Dans le carrosse de l'impératrice tiré par huit chevaux blancs couverts de housses d'or était assise Mme Bruhat, le bébé dans les bras, en face d'elle Mme Bizot et Mme de Brancion. Les deux nouveaux maréchaux, Canrobert et Bosquet, encadraient la voiture. L'empereur et l'impératrice, montés dans un autre carrosse, étaient escortés par les maréchaux Vaillant et Castellane. Virginia enviait cette Eugénie, devenue impératrice parce qu'elle avait su se refuser au désir de l'empereur. Pour elle, c'était le plus beau jour de sa vie. Radieuse, resplendissante, elle saluait la foule encombrant la rue de Rivoli. Puis le cortège se dirigea vers Notre-Dame.

Grâce à Joseph, Virginia put entrer à l'intérieur de la cathédrale recouverte d'un décor peint. Six mille invités remplissaient l'édifice et le parvis, éclairés de milliers de bougies. C'était magnifique. Napoléon III prit son fils des bras de la nourrice, l'éleva au-dessus de sa tête et l'offrit à la foule au milieu d'un tonnerre d'applaudissements. Tout Paris aimait à la folie son petit prince.

À présent qu'il avait un héritier et que l'avenir de la dynastie semblait assuré, Virginia espérait que l'empereur s'occuperait enfin de l'unité italienne, mais il semblait se soucier davantage de son pays. Il voulait continuer à moderniser la capitale qu'il aimait tant. Il exila les usines du centre de Paris, fit reculer la banlieue et construire des maisons ouvrières propres et modernes, équipées de tout le confort et accessibles aux salaires des ouvriers. Profitant largement de l'entrée en Europe de l'or d'Alaska et d'Australie, l'empereur fit appel au crédit pour payer la plus grande part des travaux. Les financiers émirent des obligations et lancèrent l'emprunt de la Ville de Paris. La Bourse connut une subite expansion, les grandes banques finançaient les compagnies de chemins de fer. Dès 1853, Paris avait été reliée à l'Allemagne. Deux ans plus tard, la voie joignant la capitale à la Méditerranée avait été achevée. La rue de Rivoli construite, des milliers d'ouvriers s'attaquèrent à la création du nouveau Louvre, à la transformation des Halles, à la conception d'une grande voie nord-sud, de la gare de l'Est à la Cité. Haussmann, devenu préfet de la Seine en 1853, mena les travaux tambour battant et Paris n'était plus qu'un immense chantier bourdonnant. Depuis le succès de la première Exposition universelle en 1855, l'empereur se passionnait pour toutes les découvertes et faisait élever au rond-point des Champs-Élysées un grand palais de l'Industrie dont les annexes se prolongeaient jusqu'à la Seine.

On spéculait tant et plus. Des fortunes s'édifiaient en quelques mois. On s'étourdissait de plaisirs et, déjà, on parlait de la scintillante « fête impériale ». C'était un luxe de parvenus. C'était à qui roulerait dans la voiture à huit ressorts la plus luxueuse, exhiberait les plus beaux équipages, ferait porter par ses gens les plus somptueuses livrées. Les diamants des belles étincelaient à leurs gorges, à leurs poignets, les décorations des messieurs s'étendaient sur leurs plastrons. Le décor des hôtels particuliers, trop lourd, surchargé d'or, de lustres, de glaces reflétait à l'infini une opulence qu'on aurait voulue éternelle. Et Virginia, qui ne voulait pas être en reste de folies et d'élégances, continua d'emprunter de l'argent au bon John ou au cher Joseph...

Certains journalistes écrivaient bien que s'il n'y avait pas de chômage et que tous avaient du travail, la hausse des prix devenait galopante, alarmant même l'empereur. Virginia, elle, se moquait d'apprendre que les prix grimpaient de 1,5 % par an et que les salaires ne parvenaient pas à les rattraper. Il y avait bien eu quelques années de mauvaises récoltes, quelques épidémies de choléra, mais, dans l'ensemble, le pays était florissant, ouvert au progrès et aux embellissements de toute sorte. Les égouts de Paris avaient été rénovés et il en fut de même dans les principales villes. Le chemin de fer et les routes en meilleur état abolissaient les distances. Le miracle économique persistait et contribuait beaucoup à la popularité de l'Empire.

François ne partageait pas l'euphorie générale. Il ne voyait presque plus sa femme qui sortait à présent souvent sans lui, le laissant seul avec le petit Georges dont elle ne s'occupait guère. Ses finances étaient au plus bas, ses emprunts au prince Poniatowski ne pourraient éternellement continuer. Il lui avait déjà prêté la fabuleuse somme de 400 000 francs. Il exécrait la vie parisienne qui lui avait enlevé sa chère Virginia. Il lui fallait de toute urgence remettre de l'ordre dans ses affaires, toucher ses fermages, aller voir ses hommes de loi italiens. Comme il n'avait pas le courage d'affronter la vindicte de son épouse, il lui adressa un premier message :

*Je vous préviens que nous quitterons Paris dans les premiers jours de mai. Nous irons à Gênes et là nous combinerons ce qui paraîtra le plus adapté à nos idées respectives. J'ai cru devoir vous faire savoir à l'avance ce que j'ai décidé, afin que vous puissiez prendre les arrangements que vous croirez bons avant de quitter Paris.*

De son trop faible mari qui savait mal résister à un seul de ses sourires, Virginia obtint sans peine quelques mois de prolongation. Le comte de Castiglione fit de nouveau appel à la générosité du prince.

Virginia demeura donc à Paris et ne désespéra pas de parvenir à ses fins, de séduire l'empereur, de l'amener à entrer dans les vues de Victor-Emmanuel et de Cavour pour la grandeur de l'Italie. Aussi fut-elle très émue en apercevant soudain devant sa porte, le 25 juin, un valet de pied à la livrée impériale. Il lui donna un petit mot d'une des dames d'honneur d'Eugénie, la marquise de Las Marismas.

*Chère Madame, je suis chargée de la part de l'Impératrice de vous dire que vous recevrez une invitation pour vendredi soir à Villeneuve-l'Étang et que vous êtes priée d'y aller en robe montante et en chapeau, parce qu'on se promènera sur le lac et dans le parc. Recevez, je vous prie, mille amitiés. Émilie de Las Marismas.*

Si les autres femmes décidaient de se rendre à cette invitation en « robe montante et chapeau », Virginia n'avait pas la moindre intention de se conformer à cet avis. Elle se doutait bien qu'Eugénie, mal remise de ses couches, moins jolie et d'une jalousie féroce que tout le monde connaissait à la Cour car elle ne se privait guère de faire des scènes à tout propos à son trop volage époux, ne lui avait pas adressé cette invitation de gaîté de cœur. Sans doute y avait-elle été contrainte par l'empereur !

Comme chaque année au printemps, la Cour avait quitté Paris pour Saint-Cloud, tout de même plus proche que Compiègne. À son habitude, Virginia voulut tout connaître du lieu où elle était conviée afin de s'y sentir à son aise. Comme d'habitude, son informateur était le cher Joseph.

– Le délicieux petit château de Villeneuve-l'Étang, lui dit-il, se situe à cinq minutes à peine de Saint-Cloud. Blotti au fond d'un grand parc, pourvu comme le nom l'indique d'un bel étang, c'est un séjour intime et bucolique. L'impératrice y donne une fête de nuit en l'honneur de la grande-duchesse douairière Stéphanie de Bade, une cousine de l'empereur. Vous êtes conviée à huit heures, soyez ponctuelle. Comme Marie-Antoinette au Hameau, l'impératrice aime à jouer à la bergère avec ses dames d'honneur et ses proches amies dans une ferme construite par l'empereur. C'est là qu'elle veut recevoir la grande-duchesse, née Beauharnais, qu'on a mariée de force au grand-duc de Bade qu'elle n'aime pas et qui l'a traitée assez brutalement. Stéphanie n'a jamais apprécié la vie en Allemagne et ne revit qu'en France. À sa prière, ce ne sera qu'une petite réunion intime et sans étiquette.

Cette fois, François, dont il n'était pas fait mention dans l'invitation, n'accompagna pas sa femme. Après la traversée du bois de Boulogne et de la Seine, la voiture pénétra dans le parc de Saint-Cloud. Le petit château de Villeneuve-l'Étang donnait directement dans le parc. On dépassa une belle ferme ressemblant plutôt à un chalet suisse.

La plupart des invités étaient déjà là lorsque parut

Virginia. En robe de mousseline rose fort transparente, et très décolletée, avec ses cheveux brun doré dans lesquels étaient piquées des plumes blanches moussant sur ses épaules, elle tranchait sur le reste de l'assistance féminine, effectivement venue « en robe montante et chapeau ». On ne voyait qu'elle et sa toilette fraîche et audacieuse. Paisible et sûre de l'effet qu'elle produisait, Virginia souriait à la ronde, lointaine et très belle. En fait, elle n'avait d'yeux que pour l'empereur. C'était lui qu'elle voulait.

De son habituelle démarche de crabe, il se hâta vers elle. Il lui murmura quelques mots en aparté, puis l'entraîna vers une des barques décorées de lampions qui attendaient près de la berge de l'étang. Triomphante, Virginia y prit place tandis que Napoléon III s'emparait des rames. L'embarcation fila vers une petite île, la contourna et disparut aux yeux médusés de l'assistance.

Même si tous affectaient de n'avoir rien vu d'extraordinaire à ce départ si peu discret, Eugénie était blafarde. D'un geste énervé, elle commanda à l'orchestre de jouer un air entraînant. Elle, qui ne dansait plus jamais, pria le prince de Bade, le neveu de la grande-duchesse et prince héritier, de la faire valser. Elle tourna trop et trop longtemps, jusqu'à ce qu'elle tombât. Sa chute la fit s'évanouir et tous s'empressèrent autour d'elle. L'une de ses dames d'honneur la raccompagna à Saint-Cloud. Pour l'impératrice, la fête était finie.

Il était impossible de s'éclipser avant le retour de l'empereur. Les invités, gênés, inquiets pour Eugénie, ne savaient quelle contenance adopter. Sous prétexte de prendre de ses nouvelles, la grande-duchesse était partie. L'orchestre s'était tu, on s'ennuyait. Quand l'empereur revint en barque bien plus tard, il arborait un air étrangement satisfait, et Virginia, sa robe très froissée, semblait plus hiératique et impénétrable que jamais, son immuable sourire aux lèvres.

Le 1er juillet, l'empereur quitta Paris pour les Vosges. Il allait à Plombières prendre des eaux réputées combattre les maladies digestives et les rhumatismes. Il n'était pas en très bonne santé. Toute la Cour savait que le docteur Fergusson qu'il avait consulté l'avait trouvé prématurément vieilli par un excès de travail comme de plaisir, souffrant d'asthénie. Virginia sut convaincre François qu'elle avait également besoin de suivre une cure et les Castiglione partirent à leur tour pour Plombières avec armes et bagages. Baby et sa nurse furent du voyage.

Virginia adora l'ambiance d'une ville d'eaux mêlant les plaisirs de la campagne à ceux de la ville. Tout le cabinet ordinaire de l'empereur s'y trouvait aussi. Il y avait là le général Fleury, son premier écuyer, le général Espinasse, son aide de camp, le prince de La Tour d'Auvergne et Mocquard, le fidèle secrétaire et chef de cabinet. La société parisienne lancée venait aussi prendre les eaux. L'empereur avait mis Plombières à la mode et la station connaissait une vogue extraordinaire. Les hôtels avaient été rénovés au goût du jour, on en avait construit de nouveaux.

Le matin, on suivait la cure, on déjeunait légèrement et l'après-midi se passait en excursions à pied ou en calèche. Ce n'était pas très difficile pour Virginia de se ménager, sous divers prétextes, des apartés avec l'empereur, ses familiers se chargeant de leur faciliter les choses par tous les moyens possibles. Eugénie n'était pas là… L'empereur allait toujours accompagné de son grand chien, Néro. Si bien des dames de la Cour redoutaient les familiarités de Néro, qui avait froissé plus d'une toilette coûteuse, Virginia l'adorait. Il y avait toujours eu des chiens chez son grand-père ou à La Spezia et elle ne les craignait pas. Quant à Néro, il se couchait sur le dos dès qu'il la voyait, mendiant une caresse. Il la rapprochait de l'empereur…

Plus Virginia devenait intime avec ce dernier, plus elle l'appréciait. Bien sûr, il était flatteur de faire publiquement figure de favorite – seul François ignorait sa mauvaise fortune. Mais il y avait autre chose. Napoléon était un compagnon agréable, qui s'intéressait à tout. Il n'avait pas renié les opinions généreuses de sa jeunesse et, même s'il régnait en s'appuyant par force sur une droite catholique et conservatrice, ses idées restaient à gauche. Il se souciait davantage du sort des ouvriers et paysans français que de celui de ce faubourg Saint-Germain fréquenté par les anciens royalistes qui continuaient de le bouder. Il avait réduit leurs impôts, fait construire ces logements sociaux qui fleurissaient un peu partout dans les banlieues des grandes villes. Si Napoléon III n'était guère mélomane et qu'on le voyait souvent s'endormir aux concerts ou à l'opéra, il s'intéressait à la littérature. Il avait rencontré George Sand, Victor Hugo, Zola, Dumas, dont il avait lu les œuvres, les admirait et le disait très haut.

Bien qu'il fût fatigué, bien qu'il traînât de plus en plus la jambe, Napoléon III croyait en son étoile et son enthousiasme était communicatif. Son audace l'avait porté au pouvoir et il s'y maintenait avec une apparente facilité, comme s'il était né pour être empereur. Virginia adorait l'entendre remodeler par la pensée la carte de l'Europe. Les Balkans surtout le préoccupaient. Il voulait unir la Valachie à la Moldavie, créer une nouvelle Roumanie qui fût un État à part entière, faciliter l'autonomie du Monténégro comme de la Serbie... À l'écouter se confier ainsi, Virginia se sentait importante. Enfin, un homme ne s'intéressait pas qu'à sa beauté ! En sa compagnie, elle avait l'impression d'agir elle aussi sur la destinée de tous ces pays.

– Si je suis bien votre pensée, Sire, vous cherchez à créer un contre-pouvoir pour contrebalancer la puissance de Vienne. Savez-vous que l'Italie serait encore le meilleur théâtre de cette action ? Instaurer l'unité italienne en rassemblant tous ces royaumes épars sous une royauté unique et en contrecarrant l'influence autrichienne en Italie vous offrirait un allié sûr en Méditerranée. Tranquillisé de ce côté, vous pourriez alors vous soucier de votre frontière sur le Rhin. La France a besoin de l'Italie, de même que l'Italie ne peut exister sans la France.

– Pourquoi pas, murmurait-il. Je l'ai pour ainsi dire promis à Cavour et j'aime à tenir mes promesses.

Il la regardait avec curiosité. Cette toute jeune femme, qu'il avait jugée sotte et de peu d'esprit le surprenait. La politique la passionnait alors qu'elle lassait d'habitude bien vite les autres femmes. Ainsi, Virginia n'était pas cet être égocentrique et futile qu'on lui avait dépeint ? Quand elle parlait de l'Italie, ses yeux s'enflammaient, son sourire devenait plus lumineux, elle vibrait de tout son être. Napoléon III en avait assez des ravissantes créatures de la Cour ou du théâtre qui tombaient dans ses bras comme de beaux fruits mûrs qui ne l'intéressait plus sitôt qu'il les avait goûtés. Il avait aimé miss Howard puis s'en était lassé. Il l'avait mariée et rendue encore plus riche qu'elle ne l'était. Il avait été fou d'Eugénie, puis vite déçu par l'absence totale de sensualité de sa belle Espagnole. Virginia, au contraire, ne boudait pas le plaisir. C'était une délicieuse séductrice qui ne cessait de se parer pour lui avec un soin extrême. Elle suivait la mode en mettant une pointe d'originalité en tout. Il adorait ses robes, toujours plus audacieuses que les autres, ses cheveux épais et parfumés formaient une masse soyeuse que rien ne parvenait à discipliner. Vive, gracieuse et si jeune, elle l'étourdissait un peu. Avec elle, il retrouvait sa jeunesse. Pour lui, elle avait des attentions exquises. Ne lui avait-elle pas offert à Plombières un dessin réalisé par l'impératrice Joséphine et acheté dans une salle des ventes ? Et le souverain s'était cru obligé d'envoyer une belle lettre à François de Castiglione :

*Vous avez bien voulu m'offrir un dessin de l'impératrice Joséphine. J'ignorais qu'elle eût jamais dessiné et que dans ce genre il existât rien de sa main. Ainsi votre gracieuse attention me touche d'autant plus.*

La lettre avait d'autant plus ému François qu'il ne se doutait toujours pas de son infortune...

Bien que ses rhumatismes le fissent souffrir, Napoléon III était demeuré un excellent cavalier. Quand il était en selle, on oubliait sa stature assez médiocre pour admirer son élégance naturelle. Or Virginia montait divinement bien. Ils faisaient ensemble, tout autour de la ville d'eaux, de longues chevauchées inquiétant beaucoup le général Espinasse et le général Fleury. Impossible de convaincre l'empereur d'être suivi par des policiers. Impossible de le faire accompagner d'une escorte. Pour les amants, le séjour à Plombières fut un enchantement partagé.

Mi-juillet, les Castiglione étaient de retour à Paris. Virginia se rendit à l'Opéra pour y entendre *Guillaume Tell* dans la loge que lui avait offerte Bacciochi. L'opéra l'enthousiasma, mais elle fut surtout heureuse d'être ouvertement saluée par l'empereur. Depuis son séjour à Plombières, elle faisait figure de favorite et tous venaient la saluer. Le soir même, elle écrivit en Italie, à Marie, puis au roi et à son ministre. Cavour et Victor-Emmanuel II ne lui avaient pas en vain accordé leur confiance. Elle avait trouvé chez l'empereur un écho des plus favorables à leurs espérances et comme le souverain ne lui refusait plus rien... Prudente, elle écrivit au directeur général des Postes pour que toute correspondance adressée poste restante à Paris fût acheminée chez le comte de Puliga, un autre de ses amoureux.

Virginia avait raison de se méfier. À présent qu'elle jouissait presque officiellement des faveurs de l'empereur, la police parisienne s'intéressait à sa personne. Il lui semblait qu'on lisait son courrier avant elle, qu'on la suivait dans la rue. Il lui parut même qu'on avait fouillé son appartement. Interrogée, Luisa se souvint d'un livreur venu offrir des échantillons de son vin et qu'elle avait en effet laissé seul quelques instants [1].

Pour Virginia, c'était une consécration. Elle était donc considérée comme une espionne, une vraie ! Sa vie était exaltante. Elle avait enfin un sens. Même si les perpétuelles fêtes parisiennes l'éblouissaient, même s'il était grisant de se savoir belle et désirable dans le regard des hommes, ce n'était pas encore assez. Virginia aspirait à jouer un rôle dans la vie politique. Elle voulait que l'on reconnût aussi son esprit. Elle voulait devenir quelqu'un d'influent. Grâce à la faveur de Napoléon III, ses rêves les plus secrets étaient en train de se réaliser. Elle se sentait si heureuse qu'elle en devenait presque aimable envers François et avait de soudaines poussées de tendresse pour le petit Georges dont elle s'était jusqu'alors si peu souciée.

Le 8 août, l'empereur quitta à son tour Plombières et le 9 il se trouvait à Saint-Cloud, auprès de sa femme et de son fils. Dix jours plus tard, il partait pour Biarritz, un séjour qu'affectionnait Eugénie. Elle recevait des amis intimes dans sa villa face à l'océan. À la fin septembre, le couple impérial regagna Saint-Cloud, y resta jusqu'à la mi-octobre et partit alors pour Compiègne. L'automne y était ravissant et la forêt idéale pour la chasse. C'était là

1. Un rapport de police trouvé parmi les documents saisis aux Tuileries après le 4 septembre 1870 précise que deux employés de la police de l'Intérieur, M. Saintomer et M. Collet-Meyret, avaient, en effet, été chargés de surveiller à l'insu de l'empereur la comtesse de Castiglione. Un dénommé Richard, garçon de bureau de M. Saintomer, s'était même introduit chez elle, rue de Castiglione, sous prétexte de vendre du vin. *(Toutes les notes sont de l'auteur.)*

que l'impératrice organisait ses fameuses « séries », mêlant les personnalités selon les genres avec plus ou moins de bonheur. Virginia attendait avec impatience d'y être conviée pour jouir de son emprise sur Napoléon III.

Elle savait par Joseph que les invités des « séries » pouvaient être des littéraires, des scientifiques, des musiciens, des diplomates, des militaires ou tout simplement des mondains. Il y avait aussi les « séries élégantes », avec les Gallifet, les Pourtalès, les Mouchy ou les Walewski.

– Compiègne est un séjour délicieux, disait Joseph. On y chasse à courre sans étiquette, on y donne des représentations théâtrales ou des impromptus, on se promène dans la forêt en chars à bancs, à pied ou à cheval. On part parfois faire une excursion jusqu'à Pierrefonds que restaure Viollet-le-Duc. L'architecte est devenu un familier de Compiègne et participe à presque toutes les « séries ».

– L'empereur m'a promis de me faire inviter à Compiègne, mais je n'ignore pas combien l'impératrice peut être jalouse. Et l'empereur, qui m'a avoué détester les scènes et les redouter, se garde de trop les provoquer, même si on prétend qu'il ne se prive d'aucune incartade.

– Oui, répondit Joseph en riant, « les petites distractions dont il a besoin avant de revenir avec plaisir à l'impératrice », comme il le dit volontiers.

– J'espère être un peu plus qu'une petite distraction ! Il m'en a donné l'impression... Mais il faut qu'il ose me faire inviter et que l'impératrice n'y oppose pas son veto...

Virginia attendait dans l'angoisse tout en sachant qu'elle n'aurait aucune nouvelle directe de l'empereur. Pour ne pas se compromettre, il n'écrivait jamais à aucune femme, il l'en avait prévenue.

Enfin, le célèbre carton glacé de couleur rose envoyé par le grand chambellan parvint rue de Castiglione. Virginia et François étaient conviés à passer une pleine semaine à Compiègne. L'agitation fut à son comble. On devait se changer plusieurs fois par jour et il était impensable de remettre la même toilette deux fois de suite. Ce fut à nouveau un va-et-vient incessant de fournisseurs, modistes, gantiers, parfumeurs, couturières... François faisait désespérément ses comptes, mais il payait. Il était évident qu'on ne pouvait arriver fagoté à Compiègne, et pour Virginia était « fagoté » tout ce qui n'était pas à la dernière mode et ne venait pas du meilleur faiseur.

Au jour dit, un monceau de malles et de bagages péniblement chargés dans la voiture, on s'en alla vers la gare du Nord prendre le train spécial de la maison de l'empereur. Pendant que leurs domestiques s'occupaient des bagages, Virginia et François gagnèrent les quais où attendait déjà une foule d'invités. On se salua, puis ils grimpèrent dans le wagon-salon qui leur était attribué. Le train se composait d'une dizaine de wagons de première classe, dont six wagons-salons pour les invités et quatre pour les domestiques, plus six fourgons prévus pour les bagages – les robes de soirées, avec leurs crinolines, livrées dans des caisses de bois blanc, prenaient une place folle. Le trajet dura une heure, passée à deviser agréablement avec les autres invités. À la gare de Compiègne les attendaient de grands breaks conduits par des cochers à la livrée vert et or. On s'y entassa et l'on fut bientôt au beau château de

Compiègne fraîchement restauré. Le break s'arrêta dans la cour du château. Là, des domestiques en livrée impériale consultaient la liste des invités pour les mener à leurs chambres.

C'était un spectacle prodigieux que ce grouillement de valets et de femmes de chambre affolés, chacun criant à qui mieux mieux pour se faire entendre et obtenir que l'on déchargeât en premier les bagages de son maître, quitte à faire s'écrouler tout le chargement !

Virginia redouta qu'un de ses bagages ne fût égaré, une toilette chiffonnée. Cela aurait été un véritable drame, car on avait peu de temps pour s'installer et s'habiller. Il s'agissait d'être prêt, en tenue de soirée, pour sept heures. Les femmes en robe du soir décolletée, les hommes en cravate blanche, habit noir, culottes et bas de soie.

Aidée par Luisa, Virginia se hâta de revêtir sa toilette blanche agrémentée de tulle et d'étoiles d'argent, puis elle descendit se joindre au premier cercle réuni dans le salon des aides de camp. De là, on passa dans le grand salon, la galerie des Cartes aux murs tapissés des cartes de la forêt de Compiègne. Quand l'empereur et l'impératrice parurent, les femmes se rangèrent d'un côté de la pièce pour faire la révérence à Eugénie, les hommes de l'autre pour saluer Napoléon III. Ensuite des groupes se formèrent. Le premier à reconnaître Virginia fut bien sûr Néro, qui n'en finissait plus de gémir en lui léchant éperdument la main et cela fit beaucoup jaser...

Virginia était très entourée, mais elle en avait l'habitude. Elle guettait un sourire, un signe de l'empereur qui se contenta de la regarder un long moment. Le vieux maréchal

Rolin, préfet du palais, annonça que le dîner était servi. L'empereur offrit le bras à l'impératrice et l'on se rendit dans la salle à manger. Virginia marchait près de son cher Beppino qui lui servait de guide. Il fallait passer par le salon des Huissiers aux murs ornés des magnifiques tableaux de chasse de Desportes, traverser entre une double haie de cent gardes immobiles la salle des Gardes emplie d'une multitude de panoplies d'armes. Puis on parvenait dans la galerie de bal construite autrefois par Napoléon I^er^, toute scintillante d'or et de cristal.

Même si elle était impressionnée d'être ainsi admise dans l'intimité des souverains et enchantée des regards admiratifs que les hommes et l'empereur posaient sur elle, Virginia affichait un air impassible, presque blasé. Il y avait ce soir-là une centaine de convives. Aux invités de la « série » s'étaient ajoutés des notables locaux, le marquis et la marquise de l'Aigle, le préfet de l'Oise, une foison de colonels. La longue table, éclairée par des candélabres d'argent, était ornée de petits personnages en biscuit de Sèvres animant des scènes de chasse. Virginia remarqua que les couverts n'étaient qu'en ruolz et non pas en argent.

– La guerre de Crimée a coûté cher, lui murmura à l'oreille le prince Joseph.

Des pâtés, des rôtis, de la venaison en abondance, des entremets, des fruits et des sorbets composèrent un dîner copieux, mais au menu peu recherché. Ni Napoléon III ni Eugénie n'étaient très gourmets, ni même gourmands. Le repas fut expédié en une heure tandis que la Garde impériale jouait dans la galerie des Cerfs.

Après le dîner, tous se retrouvèrent pour prendre le café

au salon des aides de camp. Le café bu, les hommes se rendirent au fumoir où ils restèrent une bonne demi-heure. Virginia, qui n'avait guère cherché à se faire des amies et qui préférait ignorer les femmes, s'ennuyait. Ce ne fut qu'après le retour des hommes que l'on passa dans le grand salon où trônait un piano mécanique Debain. Un officier de service se plaça à la manivelle et le piano commença à égrener les notes d'une mazurka. Une cohorte d'hommes se précipita pour inviter Virginia à danser, ce qu'elle refusa avec hauteur. Quand le prince Poniatowski voulut à son tour se proposer, elle lui expliqua, en désignant les femmes qui virevoltaient en glissant sur les parquets bien cirés :

– Danser pour devenir rouge et laide comme toutes ces femmes qui s'agitent devant nous, certainement pas !

Elle avait parlé très haut et les danseuses s'en offusquèrent. La mauvaise réputation que Virginia avait déjà auprès des femmes ne s'en trouva pas améliorée ce soir-là. Elle était furieuse que l'empereur n'eût pas osé l'inviter, et entendait bien lui montrer qu'elle boudait.

Virginia attendait beaucoup de la chasse à courre qui eut lieu deux jours plus tard pour lui ménager quelques instants privés avec l'empereur. Elle s'était fait faire pour l'occasion une amazone en velours vert qui rehaussait le ton de ses yeux, doublée d'hermine au col et aux poignets. Elle portait un petit chapeau crânement piqué sur le côté, d'où pendait un long voile blanc. Cette tenue soulignait sa taille mince et lui allait à ravir. La jument qu'elle montait était grande et nerveuse. Tout en la faisant tourner dans la cour pour la calmer, elle admira l'équipage impérial. La folie de l'empereur. Les superbes chevaux, la meute nombreuse, les piqueurs choisis parmi les meilleurs de France, portant une tenue inspirée de celles du XVIII^e siècle, un habit vert galonné d'or, à revers rouges, une culotte en peau blanche, des bottes à l'écuyère et un petit tricorne noir. Les sonneries retentirent. La chasse était lancée. Eugénie et la plupart de ses dames d'honneur suivaient dans les chars à bancs. L'empereur partit au grand galop. En quelques minutes, il avait distancé les autres invités. Un cheval le talonnait de près, celui de Virginia. Tout d'abord, ils s'amusèrent à chevaucher de concert, à une allure folle, puis l'empereur, abandonnant délibérément la chasse, tourna dans une allée et mit sa monture au trot. Virginia l'imita et bientôt, ils se retrouvèrent botte à botte. Virginia était follement heureuse. Ainsi, il n'avait pas oublié ! Il avait osé fausser compagnie au reste des chasseurs pour demeurer avec elle. Aussi lui dit-elle avec élan :

– Quel séjour enchanteur que Compiègne, puisqu'il nous ménage de tels moments !

L'allée se rétrécit, se changeant en une petite sente donnant sur un étang. Les chevaux allaient au pas. Arrivé près de l'eau, l'empereur sauta à bas de sa monture et prit Virginia dans ses bras pour l'aider à descendre. Ils s'assirent sur un tronc d'arbre et il l'attira à lui. Il y avait, contre le tronc, un tapis de mousse sur lequel ils se laissèrent tomber. Tant pis pour la culotte de peau et l'amazone verte.

– On va beaucoup jaser de notre absence, fit remarquer Virginia en riant.

– Dès que vous entrez quelque part, on jase. Vous êtes trop belle...

C'étaient les mots qu'elle attendait et elle répondit à son étreinte. Il ne lui déplaisait pas que les invités de Compiègne, pussent savoir que l'empereur risquait une scène avec l'impératrice pour assouvir sa passion...

Virginia voulait que toute la Cour eût conscience de l'ascendant qu'elle prenait sur Napoléon III. Aussi, le lendemain soir, lors de la représentation de *Mon vieil habit*, de Gounod, dans le charmant théâtre construit par Napoléon Ier, feignit-elle de se trouver mal durant la représentation. Elle quitta la salle non sans adresser un petit signe d'intelligence à l'empereur, tout en persuadant François de rester. Elle avait juste besoin de prendre l'air. Le public en oublia la musique, les yeux braqués sur l'empereur. Celui-ci n'en finissait pas de tirailler ses moustaches, de s'agiter sur son siège, puis il se pencha vers l'impératrice, lui murmura quelques mots d'excuse à l'oreille et quitta la salle. Eugénie semblait très en colère et jouait furieusement de son éventail. Deux de ses dames d'honneur, la duchesse de Bassano et la baronne de Malaret, s'empressèrent auprès d'elle.

Virginia attendait Napoléon III devant la porte du théâtre. Un sourire de triomphe éclaira son visage lorsqu'elle le vit paraître. Pour devancer tout reproche, elle lui dit précipitamment :

– Ne me grondez pas, Sire, j'avais trop envie de vous voir !

Et elle se serra avec emportement contre lui.

– Que de folies me faites-vous commettre !

La comtesse de Castiglione s'accommodait mal des amours de l'ombre. Elle adulait l'empereur. Il représentait tout ce que le pauvre François n'était pas : le pouvoir et l'argent, la puissance, les vues politiques profondes, le désir effréné de marquer son époque de son empreinte, un luxe qui devenait digne des cours de l'Ancien Régime, alliés à un intérêt constant pour le progrès et la modernité, et cet homme était capable de prendre des risques pour elle. Au vu de toute la Cour, il abandonnait l'impératrice pour la rejoindre, elle, Virginia. Elle s'enivrait de sa propre puissance et d'avoir enfin trouvé l'amour, celui qu'on ne connaît peut-être qu'une seule fois dans son existence mais qui bouleverse tout. De l'empereur, elle n'aurait supporté ni tiédeur ni prudence. Elle lui donnait tout, prenait des risques pour lui et voulait qu'il en fît autant de son côté. Ce soir, elle triomphait et riait doucement tandis qu'il l'entraînait avec emportement vers une chambre privée de sa connaissance dont lui seul avait la clef.

Deux jours plus tard, toute la compagnie emprunta les calèches impériales pour se rendre à Pierrefonds. Napoléon III aimait ces ruines féodales embellies au XIVe siècle par Louis d'Orléans et rachetées par Napoléon Ier. Il avait décidé d'y disposer plus tard sa collection d'armes. Pour l'heure, le chantier avançait à grand train sous les ordres d'Eugène Emmanuel Viollet-le-Duc. Féru d'architecture médiévale, il avait déjà restauré les remparts de Carcassonne, Saint-Germain-des-Prés et Notre-Dame de Paris. Il avait aidé son ami Prosper Mérimée à mener à bien sa difficile inspection des monuments de France. Napoléon III avait prêté à Virginia le début de l'ouvrage majeur de l'architecte, encore en chantier, le *Dictionnaire raisonné de l'architecture française du XI^e au XVI^e siècle*. Elle s'insurgeait avec lui contre les puristes qui reprochaient à l'architecte ses techniques modernes pour refaire de l'ancien, en particulier l'emploi de barres de fer passées dans les ouvrages de pierre. De même que Napoléon III, Virginia clamait très haut qu'il fallait au contraire mélanger modernisme et respect du passé et que la rénovation de Pierrefonds serait, grâce à l'empereur, le fleuron de Viollet-le-Duc.

Avec une familiarité qu'elle n'osait se permettre qu'en privé et qui charmait l'empereur, elle le plaisantait sur son goût pour les vieilles pierres. Elle lui disait qu'il se prenait un peu pour un preux du Moyen Âge, un chevalier de jadis, à Pierrefonds, même si le château n'était pas encore habitable. Ils arpentaient les ruines et c'était autant de prétextes à des baisers dérobés. Virginia affirmait pour se moquer qu'il ne restait plus grand-chose de l'antique machine de guerre féodale. Et l'empereur répliquait que Viollet-le-Duc reconstituait à grands frais pont-levis, créneaux, donjon et mâchicoulis, chemins de ronde, poudrière et salle de garde. Il voulait tout lui montrer de ce gigantesque chantier comme si c'était son œuvre. Elle en fut impressionnée. La jeune femme courait partout pour le plaisir d'inspecter les lieux et se faire admirer par son amant. Elle escalada les échafaudages, franchit un fossé, elle faisait la folle, heureuse de se sentir exister dans le regard de l'empereur. Soudain, elle prit son élan pour sauter un fossé et tomba en poussant un cri. La lourde crinoline s'était envolée dans sa chute et avait, un bref instant, dévoilé les plus belles jambes de Paris.

– Quelle mijaurée, murmura l'impératrice avec mépris. Tout lui est bon pour essayer de se distinguer. N'y allez pas, commanda-t-elle sèchement à l'empereur qui s'élançait déjà.

Cette fois, il n'osa risquer une nouvelle scène et continua la visite avec l'impératrice et leurs invités. Pourtant, il avait adressé un signe à Fleury, qui s'empressa auprès de la pauvre Virginia, l'aida à se relever, la porta presque jusqu'à son char à bancs, qui attendait dans la cour du château. Son poignet était noir et enflé, elle claquait des dents et semblait très mal. Il l'emmitoufla du mieux qu'il put dans une couverture de fourrure et donna l'ordre à un cocher et deux valets de pied de la ramener à Compiègne.

– Je fais prévenir le médecin de Leurs Majestés afin qu'il vous examine.

Virginia lui sourit faiblement. Son poignet la faisait horriblement souffrir, mais, surtout, elle avait noté que l'empereur n'avait osé venir la relever, qu'aucune dame d'honneur de l'impératrice n'avait fait prendre de ses nouvelles, que tous la négligeaient. En rentrant à Compiègne, elle mesura ce jour-là combien l'extraordinaire faveur dont elle jouissait restait éphémère et fragile. Une fois encore, Napoléon III n'avait pas bravé la jalousie de son épouse.

Le soir, l'empereur vint prendre de ses nouvelles dans son appartement, mais ce n'était pas comme s'il s'était, aux yeux de tous, inquiété pour elle. Virginia se sentit amère lorsqu'il quitta sa chambre. Elle l'avait reçu à demi allongée sur un lit de repos, pâle, ses cheveux épars sur les épaules. Elle ne paraîtrait pas au dîner du soir et l'avait prévenu de son désir de rentrer à Paris. Elle souffrait beaucoup et n'avait pas le courage de rester encore trois jours à Compiègne. Un poignet bandé n'était pas un accessoire particulièrement élégant en robe du soir. Elle ne pouvait plus monter à cheval. Même en calèche ou en char à bancs, le moindre cahot du chemin devenait un supplice. Quant à l'impératrice, elle n'avait toujours pas fait demander de ses nouvelles. Sans doute était-elle enchantée de ce qu'il lui arrivait.

# 4

Virginia était décidée à ne paraître à la Cour que parfaitement rétablie. Son mari était rentré en Italie pour s'occuper de ses affaires, guère florissantes, et trouver un peu d'argent en vendant quelques terres et en en gageant d'autres. Virginia profita de son absence pour charger Beppino de lui dénicher un autre appartement que celui de la rue de Castiglione, moins sombre et moins exigu. Elle avait d'abord songé à louer l'hôtel du prince Porcia, au 17 de la rue de Matignon, mais elle dut y renoncer, non sans regret. Le loyer était exorbitant. Fin décembre, elle avait trouvé un charmant hôtel avenue Montaigne, le nouveau lieu élégant proche des Champs-Élysées. Elle était enchantée de sa trouvaille. L'hôtel était meublé, et bien meublé. Il ne serait pas nécessaire de se lancer dans des achats coûteux, il y avait sur place tout ce qu'il fallait. Enfin, elle possédait « son » hôtel et en était ravie.

Une autre raison, plus secrète, de son soudain désir de déménager était qu'elle ne pouvait recevoir l'empereur rue de Castiglione. Pour arriver chez elle, il fallait passer devant la célèbre boutique de John Arthur, puis traverser la cour où n'importe qui risquait de reconnaître le visiteur. Un petit jardin jouxtait le nouvel hôtel. Il était facile de s'y introduire sans se faire remarquer afin d'attendre derrière un arbre que la voie fût libre !

De retour d'Italie, François ne se doutait toujours de rien. Il était très satisfait de son voyage, le roi Victor-Emmanuel l'ayant reçu fort aimablement et lui ayant adressé un petit billet que François montra fièrement à son épouse.

*Cher Comte,*

*Je vous remercie de votre souvenir. Je vois avec plaisir que, quoique vous soyez éloigné, vous ne m'oubliez pas. J'espère que votre séjour à Paris ne sera pas éternel et que j'aurai encore plaisir de vous revoir en Piémont. Conservez-moi votre chère amitié.*

*Votre affectionné,*
*Victor-Emmanuel*

Décidément, le naïf mari devait aux privautés que Virginia accordait à ses amants l'amitié d'un roi et celle d'un empereur !

S'il fut un peu effaré du déménagement prévu et des nouvelles dépenses occasionnées, François ne sut, cette fois non plus, s'opposer aux désirs de son épouse. Il avait toute confiance dans les décisions de Joseph Poniatowski. On emménagea donc avenue Montaigne et Virginia, heureuse de se dépenser tant et plus, courut les magasins avec Joseph. S'il y avait les meubles qu'il fallait, si les peintures étaient fraîches, il fallait tout de même de nouvelles tentures, de nouveaux rideaux, des tapis, des glaces, plus de vases, de livres, de bibelots charmants dans cet intérieur plus vaste que le précédent.

Au milieu de tous ces préparatifs, l'assassinat de l'archevêque de Paris par un prêtre sans doute un peu fou, n'émut pas Virginia. En revanche, elle fut plus intéressée par la nouvelle du mariage, à Saint-Pétersbourg où il avait été nommé ambassadeur, de Morny avec la ravissante fille de la princesse Troubetskoï. Ainsi, il quittait Fanny Le Hon et Virginia se réjouissait du camouflet infligé à cette jolie femme qui se posait en rivale. Elle répétait avec un sourire mauvais ce mot qu'on prêtait à Morny depuis qu'il abandonnait son hôtel à Fanny pour s'en fait construire un nouveau : « Je le quitte, je la quitte, je m'acquitte, partant quitte ! » Outre l'hôtel, Fanny toucha de son ancien amant la somme exorbitante de trois millions cinq cent mille francs, de quoi se consoler...

L'occasion qu'attendait Virginia pour faire sa rentrée lui fut offerte par le bal costumé donné par le comte Walewski et sa femme au ministère des Affaires étrangères. Il y aurait là tout ce qui comptait à Paris. Bien sûr, l'empereur s'y rendrait. Virginia trouva sans trop de peine le thème de son déguisement : puisque l'empereur l'aimait, puisque le tout-Paris connaissait leur liaison, elle serait sa dame de cœur.

Il lui fallait une robe d'une conception audacieuse qui éclipserait les autres toilettes. Adieu la pesante crinoline ne mettant pas assez son corps en valeur. Elle voulait qu'en la voyant, l'empereur fût à nouveau pris de l'irrésistible envie de la faire sienne. La matière devait en être légère et brillante, une soie tissée de fils d'or, avec un corselet étranglant sa taille, mais laissant les seins presque nus. Un ruban de soie verte semé de broderies de cœurs écarlates soulignait le buste et fermait les manches. Une simple guipure de dentelle masquait le haut de sa poitrine. Les jupes, retroussées sur le jupon de dessus jusqu'à une chaîne d'or barrant le ventre et terminée par un gigantesque cœur rouge entouré de diamants, laissaient voir une guirlande de roses. Cœurs encore à ses poignets et autour de son cou, en diadème dans sa longue chevelure pendant librement sur son épaule droite. Pour l'occasion, elle l'avait fait teindre en blond vénitien et se demandait ce qu'en penserait l'empereur.

De sa calèche stationnée juste devant le ministère, elle guetta avec anxiété l'arrivée des femmes les plus en vue de la Cour. Rien que de très banal dans les costumes de la princesse Mathilde et de la princesse Murat déguisées en marquises Louis XV. La générale Fleury en dame d'atour de la reine Marie-Antoinette était également sans surprise. La petite Dubois de Lestang était charmante en grisette du temps du Régent, mais un pareil costume ne parviendrait pas à éclipser le sien ! Elle frémit en voyant paraître un instant sur le perron Marie-Anne Walewska qui accueillait ses hôtes. En costume de Diane chasseresse fort dévêtue, un arc et un carquois à son côté, les jambes à demi nues, elle était superbe et souvent le regard de l'empereur s'attardait sur elle. Il était grand temps de faire son entrée.

Au bras de François, elle gravit prestement les marches

du perron. Les deux femmes s'embrassèrent avec effusion, chacune s'extasiant sur la toilette de l'autre, mais Virginia devina, au ton forcé de la comtesse Walewska et à son sourire de commande, qu'elle la surclassait facilement. Dès qu'elle fut entrée dans la salle du bal, ce ne fut qu'un murmure étonné et louangeur. Un sourire dédaigneux aux lèvres, elle avançait comme sur un nuage. Elle entendit pourtant distinctement le journaliste Viel-Castel s'écrier avec entrain après l'avoir saluée :

– Je ne saurais dire qu'elle fût décolletée, mais je peux affirmer la nudité de sa gorge qu'entoure à peine une gaze zéphyr. L'œil en suit le contour et les moindres détails, enfin, la partie que la gaze elle-même laisse complètement à découvert s'étend jusqu'au bout du sein.

C'était un peu exagéré, mais si elle faisait un tel effet à Vieil-Castel, qu'en serait-il de Napoléon III ?

Comme le voulait l'étiquette, elle salua l'impératrice qui se détourna avec dépit en murmurant à la duchesse de Bassano :

– Le cœur est un peu bas !

Alerté par la rumeur qui enflait et la précédait tandis qu'elle se rendait, toujours au bras de François, dans le salon où se trouvait l'empereur, Napoléon III l'enveloppa du regard lourd et appréciateur qui la troublait toujours. Sitôt les présentations terminées, il ne la quitta guère de la soirée, lui promettant de venir bientôt la voir en son nouvel hôtel, dès qu'une occasion se présenterait...

Les habitants du quartier prirent l'habitude de voir une calèche sans chiffre et hermétiquement close stationner devant le n° 28 de l'avenue Montaigne. Quand François désirait se rendre au théâtre, au concert ou au cirque avec leur fils, Virginia se trouvait tout à coup incommodée. Elle qui aimait tant sortir demeurait des soirées entières chez elle et François s'en inquiétait.

– Vous devriez consulter un médecin ou prendre à nouveau les eaux, proposait-il. Êtes-vous sûre que vous ne désirez pas que je reste auprès de vous ?

– Surtout pas, vous me fatigueriez.

Il s'en allait avec mauvaise conscience, se disant qu'il ne comprenait décidément rien aux femmes. Au lieu de se montrer agressive et volontiers en colère contre lui, Virginia déployait au contraire des trésors de tendresse et s'avérait délicieuse, l'encourageant à se distraire...

Cette silhouette tout enveloppée de noir, avec ce chapeau rabattu sur le front, c'était l'empereur ! Il n'y avait que François de Castiglione pour l'ignorer. Le valet Pongio ou Luisa, après avoir envoyé les autres domestiques à l'office, le faisaient entrer avec mille précautions dans l'hôtel. À l'issue d'une de ces nuits, il offrit à sa maîtresse une splendide émeraude estimée à 100 000 francs que Virginia prétendit être un cadeau de son père, en poste auprès de Morny à Saint-Pétersbourg.

Aux premiers jours du mois d'avril, il faisait délicieusement beau à Paris. Les premières fleurs couvraient les branches des arbres. Il y avait dans l'air cette légèreté incitant à toutes les folies. Napoléon III, qui venait de quitter le lit de Virginia, se hâta de regagner à pied le petit coupé conduit par son fidèle cocher. À peine s'y installa-t-il que trois ombres se précipitèrent sur les chevaux pour leur barrer le passage. Le cocher cingla ses bêtes à coups de fouet et elles réussirent à passer. Un coup de feu claqua. L'empereur s'enfonça dans les coussins, le tir l'avait manqué. Le coupé fut bientôt hors de portée des tireurs.

– Surtout, pas un mot à l'impératrice ! recommanda Napoléon III en descendant de voiture. Et merci pour votre sang-froid, vous m'avez sauvé la vie.

L'enquête aboutit rapidement grâce à l'affolement de Ledru-Rollin lorsqu'il apprit l'attentat manqué. La nouvelle transpira assez vite. Il reconnut avoir été contacté par un nommé Giraud au nom de socialistes exilés à Londres. Arrêté et interrogé plutôt rudement, Giraud avoua tout ce que l'on voulait et donna même les noms de ses complices. Ils furent à leur tour arrêtés. Il s'agissait de trois Italiens, Tibaldi, Grilli et Bartolotti. Si les deux derniers n'étaient que de vulgaires exécutants recrutés parmi les Italiens de Paris, Tibaldi était au contraire un agent du révolutionnaire Mazzini.

Virginia, aux cent coups, écrivit à son cousin Cavour et au roi Victor-Emmanuel II. Elle ne comprenait plus. Pourquoi des Italiens s'en prenaient-ils au seul homme capable de réaliser l'unité italienne ? Désespérée, elle craignit que Napoléon ne vînt plus la voir par peur d'un nouvel attentat.

Durant cette période de profond désarroi, Virginia reçut de François un curieux réquisitoire intitulé : « Griefs que le comte a contre la comtesse » recueil de motifs de séparation énumérés avec un soin maniaque :

*1. Refus de la part de la comtesse de se soumettre aux devoirs naturels du mariage sous prétexte qu'elle ne veut plus être grosse une seconde fois, ce qui oblige le mari à des scènes ridicules et ennuyeuses pour obtenir ce qui lui est légitimement dû.*

*2. Manque d'obéissance complète envers son mari que la comtesse traite sans cesse avec la plus grande dureté, ayant toujours l'air, même devant des étrangers, de le regarder comme un imbécile qui n'est bon à rien.*

*3. Manque complet de religion puisque depuis plus d'un an la comtesse n'a pas pratiqué sa religion et que le dimanche, ce n'est pas sans peine que le mari obtient qu'elle aille à l'église pour la seule messe.*

*4. Conduite souvent blâmable, surtout dans les apparences, la comtesse affichant sans cesse, avec tel ou tel autre, une intimité qui, quoique innocente peut-être dans le fond, lui fait tort surtout aux yeux du monde, ce qui ne convient pas au mari.*

*5. Luxe effréné dans sa toilette et mille nécessités qui coûtent cher et ne sont pas en rapport avec la fortune du mari. Souvent, il cède à toutes ces folles exigences par trop de bonté et se voit ainsi dans une position très fausse pour l'avenir.*

*6. Peu d'affection pour son fils, dont elle ne s'occupe qu'à des moments de loisir et comme d'un joujou, le laissant sans cesse entre des mains étrangères.*

*7. Accès de colère sans juste motif qui font dire à la comtesse les choses les plus inouïes et ne font qu'irriter la patience du mari.*

*8. Enfin, manque total d'usages du monde, ce qui fait*

*passer le mari pour être lui-même grossier, le monde ignorant qu'on ne fait aucun cas de ses conseils.*

Le dernier paragraphe suffoqua Virginia. Elle avait un roi et un empereur pour amants et son rustre de mari prétendait qu'elle n'avait aucun « usage du monde » ! Virginia refusa de signer le projet de divorce à l'amiable qu'il avait également préparé. Et ne voulut à aucun prix se séparer de son fils. L'attentat manqué contre l'empereur l'avait rendue nerveuse à l'excès et tout l'hôtel du 28, avenue Montaigne résonna, dès lors, de ses cris d'indignation. François, qui avait toujours redouté le scandale, accepta enfin de regagner seul l'Italie. Pour leurs amis, il était rappelé à Turin par son roi et ne pouvait se soustraire à ses devoirs...

Seule à Paris, les convenances respectées, elle était désormais une femme libre ! Elle venait d'avoir vingt ans...

L'annonce du procès de Tibaldi et de ses complices l'affola. Quel scandale si jamais son nom venait à être prononcé ! François aurait alors beau jeu de faire prononcer le divorce à ses torts exclusifs, de lui enlever la garde du petit Georges et de la laisser dans le plus complet dénuement. L'empereur, qui se disposait, comme chaque année, à aller prendre les eaux à Plombières, se montrait aussi inquiet.

– Vous devez vous absenter quelque temps de Paris afin que les commérages cessent, qu'il n'y ait pas d'indiscrétions.

Depuis longtemps, lord et lady Holland, ces amis très chers qu'elle avait connus à Florence chez son grand-père et qui lui écrivaient souvent, la pressaient de venir les rejoindre à Londres. C'était l'occasion rêvée. Virginia accepta avec joie leur invitation.

De plus, du 6 au 10 août 1857, l'empereur et l'impératrice devaient rejoindre la famille royale anglaise au château d'Osborne, sur les côtes de l'île de Wight. L'empereur absent de Paris, elle fit ses bagages sans regret.

Virginia fut enthousiasmée par Holland House, spacieux manoir d'époque Tudor édifié au cœur de Londres et planté dans un grand parc qui l'isolait du reste de la City. C'était autrefois une vraie demeure campagnarde où l'on venait pour chasser, mais la ville l'avait peu à peu cernée. La maîtresse de maison offrit à Virginia l'une des plus belles chambres du premier étage et lord Holland, toujours galant et attentionné, l'avait pourvue d'un grand miroir biseauté gravé à son chiffre. Rien n'était trop beau pour refléter sa propre beauté... Lady Holland, bien plus âgée qu'elle, la considérait plutôt comme sa fille et démentait avec fermeté, et un peu d'hypocrisie, les bruits courant déjà à Londres d'une liaison quasi officielle de la belle Italienne avec l'empereur. Les deux femmes n'étaient donc pas en rivalité. Lady Holland se donna beaucoup de mal pour lui faire visiter Londres et ses environs, lui présenter ses amis et l'introduire partout avec un sens de l'hospitalité typiquement britannique.

Les salons de lady Holland étaient renommés à juste titre. Les nombreux séjours du couple en Italie comme en France l'avaient depuis longtemps familiarisé avec les langues de ces pays, qu'ils parlaient parfaitement. On voyait donc chez eux quantité de diplomates étrangers, des écrivains ou des artistes. Virginia était bien sûr arrivée avec ses nombreuses malles, sa fidèle Luisa qui savait à la perfection l'habiller et la coiffer, le petit Georges qui ne prenait pas beaucoup de place et sa nourrice. Curieusement, même si elle ne s'en occupait guère et avait toujours fait passer en premier les fêtes et son obsession presque maladive d'y paraître, Virginia était rassurée quand son fils était près d'elle et n'aurait pas supporté d'en être éloignée trop longtemps. Elle était parfois prise d'un soudain accès de tendresse et le serrait alors à l'étouffer. Elle aimait que son beau bébé fût bien vêtu et lui fît honneur. George esquissa ses premiers pas et elle voulut pour lui les robes de dentelles les plus fines, les plus blanches, se plaisant parfois à brosser elle-même les boucles de l'enfant et à y accrocher des rubans assortis à sa propre toilette.

Pour présenter de façon officielle Virginia à la haute société londonienne, lady Holland organisa un « bal écossais ». L'orchestre et les laquais étaient vêtus en Écossais. On jouait de la cornemuse en chantant de vieilles ballades nostalgiques. Chacun des invités devait arborer au moins un accessoire inspiré du pays. Virginia imagina de semer sa robe de grands chardons bleus brodés et scintillants que Luisa avait passé une nuit à coudre.

Le héros du bal était Henri d'Orléans, duc d'Aumale, quatrième fils du roi Louis-Philippe. Il n'avait alors que trente-cinq ans et vivait à Londres. En exil depuis neuf ans, il habitait avec son épouse et ses autres frères l'immense château rococo de Twickenham. Son père y avait vécu deux ans avant d'y mourir, brisé par l'échec de sa monarchie bourgeoise. Virginia, qui s'y connaissait en hommes, fut d'emblée séduite par sa beauté. Il avait gardé de ses campagnes d'Afrique un teint doré faisant ressortir ses yeux d'un bleu d'acier à l'acuité presque difficile à supporter. Sa silhouette de cavalier, cambrée à l'extrême, était bien prise dans son habit qui lui faisait une taille mince dépourvue de la moindre once de graisse. En fait de barbe ou de moustache, il n'arborait qu'une petite mouche blonde incapable de dissimuler le menton volontaire.

La réputation de Virginia l'ayant précédée, le duc observa avec autant de curiosité que d'admiration cette jeune femme que l'on disait la favorite de l'empereur. Ceux qui appréciaient Virginia précisaient aussitôt qu'elle œuvrait ainsi pour le bien de son pays, ne songeant qu'à l'unité italienne. Lady Holland les présenta et le duc d'Aumale s'inclina devant elle pour l'inviter lors de la première valse.

Virginia fut sensible à cet honneur. Même éprise de l'empereur, et davantage de cette position de favorite, son cœur restait monarchiste. Elle chérissait le souvenir des Bourbons comme des Orléans. Et le duc d'Aumale représentait pour elle l'exotisme. C'était le héros de la campagne d'Algérie. C'était lui qui, avec bravoure, avait enlevé la smala d'Abd el-Kader en 1843. C'était l'ancien gouverneur d'Alger. C'était le rénovateur de Chantilly, cette merveille entourée d'eau édifiée jadis par Henri I^er^ de Montmorency. Aussi courageux dans l'exil que sur un champ de bataille, il n'exhibait pas cette nostalgie lassante des expatriés ne vivant que dans leur passé, déclinant leur splendeur défunte à l'imparfait. Au contraire, Henri d'Orléans semblait heureux de la vie qu'il s'était faite. Il avait enfin le temps de se livrer à ses études et il évoqua avec enthousiasme pour Virginia cette *Histoire des princes de Condé* à laquelle il travaillait actuellement. La jeune Italienne lui fit une forte impression. En dépit de sa rare beauté, de sa coquetterie, de cette façon si naïve qu'elle avait de rechercher les hommages masculins, c'était aussi une nature curieuse qui s'intéressait à la politique et brûlait d'y jouer un rôle. Séduit, le duc d'Aumale la convia à venir chasser quelques jours plus tard à Twickenham et à y résider le temps qu'il lui plairait.

Virginia n'avait jamais assisté à une chasse au renard. Les autres chasses à courre se passaient presque exclusivement en forêt, mais le renard, moins rapide qu'un cerf ou un chevreuil, cherchait son salut en tentant d'égarer ses poursuivants en rase campagne. Il fallait traverser les champs, sauter les haies et les fossés. Le train, vif, imprévisible demandait de vraies aptitudes de cavalier et bien des dames préféraient suivre en voiture. Or Virginia voulut éblouir, intriguer et séduire le duc. Elle galopa comme une folle, elle sauta haies ou troncs d'arbres aussi vite que lui. L'amazone de drap vert émeraude ne lui céda pas un pouce de terrain. La course avait rosi les joues de Virginia, quelques mèches de ses cheveux s'étaient échappées de sa petite toque. Le duc en fut troublé, même s'il avait décidé de ne pas succomber à la tentation. Il ne partagerait pas une femme avec ce Napoléon III qui avait ramassé pour son compte la couronne de son père et les maintenait en exil.

De son côté, Virginia avait compris qu'il n'y aurait jamais rien d'autre qu'une amitié un peu tendre entre le duc et elle. Du moment qu'elle se savait admirée, qu'il prisait ouvertement sa compagnie, elle était devenue grâce à lui la coqueluche de l'Angleterre et elle était heureuse. Parfois, pourtant, il lui confiait ses regrets :

– Si vous saviez, Virginia, combien le sol de France me manque, combien j'aimerais à le fouler bientôt de mes bottes !

Alors, le bleu si coupant de ses yeux se voilait et elle devinait qu'en dépit de tout son courage, il n'était guère heureux. À elle aussi, la France commençait à manquer. Les journaux anglais lui offraient des nouvelles fraîches et elle suivait au jour le jour les faits et gestes de Napoléon III. Elle se demandait avec anxiété si elle lui manquait, s'il l'aimait encore, s'il avait toujours besoin de leurs étreintes. Elle n'avait que vingt ans et, souvent, elle pensait que tout, pour elle, était peut-être passé...

Comme toute l'Angleterre, elle apprit l'arrivée de l'empereur et de l'impératrice à l'île de Wight le 6 août 1857. Étaient également conviés à résider au château d'Osborne lord Palmerston et lord Clarendon du côté anglais, ainsi que leurs homologues français, Persigny et Walewski. La belle Marie-Anne était aussi du voyage, ce qui exaspéra Virginia. La jolie comtesse n'attendait qu'une occasion pour prendre sa place dans le lit de Napoléon III.

Par les journaux et les gazettes anglais, elle savait même qu'Eugénie portait une robe de voyage verte, un paletot imperméable et une simple capote de paille lorsque le couple royal était venu les attendre sur la plage, ce matin-là. Quant à l'empereur, il boitait bas. À bord, l'une des échelles menant au pont supérieur avait cédé sous son poids, il était tombé, s'était blessé.

Comme lors de leur précédente rencontre, la reine Victoria, qui s'entendait décidément très bien avec eux, avait tenu à faire régner, en dépit des inévitables conversations politiques, une ambiance de vacances, simple et détendue. Les enfants royaux assistaient aux repas dans cette atmosphère familiale qu'aimait tant la reine. Les journalistes savaient bien que la question à l'ordre du jour était le sort de la Turquie et ils analysaient dans le détail la position anglaise. La continuité de l'Empire turc et le maintien de la dynastie ottomane étaient pour l'Angleterre des principes absolus. Or, la Russie aurait préféré voir l'Empire ottoman éclater en petites principautés qu'elle aurait facilement gouvernées. Pour contrer ces vues, on poussa la Turquie à conclure un traité d'union commerciale avec les différentes principautés des Balkans. Enfin, le prince Albert et Napoléon III se mirent d'accord et la précieuse Alliance fut préservée.

Ce séjour détendu avait une grande portée politique, ce qui passionna Virginia. Les relations entre les souverains étaient au beau fixe, preuve certaine que des accords avaient été conclus officieusement entre l'Angleterre et la France. Définir une politique commune était d'autant plus important que Louis Napoléon allait rencontrer le tsar à Stuttgart.

La paix en Europe importait beaucoup à Virginia car elle permettrait à l'empereur de s'intéresser au sort de l'Italie. Même en Angleterre, elle continuait de recevoir des lettres chiffrées de Victor-Emmanuel et de Cavour. Tous deux trouvaient son séjour anglais un peu long. Sa mission n'était pas achevée. Il lui fallait revenir à Paris, retrouver sa place près de l'empereur, le persuader de tourner à nouveau ses regards vers l'Italie.

Quelques jours avant son départ, qui désolait lady et lord Holland, Virginia fit ses adieux à la duchesse et au duc d'Aumale. Ils la reçurent ainsi que son fils dans leur salon rouge et elle s'assit dans son fauteuil habituel, Georges à ses pieds, sous le portrait du cardinal de Richelieu peint par Philippe de Champaigne.

– Nous avons un compatriote à Twickenham, Louis Estancelin, lui dit la duchesse. Il est historien et effectue des recherches sur le procès de Cinq-Mars et de Jacques de Thou. Nous possédons ici certaines pièces originales de la correspondance à ce propos de Louis XIII et de Richelieu. C'est un homme d'esprit et de cœur. Vous plairait-il de le rencontrer ?

Virginia acquiesça. La duchesse, qui l'appréciait parce qu'elle savait qu'il ne s'était rien passé entre elle et son époux, lui expliqua que cet historien éduqué au lycée Henri-IV avec le duc et son frère Monpensier était resté l'un de leurs proches amis.

Quand il entra dans la pièce, la pose de Virginia et du petit Georges formait un tableau si délicieux qu'Estancelin ne trouva pas un mot à lui dire. Il la contempla avec admiration, ce qui suffisait à Virginia.

De retour à Paris, la comtesse de Castiglione fut stupéfaite par les bouleversements que connaissait la capitale. Les dernières élections législatives avaient inquiété l'empereur. Si les démocrates n'avaient gagné que cinq élus républicains sur 267 – ce qui était fort peu –, les 665 000 voix qu'ils avaient remportées en faisaient une opposition avec laquelle il fallait compter. Ainsi, les mesures sociales du régime : plein emploi, soupe distribuée en hiver aux plus pauvres, vente du pain à bon marché, logements sociaux et asiles pour les invalides du travail n'avaient pas suffi. Plus que jamais, si l'on voulait éviter des troubles comme ceux de 1848 qui avaient coûté sa couronne au roi Louis-Philippe, il fallait écarter la masse ouvrière du centre des grandes villes, de Paris surtout. La repousser plus loin, en des banlieues toujours plus étendues. C'était à quoi le préfet de la Seine, le baron Haussmann, travaillait. Il n'y avait presque plus de cheminées d'usines à Paris, les anciens quartiers ouvriers de la périphérie parisienne, au nord, à l'est et au sud, étaient en chantier. Partout, on démolissait. Partout, on reconstruisait en établissant ces grandes avenues larges et droites, plantées de marronniers, arbres chers à l'empereur qui devenaient un symbole du nouveau Paris.

Son cher ami le prince Joseph Poniatowski avait veillé à entretenir le souvenir de Virginia dans le cœur de l'empereur et une invitation pour l'une des habituelles « séries » de Compiègne l'attendait dans son hôtel.

À Londres, elle avait acheté de belles étoffes, des châles de cachemire venus des Indes, de fraîches soieries à motifs indiens. À peine installée chez elle et ses bagages défaits, ce fut encore la folie des essayages et des préparatifs. La pension que lui versait François de Castiglione était bien sûr trop maigre pour les somptueuses dépenses que supposait une semaine à Compiègne. À nouveau, Joseph Poniatowski lui offrit sa bourse et Virginia y puisa largement...

Elle était folle d'inquiétude en entrant au bras de Joseph dans le grand salon de Compiègne. La présence de l'empereur en bas de son hôtel, en pleine nuit, n'était plus un secret pour personne. Louis Napoléon, si Eugénie criait trop fort, risquait de rompre avec sa maîtresse pour avoir la paix chez lui. Peut-être ne l'avait-on conviée à Compiègne que pour lui signifier la volonté de l'empereur de briser là toute relation personnelle avec elle ?

À peine était-elle arrivée devant le fauteuil de l'empereur qu'il lui saisit les mains avec transport, lui murmura qu'elle lui avait manqué, qu'elle devait lui réserver la prochaine danse. Oubliant toute prudence, Louis Napoléon passa la soirée avec elle. Il voulut tout savoir de son séjour anglais, des rencontres qu'elle avait faites, des succès qu'elle avait connus, des hommes qu'elle avait sans doute rencontrés. Lui aussi avait donc craint de la perdre, lui aussi avait pu souffrir de son absence... Tout à coup, elle ne vit plus seulement l'empereur en lui, le personnage le plus important de France qui pouvait sauver son malheureux pays, mais un homme épuisé par le pouvoir, qui cherchait à aimer et être aimé. L'impératrice était frigide et évoquait « l'amour physique » avec dégoût. Était-ce sa faute si Louis Napoléon était un homme sensuel qui avait aussi besoin de son corps pour aimer ? Ce soir-là, pour la première fois, il l'émut et elle n'eut plus qu'une hâte : se retrouver seule avec lui, s'abandonner au plaisir entre ses bras et être la plus belle dans ses yeux.

L'absence de François de Castiglione rendait les choses plus faciles. Virginia avait envie de passer une nuit entière avec l'empereur, de ne plus se laisser aimer à la sauvette. Même si la nécessité du secret avait tout d'abord attisé son plaisir, elle ne supportait plus de devoir se cacher. Il y avait l'impératrice, toujours et partout l'impératrice.

L'empereur abrégea la soirée. Il se retira tôt dans ses appartements après avoir prié Virginia de laisser ouverte la porte de sa chambre. Elle-même ne resta dans les salons de Compiègne que le temps nécessaire pour empêcher les médisances. Dans sa chambre, Luisa lui fit admirer une somptueuse parure de dentelle champagne, draps et oreillers, un présent impérial qui venait d'arriver et avec lequel elle venait de refaire le lit. Une longue chemise de mousseline de soie, agrémentée des mêmes dentelles au col et aux poignets, attendait, déployée sur le lit.

Luisa l'aida à quitter sa robe de bal, à faire sa toilette, à peigner longuement ses cheveux, à se parfumer, à passer la chemise puis à se mettre au lit. La servante avait préparé une petite collation et des boissons servies sur la table de nuit. Pour Virginia commença la délicieuse attente d'une femme amoureuse guettant le moindre bruit de pas annonçant la venue de son amant.

Cette semaine à Compiègne passa comme dans un rêve. Tout à son bonheur, Virginia en oublia de se montrer hautaine et glacée. C'était une femme heureuse, charmante, qui souriait à tous et surtout à l'impératrice, qu'elle plaignait un peu de son infortune. Quel dommage, en effet, que de ne pas supporter l'étreinte d'un homme. Plus discrète aussi que d'habitude, ne se souciant plus de s'affirmer aux yeux de tous comme la favorite du moment, Virginia plut davantage. Elle parla aimablement aux uns et aux autres, elle n'essaya plus d'écraser tout le monde du spectacle de sa splendeur.

Elle eut le cœur un peu lourd en s'embarquant dans le train impérial qui ramenait la Cour à Paris. Bien sûr, elle reverrait l'empereur, il y aurait d'autres moments privilégiés, d'autres extases et bonheurs fous, mais ce ne serait plus la douce intimité de Compiègne.

Aussi ne s'attendait-elle pas à la scène terrible qu'il lui fit trois jours plus tard. Il arriva chez elle comme une tornade, sans s'être annoncé. Au comble de l'énervement, il tirait sans relâche sur son affreux cigare, refusant de s'asseoir, refusant de l'écouter, lui assénant d'une voix glaciale :

– Tout est fini entre nous, comtesse, et je vous prie de quitter Paris, de quitter la France où votre présence ne saurait être qu'importune.

– Mais enfin, qu'ai-je fait, Sire ?

– Vous m'avez valu la plus belle scène de ma vie et j'aime trop l'impératrice, je tiens trop à elle pour vouloir la peiner plus longtemps. Puisque vous êtes incapable de la plus élémentaire discrétion, mieux vaut retourner dans votre pays.

– La France est devenue mon pays. Vous ne pouvez me chasser ainsi sans me dire de quoi il s'agit.

– Cette parure et cette chemise que je vous ai offertes n'étaient destinées qu'à nous et vous jugez bon de recevoir vos amis au lit parée de ces dentelles facilement identifiables.

Tout à coup, elle comprit sa colère et en fut atterrée. Il n'était pas inconvenant de recevoir ses proches amis au lit. Beaucoup de femmes procédaient ainsi. Le lit étant refait, une chemise fraîche passée, elles se recouchaient pour recevoir. Elle se serait tuée ! Sa vanité, une fois encore, avait été la plus forte. Elle n'avait su résister au plaisir enfantin d'exhiber devant ses connaissances ce précieux cadeau supposant une grande intimité avec l'empereur. Oui, elle avait été fière de se montrer ainsi, oui, elle avait reçu ses proches dans les dentelles de l'empereur, et maintenant, il la renvoyait... Désespérément, elle cherchait qui avait voulu lui nuire en ébruitant cette malheureuse affaire de dentelles. Ces derniers temps, elle avait beaucoup reçu ainsi, c'était donc difficile à dire. On avait pu parler par simple imprudence et le bruit était revenu aux oreilles de l'impératrice. C'était désespérant. Elle était trop sotte !

Ce n'était plus le même homme. À présent, il était glacé, indifférent. Dire qu'elle avait naïvement cru être aimée... Peut-être aurait-il fallu éclater en sanglots, se traîner à ses pieds et le supplier de ne pas la quitter, mais Virginia était trop fière pour implorer. Ravalant ses sanglots, elle le laissa s'en aller sans prononcer un mot. C'était fini. Après avoir triomphé à Paris durant deux ans, elle n'était plus rien. Elle se moquait bien de sa mission, du roi et de Cavour, de l'échec de son mariage. Son amant venait de la répudier. Elle n'avait que vingt ans et c'en était fait d'elle. Alors seulement, elle se mit à pleurer, éperdument, sans fin et sans mesure.

# 5

Comme une somnambule, Virginia de Castiglione quitta l'avenue Montaigne et Paris qu'elle avait traversé comme un brillant météore. Elle n'était plus rien. Elle pleurait tant qu'elle n'avait même pas pu s'occuper elle-même des bagages ou de la fermeture de ce petit hôtel où elle avait connu des heures si douces auprès de Louis Napoléon. Tout était de sa faute et elle se maudissait furieusement. Ce furent Luisa et le valet, Pongio, qui s'occupèrent de tout emballer puis de réserver des places dans le train. Tout lui était égal, plus rien n'avait de goût ou de saveur. Son cher Beppino, désolé de la voir ainsi, tournait en rond dans l'hôtel qui se vidait peu à peu et lui assura que sa disgrâce n'aurait qu'un temps, qu'il saurait entretenir son souvenir dans le cœur de l'empereur. Il était sûr qu'il ne tarderait pas à la faire rappeler. À cela non plus, Virginia ne croyait pas.

C'était au moment où elle avait enfin commencé à l'aimer qu'il s'était si cruellement détaché d'elle. Bien sûr, elle avait commis une imprudence, une étourderie, mais la pire imprudence, n'était-ce pas lui qui l'avait faite en lui offrant ce cadeau trop intime ? C'était vrai, elle avait agi par vanité, pour prouver qu'elle n'était pas pour l'empereur une simple passade, un caprice comme tant d'autres, mais est-ce si facile de jouer le rôle de favorite et de passer toujours après la femme légitime ? Toutes celles qui ont eu le malheur de prendre pour amant un homme marié connaissent les affres des nuits écourtées, de la consultation sournoise de l'heure par l'amant, de l'ultime inspection de sa tenue pour vérifier que nul cheveu ou marque de rouge ne révèlent l'adultère. Tout est bien pire lorsqu'il s'agit d'un roi ou d'un empereur. Les choses n'avaient pas été compliquées avec Victor-Emmanuel, devenu veuf. D'ailleurs, elle ne tenait pas le moins du monde à lui. Elle avait seulement été flattée d'être ainsi distinguée par un roi et de constater qu'il la traitait avec davantage de considération que ses autres maîtresses. Ne lui avait-il pas confié une mission ? Ne s'en était-elle pas acquittée au mieux car, Virginia en était sûre à présent, l'unité italienne se ferait. L'empereur le lui avait promis. Pourtant, dans le feu de la passion, quelles promesses ne fait-on pas ? Si sa mission restait sans effet, que lui resterait-il ? Et dire que la « petite Espagnole » qui n'était pas de meilleure noblesse qu'elle, qu'elle surclassait de beaucoup en beauté, en esprit, en éclat enfin, que cette Eugénie frigide qui détestait tellement « l'amour physique » que son malheureux époux devait chercher ailleurs les compensations nécessaires, que cette Eugénie, enfin, restait l'impératrice... Elle demeurait dans la place quand Virginia devait partir...

Toutes ces questions sans réponse dansaient la sarabande

dans sa tête et Virginia avait la sensation que son monde s'écroulait. Seule, elle était seule. En dépit de la gentillesse de Joseph Poniatowski, de Castellane, de Fleury, des Holland qui lui avaient écrit pour l'inviter à nouveau en Angleterre et de quelques autres, Virginia n'avait su cultiver l'amitié à Paris. Durant ces deux années passées comme l'éclair, elle ne s'était préoccupée que de sa « mission ». Tout à coup, elle se prit d'une tendre compassion pour toutes ces maîtresses royales qui, avant elle, s'étaient épuisées à plaire jusqu'à en mourir ou avaient disparu, englouties à jamais dans l'ombre d'un couvent. Les Agnès Sorel, Gabrielle d'Estrées que le roi avait songé à faire reine et qui en était morte, peut-être empoisonnée, la douce Marie Mazarin, M^elle^ de La Vallière, la trop belle boiteuse, toute la cohorte des Montespan, Pompadour ou Du Barry qui s'étaient abîmées à rechercher la faveur royale. Qu'en avaient-elles retiré ? Des bijoux et des terres, un flamboiement éphémère et des torrents de larmes, des vieillesses solitaires ou des fins tragiques... C'étaient ses sœurs en désespoir. Virginia, du moins, ne s'était pas donnée pour rien, par simple vanité, mais pour servir son roi et une cause en laquelle elle croyait. Elle n'avait cessé d'entretenir l'empereur de la nécessité de construire une Italie forte pour contrebalancer l'influence de l'Autriche, puis de la Russie, de l'Angleterre peut-être, même si elle demeurait l'alliée du moment. Son erreur avait été de se laisser prendre à son jeu, de s'éprendre de cet homme vieillissant, si souvent absorbé par une tâche surhumaine, dont la largeur de vues l'avait séduite.

Sa peine et ses regrets étaient infinis et elle sanglotait en embrassant le cher Beppino qui avait tenu à l'escorter jusqu'à son wagon. Le train s'ébranla. Tout était fini, tout était consommé. Sa beauté n'avait servi à rien. Ce n'était qu'une malédiction ayant incité les autres femmes à la détester, les hommes à rechercher son corps. Mais qui se souciait de son cœur, de son esprit ? Qui donc connaissait la vraie Virginia, la petite fille éprise d'absolu qu'elle était encore ? On l'avait considérée comme un bel objet, c'était tout. Louis Napoléon aussi, Louis Napoléon surtout avait voulu prouver aux hommes de son entourage qu'il était l'heureux propriétaire de ce luxueux objet fait pour éblouir, puis il avait cassé son beau jouet. Il l'avait renvoyée comme une fille. Jamais on ne l'avait humiliée de pareille façon.

Elle était désespérée, tandis que le train quittait Paris et ses souvenirs lumineux, Paris et la grisaille qui avait envahi son cœur. Tout était derrière elle. Qu'irait-elle faire à La Spezia, le village heureux de son enfance ? S'installer près d'une mère autoritaire et capricieuse, vivant dans la nostalgie de sa propre beauté enfuie et jalousant sa fille ? Qu'irait-elle faire à Florence, à présent que son grand-père n'était plus ? Qu'irait-elle faire à Turin, où François prétendait l'attendre, prêt à tout pardonner, à l'aimer à nouveau ? Or elle n'était plus la petite Virginia qu'il avait chérie et elle n'avait que faire de cet amour qui n'aurait su la combler. Elle était devenue une femme glacée et sans espoir. La mort l'attira comme un vertige très doux, la fin de tout, le repos enfin... Elle n'avait que vingt ans...

Juste avant son départ, elle avait écrit au roi et à Cavour. Des lettres désolées rendant compte de son ultime échec, alors qu'elle avait cru Napoléon III bien près de céder à ses instances et d'appuyer l'Italie contre l'Autriche, maintenant qu'il ne menait plus aucune guerre et disposait de ses armées. Elle leur avait dit également que le docteur Conneau, l'un des proches de l'empereur, compagnon de jeunesse qui avait fait partie de la seconde entreprise malheureuse pour revenir en France, et la princesse Mathilde, tous deux de ses amis, continueraient son œuvre auprès de l'empereur. L'unité italienne avait un adversaire de taille en la personne de l'impératrice. Cette fervente catholique ne supportait pas que l'on touchât au principe de l'intégrité des États pontificaux, mais comment faire l'Italie si l'on gardait, autour de Rome même, des enclaves indépendantes ? Virginia soupçonnait d'ailleurs Eugénie de professer des opinions si contraires aux siennes par pure jalousie. Pourtant, elle assurait et le roi et Cavour des profonds sentiments pro-italiens de Louis Napoléon.

À sa demande, Cavour avait préparé le retour de sa belle cousine. Puisqu'elle refusait de réintégrer le domicile conjugal, puisqu'elle voulait rester libre et maîtresse d'elle-même, il lui avait loué sur une petite colline, tout près de Turin, une jolie villa blottie dans les champs d'oliviers et pourvue d'un grand jardin. Il avait poussé la complaisance jusqu'à faire rafraîchir les peintures et moderniser le mobilier et les tentures.

Lorsqu'elle parvint à la Villa Gloria, dûment secouée par une calèche qui avait le plus grand mal à gravir la côte, les bagages suivant dans trois mauvaises carrioles, une neige sale et hargneuse bouchait le paysage et empêchait que l'on pût voir la chaîne des Alpes, si belle et si pure d'ordinaire. Les roues s'enlisaient dans les flaques d'eau, la neige fondue rendait le chemin presque impraticable, mais Virginia s'en moquait. Elle n'avait qu'une hâte : que l'on fût enfin arrivé, que cet interminable et exténuant voyage prît fin. Elle voulait se terrer chez elle comme on entre au couvent et ne plus jamais en sortir. Elle se consacrerait à l'éducation de son fils qui aurait trois ans en mars prochain et dont elle s'était fort peu occupée. Elle lirait, des nouvelles de France surtout, et vivrait de ses souvenirs, puisqu'elle n'avait plus d'avenir.

Noël et le jour de l'an se passèrent tristement, dans la solitude à laquelle Virginia se vouait. François vint souvent en ami à la Villa Gloria pour embrasser la femme qu'il chérissait toujours et son petit Georges. Tant qu'il ne la pressait pas de reprendre avec lui une vie commune, il était le bienvenu. Sa mère vint brièvement la voir, mais sa visite ne lui fut d'aucun réconfort. La marquise Oldoïni, comme à son habitude, ne pensait qu'à elle, énumérait sans fin les mille petites misères dues à la vieillesse, évoquait l'ingratitude de sa fille qui ne songeait même pas à venir s'établir auprès d'une mère qui aurait pourtant eu besoin de ses soins. Surtout, elle en voulait à sa fille de ne l'avoir pas appelée auprès d'elle du temps de sa splendeur et d'avoir si vite perdu les faveurs de l'empereur. Elle la jugeait avec sévérité, sans la plaindre. Virginia fut soulagée de son départ. Le soir même, elle écrivait avec rage à Cavour :

*Ma mère fut une sotte. Si au lieu de nous river l'un à l'autre, Castiglione et moi, elle avait eu la bonne inspiration de me conduire en France quelques années plus tôt, ce ne serait pas une Espagnole, mais une Italienne qui régnerait aux Tuileries. Moi, je l'aurais fait vainqueur, comme je l'avais commencé avec ma parole, mes pas, mes démarches secrètes et personnelles qui m'ont attiré tant d'infamies, dont la fière et désintéressée réussite, sans gloire personnelle, a ameuté contre moi tant de gens... Mais mon Napoléon avait peur et je l'ai lâché, lui et les siens*[1].

À l'amertume de cette lettre, Cavour put mesurer combien la blessure était profonde, irrémédiable peut-être, même si Virginia s'abusait quelque peu sur le rôle qu'elle avait tenu ou qu'elle aurait pu tenir. Lui aussi sentait peser sur ses épaules le poids des années, le poids du pouvoir. Or, l'unité italienne n'était toujours pas faite. Sa cousine était répudiée tandis que les anarchistes italiens en voulaient toujours à l'empereur d'avoir jugulé la révolution romaine de 1848 et maintenu ses troupes dans la Ville éternelle sans avoir chassé l'Autrichien. Par amitié pour Virginia, par pitié peut-être pour sa solitude et son désœuvrement, il alla souvent la voir afin de s'entretenir avec elle de la politique italienne et, surtout, de celle de la France.

En ces rares occasions, Virginia se donnait encore le mal de s'apprêter, de se vêtir avec élégance et de se faire coiffer

1. Comme le prouve cette lettre, le français de Virginia a toujours été hésitant.

par Luisa. Sinon, elle restait la journée entière étendue en déshabillé sur sa méridienne, essayant de lire ou inspectant ses penderies à la recherche de souvenirs, regardant une toilette après l'autre avant d'éclater en sanglots. Parfois, prise d'une frénésie de mouvement, elle partait seule pour de longues marches d'où elle revenait exténuée, ou faisait seller sa jument et s'élançait au galop dans les collines avoisinantes, espérant qu'une chute mettrait enfin un terme à une existence qui n'avait plus le moindre intérêt.

Le 15 janvier 1858, Cavour accourut chez elle pour lui apprendre une nouvelle qui bouleversait la diplomatie italienne.

La veille, l'empereur et l'impératrice s'étaient rendus à l'Opéra, rue Le Peletier, pour une soirée donnée au profit d'un vieux chanteur. Alors que leur berline s'arrêtait devant l'entrée qui leur était réservée, il y eut soudain plusieurs détonations assourdissantes. Les réverbères et l'installation au gaz furent détruits. On n'y voyait plus rien. On butait en aveugle sur des débris impossibles à identifier, sur des corps, on glissait dans des flaques de sang. Partout, ce n'étaient que hurlements, cris des lanciers escortant la berline pour tenter de restaurer un semblant d'ordre, hennissements des chevaux affolés ou blessés. La berline impériale avait été littéralement soulevée de terre. L'un des chevaux s'était effondré, le poitrail déchiqueté, le second, gravement blessé et perdant ses entrailles, dut être abattu. Le général Roquet, qui partageait la voiture de l'empereur, gisait inanimé sur son siège. La robe de soirée de l'impératrice était toute maculée de son sang. Un policier du nom d'Alessandri, bien qu'ayant le visage également en sang, sortit son poignard pour protéger les souverains.

– Nous ne pouvons descendre, vous avez oublié d'abaisser le marchepied, dit l'empereur qui n'avait rien perdu de son habituelle placidité.

Fleury, qui attendait devant l'entrée de l'Opéra, affolé par la vue de la robe toute souillée de l'impératrice, de l'empereur qui saignait du nez et avait eu son chapeau traversé par un projectile, voulut à toute force les ramener aux Tuileries. Ici, on n'était pas en sécurité. Les assassins pouvaient encore se trouver dans la foule, armés et prêts à tout. Mais Napoléon III refusa d'en entendre parler. Il fallait, au contraire, se montrer à l'Opéra et prouver à tous que l'attentat avait échoué, afin d'empêcher les rumeurs de se propager, ce qui aurait été dangereux pour l'avenir du trône.

Aux invités qui se précipitèrent vers eux pour leur porter secours, l'impératrice dit d'une voix qui ne tremblait pas :

– Laissez et ne vous souciez pas de nous, c'est notre métier. Occupez-vous plutôt des blessés.

À l'empereur qui voulait aider à les transporter jusqu'à la pharmacie voisine, elle intima :

– Il n'en est pas question, assez de farce comme cela.

Elle n'avait pas tort et il ne fallait pas tenter le diable. Ils entrèrent à l'Opéra et gagnèrent leur loge au son de *Partant pour la Syrie*, une création de la reine Hortense, la mère de l'empereur, devenue l'hymne impérial. Ce fut une incroyable ovation. On vantait à l'envi le courage et le sang-froid des souverains.

– Quand retentirent les premiers accents de *Guillaume Tell*, dit encore Cavour en prenant les mains de Virginia, fort pâle, on prévint l'empereur qu'un de ses lanciers, grièvement blessé, qu'on avait transporté dans le hall de l'Opéra, se mourait. Il se précipita au chevet du blessé. S'agenouillant près de lui, il dégrafa une croix de diamants qu'il portait au revers de son habit et l'épingla à sa poitrine, puis il lui serra la main et la garda dans la sienne jusqu'à la fin. Ensuite, il lui ferma les yeux. C'est à cause de gestes de ce genre que l'on adore l'empereur.

– Je le sais bien, dit Virginia qui ne pouvait retenir ses larmes.

– À l'entracte, continua Cavour, les principaux hommes politiques de l'empire, avertis de l'attentat manqué de peu, accoururent des quatre coins de la capitale et Napoléon III, jovial et rassurant, parla aimablement à tous. Quand ce fut le tour de Billault, ministre de l'Intérieur, et de Piétri, préfet de police, d'entrer dans le salon, son ton changea et il leur demanda, glacial : « Alors, satisfaits de votre police, messieurs ? » et ajouta d'une voix tranchante : « Je veux, j'exige des résultats immédiats et l'arrestation des coupables. »

Les coupables, on ne tarda pas, en effet, à les arrêter. C'était pourquoi le préfet de police avait fait contacter Cavour. On mit aux arrêts un certain comte Felice Orsini. Blessé par l'explosion, il s'était fait panser dans une pharmacie proche de l'Opéra, mais avait mis tant de hâte à s'en aller, refusant d'être hospitalisé, qu'il avait attiré l'attention d'un policier. Ce dernier l'avait discrètement filé. Un autre de ses complices, un dénommé Gomez, avait attiré l'attention d'un gardien de la paix, dans le restaurant où il s'était réfugié par son agitation et son fort accent italien... Dès lors, on remonta la filière.

– Mais enfin, l'empereur n'a rien ? ne cessait de questionner Virginia, au comble de l'agitation.

C'était sûr, l'attentat avait impressionné, attristé l'empereur. Sa politique sociale n'avait pas suffi à apaiser les esprits et ses anciens amis carbonari le prenaient pour un traître.

– Et cet Orsini, vous le connaissez ? demanda encore Virginia à son cousin.

Effectivement, Cavour le connaissait et s'en voulait de ne pas l'avoir fait arrêter lorsqu'il en avait eu le loisir. Maintenant, il craignait que Napoléon III ne fût résolument hostile à la cause italienne. Felice Orsini, un bel homme à la barbe noire bien étalée sur la poitrine, au regard bleu perçant, était depuis longtemps un sympathisant des carbonari. Il avait grandi à Florence, auprès d'un père révolutionnaire. Après avoir un moment pensé avoir la vocation, il s'était finalement inscrit à la Giovine Italia, une société secrète dont Mazzini, toujours lui, était le chef. Arrêté tout d'abord en 1844, à l'âge de vingt-cinq ans, pour complot contre la sûreté de l'État, Orsini avait été condamné aux travaux forcés à perpétuité, mais avait été gracié à l'avènement du pape Pie IX. Il avait la révolution dans la peau et avait été appréhendé dix ans plus tard, cette fois par la police autrichienne, et emprisonné dans la forteresse de Mantoue. Il s'en évada quelques mois après grâce à l'aide de sa maîtresse, une Allemande. De Mantoue, il était passé clandestinement en Autriche, puis était revenu en Italie.

– Ce fut alors qu'il m'offrit ses services, dit Cavour, persuadé que je partageais ses vues sur l'avenir de l'Italie. Je l'avais alors pris pour un illuminé sans danger. Je m'en veux de l'avoir laissé libre...

– Mais pourquoi cet acte fou ?

– J'imagine que le comte Orsini s'est peu à peu persuadé que seule une république française pourrait favoriser la création d'une république italienne, son but secret. Et, pour avoir la république en France, il fallait auparavant supprimer l'empereur. Orsini raconta aux policiers français durant ses interrogatoires, comme on vient de me le faire savoir, que tout avait commencé à Bruxelles, au mois de décembre dernier. Il était descendu à l'Hôtel de l'Europe et avait chargé l'un des garçons du Café suisse, établissement où il prenait ses repas, d'accomplir pour lui un travail facile et bien payé : accompagner son cheval jusqu'à Paris. Le garçon, un dénommé Zeghers, avait donc loué un fourgon spécial dans un train de la Compagnie du Nord. Peu avant son départ, un commissionnaire était arrivé pour lui remettre une sacoche de la part du comte. La sacoche contenait des appareils à gaz en pièces détachées, rien que de très normal, et Zeghers accepta d'autant plus facilement la commission qu'il était bien payé. À la douane, on fouilla ladite sacoche et l'on trouva dix morceaux de fonte qui n'inquiétèrent pas les douaniers. Ceux-ci ignoraient que, dans le wagon de première du même train, voyageait incognito le comte Orsini. Dans ses bagages, il avait un paquet de poudre de fulminate de mercure, un puissant explosif, qu'il arrosait parfois, de peur qu'il ne s'échauffât jusqu'à faire sauter le train...

– Si seulement il avait pu en être ainsi, murmura Virginia.

– Zeghers convoya, comme il était convenu avec le comte, cheval et sacoche à l'Hôtel de Lille et d'Albion, à Paris, poursuivit Cavour. N'y trouvant pas le comte, il brossa, étrilla, nourrit le cheval, l'enferma dans l'écurie et disposa bien en vue brosse, étrille, et morceaux de fonte sur une banquette du hall d'entrée de l'hôtel. Comme il avait été payé, il s'en retourna benoîtement à Bruxelles. Quand il vit exposés les morceaux de fonte destinés à renfermer le fulminate de mercure, donc à servir de bombe, le comte s'affola, quitta l'hôtel et loua ce meublé dans lequel il fut arrêté après l'attentat. Dans son misérable petit appartement parisien, Felice Orsini avait réussi à fabriquer cinq bombes. Il ne pouvait évidemment les lancer seul et avait recruté des complices parmi les émigrés italiens. Il y eut tout d'abord un ancien major toscan du nom de Pierri, puis Gonez, précédemment à la Légion étrangère, qui était napolitain. Ensuite, un aristocrate vénitien ruiné, Charles de Rudio, qui avait accepté d'être du complot pour la modique somme de vingt-huit shillings anglais, pour la seule raison qu'il avait désespérément besoin d'argent.

– Dites, je vous en prie, ne m'épargnez aucun détail.

– Les quatre complices devaient se retrouver l'après-midi du même jour devant l'entrée de l'Opéra pour bien repérer les lieux. Ils y revinrent juste avant l'arrivée de la berline impériale. À huit heures du soir, ils virent soudain un officier de paix arrêter Pierri qui lui avait semblé suspect. Ils n'étaient plus que trois. Après une brève hésitation, Orsini décida que le coup pouvait tout de même se faire. Gomez et Rudio prirent chacun une des deux grosses bombes et lui les deux petites. Lorsque la berline impériale s'arrêta devant l'entrée de l'Opéra, Gomez envoya sa bombe vers la portière, puis ce fut le tour de Rudio et enfin du comte qui lança la sienne sous la voiture. Blessé par l'explosion, aveuglé par le sang, il ne put jeter la seconde, qu'il abandonna dans la rue...

– Et maintenant, que devient l'empereur ?

Il était insupportable à Virginia de ne connaître de celui qu'elle s'obstinait à considérer comme son unique amour que ce qu'en disaient les journaux. Grâce à la complaisance de son cousin, elle avait des nouvelles plus précises.

– Dès le lendemain, l'empereur rendit visite aux cent cinquante-six blessés, dont douze venaient de mourir. Tout le long du chemin, la foule lui fit une véritable ovation, ce qui le rasséréna quelque peu.

En dépit d'une solitude de plus en plus douloureuse, Virginia était heureuse que Cavour eût pensé à venir immédiatement lui donner des nouvelles. Tout le monde ne l'avait donc pas oubliée. Elle le remercia chaleureusement de cette attention et il prit congé.

Le lendemain, elle demanda à lire tous les journaux qu'on put lui trouver et elle apprit ainsi que, dès le 16 janvier, l'empereur avait reçu avec l'impératrice aux Tuileries, dans la salle du trône toute rutilante de lumières, les ministres, maréchaux, cardinaux et membres du corps diplomatique. La réception avait été suivie d'un bal, comme toujours à Paris. Combien Virginia aurait aimé y assister pour assurer l'empereur de la peur qu'elle avait eue pour lui... Ce fut son demi-frère, Morny, revenu de Saint-Pétersbourg après son mariage surprise ayant stupéfié Paris, qui ouvrit la séance au Corps législatif par un discours très dur qu'il avait rédigé avec l'empereur.

Cette fois, le trône était directement menacé. L'heure n'était plus à la mansuétude et Virginia, qui connaissait les idées sociales de l'empereur et son goût pour la liberté, était certaine que les mesures prises lui avaient coûté. On commença par interdire deux journaux de l'opposition. On créa ensuite une loi d'exception qui mentionnait que tout meneur des précédentes révolutions serait emprisonné ou exilé. C'était une loi inique et rétroactive, supprimant presque les libertés individuelles...

Le prince de La Tour d'Auvergne, vieil ami de Virginia, ambassadeur de France à Turin, vint la voir dans sa retraite pour lui montrer une lettre reçue de Walewski.

*Il serait regrettable que les États sardes, et en particulier la ville de Gênes, continuassent d'offrir un abri aux ennemis de la société européenne, et que le chef principal de ces hommes pervers, Mazzini, pût impunément venir dans cette ville, comme il l'a fait tant de fois et en ce moment même, réchauffer le zèle de ses adeptes.*

Comme l'avait craint Cavour, le climat n'était plus au

beau fixe entre le Piémont et la France. Interrogée par son cousin sur les alliés encore capables de plaider la cause italienne à Paris, Virginia répondit que l'on pouvait compter sur le docteur Conneau qui voulait une Italie forte pour faire échec à l'Autriche. La princesse Mathilde, sa fiancée du temps de l'exil à Arenenberg, était aussi de cet avis et gardait son influence sur l'empereur. En revanche l'impératrice, fervente catholique, était contre l'unité italienne supposant bien sûr la fin des possessions terrestres du pape en Italie.

Pour tenter d'arranger un peu les relations entre le Piémont et la France, le roi Victor-Emmanuel, sur le conseil de Virginia, décida d'envoyer un émissaire à Napoléon III, le général Della Rocca. Virginia aurait bien aimé le charger d'une lettre pour l'empereur, mais Cavour l'en dissuada.

Le général revint en exposant les griefs de l'empereur. Il reprochait à Victor-Emmanuel II de régner sur un pays sans police et, surtout, d'avoir laissé publier dans le journal *La Ragione* une véritable apologie de l'assassinat politique. Pour complaire à l'empereur, le journal fut saisi...

La nouvelle de l'attentat avait enfin fait sortir Virginia de sa dangereuse apathie. L'ouverture du procès d'Orsini, le 25 janvier, la passionna. Elle en suivit chaque péripétie.

La singulière beauté de l'accusé lui valut l'indulgence de toutes les femmes présentes au procès. Ce n'était pas le monstre avide de carnage que l'on avait cru, puisque ses premières paroles avaient été pour demander pardon pour le sang versé et offrir le sien en réparation. L'émotion fut à son comble lorsque son avocat, Jules Favre, annonça qu'il se disposait à lire, avec l'approbation de l'empereur, la lettre que lui avait envoyée Orsini.

*Pour maintenir l'équilibre actuel de l'Europe, il faut rendre l'Italie indépendante ou resserrer les chaînes sous lesquelles l'Autriche la tient en esclavage. Est-ce que je demande pour sa délivrance que le sang des Français soit répandu par les Italiens ? Non, je ne vais pas jusque-là. L'Italie demande que la France n'intervienne pas contre elle ; elle demande que la France ne permette pas à l'Allemagne d'appuyer l'Autriche dans les luttes qui vont peut-être s'engager. Or, c'est précisément ce que Votre Majesté peut faire si Elle le veut. De cette volonté dépendent le bien-être ou le malheur de ma patrie, la vie ou la mort d'une nation à qui l'Europe est en grande partie redevable de sa civilisation.*

*Telle est la prière que de mon cachot j'ose adresser à Votre Majesté, ne désespérant pas que ma faible voix soit entendue. Que Votre Majesté se rappelle que les Italiens, au milieu desquels était mon père, versèrent avec joie leur sang pour Napoléon le Grand partout où il lui plut de les conduire. Que Votre Majesté ne repousse pas le vœu suprême d'un patriote sur les marches de l'échafaud, qu'Elle délivre ma patrie et les bénédictions de vingt-cinq millions de citoyens la suivront dans la postérité. J'adjure Votre Majesté de rendre à ma patrie l'indépendance que ses enfants ont perdue en 1849 par la faute même des Français.*

Dans la salle, ce fut du délire et Orsini fut follement acclamé. On n'avait jamais vu assassin si populaire. Virginia elle-même trouvait la lettre sublime. Pour lui-même, Felice ne demandait rien. Pour sa patrie, il voulait tout. Que n'aurait-elle donné pour se trouver à Paris au moment où l'Italie devenait le centre de ce grand débat, où l'on parlait partout de son avenir ! En dépit de l'atrocité de ses crimes, elle trouvait Orsini superbe et aurait voulu obtenir sa grâce de l'amour de l'empereur. Hélas, elle n'était plus rien...

Et elle pleura lorsqu'elle apprit que, le 13 mars 1858, à six heures du matin, Orsini, Gomez et Pierri étaient montés sur l'échafaud. Les derniers mots du comte avaient été pour s'écrier :

– Adieu, mes amis, vive l'Italie ! Vive la France ! Vive la République !

Parmi la foule venue assister en masse à l'exécution, bien des femmes pleuraient et plus d'un homme avait les yeux humides. Si l'empereur avait pu le faire sans être soupçonné de faiblesse, elle le devinait, il aurait gracié Orsini.

Le roi Victor-Emmanuel prenait parfois le chemin de la Villa Gloria. La beauté de Virginia lui faisait toujours autant d'effet. Si elle n'aimait guère ses étreintes brèves et brutales, elle appréciait de se parer pour lui, de se faire belle pour lui. Mais après avoir été la favorite de l'empereur des Français, redevenir la maîtresse du roi du Piémont, c'était bien peu. Ce qu'elle prisait surtout, lorsque Victor-Emmanuel II était rassasié d'elle, c'étaient leurs discussions familières, qu'elle orientait toujours vers la politique. La guerre avec l'Autriche semblait inévitable...

Si la guerre éclatait, l'empereur enverrait une armée en Italie et viendrait en prendre la tête. Alors, il ferait peut-être enfin venir Virginia près de lui. D'ailleurs, le prince Joseph Poniatowski ne cessait de l'entretenir dans cette illusion et ses lettres arrivaient à une cadence accélérée. Cet ancien ténor qui n'avait pas craint, en dépit de ses ascendances royales, de paraître sur des scènes italiennes lorsqu'il se trouvait à Florence, ce qui faisait beaucoup rire Virginia, s'était ensuite mêlé de politique. Il était devenu sénateur et intime de la famille impériale.

Virginia savait que sa disgrâce avait aussi rejailli sur lui, le gênant dans ses spéculations financières. Tout le monde spéculait tant et plus à Paris, imitant en cela Morny. On spéculait sur les compagnies de chemins de fer, sur les grands travaux d'Haussmann, sur la création de stations balnéaires telles que Deauville... Pour ce faire, pour obtenir des prêts des banques, savoir où et comment investir, il fallait être dans les bonnes grâces de l'empereur, et Joseph Poniatowski ne l'était plus. Il comptait beaucoup sur Virginia pour retrouver son ancien ascendant sur Napoléon III, bien décidé à profiter alors pleinement de la situation.

Pourtant, cette guerre que l'on avait crue si proche ne se décidait pas à éclater. À son habitude, Napoléon III hésitait, tergiversait, tant et si bien que Cavour décida de hâter les choses. Virginia lui avait souvent parlé de Plombières, cette station thermale où l'empereur allait soigner ses calculs. La plupart du temps, il y venait sans l'impératrice, entouré de quelques familiers. Virginia en gardait un souvenir ébloui et l'évocation de ce lieu lui était douloureuse. Elle aurait tout donné pour accompagner son cousin.

C'était dit, ce serait à Plombières que Cavour rencontrerait l'empereur incognito ! Il fit ses adieux à Virginia, la seule à savoir où il allait.

Le 20 juillet, Cavour, sur les conseils de sa cousine, y loua une chambre chez le pharmacien Gentilhomme, comme un simple particulier du nom de Giuseppe Benso. Écoutant encore Virginia, qui adorait ce genre d'intrigue, il dissimula ses yeux derrière des lunettes noires, rabattit bas son chapeau, s'enveloppa d'une grande écharpe. Même s'il parut un peu étrange, on ne le reconnut pas et c'était ce qui importait.

Le lendemain matin, dès onze heures, il était secrètement reçu par l'empereur. Le petit Italien avait bien des questions angoissantes à lui poser. Il voulait connaître le but de la guerre, les prétextes invoqués pour motiver sa déclaration, l'aide qu'apporterait la France et où son armée serait basée, la contribution financière de la France comme du Piémont, si l'on signerait un traité ou une simple convention militaire. Il voulait aussi savoir ce que l'on ferait, une fois débarrassé de l'Autriche. Enfin, pour conclure ces accords, l'empereur souhaita le mariage du prince Napoléon avec la princesse Clotilde, fille de Victor-Emmanuel II.

Cavour avait tristement conscience d'arriver en quémandeur et de demander beaucoup plus qu'il n'offrait. Aussi fut-il agréablement surpris, comme il l'écrivit à Virginia, des premières paroles de l'empereur, affirmant qu'il était décidé à soutenir le Piémont dans une guerre contre l'Autriche. Encore fallait-il trouver un prétexte à la guerre, un prétexte autre qu'une révolution, étant entendu que Rome resterait au pape et Naples au roi Ferdinand II de Bourbon. Ce serait de Romagne ou du duché de Modène, où le joug autrichien pesait le plus fort, que pourrait venir l'étincelle déclenchant le conflit. Ensuite, la guerre terminée et terminée victorieusement, le Piémont s'accroîtrait de la Lombardie, de la Vénétie, du duché de Parme et des légations, tandis que la Toscane formerait avec l'Ombrie un royaume d'Italie centrale. On était encore loin de l'unité italienne dont rêvait Cavour, mais il savait que l'Italie de ses rêves ne se ferait pas en un jour. L'important était d'effectuer le premier pas.

En contrepartie, l'empereur désirait recevoir la Savoie, berceau de Victor-Emmanuel, ainsi que le comté de Nice. C'était beaucoup...

La discussion, très amicale, ne dura pas moins de quatre heures. Pour la prolonger de façon plus agréable, Napoléon III proposa à son hôte de lui faire visiter la station qu'avait tant aimée Virginia et de le promener à travers le vallon d'Hérival. Les deux hommes prirent place dans le phaéton que l'empereur conduisait lui-même. Il fut surtout question du mariage de la princesse Clothilde avec le prince Napoléon. Or Plonplon avait une désastreuse réputation de coureur de jupons, préférant les belles actrices aux dames de la bonne société, et le roi hésitait à lui donner sa fille, qui n'avait encore que seize ans.

On se quitta chaleureusement, en s'assurant d'une

mutuelle confiance. Et Cavour rentra rasséréné à Turin, où il se hâta de raconter le résultat de son voyage à Virginia. Tant pis si l'on sacrifiait la princesse Clothilde en la mariant à un homme d'une réputation détestable, qui avait l'âge d'être son père. La politique valait bien le bonheur d'une petite princesse...

Napoléon III, surtout par fidélité à sa jeunesse et au souvenir de son frère, avait envie de se lancer dans l'aventure, mais il craignait l'Angleterre, hostile au projet, dont il devait rencontrer les souverains à Cherbourg le 4 août. Virginia et Cavour suivirent dans les journaux les moindres détails de cette entrevue et le discours que fit l'empereur, tentant de rassurer les souverains anglais :

*J'ai le ferme espoir que si l'on voulait réveiller les rancunes et les passions d'une autre époque, elles viendraient échouer devant le bon sens public comme les vagues se brisent devant la digue qui protège en ce moment contre la violence de la mer les escadres des deux empires.*

Des paroles un peu creuses, qui semblèrent contenter les souverains anglais...

Les préparatifs du mariage allaient bon train et occupaient tous les esprits, à Turin. Clothilde avait supplié son père de ne pas la marier si jeune, mais nul ne se souciait de ses sentiments. Tout au plus le roi lui avait-il promis qu'elle connaîtrait son futur époux avant de se marier. Napoléon III avait envoyé sa demande officielle :

*Aujourd'hui qu'une occasion sûre se présente, je m'empresse d'en profiter pour dire à Votre Majesté combien l'Impératrice et moi serions heureux si de nouveaux liens pouvaient unir ma famille à la vôtre. Le prince Napoléon est digne, je crois, de s'allier au sang illustre qui coule dans vos veines et je ne doute pas qu'il ne rende votre fille heureuse.*

Et le roi répondit :

*Je prie Votre Majesté de remercier en mon nom l'impératrice de la part que son bon cœur lui fait prendre à l'accomplissement de ce projet ; ma fille serait sûre de trouver en elle la meilleure des sœurs.*

Pour respecter la promesse faite à Clothilde, Cavour écrivit de son côté le 26 décembre à Napoléon III :

*Que Votre Majesté me permette de la prier d'envoyer ici le prince vers le 15 janvier et je prie instamment Votre Majesté de lui donner bien ses ordres pour résoudre la question du traité au plus tôt, car je suis, Sire, sur un volcan.*

Il était vrai que la situation de Cavour n'était pas des plus confortables tant que la France n'avait pris aucun engagement écrit. Virginia trouvait que cette petite princesse faisait bien des embarras. Elle allait être mariée au cousin de l'empereur, elle allait vivre à Paris, la plus brillante capitale d'Europe. Elle logerait dans l'ancien palais de Philippe Égalité. Que voulait-elle de plus ? Si Virginia avait été à sa place, elle n'aurait pas autant tergiversé... Par malheur, elle ne l'était pas...

Les événements se précipitèrent à Turin et Virginia se sentit revivre. Le 10 janvier 1859, Victor-Emmanuel lut au Parlement un discours incendiaire qu'elle l'avait entendu répéter chez elle et qui avait reçu l'approbation de Napoléon III. Il y était beaucoup question des « cris de douleur qui s'élèvent de tous côtés en Italie ». Le 18, Plonplon signait à Turin le traité d'alliance. Le 24, les bans furent publiés, toujours à Turin, et le mariage célébré le 30. La petite princesse ne semblait guère enchantée de ses noces et la perspective de son prochain départ pour Paris la terrifiait. Le peuple, lui, était heureux et il acclamait ce mariage, prélude à l'alliance avec la France. Virginia, invitée à la cérémonie, présenta ses vœux aux jeunes mariés. Elle se doutait bien que, sitôt rentré à Paris, le prince Napoléon délaisserait sa petite épouse trop brune et trop timide pour retrouver les bras de sa maîtresse, Anna Deslions.

Virginia attendait avec impatience un acte d'éclat de Napoléon III qui déclencherait la guerre. Or l'empereur continuait d'hésiter. Il était ennuyé par la mise en garde de la reine Victoria. Si guerre il y avait, l'Angleterre ne se rangerait pas à ses côtés. On n'arrivait à rien. Un bref voyage de Cavour à Paris au mois de mars ne dénoua pas la situation.

Enfin, le 23 avril, l'empereur d'Autriche envoya deux

émissaires à Turin, le baron de Kellersperg et le comte Ceschi. Napoléon III, averti de leur prochaine venue par ses espions, demanda à Cavour de gagner du temps, ce que fit le ministre italien en ne leur donnant rendez-vous que trois jours plus tard.

Le 26 avril, il annonçait aux envoyés de François-Joseph qu'il refusait l'ultimatum lui intimant de désarmer. La guerre était donc déclarée à l'initiative de l'Autriche, comme le souhaitait Napoléon III pour garder sa position d'arbitre aux yeux de l'Europe. Et Cavour d'annoncer fièrement aux députés :

– C'est la dernière session du Parlement piémontais qui s'achève. L'année prochaine, nous ouvrirons le premier Parlement italien.

Dès lors, l'on s'arma en Italie et l'on s'arma en France.

Combien Virginia aurait aimé, le jour de Pâques, assister, tout au long du faubourg Saint-Antoine et jusqu'à la gare de Lyon, au défilé des régiments français partant pour l'Italie sous les acclamations de la foule !

À Turin, c'était l'effervescence. Tous attendaient, et Virginia plus qu'une autre, l'arrivée de l'armée française. Joseph Poniatowski multipliait courriers et recommandations.

*Si tu trouves le moyen de le voir, je crois qu'il faut en profiter. Je ferais à ta place ce qui est dit dans le deuxième et le troisième cas : triste, affectueuse, sans protection. Le reste, la Nicchia le fera très bien. Une fois qu'il sera attendri, le reste se fera tout seul. Je n'aurais voulu venir qu'appelé par lui ; mais puisque la Nicchia dit que j'ai tort, je viendrai pour mon compte, mais pas avant le 13 juillet.*

Son frère, Charles Poniatowski, lui écrivit aussi, lui faisant clairement entendre que, si elle retrouvait les faveurs de l'empereur et l'aidait à mener à bien certaines affaires qui seraient ultérieurement précisées, elle toucherait la somme de 200 000 francs. On la prostituait, mais Virginia ne s'en avisait pas. Elle ne pensait qu'à une seule chose : revoir Napoléon III, retrouver son amour, ses étreintes, être appelée à Paris auprès de lui pour continuer de servir son pays, se trouver mêlée à cette folie de fêtes et de politique, être au cœur de l'action, prise dans ce tourbillon sensuel qui lui manquait tant.

Pour être informée de tout au jour le jour, elle se rapprocha de François, qui partait aux armées sous les ordres de son oncle, le général Cigala, celui-là même qui avait offert à Virginia sa grande « mission ». François, toujours amoureux même s'il se défiait désormais de Virginia, fut heureux de la voir avant son départ et promit de lui écrire chaque jour. De son côté, elle lui ferait parvenir des nouvelles de leur fils. Le vieux Cigala lui fit la même promesse. Mis à part François, bien des amis de Virginia s'attendaient à ce que l'idylle entre elle et l'empereur recommençât.

Des lettres arrivaient chaque jour Villa Gloria. Virginia connaissait dans les détails les déplacements de l'empereur, les suivait sur une carte épinglée au mur de sa chambre.

Le 12 mai, Louis Napoléon débarqua à Gênes et fit

route avec son armée vers Novare. Le 17, il rencontra Victor-Emmanuel II à Occimiano.

François écrivait en évoquant l'empereur :

*Il était dans une de ses calèches que vous connaissez, avec quatre chevaux de la Poste et des postillons habillés comme à Compiègne. S.M.I. avait à sa suite les généraux Martimpray, Favé et Fleury, et Bourgoing comme écuyer à cheval à la portière. Un peloton de vingt-deux hussards l'escortait, commandé par un officier. S.M. le Roi est venu le recevoir dans la cour, au pied de l'escalier ; nous étions tous en tenue de campagne, c'est-à-dire avec la casquette plus l'écharpe et les épaulettes ; au reste l'Empereur était aussi en casquette ainsi que ses officiers. Les deux souverains se sont embrassés et sont ensuite entrés dans l'appartement du Roi où ils se sont entretenus une bonne heure tout seuls, ensuite ils sont descendus dans la cour où l'Empereur a examiné un fourgon de campagne pour l'équipage des troupes, dont le modèle lui a plu. Après quoi, l'Empereur a de nouveau embrassé le Roi et il est reparti pour Alexandrie – Fleury et Bourgoing m'ont demandé de vos nouvelles et chargés de leurs respects.*

Fleury et Bourgoing, deux familiers de l'empereur, avaient demandé de ses nouvelles... Fallait-il y voir une simple formule de politesse ou l'intérêt renouvelé de Louis Napoléon qui s'enquérait indirectement d'elle ? De nouveau, Virginia était en transe. Vite, elle consulta son miroir pour s'assurer qu'elle était toujours belle – sa beauté, son éternelle malédiction... Vite, elle inspecta sa garde-robe et chargea Luisa de rafraîchir des toilettes qu'elle avait déjà mises, mais qui lui allaient bien et sembleraient nouvelles avec une autre garniture, d'autres dentelles, un bouquet de fleurs artificielles. Longuement, elle lava, peigna et arrangea ses cheveux en essayant de se souvenir des goûts de l'empereur, des compliments qu'il avait pu lui faire, des couleurs qu'il préférait... Il lui fallait être prête à accourir au premier signe qu'il lui adresserait – qu'il ne pourrait manquer de lui adresser. Femme amoureuse de l'amour, femme amoureuse d'elle-même jusqu'à l'absurde, ne pouvant vivre qu'auréolée des hommages qu'elle suscitait et s'étiolant s'il n'y en avait pas, Virginia vivait ces instants du printemps 1859 dans un doux émoi, partagée entre un fol espoir et une désespérance absolue. Elle en perdit le boire et le manger. Elle ne respirait que dans cette épuisante attente...

L'empereur avait installé son quartier général dans le vieux fort délabré d'Alexandrie, où il avait retrouvé la tente qui l'avait déjà abrité lors de son départ pour la Crimée. Elle formait trois petites pièces et comprenait le mobilier ayant déjà servi à Napoléon I^er^ : un lit de fer, des pliants et des tables, dont l'une pour la toilette.

L'armée française, forte de cent vingt mille hommes, était arrivée par Suse et par Gênes. Elle bivouaquait autour d'Alexandrie. La rejoignirent les trente mille Sardes de Victor-Emmanuel. Mal préparées, mal armées, ces troupes manquaient de tout, ce qu'ignoraient par bonheur les Autrichiens et leur général Gyulai. Napoléon III, par ses espions, fit alors répandre le bruit qu'il se disposait à tourner l'armée autrichienne par le sud, qu'il allait attaquer au nord du duché de Parme, du côté de Stradella et de Plaisance.

Le 20 mai, alors que Napoléon III se trouvait à Marengo, Gyulai commanda à deux de ses divisions, soit vingt-deux mille hommes, de se déployer vers la rive droite du Pô. À Voghera, elles se heurtèrent à la division française de Forey et, dans la plaine de Montebello, se déroula le premier combat. Laissant douze cents morts sur le terrain, les Autrichiens, débordés, se replièrent en catastrophe vers Casteggio. Le 21, Napoléon III apprit qu'on se battait à Palestro. Sous une pluie diluvienne, il s'y rendit au grand galop. Les Sardes étaient aux prises avec l'extrême droite de l'armée ennemie, commandée par le général Lilia, qui avait passé la Sesia et bivouaquait sur sa rive droite. Ce fut là que les surprit l'armée française. Le 3e zouaves, lancé à leur poursuite, les battit à plate couture et leur prit leurs canons. Ce fut la première victoire française. Grand seigneur, Napoléon III offrit à dîner à l'évêché de Vercelli aux officiers autrichiens faits prisonniers.

Puis l'empereur fit route vers Novare où il entra triomphalement. Toutes les maisons, tous les balcons étaient pavoisés. On l'accueillit aux cris de « Vive la France ! Vive l'Italie ! » Quant à Gyulai, comprenant qu'il avait été trompé, que c'était vers Milan et non à Plaisance que l'armée franco-sarde allait attaquer, il remonta à marche forcée vers le Piémont. Il était trop tard...

Toujours fidèlement informée par son époux et par son oncle, Virginia vibrait de fierté patriotique. Son amant était un héros, le sauveur de l'Italie ! Elle rêvait de le revoir, de prononcer ces mots d'amour qu'elle n'avait jamais osé lui dire.

Le 4 juin, Napoléon III se rendit au pont San Martino, qui enjambait le Tessin. Les Autrichiens l'avaient fait sauter, mais les pontonniers français avaient réussi à rétablir le passage. Les régiments franchirent au pas de gymnastique l'ouvrage improvisé sous une fusillade nourrie. La bataille de Magenta avait commencé...

Longtemps, son issue fut indécise. On n'en finissait pas d'attendre les troupes de Mac-Mahon... On pensait déjà à la retraite et Gyulai, qui s'imaginait vainqueur, envoya un télégraphe à l'empereur François-Joseph pour lui dire :

*Après une lutte sanglante, nous restons vainqueurs à Magenta. Il n'y a pas un seul Français sur le sol de Lombardie.*

Ce fut alors que surgit le général Espinasse, qui précédait Mac-Mahon. Les zouaves pénétrèrent dans Magenta en bousculant les Tyroliens. À la nuit tombante, l'empereur envoya cette dépêche à Eugénie :

*Novare, 4 juin 1859. De Magenta, 11 h 30. Une grande victoire. Cinq mille prisonniers. Quinze mille ennemis tués ou blessés. À plus tard les détails.*

Le 8 juin, le roi et l'empereur entrèrent dans la capitale de la Lombardie. La foule applaudit les *Liberatori*. Le lendemain, un Te Deum fut célébré au Duomo. Cent mille personnes en liesse fêtaient dans les rues la fin du joug autrichien. On chantait, on dansait, on jetait sur les souverains des couronnes de fleurs qui faisaient cabrer les chevaux. On buvait en riant et en commentant ce beau succès. Turin aussi exultait. Virginia, venue pour célébrer la victoire et la défaite des Autrichiens qu'elle détestait, fut enivrée par l'enthousiasme populaire. Cette victoire, c'était un peu la sienne ! Elle n'en doutait pas, l'empereur allait enfin lui écrire pour lui demander de le retrouver...

Les Autrichiens, retranchés à quinze kilomètres de Milan, au village de Marignan, furent bientôt assaillis par les zouaves et décampèrent de leurs positions. La défaite était si cuisante pour les Autrichiens que l'empereur François-Joseph vint en personne prendre le commandement de ce qu'il restait de ses armées, quelque cent soixante mille hommes. En face, Napoléon III en avait à peu près autant et rien encore n'était joué... Virginia se reprit à trembler pour sa vie, suivant avec passion chaque péripétie guerrière.

Les Autrichiens s'installèrent devant Solferino, au pied d'un mamelon coiffé d'une tour, la Spia d'Italia. Le 24 au matin, à Montechiaro, l'empereur assista au service funèbre du général de Cotte, qui venait de mourir. L'office n'était pas achevé qu'on entendit au loin le bruit d'une canonnade. L'empereur se jeta dans une voiture avec les généraux Montebello, Fleury et Martinprey. On fonça vers Castiglione, on monta au clocher pour observer le début de la bataille. L'empereur décida de porter ses efforts au centre de l'armée ennemie et de prendre le bastion où flottait l'aigle autrichien. Castiglione... Une victoire de son oncle, Napoléon I$^{er}$, le nom d'une belle comtesse qui avait su l'émouvoir... Virginia était sûre que là, il ne pouvait se défendre de songer à elle.

Il faisait une chaleur d'enfer. Les bataillons français, peinant à gravir l'escarpement, commencèrent à reculer. Napoléon III, au sommet du mont Fenile d'où il pouvait voir la bataille, décida de faire donner la Garde. La fidèle Garde qui dévala le mont Fenile au pas de course, sous un déluge de mitraille et d'obus. D'un élan irrésistible, elle gravit l'escarpement, culbuta le régiment Gustave-Wasa, prit la *Spia d'Italia.*

La bataille n'était pas gagnée pour autant. Sur une hauteur voisine, à Cavriana, se trouvaient le quartier général ennemi et l'empereur François-Joseph. Celui-ci donna alors l'ordre d'attaquer la redoute de Castiglione. Un terrible orage éclata vers cinq heures de l'après-midi. Et ce fut l'obscurité, tandis que des trombes d'eau s'abattaient sur les deux armées. Il y eut même de la grêle. Une mêlée confuse s'ensuivit, dont les Franco-Sardes sortirent vainqueurs.

Lorsque le soleil fut revenu, Louis Napoléon, le cœur serré, parcourut cette plaine de Solferino où gisaient quarante mille morts français, italiens et autrichiens. On s'était étripé durant plus de quinze heures... Toute la nuit, ce ne furent que gémissements, cris d'angoisse et de souffrance. Les services sanitaires, mal équipés, débordés, ne pouvaient faire face à la demande. C'était une effroyable hécatombe...

Virginia savait que l'empereur avait le cœur tendre et détestait contempler la mort. Elle l'imagina errant sur le champ de bataille au lendemain de Solferino, hanté par cette vision de cauchemar, ces milliers d'hommes agonisant, cette chaleur pesant sur les blessés qui n'avaient même pas à boire, l'odeur infecte montant des corps si vite décomposés. Il se demandait probablement s'il fallait poursuivre la guerre comme il l'avait promis à Victor-Emmanuel, à Cavour, et à elle, ou se contenter de la victoire pour imposer une paix honorable à l'Autriche et se retirer. Elle se le représentait, prenant une décision pour l'abandonner à la minute suivante. Comme d'habitude, il hésitait, il tergiversait... Des rumeurs alarmantes venaient de la Prusse, qui avait massé deux cent soixante mille hommes sur le Rhin. S'ils accouraient au secours de l'Autriche, la France et l'Italie seraient battues à plate couture. Or les combats, si l'on voulait prendre la Vénétie comme il était prévu, s'avéreraient longs et difficiles, lourds en pertes humaines, ce qu'il ne supportait plus.

Virginia apprit par les journaux qu'il proposait un armistice à l'empereur d'Autriche qui l'accepta. Il fut signé le 8 juillet 1859. Ce n'était après tout qu'une semi-victoire, puisque la Vénitie demeurait autrichienne. Virginia était affreusement déçue.

François-Joseph céda la Lombardie à la France. La Vénétie continuerait de lui appartenir, mais il s'engagea à y faire d'importantes réformes pour la satisfaction de ses sujets vénitiens. Les duchés de Toscane et Modène resteraient indépendants. Une confédération italienne pourrait être créée.

Cavour rejoignit le 10, à Monzambano, Victor-Emmanuel. Le lendemain, le roi le reçut et lui fit lire le papier où avaient été recopiés les termes des préliminaires de la paix. Ses yeux s'embuèrent de larmes tandis qu'il disait d'un ton âpre au roi :

– Vous ne pouvez, Sire, signer ce traité inique. Nous n'aurions fait la guerre que pour avoir la Lombardie ? Si la Vénétie doit rester à l'Autriche, ne signez pas. Même sans la France, nous continuerons la lutte pour l'unité italienne.

– Je n'ai pas de troupes, Cavour, je serai forcément battu.

– Alors vous abdiquerez. Si vous signez, Sire, je vous remets ma démission.

– Je ne l'accepte pas, allez vous reposer. Nous parlerons de tout cela demain. Je suis aussi déçu que vous, mais seul, je ne peux rien faire.

Victor-Emmanuel avait raison, comme l'écrivit ensuite Cavour à Virginia. Pourtant, la déception était rude...

Et le 17 juillet, Napoléon III rentra à Saint-Cloud sans avoir adressé le moindre message à Virginia. Elle l'avait attendu en vain. Elle l'avait pris à tort pour le sauveur de l'Italie, pour son héros... Elle lui en voulait tant qu'elle fut heureuse d'apprendre l'accueil glacé que lui réservèrent son pays et les grands corps de l'État. Nul ne comprit comment l'empereur avait pu se lancer si vite, et sans consulter personne, dans une guerre incomplète, qui ne lui rapportait rien sinon des milliers de morts. Il eut beau faire un grand discours devant le Corps législatif, il avait déçu son pays et en avait conscience.

*Afin de sauver l'indépendance italienne, j'avais fait la guerre contre le gré de l'Europe. Dès que les destinées de mon pays n'ont plus été en péril, j'ai fait la paix... Si je me suis arrêté, ce n'est pas par lassitude, ni par épuisement, ni par abandon de la noble cause que je voulais servir, mais parce que dans mon cœur, quelque chose parlait plus haut encore : l'intérêt de la France.*

Pour regagner un peu de la popularité qu'il avait perdue dans cette guerre qui lui avait valu deux grandes victoires, sans doute, mais qui lui avait coûté deux cent mille hommes et 500 millions de francs, Napoléon III signa une amnistie générale.

Virginia était amère. Elle se demanda avec une angoisse grandissante si elle n'avait été pour lui qu'un caprice.

Joseph Poniatowski se rendit à Turin au mois d'août. Leur entrevue fut décevante. Il en voulait à Virginia de n'avoir su rencontrer l'empereur. Elle lui reprocha de n'avoir rien fait pour favoriser ce rapprochement. De plus, elle savait par François de Castiglione qu'il lui avait demandé le remboursement au moins partiel des 200 000 francs que François lui avait empruntés. Ainsi, c'était cela, la belle amitié du prince ? Il lui sembla être déçue par tous à la fois...

Un homme pourtant éclaira sa solitude à la Villa Gloria. Henri, prince de La Tour d'Auvergne, grand et fastueux seigneur de trente-six ans, beau, fin et cultivé. Virginia l'avait connu à Paris et l'avait revu avec plaisir lorsqu'il avait été nommé ministre de la France à Turin, à la fin du mois de février 1859. Il était souvent venu lui rendre visite, mais elle n'avait pas voulu le recevoir avec trop d'assiduité tant qu'elle espérait un signe, un appel de l'empereur.

Maintenant qu'elle n'attendait plus rien, c'était agréable de voir un homme jeune et influent lui faire une cour de plus en plus pressante. Bien sûr, il n'était ni empereur ni roi, mais il appartenait à une illustre famille. Il était prince et ministre, ce qui n'était pas si mal...

Cette fois, Virginia voulut ne rien précipiter. Elle tenait à l'estime d'Henri de La Tour d'Auvergne. Craignant qu'une réputation sulfureuse ne lui nuisît dans l'esprit du prince, elle entendit lui démontrer qu'elle n'était pas la femme facile que l'on pouvait croire. Elle lui parla de tendre affection, de sentiments fraternels, d'une retraite qui ne devait connaître que l'amitié. Henri, bien sûr, désirait beaucoup plus. Pourtant, il ne lui déplut pas de trouver quelque résistance. Cette jeune femme déçue, désabusée après avoir brièvement enflammé Paris et l'empereur, n'était donc pas cette frivole éprise de plaisirs qu'on lui avait décrite. Dans sa triste retraite de la Villa Gloria, Virginia avait beaucoup lu et médité, toujours parfaitement informée des événements politiques. Seul l'avenir de l'Italie la faisait un instant sortir de sa dangereuse apathie. Henri voyait bien qu'elle attendait ses visites avec plaisir, qu'elle les guettait. Elle reprenait goût aux longues chevauchées à deux dans la campagne italienne. Il découvrait avec elle les alentours de Turin, ces délicieux villages évoquant déjà la montagne. Elle arborait pour lui une nouvelle amazone, un nouveau chapeau. Elle se coiffait avec davantage de soin. Elle acceptait, parfois, de l'accompagner au théâtre. Elle apparaissait de nouveau dans la société aristocratique de la ville...

Enfin, elle lui céda et Henri, très épris, ne l'en aima

que davantage. Par tous les moyens, il chercha à réconforter cette âme brisée, à lui faire reprendre confiance dans la vie et Virginia, insensiblement, se réchauffait à un tel amour. C'était bon de s'abandonner à nouveau à une étreinte, de s'offrir aux baisers, aux caresses, de plaire à un homme et de s'apprêter pour lui. Quand il dut, brièvement, la quitter pour rejoindre Paris, ce fut pour elle un déchirement. Tout la blessait encore tellement. Henri, comme les autres, allait-il aussi l'abandonner après s'être servi d'elle, après avoir obtenu ce qu'il souhaitait ? Les sentiments d'Henri pour elle étaient profonds, il lui écrivait, il la rassurait :

*Il est trois heures du matin, mon ange chéri, je ne parviens pas à dormir et je t'écris pour me calmer un peu les nerfs. Je suis d'ailleurs bien triste de t'avoir vue pleurer à cause de moi. J'ai besoin de te le dire en te répétant que je t'aime de toute mon âme. Si tu savais combien mon pauvre cœur est brisé à l'idée d'une séparation ; mais je ne veux pas t'attrister d'avance, mon ange adorée, ma bien-aimée chérie.*

Du voyage à Paris, Henri lui rapporta d'exquis présents, un éventail en nacre, des bouquets de fleurs artificielles à épingler sur ses toilettes, des gants de chez Giroux, et une ombrelle de chez Cazal. Il lui raconta les derniers potins parisiens, les derniers restaurants à la mode du boulevard des Italiens – on boudait à présent ceux du Palais-Royal. Il fallait être vu au Café Anglais et surtout au Grand Seize, où il y avait toujours un souper servi pour les aimables viveurs qui sortaient du spectacle et pour leurs belles amies. Bien sûr, les femmes de la bonne société n'y allaient pas, mais on y voyait les comédiennes, les danseuses et les hétaïres du moment, la superbe Anna Deslions qui se prenait pour la reine Cléopâtre, une poseuse se croyant un bel esprit depuis qu'Émile de Girardin le lui avait dit ! Il y avait encore l'émouvante Alsacienne Caroline Hassé et Cora Pearl qui faisait venir de Londres ses fioles d'essences et ses poudres, qui teignait ses cheveux en jaune, irisait ses cils, moirait son front et parait sa gorge et ses épaules de poudres dorées ou argentées... Il lui conta les folies du bal Mabille, sur les Champs-Élysées, où l'on voyait stationner quantité de citadines, de *wurfs*, de coupés bas et de colimaçons dans lesquels de grandes dames cachées derrière leurs éventails et de beaux messieurs regardaient sans s'y mêler l'extraordinaire spectacle. Les cavaliers, professionnels et payés, entraînaient dans la danse, dès que le gaz s'allumait, toutes les lorettes du quartier pour former une folle spirale entourant le pavillon. Il lui dit l'éclosion des cafés chantants sur les Champs-Élysées, l'apparition des premiers grands magasins, le Bon Marché, le Louvre ou la Samaritaine, et les déboires que l'on encourait si l'on croyait les placards racoleurs apposés sur les devantures. Il lui conta enfin comment il était entré au Louvre sous une pluie battante, alléché par une annonce, PARAPLUIES DEPUIS TROIS FRANCS. Pour ce prix, on n'avait évidemment qu'un parasol en miniature, sans soie, ni baleines, ni manche, bref, l'ombre d'un parapluie, et il était reparti, furieux, avec un engin vert pomme qui lui avait coûté dix-huit francs et qu'il s'était empressé de perdre le lendemain...

Il fut drôle, gai et charmant. Il la fit rire. Elle en oublia son spleen et ses airs alanguis et blasés qu'elle prenait de plus en plus souvent et qui, croyait-elle, seyaient à sa beauté.

Surtout, ils évoquèrent ensemble les derniers aspects de la politique italienne, Henri de La Tour d'Auvergne étant, en sa qualité de ministre de la France à Turin, merveilleusement informé.

– Sa campagne italienne, dit-il à Virginia, a tout de même rapporté à l'empereur Nice et la Savoie, qui vont être rattachés à la France. Le 7 novembre 1859, les duchés italiens, y compris la Toscane, ont formé une ligue avec une seule armée, une seule Assemblée. Ils ont pris pour régent le prince de Carignan, de la famille de Savoie. L'empereur a été furieux et le roi Victor-Emmanuel a dû trouver un compromis : Carignan ne serait pas régent de la Ligue, qui se contenterait d'un gouverneur général. Victor-Emmanuel a annexé deux autres duchés et Cavour repris son titre de ministre des Affaires étrangères.

– Toutes choses qui ne plairont pas au pape, fit remarquer Virginia.

– Pour tenter de l'amadouer, Napoléon III lui a écrit le 31 décembre.

Henri sortit une coupure de journal de sa poche et la tendit à Virginia qui lut :

*Je le dis avec un regret sincère et quelque pénible que soit la solution : ce qui me paraîtrait le plus conforme aux intérêts du Saint-Siège serait de faire le sacrifice des provinces révoltées.*

Elle ajouta, analysant rapidement la situation avec cette clairvoyance qui faisait l'admiration de son nouvel amant :

– Il demande en clair au souverain pontife d'abandonner ses prétentions sur la Romagne et les légations, ce que le pape ne peut accepter.

Henri lui montra alors une copie de l'ultimatum que l'empereur avait fait parvenir à Victor-Emmanuel II le 21 février 1860. S'il ne renonçait pas au rattachement de la Toscane au Piémont, les troupes françaises encore stationnées à Turin marcheraient sur Florence...

– C'est une honte ! dit Virginia avec indignation.

– En fait, il ne s'agit que d'un « ultimatum à l'eau de rose » destiné à rassurer les souverains anglais, et lui permettre d'annexer sans problème la Savoie et Nice, expliqua Henri. D'ailleurs, Napoléon III vient de proposer au roi, par l'intermédiaire de son ministre, un plébiscite en Toscane, en Romagne, dans les duchés de Modène et de Parme pour voter ou non leur rattachement au royaume du Piémont.

Virginia commençait à croire à cette unité italienne qu'elle avait tant espérée et Henri s'enflammait avec elle pour cette idée.

Le 13 mars, le rattachement à la France de Nice et de la Savoie fut notifié aux États étrangers. Deux jours plus tard, une immense majorité d'Italiens avaient voté pour le rattachement. Tout Turin était pavoisé, on fit tonner le canon et chanter un Te Deum à la cathédrale. Des hérauts vêtus en costumes médiévaux caracolaient de par les rues en proclamant les résultats, d'autres étaient montés sur des chars fleuris, éclairés par des torches. C'était un prodigieux spectacle et Virginia, serrée contre Henri, applaudissait avec la foule. Ce soir-là, enfin, elle se sentait heureuse.

Le 24, le traité de Turin fut signé. Il stipulait que :

*Le Roi de Sardaigne consent à la réunion de la Savoie et de l'arrondissement de Nice à la France. Il est entendu entre LL.MM. que cette réunion sera effectuée sans nulle contrainte de la volonté des populations.*

Le jour même, les soldats français entraient en Savoie et commençaient leur propagande en vue du plébiscite. Le 16 avril, les résultats de Nice étaient officiels et écrasants en faveur de la France : 25 743 oui contre 160 non. Le 23 avril, ceux de la Savoie étaient encore plus favorables : 130 533 oui contre 235 non...

Le prince de La Tour d'Auvergne fut nommé à l'ambassade de Berlin. Les problèmes italiens étaient réglés à la satisfaction de Louis Napoléon comme de Victor-Emmanuel. Les problèmes avec la Prusse restaient entiers. L'empereur devait d'ailleurs rencontrer dès le mois de juin à Bade le prince Guillaume, régent de Prusse, ainsi que les rois de Wurtemberg, de Saxe et de Bavière. Henri avait donc fort à faire pour préparer ces entrevues et il dut presser ses adieux. Virginia fut désespérée, il l'était tout autant. Avec lui, elle avait retrouvé le goût de vivre, le goût d'aimer. À peine commencée, la belle romance était déjà finie, il fallait se quitter... Bien sûr, il y aurait les lettres et les promesses de se revoir, mais c'en était terminé de leur douce intimité.

Plus que jamais, Virginia reprit ses airs évanescents. Un sourire triste errait en permanence sur ses lèvres. Pour distraire la solitude retrouvée de Virginia, Henri avait incité l'un de ses amis, secrétaire de la légation de France à Turin, le comte Henry d'Ideville, à venir parfois la voir. Lui aussi l'avait connue à Paris et l'avait admirée, mais elle lui sembla lointaine et désincarnée. Il ne songea même pas à l'aimer, on n'aime pas une déesse descendue de l'Olympe... Il ne la trouvait ni égoïste ni sotte, seulement désespérée. Ensemble, ils avaient de longues conversations et il était étonné par la sûreté de ses vues, de ses jugements.

Il écrivait dans son journal :

*Ce n'est pas de sa beauté qu'elle est la plus vaine, c'est de l'élévation de son caractère et de sa pensée.*

Virginia avait connu le monde, elle s'y était blessée. Ses parents, son mariage, ses amours comme ses amis l'avaient profondément déçue et Henri n'avait pas su refuser sa nomination pour demeurer près d'elle. Virginia ne voulait plus souffrir et préférait rester cloîtrée chez elle, à s'occuper de Georges qu'elle avait tant délaissé au temps si bref de sa gloire.

Elle écrivait à Henri de La Tour d'Auvergne qu'elle aimait, elle écrivait à Henry d'Ideville pour lequel elle n'éprouvait que de l'amitié, mais qui la comprenait. Elle ajouta même de sa main, dans le journal où il avait esquissé son portrait, ces mots étranges :

# *La Dame de cœur*

*Le Père Éternel ne savait pas ce qu'il créait le jour où il l'a mise au monde ; il la modela et la remodela, si bien que, lorsqu'il l'eut achevée, il perdit la tête en contemplant son merveilleux ouvrage et la laissa dans un coin sans trouver de place à lui assigner. Puis on l'appela ailleurs. Quand il revint, il trouva vide l'endroit où il l'avait laissée...*

Virginia avait une conscience aiguë de son physique extraordinaire, qui ne la rendait pas heureuse pour autant. Être toujours la plus belle devenait une insupportable exigence dont elle ne pouvait se contenter. C'était plutôt une malédiction...

# 6

Plus d'une fois, Virginia avait pensé revenir à Paris. Lors du départ d'Henri de La Tour d'Auvergne, elle avait failli le tenter, mais Joseph Poniatowski l'en avait dissuadée. Mieux valait, pensait-il, se faire désirer que de rentrer trop tôt. Virginia avait reçu un coup terrible en constatant que Napoléon III n'avait pas songé à elle quand il s'était retrouvé en Italie. Au retour, il était même passé par Turin sans la faire demander, sans lui envoyer le plus petit message par un aide de camp – il n'adressait jamais le moindre billet à aucune de ses nombreuses maîtresses.

C'était à présent Marie-Anne Walewska la favorite en titre et cette hypocrite, tout en couchant avec l'empereur et en servant la carrière politique de son mari, qui fermait toujours les yeux au bon moment mais prenait ce qu'il y avait à prendre, trouvait le moyen d'être en excellents termes avec l'impératrice. Henry d'Ideville lui avait raconté, en riant beaucoup, la naïveté de la si jalouse Eugénie que Marie-Anne avait un jour priée de ne plus jamais l'inviter aux séjours de Compiègne, de Saint-Cloud, de Fontainebleau ou de Biarritz. À l'impératrice qui s'étonnait de pareille demande, Marie-Anne avait répondu que l'opinion prétendait qu'elle était la maîtresse de l'empereur et qu'elle préférait ne plus paraître à la Cour que de laisser courir de pareils bruits pouvant peiner sa chère impératrice. Et cette dernière, touchée aux larmes, avait embrassé à n'en plus finir la « chère amie » qui la cocufiait si gaillardement...

L'anecdote avait beaucoup fait rire Virginia qui soupçonnait l'impératrice d'être à l'origine de sa disgrâce. Napoléon III était si lâche qu'il avait préféré l'éloigner plutôt que de risquer d'autres scènes avec sa femme. Toute douce et sucrée qu'elle pût sembler, Eugénie entrait parfois dans d'effroyables colères. Virginia l'avait vue invectiver grossièrement, lors d'une chasse à Compiègne, une cavalière qui ne faisait pas partie d'une « série ». Cette cavalière, une certaine Mme Duparc, n'avait su retenir son cheval, qui avait botté durement l'un des amis de l'impératrice, le docteur Aubin-Desfougerais, médecin de la vénerie. Eugénie était alors entrée dans une colère aussi ridicule qu'incontrôlée... L'empereur, très embarrassé, avait ensuite envoyé un émissaire à la pauvre Mme Duparc pour la prier d'excuser ce moment d'humeur et de bien vouloir oublier ce qui s'était passé [1].

Il était en effet dangereux de déchaîner l'une des folles colères d'Eugénie...

Virginia ne résista pas à l'envie de rentrer à Paris, même si elle ne devait plus jamais revoir l'empereur. Elle fit louer un petit hôtel à Passy par son homme de confiance, Char-

---

1. L'anecdote fut contée par Paul Dhormoys, le valet de chambre de Napoléon III dans *La Comédie politique*.

les-Adolphe Huteau, dont les services étaient tout de même moins chers que ceux de John Arthur. Huteau lui décrivit dans les détails ce petit hôtel, qui s'élevait au n° 51 de la rue Nicolo, isolé de la rue par un jardin. Il y avait deux étages au-dessus du rez-de-chaussée, plus un troisième mansardé. On était bien loin des splendeurs de l'avenue Montaigne, mais Virginia avait hâte de humer à nouveau l'air de la capitale, même s'il lui fallait se contenter d'un hôtel bourgeois simplement meublé. Il lui plaisait de se trouver ainsi un peu à l'écart de l'agitation parisienne et de pouvoir s'y replonger aussitôt qu'elle le souhaitait.

Il y eut les événements chinois et l'envoi d'une expédition française là-bas, qui lui semblèrent aussi exotiques que lointains. Virginia ne voyait pas pourquoi l'on incitait l'armée française à se battre si loin quand la question italienne restait à traiter. Elle ne voyait pas non plus pourquoi, au nom de la foi, on intervenait aussi à Damas, en Syrie, puis au Liban... Napoléon III dispersait ses forces inutilement alors que l'unité italienne était loin d'être terminée...

Ce fut le vieux roi Jérôme qui obtint enfin pour le prince Joseph Poniatowski l'entrevue tant souhaitée avec Napoléon III, qu'il n'avait pu avoir depuis la disgrâce de Virginia. Joseph fut même invité à dîner aux Tuileries. Il parla à l'empereur de Virginia, sut trouver des mots émouvants pour évoquer sa solitude italienne, ses embarras financiers, son courage dans l'adversité et son désir de retrouver Paris. Le soir même du dîner, Joseph écrivait à Virginia :

*Après cette conversation, il est revenu à des sentiments meilleurs, affligé de te sentir malheureuse. Avec le temps, sachant choisir le moment et le lieu, je pense qu'une visite de ta part lui ôtera ce reste de défiance. Alors, ne pas parler de restitution (des bijoux offerts), qui serait déjà difficile et qui serait la continuation de la fausse voie déjà prise de l'orgueil, mais se montrer humiliée de ne pouvoir lui rendre et de n'avoir pas sauvé le comte et être restée dans la misère.*

*Ne demander rien ; au contraire, s'il offrait, dire qu'il a trop fait. Demander la permission d'aimer encore en secret et de loin, feindre de l'enthousiasme invincible, prouver la fausseté des accusations et s'en aller, et alors il rappellera.*

*Quitte les images tristes, la tristesse ne sert à rien et je ne veux plus entendre parler de mort, de cloître et semblables sottises. Tout finira bien, avec persévérance, courage et patience.*

Cette lettre mit un peu de baume au cœur si torturé de Virginia. Dès lors, elle ne pensa plus qu'au départ. Elle annonça à Charles-Adolphe Huteau sa prochaine arrivée. Avec Luisa et Spongio, elle tria ses livres, ses vêtements, quelques bibelots qu'elle voulait emporter avec elle, les affaires et les jouets de Georges. Elle venait d'avoir vingt-trois ans et n'en pouvait plus d'une solitude qui durait depuis trois années.

Elle prit congé de François qu'elle laissa sans remords aux prises avec ses dettes et ses difficultés financières. Puis elle fit un saut à La Spezia pour embrasser sa mère – son père se trouvait alors en poste en Espagne. Elle prit le train pour Gênes et s'embarqua pour Marseille. En cinq jours de voyage, elle fut à Paris. Un fiacre la mena avec enfant, domestiques et bagages jusqu'à Passy. Que de changements dans ce nouveau Paris percé de belles artères ! Les Champs-Élysées comme l'avenue de l'Impératrice étaient entièrement bordés de marronniers déjà grands. Partout, des immeubles en construction, bien alignés, avaient remplacé les pittoresques masures d'autrefois. Les avenues étaient larges et bien pavées.

Son petit hôtel de cent trente-quatre mètres carrés n'était certes pas un palace, mais il était construit en moellons et en bon état. Avec des fleurs, des rosiers et des hortensias, le jardin serait charmant. La rue était tranquille et sentait presque la campagne. Les premiers jours furent consacrés à l'installation, une tâche qui divertissait toujours Virginia, qui, avec une tenture, un nœud, un bouquet, un châle jeté sur un divan avait le don de rendre une pièce intime et confortable. Les cartons étaient à peine déballés, les livres rangés sur leurs rayonnages, les vêtements suspendus dans les garde-robes que l'on sonna chez elle.

– Je m'appelle Valentine Delessert, née Valentine de Laborde, dit la nouvelle venue. Comme nous sommes voisines, je vous convie avec joie à venir sans façon souper demain chez moi. J'habite au 19 de la rue Basse.

– Je vous remercie de tout cœur et je viendrai avec plaisir.

Virginia fut bientôt dans l'intimité de la famille Delessert. À sa demande, elle appelait Valentine « maman Delessert ». Cette femme de cinquante-six, qui lui avait avoué avoir été autrefois la maîtresse de Mérimée, l'ami très cher de l'impératrice, puis de Maxime du Camp, le célèbre journaliste et voyageur, et de Flaubert, n'était pas en rivalité avec Virginia, qu'elle considérait plutôt comme sa fille. Virginia voyait souvent chez elle ses sœurs, Aline et Mathilde, son beau-frère, le peintre Odier, sa fille la marquise de Nadaillac, son fils Édouard. Fréquentaient aussi les salons de la rue Basse des personnalités telles que Thiers et Montalembert, la comtesse de Rémusat, Émile de Girardin, Delacroix, Victor et Albert de Broglie... Musset, le scandaleux amant de George Sand, y avait été reçu... On agitait des idées avancées, on parlait d'art et de littérature. Virginia se sentait bien lors de ces réunions agitées et n'avait plus l'impression de perdre son temps. Elle avait enfin trouvé une famille qui la comprenait sans la juger, des amis instruits qui lui contaient leurs recherches, leurs œuvres, leurs espoirs. On la guidait dans ses lectures... C'était un monde nouveau qui s'ouvrait à elle.

Le 13 mars, elle assista avec les Delessert et le tout-Paris à la première de *Tannhäuser*, à l'Opéra de la rue Le Peletier. Elle s'amusa beaucoup de l'enthousiasme de la toute jeune ambassadrice d'Autriche, la « jolie laide » princesse de Metternich, comme on la nommait. Celle-ci s'était enflammée pour le compositeur, un certain Richard Wagner, qu'elle avait voulu lancer à Paris. Or les critiques parisiens ne comprirent rien à cette nouvelle musique, qu'ils jugèrent emphatique. Gustave Hecquet de *L'Illustration* et Paul Scudo de *La Revue des Deux Mondes* surtout sifflèrent l'opéra. Bien vite, de nombreux spectateurs sifflèrent avec eux en dépit des efforts désespérés de la princesse de Metternich qui, avec ses amis, applaudissait à tout rompre. D'énervement, elle en cassa même son éventail. Jadis, Virginia se serait sans doute passionnée pour cette petite querelle. Maintenant, cela ressemblait assez à des enfantillages, trouvait-elle, même si elle avait passé une bonne soirée.

Dès le lendemain, une bonne nouvelle la fit délirer de joie. Le 14 mars 1861, Victor-Emmanuel était proclamé roi d'Italie. Ainsi, les accords de Plombières signés presque un an plus tôt avaient enfin vu leur réalisation ! Les quatre États avaient donc été rattachés par plébiscite au Piémont. Même Naples était tombé au pouvoir de Victor-Emmanuel. C'était tout de même grâce à Napoléon III et à ses armées, donc un peu grâce à elle, que l'Autriche n'avait pas attaqué à nouveau le Piémont.

Pourtant, à ce moment d'enthousiasme succéda une période noire. Virginia fut en proie à des migraines atroces qui lui interdirent tout mouvement, qui la rivèrent des jours durant à son lit, dans un noir absolu. Tout bruit lui devenait une souffrance, elle ne supportait plus la moindre présence, surtout pas celle du petit Georges. La bonne Valentine s'inquiéta beaucoup de la fréquence de ces migraines qui laissaient Virginia sans force et sans envie, d'une pâleur inquiétante. Comme rien n'y faisait sinon les pilules d'opium capables d'endormir un temps la douleur sans rien soigner, Valentine parla de sa protégée à son plus proche voisin, le docteur Émile Blanche.

Celui-ci était le plus renommé aliéniste du moment et le tout-Paris connaissait la célèbre « clinique du docteur Blanche », aménagée dans le ravissant petit château qui avait appartenu au duc de Lauzun, puis à la princesse de Lamballe. Son parc jouxtait celui des Delessert. Le docteur Blanche se prit d'une affection paternelle pour sa nouvelle patiente qui souffrait en fait d'une profonde mélancolie.

– Une vie plus saine et moins recluse, lui dit-il, le bon air de la mer vous seraient salutaires et chasseraient, je l'espère, ces affreuses migraines. Moi-même, je compte passer l'été à Dieppe. Je me chargeai volontiers, si vous voulez bien suivre mon conseil, de vous louer là une belle villa.

– Comme c'est aimable à vous !

Virginia aussi avait envie de guérir, de bouger, de voir du monde...

Pourtant, la nouvelle de la mort de Cavour, le 6 juin 1861, la replongea dans l'abattement. Ainsi, il n'était plus, ce cousin qui avait assez cru en elle pour l'envoyer à Paris « en mission ». Avec son roi, il avait fait l'Italie, tout du moins les débuts. Il y avait usé ses forces. Mourir à cinquante et un ans, ce n'était tout de même pas bien vieux. Ce témoin de sa jeunesse, ce complice de sa gloire éphémère allait lui manquer.

Elle n'espérait plus revoir l'empereur et savait pouvoir s'absenter sans risquer de manquer une occasion. Pour le couple impérial, l'été 1861 était chargé en voyages divers. Tous deux devaient d'abord visiter la Savoie, puis découvrir Nice, les deux nouvelles possessions françaises. De Nice, ils se rendraient en Corse où était encore si vivant le souvenir de l'Empereur. De là, ils gagneraient l'Algérie, où Napoléon III espérait créer un royaume arabe et non pas une colonie ordinaire.

Virginia voulait avant tout recouvrer la santé plus une certaine paix de l'âme. Dieppe la combla. Cette petite station balnéaire avait été mise à la mode trente ans plus tôt par la duchesse de Berry qui ne craignait pas le scandale, bien au contraire, et se baignait au son du canon vêtue d'une « toque à brides en toile festonnée, d'un paletot et d'une robe de laine marron galonnée de bleu » et qui allait dans la mer chaussée d'une paire de bottes, de peur de se faire mordre les pieds par les crabes...

À Dieppe, le docteur Blanche lui avait en effet trouvé une jolie maison du XVIIIe siècle entourée de vieux hôtels particuliers, rue du Faubourg-de-la-Barre, sur la route de Pourville. Les falaises abritaient la maison des vents du nord, et, en face, se trouvaient les jardins en terrasses et la claire demeure Directoire d'une élégante anglaise, lady Blanche Hosier [1].

Dieppe était une station élégante fréquentée, entre autres, par la vicomtesse Aguado, dame d'honneur de l'impératrice [2]. Virginia adora tout de suite cette petite ville, son centre où l'on trouvait de tout dans des échoppes et même un bazar, ses beaux hôtels anciens, le vert incomparable de l'herbe normande, la claudication des vieux pommiers tors, la blancheur des falaises, le gris perlé de la mer roulant ses vagues sur des galets tout ronds.

C'était bien différent des flots bleus de La Spezia, mais tout aussi beau. Il y faisait moins chaud, un petit vent agréable venait du large. Georges partait avec sa nourrice pour de longues promenades sur la grève, sa mère l'accompagnait parfois. Virginia se sentait revivre dans cette ville

1. Elle sera la belle-mère de Winston Churchill.

2. Elle figure dans le célèbre tableau de Winterhalter : *L'Impératrice Eugénie entourée de ses dames d'honneur.*

où les toilettes des uns et des autres étaient de bon ton, quoique simplifiées. On n'avait plus besoin de porter ces trop larges crinolines dans lesquelles le vent s'engouffrait, faisant tout à coup tanguer les femmes comme de lourds voiliers disgracieux. Des jupons suffisaient. Point besoin non plus de se torturer les pieds dans des bottines trop étroites. De solides chaussures de marche étaient recommandées pour gravir les rudes pentes des falaises et se frayer un chemin dans les tortueux sentiers normands. Tout prenait une saveur d'escapade délicieuse. À nouveau, Virginia riait et mangeait avec appétit. Les affreuses migraines n'étaient plus que des souvenirs. Le bon docteur Blanche lui avait recommandé de consommer beaucoup de légumes frais et de fruits de mer. Virginia s'en gavait.

Elle n'était pas installée à Dieppe depuis huit jours qu'arrivait le prince Joseph Poniatowski, prétendument de passage, pour s'assurer qu'elle était bien installée. En réalité, il avait retenu une chambre à l'hôtel pour un bon mois et elle ne fut pas dupe. De plus, il arrivait seul, sans sa femme, qui était pourtant une grande amie de Virginia. L'ombre de Mathilde ne les gêna d'ailleurs ni l'un ni l'autre. Virginia avait toujours eu besoin d'un homme à ses côtés pour l'admirer, se faire son chevalier servant, l'escorter partout où elle se rendait, lui porter ses gants, son livre, son ombrelle, se montrer doux et empressé, s'extasier sur ses toilettes, ses coiffures et surtout, surtout, l'assurer qu'elle était belle et pleine d'esprit. Virginia, en dépit des airs hautains de déesse inaccessible qu'elle se croyait obligée de prendre, restait une femme angoissée et doutant souvent d'elle-même.

Jusqu'à présent, Beppino avait plutôt été le papa gâteau qui l'avait fait sauter sur ses genoux lorsqu'elle était enfant, qui l'avait aidée dans son installation à Paris, l'avait utilement conseillée dans ce grand monde cruel et avide de ragots, qui n'attendait qu'une occasion de critiquer, de moquer, de fustiger une femme sans défense, surtout si elle était belle. Grâce à lui, elle n'avait commis aucun faux pas lors de sa fulgurante ascension. Ensuite, bien sûr, elle s'était montrée vaniteuse et bavarde...

Deux ans durant, elle avait régné sur le cœur de l'empereur. On ne pouvait en dire autant de la plupart de ses conquêtes. Napoléon III avait même inventé un jeu cruel à Compiègne : celui des chevaux de bois. Un manège avait été aménagé dans l'un des salons de Compiègne. Les dames de la « série » invitée y montaient, prétexte à montrer un petit pied ou un joli mollet. On faisait tourner la manivelle de l'orgue de Barbarie. On donnait aux dames un long bâton et l'on installait le baguier tandis que l'empereur, impassible, observait ces folies. Chaque fois qu'une dame arrivait à hauteur du baguier, elle tâchait d'enlever un anneau de la pointe de son bâton, comme les enfants aux Tuileries. Celle qui avait collectionné le plus d'anneaux avait droit à un bout de nuit avec l'empereur dans la fameuse Chambre bleue où le surintendant des plaisirs avait la charge de la mener après avoir bien sûr éloigné le mari...

Parfois, le jeu différait, on entassait dans une corbeille que l'on recouvrait ensuite d'un voile quantité d'objets en argent ou de bijoux de pacotille. L'un de ces objets représentait l'empereur. Dans un fouillis de jupes et de dentelles, les crinolines se pressaient les unes contre les autres, de belles gorges se penchaient, offertes aux yeux de l'empereur qui se distrayait beaucoup à ces petits jeux. Celle qui avait trouvé l'objet fétiche avait droit au même privilège que celle ayant en sa possession le plus grand nombre d'anneaux[1]...

Ainsi, une certaine Paulette de Lérignan, ulcérée du traitement pour le moins désinvolte que lui avait fait subir l'empereur, ne fit pas mystère des « galanteries » de Compiègne. Son histoire avait été rapportée à Virginia. Dès l'arrivée de Paulette à Compiègne, l'empereur avait fait l'aimable avec elle, l'embrassant dans le cou quand ils se trouvaient seuls, disant des gaudrioles à son oreille. Elle aussi avait eu droit à la machine à chevaux de bois et avait eu la faiblesse d'y monter. Elle n'avait pas remporté le plus d'anneaux, mais montré la plus ravissante jambe. Sitôt le tour de manège achevé, l'empereur l'avait menée dans une allée isolée pour l'embrasser follement. Au moment de la quitter, il avait lancé ces simples mots : « À ce soir. » Et elle avait répondu de même, curieuse de savoir comment les choses allaient se passer. Elle avait à peine quitté l'empereur que son mari arrivait, tout ému, lui révélant que Napoléon III l'avait chargé d'aller inspecter à Paris l'arrivage de nouveaux chevaux anglais. Et le benêt, flatté de la mission, était aussitôt parti au triple galop. Le mari disparu, sa femme de chambre accourut pour annoncer à Paulette de

1. Ces distractions d'un goût douteux sont citées par Pierre de Lano, qui vint souvent à Compiègne, dans ses *Souvenirs.* Et il ajoutait que les dames ne « s'y dérobaient généralement pas, il faut le dire à l'excuse de l'empereur ». (Voir bibliographie p. 374.)

Lérignan qu'on l'avait changée de chambre, pour lui en donner une bien plus belle, la Chambre bleue.

Tout se mit en place selon un rythme parfaitement défini. Quand la compagnie se quitta à minuit, l'empereur enveloppa sa nouvelle proie d'un long regard et elle comprit qu'il fallait se hâter. Vite, elle s'échappa à son tour, arriva dans sa nouvelle chambre. C'était une belle pièce tendue de soie bleue, des galons d'or encadrant portes et fenêtres. Le lit était immense, somptueux, tout rehaussé de filets de cuivre dorés, garni de dentelles. Sa femme de chambre l'aida à se déshabiller et souffla les lampes à gaz avant de disparaître, ne laissant qu'une veilleuse sur la cheminée. Paulette de Lérignan avisa alors une petite porte basse dissimulée dans la boiserie. Elle sortit du lit et voulut l'ouvrir. Impossible, la porte n'avait pas de verrou et elle était fermée de l'extérieur. Elle se remit au lit, entendit un bruit de pas, vit s'entrebâiller la porte. L'empereur, éclairé par la lumière de la galerie qu'il avait empruntée, apparut sur le seuil, en habits de nuit ridicules : chemise flottante et ample pantalon de soie mauve, bonnet assorti. Il marcha à tâtons vers le lit, y entra, y resta à peine une demi-heure et s'en fut.

Le lendemain dans l'après-midi, sa nouvelle maîtresse se rendit à nouveau au manège, persuadé que l'empereur, comme il l'avait fait la veille, la jucherait lui-même en selle sur le cheval de bois revêtu de la housse impériale, mais non, il ne parut pas la reconnaître et en souleva une autre. Le jour de son départ, on lui remit un bracelet de la part de l'empereur, en précisant qu'il valait quinze mille francs.

Quand elle le porta plus tard au clou, il ne lui en rapporta que dix mille[1]...

Que ces femmes étaient sottes, vénales et prêtes à tout, même à se ridiculiser pour passer trente minutes au lit avec l'empereur ! Virginia n'aurait jamais supporté d'être ainsi traitée. Pour elle, il avait pris des risques, bravé la jalousie de l'impératrice. D'ailleurs, elle n'avait jamais eu droit à la Chambre bleue dans laquelle défilaient ces conquêtes d'une nuit. Durant deux ans, il l'avait follement désirée, il l'avait aimée. Du moins, elle essayait de s'en convaincre. Sinon, sa vie n'aurait plus eu de sens.

Joseph Poniatowski était là, près d'elle, familier, rassurant, drôle et tout à ses ordres. Il lui annonça que la faveur de Marie-Anne Walewska tirait à sa fin, que l'empereur lui marquait en public quelque froideur... Devait-elle comprendre que l'empereur la savait de retour à Paris et l'attendait, elle ? Virginia ne savait plus. Henri de La Tour d'Auvergne se morfondait toujours à Berlin et elle ne pouvait se contenter d'aimer par procuration. L'empereur se trouvait avec sa femme en Algérie, Joseph était là, pressant, assidu, si bien connu d'elle qu'elle pensait ne rien avoir à craindre à ses côtés.

Sans trop savoir comment la chose se fit, elle fut à lui. Cet homme de quarante-cinq ans, jouisseur, blasé, amateur de femmes même s'il aimait beaucoup sa Mathilde, se révéla un amant plus enflammé, plus passionné qu'elle ne l'aurait cru, lui le cynique... Virginia aurait pensé qu'il ne

---

1. Cette histoire est racontée dans les *Souvenirs* de la comtesse de Lérignan.

s'émouvait plus qu'en écoutant de la belle musique, or il s'émerveillait qu'elle fût enfin à lui, sa petite Nicchia. Il fut tendre, empressé, délicieux et elle s'étonnait qu'il eût fallu tout ce temps pour que, enfin, ils fussent amants. Elle en oubliait qu'il avait ruiné son mari et pris son palais. Ils se connaissaient, ils se comprenaient si bien. Et son cher Beppino laissait partout dans la villa des billets de collégien épris.

*Je te presse contre mon cœur qui a pour toi les sentiments les plus nobles et les plus élevés, car j'aime ton âme autant que ton corps. À toi for ever, je t'embrasse partout.*

Virginia avait fait suivre son courrier et des lettres de plus en plus pressantes de François lui arrivaient à Dieppe. Il lui demandait de l'aider financièrement car il ne parvenait toujours pas à payer ses dettes. Il la suppliait même de venir le réconforter quelques jours par « sa chère présence ». Depuis que le tribunal de Turin avait donné toute satisfaction à Virginia, prononçant leur séparation de biens, puis de corps, Georges restant à sa garde jusqu'à l'âge de dix ans et elle ayant la permission de résider où bon lui semblait sans l'accord de son mari, elle était libre et avait un peu pitié de François. C'était à présent Joseph qui était propriétaire du palais de Castiglione à Turin, ainsi que du château de Costigliole. François n'avait plus rien, hormis ses dettes, ses souvenirs et sa solde d'aide de camp du roi. Virginia avait conservé sa dot et les biens qu'elle possédait à La Spezia. Ce qui l'agaçait un peu était qu'elle devrait, à partir du 1er janvier suivant, verser chaque année à François la somme de 2 500 lires, ce qui représentait une partie des intérêts de sa dot. Dans sa lettre, le comte de Castiglione se plaignait aussi de la rapacité d'usurier du prince Joseph, qui estimait que palais et château n'apuraient pas les comptes et appliquait au montant de la dette des taux exorbitants. Virginia en profita pour morigéner son amant :

– Arrête de t'acharner contre François, si tu m'aimes comme tu le dis. Le château et le palais devraient te suffire.

– Je veux que tu sois heureuse à tout prix et ce ne sera pas moi qui t'apporterai des soucis.

Virginia, rassurée, écrivit alors à son mari :

*Restons amis si vous le voulez bien, en ne nous contrariant pas pour des idées et principes différents que nous sommes trop vieux pour changer : autrement j'en serais fâchée, mais vous auriez à regretter pour votre tranquillité, pour le bruit que cela ferait dans le monde et pour l'avenir de notre enfant.*

*Je n'ai pas les millions que l'on m'attribue et que du reste je n'ambitionne pas. Il faut de l'argent pour vivre le moins mal possible et être à l'abri des calomnies. Je suis assez intelligente pour savoir ce que je fais et pas assez bête pour croire qu'on arrange sa fortune en un jour ou un an. Mais comment avez-vous des dettes, vous qui n'en aviez plus – et qui depuis avez toujours été bien payé, bien logé ? Vous n'êtes pas adroit mais j'oublie toujours que nous ne pouvons nous entendre en matière d'affaires. Cessez donc, je vous prie, de me dire de quitter Paris : on y meurt aussi bien qu'ailleurs et on y vit mieux. Qu'est-ce que vous voulez que je fasse, que je sois ici ou au diable ? Il n'y a que ma mort qui pourrait vous enrichir d'une autre femme, mais il paraît que Dieu ne veut pas vous la donner.*

C'était pousser l'indifférence et l'oubli un peu loin. Virginia savait qu'elle l'avait ruiné, et que Joseph Poniatowski n'était pas son unique débiteur. Et elle lui donnait des leçons sur la façon de gérer sa fortune, elle qui avait si vite anéanti la sienne... Il était vrai qu'elle ne se livrait plus aux folles dépenses d'autrefois, quand il fallait absolument paraître la plus belle aux réceptions parisiennes, aux bals des Tuileries ou aux « séries » de Compiègne. À présent, elle faisait ses comptes, avait loué un logis modeste, chargeait volontiers Luisa de rafraîchir ses anciennes toilettes. Elle avait vendu quelques bijoux, mais gardait comme un gage d'amour la fameuse émeraude, les perles jadis offertes par l'empereur, les dentelles et la trop célèbre « chemise de Compiègne ».

Même Joseph, le très cher Beppino, devenait moins amusant. Il se croyait des droits et s'autorisait sur elle des privautés. Depuis qu'il avait quitté Dieppe, il l'accablait de billets passionnés qui lui semblaient un peu étranges, venant de lui :

*Je dirai timidement que ça commence à être long et que la soif que j'ai de la Nicchia commence à être si ardente que j'ai peur de devenir enragé.*

*Si je devais perdre la raison ou la vie, ou que sais-je, pour la Nicchia, ma dernière pensée, ma dernière parole serait une bénédiction à la Providence qui m'a donné une telle compensation à tant de douleurs et d'humiliations.*

Elle ne voyait pas bien de quelles douleurs et de quelles humiliations voulait parler cet homme riche et séduisant qui n'avait jamais manqué de rien, surtout pas de femmes et qui avait, en outre, la chance que sa propre épouse ne fût pas jalouse. Enfin, s'il le disait...

Dès le mois de mars, Virginia repartit pour Turin afin de procéder à un minutieux inventaire de ses biens avant d'en faire un partage définitif avec François. Il ne s'agissait pas que Joseph Poniatowski, tout amoureux qu'il fût, emportât la moindre petite cuillère, la moindre brosse lui appartenant, maintenant qu'il était devenu propriétaire du palais de Turin et du château de Costigliole... François, comme toujours trop faible dès qu'il l'apercevait, tout heureux de la revoir ainsi que son fils, la laissa emporter ce qu'elle voulait, meubles, tapis, tableaux, linge et couvertures, la plupart des livres d'histoire qui appartenaient pourtant à François, mais qu'il ne prisait pas tandis qu'elle en adorait la lecture... Les plus grosses pièces allèrent dans la Villa Gloria qu'elle avait tenu à garder, les objets moins volumineux trouvèrent une place dans ses malles. Le petit logement de Passy avait grand besoin d'un peu de luxe. Le 13 mai au matin, le comte Alfredo Castellengo, écuyer du roi, lui annonça :

*Chère comtesse, le Roi ira chez vous entre 10 heures et 11 heures. Je lui ai promis que vous le recevriez avec toute votre bonne grâce. Il a beaucoup admiré les portraits de face et de dos.*

*Il suo devotissimo*

Roi ou empereur, ces hommes en prenaient un peu à leur aise avec elle... Il était cependant hors de question de refuser une telle visite. En dépit des absences et de son éloignement, Victor-Emmanuel, à sa manière, lui restait fidèle. C'était peut-être un rustre, mais lui au moins s'inquiétait d'elle et, à chacun de ses passages à Turin, il était là, pataud et familier. Et surtout, elle admirait ses talents de stratège. Il avait su profiter des bonnes dispositions de Napoléon III pour bien servir son pays...

Virginia fut donc heureuse de le revoir. Une fois ses désirs assouvis, et Victor-Emmanuel, en la matière, n'était pas bien compliqué, il lui parlait d'égal à égale, soucieux de connaître son opinion sur les intentions que l'on supposait à l'empereur, avide de respirer à travers elle l'air de Paris. Tous deux laissaient éclater leur amertume. Napoléon III n'avait pas été le champion de l'unité italienne qu'ils espéraient. Il s'était arrêté en chemin de peur de mécontenter l'Angleterre et, surtout, la Prusse. Le problème de la Vénétie n'était toujours pas réglé...

– Si vous pouviez encore tenter quelque chose, très chère Virginia...

– Je vous promets de tout essayer pour l'Italie si jamais je recouvrais les faveurs de l'empereur, mais rien n'est moins certain.

Virginia trouva flatteur que Victor-Emmanuel lui crût encore quelque pouvoir...

Le roi évoqua ensuite avec elle la question du Mexique.

– Napoléon III, bien utopiste et rêveur, va encore une

fois se fourvoyer dans une aventure lointaine et incertaine, qui m'inquiète fort. Il vaudrait tellement mieux qu'il ne s'occupe que de l'Italie !

Le prétexte de l'intervention française au Mexique était, bien sûr, une histoire financière. Le duc de Morny y avait des intérêts.

Virginia n'ignorait pas cette question, assez sordide. Quand le général Miramon avait pris le pouvoir à Mexico en 1859, il avait évidemment trouvé les caisses du Trésor vides. Il avait alors été bien obligé de souscrire un emprunt de 80 millions de francs. Les bons de cette dette s'étaient tellement effondrés qu'ils n'avaient plus valu que 3 % de leur valeur. Les finances du Mexique étaient alors au bord du gouffre lorsqu'un financier suisse émigré à Mexico, du nom de Jean-Baptiste Jecker, avait racheté les bons de l'emprunt pour les remplacer par des titres au nom de sa propre banque : les « bons Jecker ». L'opération devait demeurer secrète. Or Jecker avait pour associé Morny, qui s'était engagé, moyennant 30 % des bénéfices, à faire payer la créance par le gouvernement mexicain. Un engagement tout théorique, mais Morny était trop proche de l'empereur pour que ce dernier ne se sentît pas concerné. Il fallait donc obtenir du Mexique le remboursement de l'emprunt, ainsi que la protection des résidents européens. L'Angleterre et l'Espagne, qui avaient aussi des intérêts en jeu, avaient signé en même temps que la France une convention.

L'année précédente, on avait donc envoyé un corps expéditionnaire de deux mille cinq cents Français, six mille Espagnols et sept cents marins anglais. Avec l'autorisation de Juarez, devenu président de la République après avoir vaincu le général Miramon, les troupes européennes s'étaient cantonnées dans les villes de Veracruz, Cordova, Tehuacan et Orizaba, mais de remboursement de l'emprunt, il n'était toujours pas question... Les Anglais et les Espagnols, découragés par les épidémies décimant leurs troupes, avaient hâtivement signé le traité de Soledad en 1862 et rapatrié leurs troupes. Ne restaient plus que les Français...

– Encouragé par son demi-frère et l'impératrice que l'aventure exaltait, dit Virginia, Napoléon III a eu le tort d'envoyer d'autres renforts et de donner l'ordre de marcher sur Mexico. La résistance de Puebla, bien fortifiée, armée de canons, a été héroïque. Les Français ne purent la prendre, et ils durent se replier sur Orizaba en laissant cinq cents morts sur le terrain, soit un douzième de leurs effectifs. C'était beaucoup... beaucoup trop...

– Il fallut encore de l'argent pour soutenir le Mexique, dit le roi d'un air malheureux. La plupart des Français – et moi avec eux – ont mal compris ce qu'on va faire si loin, se mêler d'une guerre étrangère, dans un pays dont on ne sait presque rien...

Virginia avait été heureuse de revoir son royal amant et de discuter politique avec lui. Victor-Emmanuel reparti, de nouveau, elle s'ennuya. Pour calmer son éternelle insatisfaction, il lui fallait bouger et changer d'air. Elle n'était plus capable de se sentir bien longtemps à un endroit. Aussi quitta-t-elle Turin pour l'Angleterre. L'accompagnaient comme toujours Luisa, la nourrice et Georges. Comme d'habitude, on gagna Marseille par bateau, puis de là on voyagea en voiture jusqu'à Douvres. En dépit de l'inconfort et de la fatigue du voyage, Virginia aimait regarder défiler le paysage par les vitres de la berline. Il lui semblait alors vivre davantage.

Bateau encore, fiacre jusque chez les Holland, ces amis qu'elle aimait tant, qui ne la jugeaient pas, mais l'accueillaient toujours comme si elle avait fait partie de la famille. À nouveau ce furent de jolies réceptions, des fêtes, des soirées et des bals, des parties de campagne, des chevauchées à travers cette campagne anglaise qu'elle trouvait si jolie. À nouveau, il y eut des hommes à ses pieds, mais tous ces succès lui étaient désormais indifférents. Elle y était habituée, elle s'ennuyait. Elle avait la pénible impression de ne pas vivre sa vie, mais de la subir.

Brusquement, Paris lui manqua. À la mi-juillet, elle quitta Londres pour Paris. Elle avait prévenu Joseph Poniatowski de son arrivée et il l'attendait à la gare. C'était moins angoissant que de se retrouver seule dans une capitale qui se passait si bien d'elle... Il était là, prévenant, tendre, impatient. C'était bon d'avoir cet ami sûr, même s'il perdait un peu facilement la tête pour elle. Il avait pris sa voiture pour les accompagner à Passy.

Il sut se rendre utile, presque indispensable, et elle lui permit de rester la nuit avec elle. Il en fut éperdu. Ce fut une semaine très tendre, passée à courir les magasins, à accepter de menus présents, à se laisser conduire au Bois, au théâtre, au concert. Virginia revivait. Pourtant, elle ne faisait plus partie de la haute société, elle n'était plus conviée aux grands bals des Tuileries ou aux « séries » de Compiègne. Bientôt, elle s'ennuya à nouveau.

Il lui fallait s'enfuir. Être toujours autre part. Elle partit pour La Spezia. Elle voulut revoir le village de son enfance où elle n'avait pas mis les pieds depuis deux ans. Là, elle pourrait enfin se sentir heureuse.

Virginia ne se trouvait chez sa mère, la marquise Oldoïni, que depuis quelques jours quand elle reçut cette lettre brûlante de son Beppino :

*Je veux que tu saches que je ne suis pas un ingrat, et que la soirée du quinze juillet 1862 restera dans ma mémoire pour l'éternité. La chose est déjà une grande chose par elle-même ; il n'y a qu'une Nicchia au monde, mais si jolie, si salée, si tendre comme ce jour-là, je ne la vis jamais, et puis venir de Londres, lâcher tous ces cocodès mylords, pour dire adieu au Vieux, allons, c'est très gentil et je veux dire merci jusqu'à la fin des siècles.*

La lettre était trop exaltée. Joseph était bien comme les autres, tout de suite excessif et fatigant...

Cet été de 1862, la mère et la fille, enfin, s'entendirent bien. La marquise était enchantée de son petit-fils. Georges venait d'avoir sept ans. C'était un ravissant enfant qui découvrait avec la joie l'existence facile et libre de La Spezia. On le laissait nager du moment que sa nourrice continuait de veiller sur lui. Il courait tout son saoul sur la grève, il montait sur les barques des pêcheurs comme sa mère l'avait fait avant lui, il partait pour de grandes promenades en poney dans la campagne embaumée par les oranges et les citrons.

Le village avait beaucoup changé. Il commençait à devenir un lieu de villégiature couru. Le port s'était agrandi. Des navires de guerre et de commerce pouvaient à présent y jeter l'ancre. Tout un monde de brillants officiers de marine était convié, lorsqu'ils descendaient à terre, aux soirées de la marquise Oldoïni qui se sentait elle aussi revivre au contact de cette jeunesse. À vingt-cinq ans, Virginia était dans l'éclat de sa beauté. Elle avait mûri comme une belle fleur, elle s'était épanouie en dépit de ses tristesses. Elle qui avait été l'une des « lionnes » de Paris, l'arbitre des élégances, elle qui savait ce qui se disait, se faisait dans cette capitale de l'Europe, qui avait approché l'empereur et l'impératrice et côtoyé la plupart des Français importants était follement populaire parmi ce petit groupe. C'était à qui tiendrait son livre, son éventail, à qui l'accompagnerait à cheval ou la ferait follement tourbillonner au son d'une valse.

Dans cette ambiance si douce de La Spezia, au pays de son enfance, sous le soleil d'Italie, Virginia se sentait revivre. Il y avait là un très bel officier que l'on surnommait « le Cuirassé ». Taciturne, volontiers rêveur, très réservé, il ne se décidait pas à lui faire sa cour et Virginia s'enflamma. Pour s'apaiser un peu, elle eut une brève liaison avec le comte Baldelli, mais c'était « le Cuirassé » qu'elle voulait. Enfin, elle l'eut. Ce fut une semaine de brève passion, de fièvre amoureuse telle qu'elle n'en avait jamais connu... Son navire repartit, l'été s'acheva, elle-même quitta La Spezia pour Turin. Les lettres d'Henri de La Tour d'Auvergne, de Joseph Poniatowski, de Baldelli et du « Cuirassé » se croisaient. Toutes parlaient d'amour et de sentiments éternels, mais Virginia n'y croyait plus. Ils étaient si répétitifs et si lassants, ces mots doux...

De retour dans sa petite maison de Passy, presque pimpante grâce au mobilier et aux objets rapportés d'Italie, Virginia décida de ne plus se laisser malmener par ses tristesses. Elle allait cesser de se terrer chez elle et accepter des dîners, des soirées, des invitations. À défaut des Tuileries ou de Compiègne, elle ferait son retour sur la scène parisienne, celle des grands salons. Ses relations avec Joseph Poniatowski reprirent insensiblement le ton de l'amitié qui avait régné si longtemps entre eux. Il se moqua même un peu de la passion qu'il avait affichée pendant presque un an. Il écrivait :

*Si on doit faire la fête, je suis toujours là. Ce soir, je vais chez le président du Sénat et chez la princesse Mathilde, mais demain on pourrait dîner ensemble chez Voisin et puis je te reconduirai à Passy si tu veux. Je suis un peu amoureux, ma vieille est jalouse, parce qu'elle s'en est aperçue. Je voudrais voir la Nicchia jalouse, mais elle s'en fiche !*

Ce n'était pas faux, il la connaissait si bien.

Joseph la fit inviter chez les Rothschild où elle rencontra un banquier espagnol et israélite du nom d'Ignace Bauer. Cet homme de trente-cinq ans, important actionnaire de la banque Weisweiller et Bauer, était le frère du confesseur de l'impératrice, monseigneur Bauer. C'était lui en particulier qui prêchait le carême aux souverains. Ignace Bauer n'était pas seulement banquier, mais encore consul général d'Italie à Madrid. Comme ensorcelé par Virginia, il lui envoya bientôt des lettres très amoureuses auxquelles elle répondait avec son habituelle froideur, terminant toujours par cette mention qui désespérait ses amants : « Rendez la lettre, s'il vous plaît. » Enfin, elle lui permit de passer la nuit du 12 au 13 janvier 1863 dans son lit. Une date qu'il n'oublia jamais... Dans son petit carnet, elle inscrivit le fameux *f* barré.

Le même mois, Joseph Poniatowski fit miroiter à Virginia une mirobolante affaire. Il ne s'agissait que de trouver la mise de fonds initiale, soit 100 000 francs, une somme considérable dont Virginia n'avait bien entendu pas le moindre centime[1]. Qu'importe, elle ferait appel au banquier Charles Laffitte, qu'elle avait rencontré deux ans plus tôt à Turin et qui lui avait fait une cour éperdue, quoique sans succès. Elle alla le trouver et lui demanda la somme pour vingt-quatre heures tout au plus. Il accepta.

Quelques jours plus tard, le matin du 28 janvier, Virginia reçut dans sa petite maison de Passy une enveloppe dont elle reconnaissait la forme, la couleur, le sceau et l'écriture : celle du comte Bacciochi qui s'occupait de toutes les réceptions impériales. Elle déchira l'enveloppe en tremblant. C'était un petit mot aimable l'avertissant qu'elle recevrait sous peu une invitation pour le prochain bal des Tuileries, le 9 février.

1. À l'époque, un bon traitement était d'environ 1 200 francs par an.

Ainsi, elle rentrait en grâce. Napoléon III condescendait enfin à la revoir après cinq ans d'absence... Tout ce temps à vivre en attendant ce rappel auquel elle ne croyait guère... Les nombreuses allusions de Joseph Poniatowski avaient donc fini par porter leurs fruits : on la rappelait. Et s'il s'agissait d'une ultime cruauté de l'impératrice l'invitant une seule fois pour mieux lui faire comprendre ensuite ce qu'elle perdait, une sorte de dernière promenade du condamné avant de tout quitter pour toujours ? Ce doute affreux l'accabla. Fébrilement, elle s'assit devant son bureau, écrivit à Bacciochi et lui confia ses peurs :

*Mon cher Comte, j'ai reçu l'invitation que LL. MM. ont daigné m'envoyer, qui m'a agréablement surprise. Je suis très reconnaissante à l'Impératrice d'avoir pensé à moi, mais ma situation présente m'oblige de venir demander à votre amitié d'enfance si je dois ou non accepter cette invitation, à laquelle je serais toute disposée à me rendre si vous croyez que je serai encore une fois invitée cet hiver aux Tuileries après cette fête, où je ne veux pas apparaître comme une figurante et amuser le public. La position du comte Castion*[1] *à Turin (avec lequel je suis au mieux) et celle de tous les siens à la Cour ne me permet pas de me faire ici une intruse.*

S'il était exact qu'elle tenait à rester en bons termes avec François et que les deux époux séparés s'écrivaient régulièrement et avec affection, ne serait-ce que pour évoquer leur

1. Castion est le terme familier employé par la maison de Savoie pour désigner les Castiglione.

petit Georges, ce n'était pas en pensant à lui que Virginia émettait de tels doutes. Elle connaissait les journalistes, les échos que les différents chroniqueurs ou gazetiers donnaient au moindre bal officiel, faute d'avoir le droit d'aborder librement les sujets politiques. Un bal aux Tuileries, c'étaient des commentaires assurés dans *La Presse*, *La Liberté*, *Le Gaulois*, *Le Figaro*... Tous prenaient bien garde à n'avoir pas de démêlés avec Callet-Meygret, le redouté directeur de la Sûreté générale, qui avait tout pouvoir pour infliger au journal ayant déplu de solides amendes ou le faire tout simplement interdire. Dans les critiques mondaines, les journalistes rappelaient parfois le fossé existant entre la brillante société côtoyant l'empereur et la condition ouvrière – salaire jounalier de 2 francs quand il fallait déjà compter 59 centimes de nourriture par jour et par personne... Si la comparaison était accablante, elle restait juste et l'on ne pouvait pas emprisonner les journalistes qui donnaient ces indications... Parfois, les plus engagés égratignaient au passage les élégants et les élégantes des Tuileries. Et Virginia savait que son indifférence glacée ne lui avait pas valu que des amis. À coup sûr, sa rentrée, qu'elle voulait spectaculaire, allait déchaîner les gazettes. Or cette rentrée n'avait de sens que si l'invitation était suivie par d'autres.

La réponse du comte Bacciochi fut rassurante. Dès lors, Virginia ne pensa plus qu'à sa toilette. Comment être différente de toutes les autres parmi cette moisson de belles femmes rassemblées autour de l'empereur ? Elle courut les boutiques, puis, parce que c'était sans conteste le meilleur de tous, elle s'adressa à Worth. D'autorité, il avait aboli les encombrantes crinolines. Sous son impulsion, les jupes étaient devenues rondes et étroites. C'était à peine si de légers cerceaux retenaient encore les traînes rejetées en arrière. Même les grandes capelines de jadis avaient disparu au profit de petites capotes à brides qui encadraient le visage en laissant voir les cheveux.

Virginia fut reçue par la ravissante M^me^ Worth. Comme d'habitude, elle était encore au lit, un superbe lit à baldaquin qui lui faisait comme un écrin. À demi couchée parmi des flots de dentelles et de nœuds, elle se laissait admirer avec langueur. Son mari entra enfin dans la chambre. Il connaissait bien Virginia et fut charmé de la revoir. Elle voulait quelque chose de très simple, une robe près du corps qui surprendrait justement par son excès de simplicité. C'en était fini des toilettes demandant cent mètres de tissu, des rubans, des volants, des ruchés, des dentelles au kilomètre.

– Je vois un costume à la fois dépouillé et somptueux ! s'exclama Worth. Une tunique à l'antique ajustée, en soie moirée couleur chair, prolongée par une traîne. Les cheveux épars dans le dos, retenus par une couronne de fleurs et de lierre. Peu de bijoux, quelques perles.

Virginia était séduite, mais le prix demandé par Worth n'était plus dans ses moyens. Qu'importe, elle allait retenir son idée. Sobriété et splendeur. Un symbole la concernant... Elle serait la reine d'Étrurie ! Luisa était habile de ses mains et cousait parfaitement. La robe serait faite chez elle. Alors que toutes les élégantes n'en finissaient plus de tout compliquer avec une profusion de détails, elle frapperait les esprits par la pureté d'une ligne moulant étroitement son corps. Elle prit brusquement conscience de ce que sa tenue de reine de cœur avait pu avoir d'outré et de prétentieux. Elle proclamait à tous qu'elle était la seule maîtresse du cœur de l'empereur... Autrefois dame de cœur, aujourd'hui reine d'Étrurie. Elle évoquerait sa patrie, la Toscane, la grandeur qu'elle avait connue sous les Romains... Le choix était judicieux.

Le jour dit, folle d'anxiété, le cœur battant à se rompre, Virginia, au bras de son cher Beppino, fit son entrée dans ces Tuileries qui avaient connu son éphémère gloire. En venant la chercher, Joseph l'avait contemplée avec admiration, l'assurant de l'audace de sa robe comme de sa parfaite beauté. Pourtant, cinq ans avaient passé. Il y avait à présent des nouvelles têtes à la Cour, à commencer par la jeune princesse Pauline de Metternich, l'épouse de l'ambassadeur d'Autriche à Paris... On disait que la « jolie laide » faisait rire l'empereur, que sa jeunesse étourdissante le distrayait, qu'elle chantait et jouait du piano à ravir. C'était autour d'elle que se rassemblaient à présent toutes les « jeunesses » de la Cour. Restait-il encore une place pour Virginia ? Joseph s'efforça de la rassurer tandis qu'ils donnaient leurs manteaux dans le hall d'entrée.

– En dépit de tout son esprit, Pauline n'est en effet qu'une « jolie laide ». Ses traits ne sont pas fins, elle a le nez un peu gros et la lèvre épaisse... Qu'as-tu à redouter d'une Pauline de Metternich ?

– Tout a changé ! Comment savoir si je ne vais pas commettre quelque impair ? Et si l'empereur ou l'impératrice me tournaient le dos ? Peut-être ne me reconnaîtront-ils même pas ?

Joseph s'efforça de la rassurer :

– La Nicchia n'a pas changé. Elle est encore plus belle qu'avant. Et cette robe, dont la seule provocation est d'être très simple et comme moulée sur toi, te sied à merveille.

L'hésitation n'était plus permise. Il lui fallait se faire annoncer, entrer dans la salle des Maréchaux, attendre que s'ouvrît la porte de la galerie de Diane où les souverains se trouvaient avec le cercle diplomatique.

Dès que la comtesse de Castiglione parut au bras du prince Poniatowski, le silence se fit. Les femmes découvraient avec stupeur la pureté des lignes de sa robe. Celles qui portaient encore l'encombrante crinoline se sentaient stupides, celles qui arboraient la nouvelle mode lancée par Worth regrettaient la surabondance d'ornements. Quant aux hommes, ils contemplaient cette silhouette parfaite, si peu dévêtue et pourtant si généreusement dévoilée. Le comte de Choiseul, déguisé en roi nègre, s'empara galamment de la traîne de Virginia et voulut la porter. On l'entoura, on la questionna, on l'interrogea sur les raisons d'une si longue absence que tous disaient regretter. Elle était bien la reine d'Étrurie, la reine du bal.

Les souverains arrivèrent et, à son habitude, Eugénie, à peine entrée, adressa à l'assemblée ses trois grandes révérences de cour qui avaient tant charmé. Le bal commença. L'empereur s'approcha de Virginia de son étrange démarche en crabe. Elle le trouva vieilli, l'air fatigué. Il la complimenta sur sa toilette, se dit enchanté de la revoir, mais les regards dardés vers eux semblèrent tout à coup le gêner et, bredouillant quelques mots, il s'en fut comme à regret. Il la trouvait donc aussi belle qu'autrefois ! Cette soirée aux Tuileries, cette rentrée officielle, était un franc succès. Et Virginia, qui avait eu si peur de ne plus plaire, rayonnait.

Mais trois jours plus tard, elle reçut une lettre furieuse de François, lui reprochant de s'être montrée quasi nue aux Tuileries. Le journal *L'Italie*, commettant une erreur, avait relaté qu'elle était apparue au bal costumée en Salammbô :

*Le corsage montant laissait paraître çà et là par des ouvertures la blancheur des chairs. Ce corsage sans manches s'arrêtait au-dessous de la gorge ; une ceinture émaillée, simulant les écailles du serpent, le reliait aux jupes écourtées devant et laissait voir les pieds dans leurs sandales d'or, traînantes derrière et terminées par un dragon flamboyant.*

C'était une horrible méprise. Le chroniqueur de *L'Italie* l'avait confondue avec une certaine M^me^ Rimski-Korsakoff, en effet apparue en Salammbô, non pas aux Tuileries mais au bal de la comtesse Walewska. Et c'était pour des méprises aussi stupides qu'elle risquait de perdre la garde de son petit Georges. Si François, fort de cet article, se rendait au tribunal, il aurait certainement gain de cause, ce qu'elle ne pouvait supporter. Sans Georges, ses rires et sa gaîté, le séjour de Passy serait sinistre. Elle écrivit au correspondant du journal pour exiger un rectificatif immédiat qu'on lui promit.

Au bout de dix jours, ne voyant toujours rien venir, Virginia s'adressa dans une autre lettre à l'impératrice, qui l'assura gentiment de son soutien – Eugénie n'était pas rancunière. Forte de cette réponse, Virginia prit rendez-vous avec le duc de Persigny, ministre de l'Intérieur. Introduite dans son bureau, elle lui exposa ses craintes, concluant ainsi sa plaidoirie :

– Ce journaliste est par trop stupide et mérite une bonne sanction, ainsi que son journal, qui a laissé publier cette absurdité ! Je vous supplie, monsieur le duc, de faire interdire la publication de cet infâme journal.

– Une interdiction serait un peu excessive, lui fit aimablement remarquer le ministre, mais je vous promets de veiller personnellement à ce qu'il publie aussitôt que possible une rectification de l'article incriminé.

Virginia remercia et prit congé. Elle écrivit ensuite à son mari pour lui rendre compte de sa démarche et l'assurer de l'intervention de Persigny. Elle fut navrée d'apprendre que François, au reçu de sa lettre, avait tout simplement provoqué en duel le directeur du journal à Turin. Heureusement, personne ne fut blessé...

Ainsi, ce bal dont elle avait tant attendu ne lui apportait que des chagrins. Pour ajouter s'il se pouvait à sa peine, la fameuse affaire que lui avait fait miroiter Joseph Poniatowski se soldait une nouvelle fois par un échec. Non seulement elle n'avait rien rapporté, mais elle avait englouti les 100 000 francs de Charles Laffitte qui commençait à s'impatienter. Joseph Poniatowski, toujours aussi léger et inconséquent, lui annonça qu'il n'avait plus la somme, à elle de se débrouiller. Et le banquier de lui écrire avec aigreur :

*Plus de douze jours se sont écoulés. Non seulement, vous ne m'avez rien rendu, mais vous m'avez dit et écrit les choses les moins amicales. Je ne suis pas votre amant, je ne suis pas votre banquier. Que suis-je donc ?*

Pourtant, le peu rancunier Charles Laffitte lui prêta encore 300 000 mille francs quelques mois plus tard...

À la suite de ce bal fatal aux Tuileries, Virginia comprit qu'on ne l'aimait guère. Sous le prétexte du scandale suscité, elle ne fut plus invitée et sa mélancolie s'en accrut. Désormais, terrée dans sa maison de Passy qu'elle nommait « son ermitage », elle ne fréquenta que de rares amis, dont Joseph et les Delessert. Si elle voyait peu de monde, en revanche, elle écrivait beaucoup. Une avalanche de lettres souvent difficiles à lire, difficiles à comprendre, sautant d'une idée à l'autre sans suite ni grande logique. Lettres adressées à Henri de La Tour d'Auvergne, au « Cuirassé », à François ou à Bauer s'entrecroisaient en une ronde étourdissante qui meublait sa solitude et distrayait son mal de vivre. Avec une science cruelle, elle alternait promesses et reproches. Seul Joseph Poniatowski y échappait. Ils avaient retrouvé leur vieille connivence d'autrefois.

L'été, Virginia se rendit avec Georges et ses domestiques à Dieppe. Les missives de Joseph Poniatowski l'assuraient de sa tendre amitié, l'entretenaient des petits incidents de la vie parisienne ou de ceux, plus graves, survenus au Mexique, que Napoléon III pensait occuper, ne tenant en réalité que Mexico. Il avait beaucoup contribué à mettre à la tête de ce lointain empire l'archiduc Maximilien d'Autriche, frère de l'empereur François-Joseph. Une couronne qui n'en avait que le nom pour un empire de pacotille qui n'existait pas.

Et Virginia, toujours imaginative, rêvait de cet empire lointain qui devait être si beau et si pittoresque, prometteur de belles richesses, de ravissantes filles à la grosse natte brune, de merveilleux fruits tropicaux, de cacatoès multicolores voletant sous les palmes. Ces lettres l'incitèrent à se préoccuper à nouveau de la situation politique et à dévorer tous les journaux qu'elle pouvait trouver.

Il n'y avait pas que le Mexique pour préoccuper l'empereur et l'opinion européenne. En Amérique, la guerre de Sécession, confuse et meurtrière, sévissait toujours, mais enfin, c'était loin... En Europe apparaissait une nouvelle cause de troubles avec la succession contestée du roi Frédéric VII de Danemark. Mais privée de l'intimité de l'empereur, Virginia suivait ces événements de loin. Elle se demandait si on aurait de nouveau la guerre...

À Dieppe, Virginia se sentait plus libre. L'air du large la revigorait. Des promenades sur la grève ou le long des falaises, le spectacle de Georges apprenant à monter à cheval, le thé pris chez l'une ou l'autre de ses anciennes relations de la cour des Tuileries, la visite impromptue de Beppino qui n'était plus qu'un ami plus cher que les autres et sa correspondance suffisaient à Virginia. Son père, à présent de nouveau en Russie, se plaignait des rigueurs du climat et demandait à sa fille si elle ne pouvait écrire au roi Victor-Emmanuel pour qu'il fût nommé à Bade, ce qu'elle fit volontiers. Par la même occasion, il lui demandait encore d'intercéder pour lui afin de devenir « chancelier des Ordres italiens », ce qui agaça Virginia. Quant à sa mère, elle prit fort mal une remarque que lui fit Virginia parce qu'elle avait touché des fermages revenant à sa fille. Leur correspondance cessa brusquement, mais pas du fait de Virginia, à laquelle les nouvelles d'Italie et de La Spezia manquaient. La marquise Oldoïni avait toujours été très susceptible, surtout quand elle se trouvait dans son tort.

La saison se termina et il fallut rentrer à Paris. Virginia y trouva un petit mot de François qui était venu voir son fils, les croyant déjà rentrés. Plus épris que jamais, quoique sans illusion, il lui proposait non sans humour :

*Voulez-vous dîner vendredi en tête à tête avec moi dans n'importe quel cabinet particulier ? Je vous conduirai ensuite au théâtre, où vous voulez, dans une cage grillagée, et ensuite à Passy ; nous dînerons comme deux amants très tendres, sans résultats, et vous supposerez un instant que je suis un très gentil garçon auquel vous êtes sur le point de céder. Ce sera drôle et cela variera votre existence ordinaire.*

Ce cher François... Comme il la comprenait bien, comme il la devinait... Il savait donc que Virginia traînait sans espoir son ennui d'une villégiature à l'autre. L'idée était plaisante, du moment qu'il ne lui demandait plus de reprendre la vie commune. Depuis le temps, il s'était fait une raison. Pourquoi, en effet, ne pas ressortir un soir avec son mari comme s'il était n'importe quel amant ? Où demander à François de la mener ? Le cirque de l'impératrice ne lui souriait pas tellement, même si Virginia avait entendu vanter la beauté d'une nouvelle écuyère, M^me^ Petzold, et que l'on prétendait Tamberlick plus étonnant que jamais dans son nouveau numéro au trapèze. L'Opéra incognito lui semblait assez amusant. On y redonnait *Guillaume Tell* qu'elle avait déjà vu, mais cette fois, la jolie Hmackers, travestie en homme, y jouait le rôle du fils de Guillaume Tell.

François pourrait effectivement retenir l'une de ces loges grillagées où l'on disait que l'empereur venait repérer de jolies femmes que son « cabinet de plaisirs » lui apportait ensuite sur un plateau. Désormais, Virginia repensait à lui sans amertume. Aujourd'hui, elle n'ignorait plus ces fredaines de l'empereur, ce côté insatiable qu'elle trouvait révoltant. Même si elle ne comptait plus ses propres amants, c'était peu de chose en comparaison de cette fringale sexuelle, de cette véritable boulimie de l'empereur, qui consommait à tout-va, vite et mal, il fallait bien en convenir. Qu'elle eût pu retenir deux ans la faveur de cet homme, bon mais blasé par le plaisir, tenait de la gageure. Elle ne regrettait même pas sa faveur passée. Après tout, elle avait mené à bien sa « mission » et c'était grâce à elle que le premier pas vers l'unité italienne avait été accompli. Oui, ce serait drôle et charmant de se rendre masquée au théâtre avec François, de tout voir sans être vue, d'apercevoir, peut-être, Jules Lecomte et Sainte-Beuve, à la recherche d'une proie facile, de regarder quelques vieillards lubriques promener leurs lorgnons vers le dos des figurantes...

De jouer ensuite les vrais « boulevardiers », flâner du Café de Paris, à la Maison d'Or ou au Bignon, où il était impensable qu'une femme de la bonne société pût s'encanailler, mais avec son mari, c'était autre chose. Et pourquoi pas souper au Café Anglais pour observer qui entrait ce soir-là au Grand Seize ? Elle avait tellement envie de voir ces comédiennes, ces hétaïres qui vivaient ouvertement de leurs charmes, accompagnées de messieurs et de journalistes douteux dont la mauvaise réputation faisait beaucoup rêver, Émile de Girardin, le prince Gortchakoff ou Nestor Roqueplan, ces noceurs de Paris ne craignant pas de s'afficher avec des cocottes en vue telles que Catinette, Adèle ou Esther Guimond.

Virginia s'habilla comme le voulait le Boulevard, portant quelques bijoux clinquants et une robe décolletée. Enveloppée dans une mante, elle monta d'un pied léger dans la voiture de François. Il y avait si longtemps qu'ils n'avaient ri ensemble...

La soirée fut charmante, même si François de Castiglione la gâcha un peu, sur le chemin du retour, en voulant demeurer avec elle dans son « ermitage » de Passy. C'était hors de question. Elle le connaissait, si prompt à s'enflammer, à espérer de nouveau...

En revanche, elle lui permit, lorsqu'il quitta Paris, d'emmener Georges avec lui. Elle lui accorda sa garde, quelques mois en avance sur la date prévue, puisque le tribunal de Turin avait stipulé qu'à partir de l'âge de dix ans, l'enfant serait élevé par son père, comme cela se pratiquait couramment. Georges fêterait donc son prochain anniversaire loin d'elle... Virginia, le cœur serré, laissa partir son enfant. Désormais, son « ermitage » lui paraîtrait bien vide et bien silencieux...

Rien de tel pour distraire sa mélancolie qu'une belle fête et la musique tourbillonnante d'Offenbach. Virginia, comme le Tout-Paris, se précipita pour s'étourdir à la première de *La Belle Hélène*, le mardi 17 décembre 1864. Un drame antique, cela étonnait bien un peu, mais c'était signé Offenbach. Plus que jamais, l'on avait envie de rire, de s'amuser, de se laisser porter par cette musique tourbillonnante, si légère et capricieuse, le temps d'une soirée.

Virginia se passionnait pour les potins et lisait avidement *La Gazette musicale*, qui ne s'était pas privée de clabauder sur le pauvre Jacques Offenbach qui ne parvenait pas à monter son opérette. Cette fois, sa création était destinée au Palais-Royal et le compositeur n'était plus le maître chez lui. Il lui fallait compter avec les très pingres directeurs, Cigniard et Noriac, qui bridaient les dépenses autant que faire se pouvait. Offenbach n'avait jamais eu le sens de la mesure ou de l'économie. Pour ses spectacles, rien n'était trop beau. Il lui fallait les meilleurs décors, les plus rutilants costumes, les musiciens qu'il aimait, les comédiens les plus réputés. La très belle et sensuelle Hortense Schneider serait la Belle Hélène, mais il lui avait adjoint, pour incarner le trouble Oreste, l'équivoque M^lle^ Silly, tout juste rentrée de sa tournée en Amérique. De même que la scandaleuse George Sand, M^lle^ Silly aimait à s'affubler en homme et on la voyait déambuler en frac sur le Boulevard, le monocle rivé à l'œil, ce que Virginia, choquée, ne jugeait guère convenable. Pourquoi s'habiller de façon masculine quand la mode mettait si bien les femmes en valeur ? Et *La Gazette musicale* de détailler plaisamment les incessantes rivalités entre les deux divas, rivalités qui avaient rendu fou Offenbach durant les répétitions. Un jour, c'était Mlle Silly qui voulait danser le cancan au moment de l'entrée en scène d'Hortense. Un autre, elles se disputaient sans fin pour savoir qui lancerait la fameuse réplique « la pipe à Ménélas ». Le duc de Morny eut l'insigne privilège d'assister aux répétitions. Lui qui adorait théâtre et opérette et avait à l'occasion un joli brin de plume avait dit à Virginia le plus grand bien du spectacle. C'était d'ailleurs lui aussi qui lui avait retenu une place dans une belle loge de face.

Un jour qu'il était venu la voir dans son « ermitage de Passy », il lui conta avec sa drôlerie habituelle l'ambiance affairée des répétitions :

– Figurez-vous, ma chère, qu'on voyait s'affairer dans tous les coins du théâtre la longue silhouette maigre d'Offenbach, ses cheveux rares, mais toujours bien frisés par son coiffeur, sa petite barbiche en pointe et son éternelle fourrure. Il pestait contre les vieux décors défraîchis, les costumes auxquels il fallait toujours faire un point sous peine de les voir finir en lambeaux. Lors de la générale, qui avait eu lieu trois jours plus tôt, ultime répétition en costumes pour les intimes, Hortense Schneider avait bouleversé la salle quand, pleurant la mort d'Adonis, elle s'était soudain relevée dans ses voiles pour clamer d'un vibrant : « Il nous faut de l'amour. » Ce cri, c'est tout Offenbach... En revanche, l'air du « Mont Ida » chanté par José Dupuis interprétant Pâris laissa les spectateurs de marbre. *La Belle*

*Hélène* allait-elle connaître un désastre ? Tous s'interrogeaient. C'était méconnaître Offenbach, sa capacité à réagir vite et sa prodigieuse puissance de travail... Quant à José Dupuis, tout à fait découragé, il se croyait indigne du rôle. De bonne heure le lendemain matin, un petit mot griffonné par Offenbach le conviait chez lui. Il lui proposait trois nouvelles versions du « Mont Ida » composées dans la nuit, à lui de choisir !

Le soir de la première, tout le faubourg Saint-Germain, les habitués des « séries » de Compiègne, les demoiselles de l'Opéra et la presse, ainsi que Virginia assise près du duc de Morny, ovationnaient follement ces héros en pantoufles qui parlaient argot, ce carnaval de l'Olympe irrespectueux et volontairement anachronique, cette recherche effrénée du plaisir qui grise, qui étourdit et fait tout oublier, comme les bulles de champagne.

*C'est avec ces dames qu'Oreste*
*Fait danser l'argent à Papa ;*
*Papa s'en fiche bien, au reste,*
*Car c'est la Grèce qui paiera.*

Tous se levèrent pour applaudir, les actrices et les cocodès, les cocottes et les grandes dames des Tuileries, les journalistes et les écrivains, Théophile Gautier et Théodore de Banville. Même l'anarchiste Vallès s'enthousiasma pour les « cascades » de la Schneider. Quant au marquis de Galliffet, éperdument séduit par la Belle Hélène, il revint chaque soir admirer cette jolie fille plantureuse et gaie, qui incarnait si bien la joie de vivre du second Empire, du moins de ceux qui en avaient les moyens...

Après avoir beaucoup ri, après avoir applaudi à s'en faire mal aux mains, Virginia retomba dans son habituelle mélancolie. Le champagne s'évente vite et perd son délicieux goût de plaisir...

Si Offenbach réussissait à distraire la société parisienne, dans les salons, c'était autre chose. Il devenait difficile de toujours étonner, d'inventer et surprendre ses invités. Un nouveau genre, mis à la mode par la princesse de Beauvau, faisait fureur dans la bonne société. Sous couvert de patronner des œuvres de bienfaisance, les gens du monde jouaient la comédie, un peu comme la princesse de Metternich en usait à Compiègne pour égayer des « séries » souvent bien répétitives. Une cousine de Napoléon III, la comtesse Tascher de La Pagerie, chercha une idée brillante pour attirer chez elle le Tout-Paris et pensa à Virginia de Castiglione. Depuis cette malheureuse confusion entre son costume de reine d'Étrurie et celui de Salammbô, elle ne paraissait plus dans les grands bals officiels. Quelques gazetiers regrettaient encore parfois son absence. Annoncer une apparition de la Castiglione chez elle serait un succès, les billets de tombola se vendraient à profusion.

Virginia reçut avec empressement la comtesse Tascher de La Pagerie, enchantée qu'une cousine de l'empereur se souvînt d'elle. Elle l'écouta lui exposer son idée et lui répondit avec son plus joli sourire :

– Puisqu'il s'agit d'une œuvre de charité, je ne puis

m'opposer à votre projet, même si je suis un peu lassée de la vie parisienne et ne sors plus guère. Enfin, pour que l'affaire soit un succès, il convient, dans notre intérêt à toutes les deux, de la préparer avec le plus grand soin.

– À quoi pensez-vous ?

– À une sorte de petite grotte en carton-pâte, dans votre salon. J'y apparaîtrai à l'heure dite.

– Quelle bonne idée !

Les deux femmes se quittèrent les meilleures amies du monde, mais en dépit de toutes les supplications de Stéphanie de La Pagerie, Virginia refusa de lui dire comment elle s'habillerait pour l'occasion.

Partout dans les salons, on raconta bientôt que la Castiglione allait faire une rentrée fracassante dans la haute société en apparaissant, pour les besoins des orphelins, en déesse antique surgissant d'une grotte. Et les messieurs, enfiévrés, de supposer qu'elle serait presque nue ; et les dames de s'interroger sur les charmes qu'elle avait encore...

On en parla tant qu'une foule immense se pressa ce soir-là dans les salons de Stéphanie. On n'attendait que l'apparition si commentée.

Bien sûr, Virginia arriva volontairement très en retard, si emmitouflée dans un manteau couleur de muraille qu'on ne distingua rien d'elle. Une chambre avait été préparée à son intention et elle ne voulut que Luisa, sa chère Luisa, pour l'aider à se préparer. L'obscurité se fit dans la salle. Des lampes au gaz s'allumèrent peu à peu tout autour de la grotte lorsqu'elle parut enfin. Au lieu de la nudité plus ou moins audacieuse d'une déesse antique, on ne vit qu'une femme drapée dans une robe de bure, la tête entièrement encapuchonnée, l'air grave et triste. C'était l'ermite de Passy !

Des coups de sifflet fusèrent d'un peu partout. Virginia, dépitée, se retira en prononçant deux mots à haute et intelligible voix :

– Les infâmes !

Même les paroles de consolation de la pauvre Stéphanie de La Pagerie ne parvinrent pas à la retenir chez elle...

Après cette mésaventure, Virginia de Castiglione demeura plus seule que jamais. Le 10 mars 1865, elle apprit comme tout le monde la mort du duc de Morny. Joseph Poniatowki, toujours fidèle visiteur de l'« ermitage », lui raconta que le demi-frère de Napoléon III souffrait d'une maladie du pancréas, la maladie à la mode depuis que le grand scientifique Claude Bernard avait découvert l'existence de cette glande, dix ans plus tôt. On avait beaucoup jalousé Morny pour ses conquêtes féminines et plus encore pour son immense fortune, édifiée de façon peu honnête, dans le Crédit mobilier et le Grand Central regroupant plusieurs lignes de chemins de fer. Il avait fait des affaires partout, avait présidé d'innombrables conseils d'administration. Sa position privilégiée auprès de Napoléon III, qu'il n'aimait guère mais qu'il ménageait, lui permettait d'avoir connaissance avant tout le monde des grands travaux de l'État et en particulier de ceux, à Paris, du baron Haussmann. Ainsi, il avait acheté très bon marché les maisons et immeubles qui allaient être démolis et s'était ensuite fait dédommager au prix fort. Il avait profité de son ambassade à Saint-Pétersbourg pour faire passer par la valise diplomatique de nombreux bijoux qu'il avait revendus une fortune. Il était à l'origine des malheureux emprunts mexicains. À l'Angleterre, il avait revendu avec de monstrueux bénéfices ses chevaux, ses tableaux, ses œuvres d'art. Le duc de Morny avait employé sa brillante intelligence et son manque absolu de scrupules à édifier une immense richesse qu'il légua à Sophia, la petite princesse Troubetskoï épousée à Saint-Pétersbourg, et à leurs quatre enfants.

– Auguste de Morny avait des maux de ventre depuis des années, expliqua Joseph à Virginia. Et quand il trouva un matin du sang sur son oreiller, il fit venir le marquis de Montguyon, son compagnon de jeunesse, un dandy presque aussi expert que lui dans l'art de nouer sa cravate. Il voulut connaître la vérité sur son état. Montguyon lui répondit simplement : « Tu es foutu. »

– Ce n'était guère aimable, fit remarquer Virginia qui reconnaissait bien des torts à Morny, mais lui savait gré de ne pas l'avoir oubliée dans sa disgrâce.

– Il ne s'agissait pas de cynisme, mais de l'attitude du dandy qui ne se départit jamais de son flegme, même devant la mort de son meilleur ami. Ce fut d'ailleurs ainsi que l'entendit Morny. Et Montguyon se mit à son entière disposition pour prendre toutes les précautions désirées par Morny. Les copies d'ordres terribles, d'arrestations, d'exécutions ordonnés durant les sept mois où il avait été ministre de l'Intérieur à détruire. Les lettres diplomatiques à faire disparaître, ainsi que les documents financiers indiscrets et les innombrables lettres d'amour du plus galant homme de Paris... Le fidèle Montguyon s'en chargea. À sa façon,

Morny était un homme d'honneur qui ne désirait pas compromettre l'empereur ni sa famille. Place nette devait être faite avant sa mort, sans regrets ni angoisses inutiles. Il allait mourir, certes, mais il avait bien vécu...

– Comment est-il mort ?

– Le 9 mars, en grand seigneur. Il prit congé de ceux qu'il aimait, d'abord de sa femme et de ses enfants. L'empereur et l'impératrice se rendirent en toute hâte en son hôtel de Lassay, mais il ne les reconnut pas. Même si les deux frères ne s'étaient guère aimés, ils s'étaient estimés. Sans Morny, Napoléon III le savait, son troisième et ultime coup d'État n'aurait jamais réussi. Morny était un visionnaire qui avait contribué à donner au pays l'extraordinaire essor industriel qu'il avait connu. Un des premiers à comprendre la nécessité de la communication, l'importance du télégraphe, cette nouvelle invention qui abolissait la distance, à vouloir étendre à la France entière le réseau de routes et de voies ferrées, à prôner les banques d'État qui n'appartenaient plus à une famille et regroupaient l'épargne d'un pays, même celle des classes les plus humbles.

– Et comment l'empereur prit-il la nouvelle ? demanda Virginia, incapable de s'empêcher d'être touchée par ce qui pouvait atteindre Napoléon III.

– Il sembla très ému, tenant longtemps dans les siennes les mains de ce demi-frère qui avait tant souffert de sa naissance illégitime, le « prince Hortensia », comme on l'appelait...

Virginia pensa à cette petite fleur, son emblème, qu'il mettait sur ses armes, son sceau, ses calèches et portait à la boutonnière pour rappeler ses origines... L'empereur le lui avait assez reproché, n'appréciant guère la moindre allusion à la vie amoureuse de sa mère. Lui-même n'était-il pas suspecté de n'être pas le vrai fils du roi Louis ? C'était pourtant sur ce nom de Bonaparte qu'il avait construit son destin et l'Empire...

– Je me suis également hâté d'accourir à l'hôtel de Lassay et je fus bouleversé d'y voir le comte de Flahaut de La Billarderie, alors âgé de quatre-vingts ans. Sans doute, en veillant l'agonie de son fils unique, pensait-il à celle, déjà lointaine, de son père, le prince de Talleyrand... Morny et son père ont toujours été très proches. Comme vous le savez, ma chère, Flahaut, bien que vivant en Angleterre, avait épousé la cause de l'Empire par amour pour son fils. Il fit chercher l'archevêque de Paris, qui administra les derniers sacrements. Il mourut le 10 au matin.

Virginia avait apprécié chez Morny, qui s'était toujours montré fort aimable pour elle, le grand seigneur aux manière parfaites, dignes du siècle passé. Et il ressemblait tant à Louis Napoléon, qu'il lui était impossible de ne pas ressentir durement sa mort. Même s'il était chauve, Virginia l'avait toujours trouvé beau et devait reconnaître qu'il avait une silhouette bien plus élégante que l'empereur, une démarche qui en imposait, un sourire irrésistible, un regard brillant d'intelligence alors que celui de son demi-frère ne s'allumait que rarement.

Ce n'était pas seulement pour Morny, c'était aussi pour elle, en souvenir du passé, que Virginia tint à se rendre au bras de Joseph aux funérailles officielles qui eurent lieu quelques jours plus tard, à midi, en l'église de la Madeleine.

L'empereur avait bien fait les choses pour honorer son

demi-frère jusque dans la mort. En signe de deuil, la façade du Palais-Bourbon donnant sur la Seine avait été tendue de voiles noirs marqués aux armes du duc de Morny. À l'intérieur du portique transformé en chapelle trônaient le catafalque et le cercueil, veillés par des candélabres et des petites lampes mortuaires. À onze heures trente, une salve de quinze coups de canon avertit badauds et invités que le cortège funéraire allait s'ébranler.

Entre deux doubles rangées de soldats, le cercueil traversa le pont de la Concorde, puis la grande place veillée par l'obélisque égyptien avant de remonter la rue Royale vers la Madeleine. Trois carrosses réservés au clergé ouvraient la marche, précédant le char funèbre attelé de six chevaux. Virginia aperçut sur le cercueil de Morny sa robe de président du Parlement, son épée ainsi que ses décorations. Parmi les ministres tenant les cordons du poêle, il y en avait au moins deux qui avaient détesté le duc de Morny, Rouher et Persigny. Derrière le cercueil marchaient, suivant le protocole fort strict, les représentants de l'empereur et de l'impératrice, les membres du Conseil secret et du Conseil d'État, les maréchaux et amiraux, les sénateurs et députés, puis les préfets, les membres les plus prestigieux de la Magistrature et de l'Université.

La façade de l'église de la Madeleine était elle aussi drapée de noir. La famille impériale et les invités se trouvaient déjà à l'intérieur, tandis que les autres membres de la famille, le curé et ses vicaires attendaient dehors l'arrivée du cortège. L'archevêque de Paris officia.

Après la messe, le cortège se dirigea vers le cimetière du Père-Lachaise, traversant ces boulevards dont les cafés, les théâtres, les banques, les salons et les cercles avaient vu si souvent l'élégant « prince Hortensia », et où des milliers de spectateurs regardaient passer celui qui avait tant aimé leur atmosphère. Le vice-président de la Chambre, Schneider, évoqua le disparu.

– Appui courageux et dévoué du pouvoir dans les temps difficiles, dit-il, le duc de Morny savait que le progrès est une loi qui régit le monde. Il s'est toujours fait le conseiller des idées libérales, des réformes intelligentes et de toutes les améliorations qui affermissent le moral et développent le bien-être d'un peuple.

Il taisait évidemment les innombrables procès dont Morny s'était toujours à peu près tiré, s'arrangeant pour faire retomber les responsabilités sur ses malheureux associés, comme ce fut le cas, notamment, du journaliste Véron lors de l'opération plus que douteuse pour racheter son journal *Le Constitutionnel.* Enfin, tout cela était du passé...

Virginia fut émue par cette allocution, mais elle jugea outrancier l'affreux chagrin exhibé par la duchesse de Morny. Alors qu'elle avait continué de donner des bals tapageurs au plus fort de la maladie de son époux, elle coupa en sanglotant ses nattes devant la fosse et les jeta sur le cercueil[1].

---

1. La duchesse de Morny continua aussi à faire mettre le couvert de l'absent et à lui parler lors des repas comme s'il avait été là, jusqu'au moment où elle tomba malencontrueusement sur un paquet de lettres oubliées par Montguyon, qui l'avertirent des diverses liaisons de son mari durant son mariage. Dès lors, elle cessa d'en porter le deuil et épousa deux ans plus tard un grand d'Espagne, le duc de Sesto.

– L'empereur perd plus qu'un demi-frère souvent jalousé, murmura Virginia à son cher Beppino. Il perd son meilleur conseiller, son garde-fou...

Même si Virginia n'était plus que spectatrice des événements politiques survenant en France ou en Italie, ils la passionnaient toujours. C'était l'un de ses ultimes centres d'intérêt, avec sa correspondance.

Elle s'exaspéra de l'« affaire des duchés », toujours pas réglée. Dès le 11 juin 1866, l'Autriche prenait fait et cause contre la Prusse en ce qui concernait le sort de ces duchés et, avec elle, la plupart des États allemands s'opposaient également à Berlin. Alors que toute l'Europe germanique s'enflammait, Napoléon, par manque de troupes – les siennes étant toujours au Mexique –, était bien obligé de rester neutre.

Le 14 juin, la guerre éclata entre la Prusse et l'Italie d'une part, l'Autriche et les États allemands du Centre et du Sud d'autre part.

Les deux cent quatre-vingt mille hommes de François-Joseph, commandés par le général de Benedek, se portèrent à la rencontre des deux cent cinquante mille Prussiens se dirigeant vers la Bohême.

Les Italiens, ignorant que Napoléon III avait promis sa neutralité à l'Autriche, par manque de moyens et parce qu'il espérait toujours la Vénétie, déclarèrent la guerre à l'Autriche, l'ennemi héréditaire. Sans l'aide de la France, ils furent écrasés et ce fut, le 24 juin 1866, la défaite italienne de Custozza. Virginia fut effondrée. En un seul jour s'était défait tout ce qu'elle avait si difficilement contribué à créer.

Aussi se félicita-t-elle de la défaite autrichienne de Sadowa le 3 juillet, en Bohême, où l'armée de François-Joseph fut écrasée par celle de Guillaume et Moltke. Suivit une affreuse débandade jusqu'au bord de l'Elbe...

Napoléon III, affolé par un désastre qui risquait de bouleverser la carte de l'Europe, envoya aussitôt une dépêche au roi Guillaume en proposant son arbitrage, dont le prix serait la Vénétie, qu'il destinait à Victor-Emmanuel. Or celui-ci, comme François de Castiglione l'écrivit à sa femme, fut vexé de figurer, encore et toujours, en parent pauvre. Pourquoi ne pas la lui donner directement au lieu de la céder à la France qui la lui restituerait ? C'était oublier un peu vite sa défaite à Custozza...

Les prétentions de son royal amant irritèrent Virginia. On voyait bien qu'il n'y avait plus Cavour pour le conseiller, lui recommander la prudence. L'important n'était-il pas d'obtenir la Vénétie pour accroître sensiblement ce royaume italien qui n'en était encore qu'à ses balbutiements ? Ces hommes étaient stupides, avec leurs éternelles questions d'amour-propre, leur légèreté. Si Napoléon III n'était pas allé bêtement s'enliser dans ce bourbier mexicain qui n'apporterait jamais rien de bon, l'armée lui aurait permis de jouer son rôle de véritable arbitre de l'Europe ! Lui aussi se montrait par trop borné... Morny n'était plus là pour l'éclairer de ses avis, intéressés, certes, mais toujours judicieux...

Le 26 juillet, l'Autriche accepta enfin les préliminaires de la paix de Nikolsburg, une paix qui ne favorisait que la

Prusse. C'était elle seule qui réorganisait l'Allemagne, sans l'avis de l'Autriche, encore moins celui de la France ou de l'Italie... Thiers clama très haut que « la France n'avait pas connu de plus grand malheur depuis quatre cents ans » et Virginia pensait qu'il n'avait sans doute pas tort.

Amaigri, malade, souffrant plus que jamais de la prostate, l'empereur partit en cure à Vichy. Ce fut sur ces entrefaites que l'impératrice Charlotte, la femme de Maximilien d'Autriche, – Carlotta – s'annonça à Paris, où elle arriva le 8 août. Rien n'avait été prévu pour la recevoir, ou plutôt, la délégation qui aurait dû l'accueillir gare Montparnasse s'était trompée et l'attendait gare d'Orléans[1]. Aucun appartement n'avait été réservé pour la cour mexicaine. Charlotte et sa suite s'entassèrent vaille que vaille au Grand-Hôtel.

Virginia la plaignait sincèrement. Après avoir connu tous les honneurs, l'impératrice du Mexique expérimentait l'ingratitude des grands. Virginia l'imagina, exténuée, découragée, à bout de tout. Sans doute Charlotte eut-elle du mal à croire Eugénie lorsque celle-ci vint la trouver en son hôtel pour lui expliquer la maladie de l'empereur et la raison de son absence de Paris. Sur ses instances, il abrégea pourtant sa cure et se rendit à Saint-Cloud, où il la reçut avec embarras et mauvaise humeur.

Charlotte venait en suppliante. Sans l'aide française, c'en était fini de son joli rêve, de son empire mexicain. Surtout,

1. La future gare d'Austerlitz.

c'en était fini de la vie de son époux, qui refusait de quitter sa capitale de Mexico. Il fallait absolument convaincre l'empereur de les aider, le persuader de trouver des subsides et d'envoyer de nouvelles troupes pour reprendre les combats contre les partisans de Juarez qui ne cessaient de gagner du terrain. Elle évoquait une cause, Napoléon III étalait ses comptes, oubliant un peu vite la part qu'avait prise Morny dans la banqueroute mexicaine. Virginia était payée pour savoir combien il pouvait se montrer injuste...

– Que l'empereur peut-il faire d'autre ? répondit Joseph Poniatowski, tentant de lui rendre justice. Il ne devinait que trop le tollé général qu'aurait soulevé au Corps législatif, maintenant que Morny n'est plus là pour le soutenir, une nouvelle demande de crédits pour l'armée du Mexique, cette armée que l'on rend à juste titre indirectement responsable du désastre de Sadowa...

C'était vrai, mais c'était navrant. Virginia n'était pas très fière du désistement plutôt piteux de son ancien amant. Comme d'habitude, l'empereur s'était engagé à la légère dans une aventure insensée, et il se tirait d'affaire comme il le pouvait en abandonnant derrière lui ceux qui lui avaient fait confiance. Le sort de Charlotte lui rappelait le sien. Toutes deux avaient cru en Napoléon III, toutes deux avaient été déçues et trahies. Mais Charlotte, elle, était impératrice, même s'il ne s'agissait que d'un royaume irréel...

Tout Paris était à la fête pour l'ouverture de l'Exposition universelle, en ce délicieux 1$^{er}$ avril 1867. Si celle de 1865 avait compté vingt-quatre mille exposants, deux ans plus tard, il y en avait quarante-deux mille. Les immenses travaux d'Haussmann, presque achevés, laissaient de grandes avenues se coupant à angles droits avec, partout, de larges places, des arbres, des squares et des jardins. Les abords des gares, enfin dégagés, permettaient un afflux d'arrivants comme on n'en avait jamais vu. Virginia avait cru que rien ne serait jamais terminé. Pourtant, le miracle eut lieu. Planté en plein milieu du Champ-de-Mars, le bâtiment central trônait de toute sa majesté. Virginia le trouva lourd et vulgaire, posé parmi les arbres et les fleurs tel un gigantesque colimaçon. Long parfois de près de cinq cents mètres et large de trois cent soixante-dix mètres dans son plus grand côté, il couvrait près de cent cinquante mille mètre carrés, dont près de soixante-quatre mille réservés à la France.

Virginia et ses amis Delessert parcoururent, abasourdis, cette infinité de pavillons de toutes formes et de toutes couleurs. Il y avait des kiosques, des tours, des minarets, des coupoles, des dômes boursouflés, coiffés de drapeaux claquant au vent, illuminés par une kyrielle de lampions. Une foire extraordinaire où tous les pays étaient représentés, où l'on buvait toutes sortes de boissons en consommant les nourritures les plus étranges, où l'on entendait parler toutes les langues. Il y avait des isbas russes et des temples hindous, un village inca reconstitué et la présentation par Krupp du plus gros canon du monde, qui ne pesait pas moins de cinquante tonnes ! Une centaine d'orchestres jouaient partout les célèbres valses du second Empire.

C'était la vitrine du règne de Napoléon III, un hymne à l'essor industriel, au libre-échangisme, à la communication, aux nouvelles technologies permises par cette invention extraordinaire qu'était le crédit ! La preuve matérielle des réussites françaises.

Les journalistes et gazetiers n'en finissaient plus de raconter les détails les plus surprenants sur les rois venus des quatre coins du monde. Virginia lut avec stupéfaction dans *La Chronique de Paris* ce que rapportait Gaston de Chaumy du sultan Adb-el-Azis, commandeur des Croyants installé avec ses enfants et sa suite au palais de l'Élysée :

*Pendant leur séjour, chaque matin, il fallait livrer aux cuisiniers de Sa Hautesse deux moutons vivants afin qu'ils fussent tués et dépecés suivant les saintes lois du prophète. On ne pouvait compter les douzaines de volailles. Enfin, ces fidèles musulmans ont bu à peu près pour mille francs de vin par jour. Quant au sultan, il ne fume pas, ne boit pas de vin, mais ce n'est pas par piété. Sa Hautesse possède malheureusement un mauvais estomac qui ne peut supporter le vin. L'empereur de Russie aimait à se promener seul par la ville. Le sultan, au contraire, demeurait sombre et taciturne au fond de sa chambre de l'Élysée. Il n'en a visité le magnifique jardin qui l'entoure que le jour de son départ, pendant quelques instants.*

*La chasse aux décorations n'a pas été un des épisodes les moins divertissants de cette visite royale : Fuad Pacha a été littéralement assiégé de visites et de demandes éhontées. Tenez, voici quelque chose d'aussi écœurant qu'authentique : plusieurs personnages qu'on pourrait nommer ont offert douze, quinze et vingt mille francs contre le diplôme de chevalier ou « Medjidié ».*

Le petit groupe d'amis rirent ensemble en lisant cet autre commentaire du même Chaumy, concernant le vice-roi d'Égypte, cette fois :

*Ainsi que tout le monde le sait, Ismaïl Pacha est un vrai Parisien ; demandez-le au tailleur auquel il a commandé quatorze douzaines de pantalons, huit douzaines de gilets et autant de redingotes.*

*Le lendemain de son arrivée, il sortait en voiture du pavillon de Marsan en compagnie du général Pajol. Tout d'un coup, il enlève brusquement son fez et tire de dessous son paletot un chapeau à ressort plat comme une galette, et qu'un coup de poing fit aussitôt bondir, et ainsi transformé, il dit au général, étonné : « Allons, du diable si vos badauds de Parisiens me reconnaissent maintenant ! »*

Et Virginia de chercher partout un chapeau ressemblant à la description du journaliste pour percer l'incognito du vice-roi !

Outre ces exotiques souverains, il y avait encore le tsar, le roi de Prusse, le roi de Grèce, le roi des Belges, Léopold II, le roi de Wurtemberg et le jeune roi de Bavière, le roi d'Espagne, ceux du Portugal, de Suède, la reine de Hollande, l'empereur d'Autriche...

Dès le 12 avril, la dernière création d'Offenbach, son opéra-bouffe *La Grande-Duchesse de Gérolstein*, avec bien sûr Hortense Schneider dans le rôle principal, fut présentée au public. On vit dans les loges des Variétés le prince et la princesse de Metternich, tous deux mélomanes et musiciens accomplis, les Rothschild, Laffitte, le Jockey Club au grand complet, Thiers et M^me^ de Galliffet, la duchesse de Manchester et le prince de Galles qui, bien que marié et père de trois enfants, fréquentait les mauvais lieux parisiens sans beaucoup se cacher. Virginia y courut, mais l'empereur n'y vint que le 24 avril, en compagnie de l'impératrice. Par bonheur, l'ère des crinolines et des immenses capotes était terminée. Les jupes plates et les robes péplums à grandes basques laissaient plus de place. Du côté des élégants, il fallait porter des favoris à l'autrichienne, des cheveux frisés, un monocle carré, un col dégagé à outrance et des revers Sadowa plaqués à la naissance des épaules. De l'avis général, la représentation fut un succès. Virginia s'amusa à la lecture de l'article si vrai de Boutet de Monvel :

*Le premier acte en entier réussit à miracle. Couder, en général Boum, fait pouffer de rire le Jockey Club ; Grenier se voit bissé dans le rôle du prince Paul ; M^elle^ Schneider est sans rivale par la vivacité, la malice du regard, les enchantements de la voix. Enfin, ce début est si pétillant de drôleries cocasses et de mélodies charmantes, il y a tant de bruit, de mouvement, une telle gaîté, tourbillonnante et folle, tous les personnages, généraux, diplomates et filles d'honneur, semblent si bien piqués de la tarentule que le rideau tombe, laissant le public comme grisé de poésie bouffonne.*

Ce fut une apothéose, des jours de folle gaîté. La réussite, pour Napoléon III, de tout ce qu'il avait entrepris. Même Virginia en oublia son habituelle mélancolie. Paris était en fête, elle venait d'avoir trente ans, elle se sentait encore jeune et toujours ravissante.

Mais cette atmosphère de liesse fut pour elle de courte durée. Par une lettre de son père, revenu de sa lointaine Russie, Virginia apprit le malheur qui la frappait. Le 30 mai 1867, toute la ville de Turin était pavoisée pour fêter le mariage de son prince, Amédée, duc d'Aoste, avec la princesse Maria del Pozzo della Cisterna. L'escorte se forma dans la cour du palais royal. Les grilles s'ouvrirent sur le carrosse des fiancés. François de Castiglione, que Virginia imaginait très élégant dans son uniforme rouge de chevalier de Malte, caracolait à la portière de la voiture. Soudain, alors qu'on arrivait à Stupinigi, on le vit chanceler sur sa selle, tomber en arrière, glisser à bas de son cheval juste sous les roues du carrosse dont le cocher ne parvint pas à l'éviter. La foule hurla. Le prince Humbert et son frère Amédée se précipitèrent, la princesse Maria s'évanouit. On parvint avec difficulté à le dégager. La poitrine défoncée par une des roues, il ne respirait plus. Peut-être était-il déjà mort avant sa chute, victime d'une congestion cérébrale ?

Le marquis écrivait à sa fille :

*Quel affreux malheur, si subit et foudroyant ! Pauvre François ! Il pouvait être une impossibilité pour vous, comme vous pour lui, mais il était bon, honnête et moi je l'aimais sincè-*

*rement. Quels qu'aient été vos sentiments, que j'ai toujours regrettés, en face d'une tombe et d'un enfant sans père, tout le passé doit disparaître. Ou je me suis trompé sur vous toute ma vie, ou je suis sûr que lui disparu, vous regrettez notre pauvre François et que vous vous dévouerez à notre cher Georges.*

Virginia était atterrée. Elle n'avait jamais détesté François. Il n'avait eu qu'un seul tort, celui de trop l'aimer. Depuis qu'ils étaient séparés, ils s'écrivaient souvent et avec affection. François lui envoyait ponctuellement des nouvelles de leur fils. Sa situation financière s'était un peu rétablie, il était devenu moins amer et semblait avoir pris son parti de leur éloignement.

Ce fut l'impératrice, et non l'empereur, que Virginia informa de la mort de son mari. Sa lettre partit le lendemain d'un autre attentat manqué contre les souverains. C'était cette fois un Polonais du nom de Berezovwski qui avait tiré à Longchamp sur le tsar et l'empereur.

*Votre Majesté aura déjà connaissance de la triste mort du comte de Castiglione. J'espère que vous me pardonnerez, Madame, de n'avoir pas encore eu le courage de vous l'annoncer. Je prie l'Impératrice de bien vouloir faire part à l'Empereur du malheur qui frappe un enfant de dix ans resté sans père un jour de noces royales. Je compte aller bientôt rejoindre mon fils à l'avenir duquel un devoir sacré m'impose de veiller. J'attends les ordres du Roi pour aller mettre Georges sous sa royale protection. Si les brillantes occupations du moment permettent à l'Impératrice d'accorder quelques instants au malheur, sous la forme d'une mère désolée et abandonnée, je serais très touchée d'être admise à lui faire mes adieux.*

La marquise Oldoïni se chargea d'apprendre la triste nouvelle à Georges. Il manifesta un violent désespoir et une inquiétude quant à son avenir qui bouleversa sa grand-mère. À Paris, Virginia, qui n'était pas parvenue à voir l'impératrice, s'occupait de son départ.

Ce fut évidemment avec un retard considérable que les nouvelles du Mexique parvinrent à Paris. L'empereur Maximilien était mort, fusillé à Queretaro où il s'était réfugié. À la Cour, tout le monde en fut stupéfait et peiné. Maximilien était un homme sympathique, utopiste sans doute, mais tout valait mieux que le cynisme. Quant à sa femme, l'impératrice Charlotte, qui avait continué avec désespoir à frapper en vain à toutes les portes, même à celle du Vatican, pour obtenir quelque aide, sa raison vacillait tant qu'on n'osa lui apprendre la triste nouvelle.

Virginia en fut bouleversée. Ainsi, elle était donc veuve comme elle, cette malheureuse Charlotte qui semblait si peu faite pour l'adversité !

Le 19 juin, vers trois heures du matin, l'empereur du Mexique avait fait sa toilette avec un soin minutieux, s'était vêtu de noir, à l'exception d'un chapeau de feutre blanc. À cinq heures, le père Soria, qui avait déjà reçu sa confession et lui avait administré les sacrements, vint dire la messe dans sa chambre. Après, on le laissa s'entretenir avec son médecin, le docteur Basch, à qui il remit diverses lettres pour ses amis.

Miramon et ses généraux furent traités pareillement.

À six heures, on servit aux trois condamnés un bon déjeuner, poulet, pain, vin et café. Ensuite, Maximilien reçut ses avocats et les remercia d'avoir tenté de le défendre. Alors un officier lui annonça que l'exécution était avancée, l'empereur était prêt. Il descendit l'escalier sans vaciller. Arrivé à la porte extérieure, il s'emplit les poumons d'air frais en disant : « Quel temps magnifique ! J'ai toujours désiré mourir un pareil jour. » Il monta dans un fiacre avec le père Soria, Miramon et Mejia suivant dans des voitures séparées, chacun avec son confesseur. On se dirigea vers la place du Cerrode de Las Campanas où devaient avoir lieu les exécutions. Maximilien, très calme, salua en souriant la foule qui lui rendit un silencieux hommage, les hommes se découvrant à son passage, les femmes pleurant. Les fiacres s'arrêtèrent, Maximilien sauta à terre, aidé par son domestique hongrois, Tudos, le seul qui avait osé l'accompagner. Le père Soria était si ému qu'il défaillit presque et l'empereur dut lui faire respirer des sels.

Au milieu du carré laissé vide par les troupes, il y avait un mur. C'était la place réservée à l'empereur et aux deux généraux devant le suivre dans la mort. L'officier commandant le peloton, suivi de sept de ses hommes, s'avança. L'officier lui demanda de lui pardonner la pénible mission dont il était chargé et qu'il n'avait pas souhaitée. L'empereur lui accorda son pardon, lui serra la main, ainsi qu'aux sept soldats, en leur remettant à chacun une pièce d'or à son effigie et en leur recommandant de viser au cœur. Maximilien embrassa Miramon et Mejia, ôta son feutre blanc, essuya la sueur de son front et remit le mouchoir à Tudos pour qu'il fût donné à sa mère, l'archiduchesse Sophie, puis il s'adressa à la troupe d'une voix claire :

– Mexicains, les hommes de mon rang et de mon origine sont envoyés par Dieu pour faire le bonheur des peuples ou pour être victimes. Je suis venu animé des meilleures intentions pour l'avenir de ma patrie adoptive et pour celui des amis fidèles que je remercie avant de mourir des sacrifices faits à ma cause. Mexicains, puisse mon sang être le dernier versé pour la patrie : Vive l'Indépendance ! Vive le Mexique !

Le peloton se plaça à un mètre des condamnés et cinq coups de feu furent tirés à la fois. Les trois hommes tombèrent. L'empereur bougeait encore et l'officier commanda à un soldat de tirer le coup de grâce. C'était fini [1].

À Paris, journaux et gazettes s'emparèrent du triste événement pour critiquer ouvertement l'imprévoyance de la politique impériale. Ils n'avaient pas tout à fait tort. Joseph Poniatowski raconta à Virginia qu'au palais, Hyrvoix, le chef de la police secrète, fit à l'empereur son rapport quotidien.

– Que dit le peuple ? demanda ce dernier.

– Ce n'est pas le peuple seulement, mais la nation entière

1. On doit le récit des derniers instants de l'empereur du Mexique au général mexicain Escobedo, qui avait assisté à l'exécution et la conta à un voyageur français, le baron Gostkowski.

qui est profondément indignée et écœurée par les résultats de cette malheureuse guerre. On les commente partout et dans le même esprit. On dit que c'est la faute de...

– La faute de qui ?

– Sire, du temps de Louis XVI on disait : « C'est la faute de l'Autrichienne... »

– Continuez.

– Sous Napoléon III, on dit : « C'est la faute de l'Espagnole. »

Une porte s'ouvrit violemment et l'impératrice, en robe de chambre blanche, ses cheveux épars, les yeux lançant des éclairs, bondit comme une furie vers Hyrvoix en hurlant :

– Répétez, s'il vous plaît, ce que vous venez de dire, monsieur Hyrvoix !

Et celui-ci, furieux à son tour, de répondre :

– Certainement, Madame, puisque je suis ici pour clamer la vérité ! Et donc, Votre Majesté me pardonnera. Je disais à l'empereur que les Parisiens parlent aujourd'hui de l'Espagnole comme ils parlaient, il y a soixante-quinze ou quatre-vingts ans, de l'Autrichienne.

– L'Espagnole, l'Espagnole ! Je suis devenue française, mais je montrerai à mes ennemis que je puis être espagnole à l'occasion !

Puis, pâle de colère, elle claqua la porte derrière elle. Eugénie avait crié si fort que bon nombre de ses dames d'honneur l'avaient entendue. C'était l'une de ces colères incontrôlés, dévastatrices, dont l'impératrice était coutumière [1]...

1. Cette scène fut contée par Hyrvoix lui-même dans son livre *Un Anglais à Paris*.

Et Joseph, qui ne l'aimait pas beaucoup, se plut à narrer la scène à Virginia, qui l'aimait encore moins, même si elle avait sollicité d'elle une entrevue qu'elle n'avait d'ailleurs pas obtenue.

# 7

À la fin du mois d'août, Virginia partit pour l'Italie. Cette fois, la traversée de la France put se faire entièrement en train, ce qui était plus rapide et moins pénible. Elle avait choisi de s'installer à Florence plutôt qu'à Turin, où elle avait trop de souvenirs douloureux à fuir et plus de palais, puisqu'il appartenait désormais à Joseph Poniatowski. Elle avait auparavant écrit au roi Victor-Emmanuel II pour lui annoncer sa venue et le prier de mettre à sa disposition la villa royale d'Armalena, sinon elle irait se réfugier avec son fils en Turquie ! Pourquoi la Turquie ? Dans son esprit, cela faisait mélodramatique à souhait... Le roi, qui connaissait bien les outrances de la comtesse de Castiglione, répondit sans s'émouvoir que la villa d'Armalena serait un peu trop ostentatoire, mais qu'il lui louait un appartement de douze pièces place Pitti, ce qui était généreux de la part d'un homme qui passait pour fort pingre. Virginia ne se tint pas pour battue et posa franchement ses conditions dans la lettre suivante :

*Sire, les amis se retrouvent toujours, hélas ! dans de tristes circonstances. Je viens vous dire que je suis toute disposée à accepter la protection du Roi et à profiter du bienveillant appui que Sa Majesté daigne apporter à mon fils, mais faisons nos conditions, Sire, car sans cela rien n'est possible entre nous.*

Il lui était plus facile de faire appel à la générosité royale en tant que veuve d'un officier mort en service qu'en tant que simple maîtresse. Se retrancher derrière son fils pour manifester ses exigences rendait la pilule plus aisée à avaler pour le roi…

Virginia s'installa donc dans le vaste appartement loué par le roi, mais en voulut davantage. Elle fit si bien qu'elle obtint enfin une pension annuelle de 12 000 francs. Ce n'était pas beaucoup en comparaison des sommes folles qu'elle avait dépensées autrefois à Paris, mais c'était suffisant pour vivre, dès lors que son loyer demeurait payé par le roi.

Bien vite, Virginia s'ennuya à Florence, une petite ville délicieuse mais trop calme à son gré. Elle aurait souhaité, en Italie comme autrefois en France, avoir quelque influence politique sur le roi. Or, Victor-Emmanuel, s'il nourrissait une affection certaine pour sa Nicchia et continuait à la mettre assez régulièrement dans son lit, n'avait jamais permis à aucune femme de s'immiscer dans les affaires de l'État. Certes, elle l'avait bien servi à Paris en incitant l'empereur à s'intéresser à nouveau à l'Italie. Son influence avait aidé à l'élaboration de l'unité italienne, mais à présent, pour lui, le rôle politique de Virginia était terminé…

Florence restait la ville de son enfance, plus mélancolique

depuis que son grand-père avait disparu et que son palais avait été vendu. Elle déambulait toujours avec plaisir dans la vieille ville, autour de San Marco, ou se grisait de paix et de beauté en arpentant la Galleria dell'Accademia. Ou bien elle essayait de se perdre dans les venelles entourant la piazza del Duomo où tout, l'ancienne prison du Bargello comme la maison de Dante, le baptistère comme la Loggia del Bigallo où l'on exposait autrefois les enfants perdus, évoquait une splendeur révolue. Florence était toujours la belle chère aux poètes et aux peintres. Virginia ne s'était jamais lassée du tombeau de Michel-Ange ou de l'élégance du Ponte Vecchio où se tassent les échoppes reflétées au couchant par les eaux jaunes du fleuve, mais cette beauté lui sembla pétrifiée, hors du temps, hors du monde. À Florence, elle se sentit loin de la vraie vie.

Bien sûr, elle fit de fréquentes escapades à Turin comme à La Spezia durant toute cette année 1868. Elle avait retrouvé son fils et sa famille, des amis d'autrefois et l'affection du roi, mais, pour elle, c'était trop peu. Elle s'ennuyait de Paris, des fièvres et du tourbillon de la capitale auxquels elle n'avait pourtant plus beaucoup participé. Elle apprit au mois de juin un minuscule événement qui la peina. Néro, le chien de l'empereur, était mort de vieillesse et toute la Cour s'était désolée bruyamment... On fit même exécuter une sculpture du prince impérial avec le chien de l'empereur...

Dès le début de l'année 1869, Virginia se réinstalla avec son fils dans son « ermitage » de Passy. Georges retrouva sa chambre d'enfant, sa pension, et elle ses amis Delessert. Même s'ils étaient moins perceptibles que les grands travaux d'Haussmann, des changements considérables s'étaient produits dans la société française.

– Vous savez, lui dit son amie qui n'ignorait pas combien la politique française continuait à passionner Virginia, Napoléon III commence à prêter l'oreille aux républicains du Corps législatif et plus particulièrement à Émile Ollivier, cet avocat et député qui a fondé le Tiers Parti il y a six ans et dont l'influence libérale se fait sentir en dépit de la violente opposition de l'impératrice et du ministre d'État Eugène Rouher. À présent, les députés peuvent interpeller le gouvernement et lui demander des comptes, la presse est plus libre et le droit de réunion reconnu.

Et, pour lui prouver ses dires, elle lui tendit un article découpé spécialement à son intention. Henri Rochefort ne craignait pas d'écrire dans *La Lanterne*, le nouveau journal de l'opposition qui avait vu le jour au mois de mai 1868 :

*La France compte, a dit l'Almanach impérial, trente-six millions de sujets, sans compter les sujets de mécontentement.*

– Le mot a fait fureur, ajouta-t-elle, et vole de salon en salon.

– Mais alors, dit Virginia, épouvantée par tous ces changements, l'autorité impériale est à présent ouvertement bafouée...

Virginia retrouva ses habitudes mondaines. Elle se rendait souvent dans les salons de Plonplon, le cousin de l'empereur, qui l'invitait volontiers pour distraire sa très jeune femme qui recherchait la compagnie de ses compatriotes. Virginia n'était pas mécontente d'y entendre violemment critiquer l'impératrice. Plonplon, d'un naturel jaloux, aimait à rassembler autour de lui tout ce qui était hostile à la politique impériale, et il était moins dangereux de critiquer Eugénie que Louis Napoléon. On reprochait surtout à l'impératrice son influence dans la tragédie mexicaine...

S'il était drôle de se montrer un peu frondeuse chez Plonplon, Virginia voyait pourtant avec crainte se lézarder la belle façade impériale. C'était tout un art de vivre qu'elle avait follement aimé et admiré qui risquait de disparaître. Le résultat des élections du 24 mai 1869 l'effraya. L'opposition avait encore gagné du terrain. Léon Gambetta, l'auteur du très subversif Programme radical de Belleville, fut élu contre Carnot. Sur les deux cent quatre-vingt-douze députés du Corps législatif, il fallait désormais compter avec les soixante-quatorze opposants républicains et les quatre-vingts bonapartistes acharnés qu'on surnommait par dérision les mamelouks. Autant dire que Napoléon III devrait désormais gouverner avec le Tiers Parti...

Ce furent à nouveau avec Joseph Poniatowski, toujours admirablement renseigné et toujours à ses pieds, d'interminables discussions sur l'avenir de l'Empire.

– L'empereur cède trop de terrain au Tiers Parti, s'épouvanta Virginia. C'est une politique dangereuse qui fragilise le régime.

– Il n'a pas le choix et doit accepter des réformes libérales, rétorqua Joseph.

– Mais jusqu'où iront-elles ?

– On dit que le Corps législatif va devenir une Chambre autonome élisant son président et son bureau, ayant l'initiative des lois, pouvant interpeller les ministres et voter le budget par chapitre.

– Ce sera donc un pouvoir dans l'État. Même du temps de Morny, le Corps législatif ne pouvait contrer l'empereur... Et croyez-vous que Napoléon III ira jusqu'à charger Émile Ollivier de constituer le nouveau gouvernement ?

– Non, tout de même pas.

Cet été 1869 la trouva à nouveau à Dieppe, un séjour que Georges, qui avait fêté ses quatorze ans, appréciait. Il y était plus indépendant, montait à cheval, se baignait, fréquentait des compagnons de son âge qu'il voyait plus librement qu'à sa pension de Neuilly. L'un des amis que Virginia avait connus dans l'entourage du duc d'Aumale, le journaliste Louis Estancelin, séjournait aussi à Dieppe et s'institua son chevalier servant. Ensemble, ils firent des promenades sur les falaises, découvrirent les « valleuses » normandes, ces failles profondes insinuées entre les falaises comme autant de coulées vertes, le charme des masures paysannes recouvertes de chaume et les petites églises de silex aux toits pentus. Surtout, à perdre haleine, ils discoururent ensemble de politique. Louis s'étonnait de la justesse des analyses de Virginia qui ne croyait plus en l'avenir de l'Empire. Le moment de grâce était passé. Elle aurait bien vu un prince d'Orléans revenir au pouvoir si seulement l'un d'eux l'osait...

Un soir que Louis se fit plus pressant, Virginia l'autorisa à revenir la voir après dîner, lorsque Georges fut couché. Elle envoya son fils lui remettre la clef d'une porte ouvrant sur l'arrière de la maison. Souvent, elle le chargeait de faire le messager entre elle et ses amants, sans s'aviser que ce n'était pas du meilleur goût. Louis crut tous ses vœux exaucés. Pour se moquer un peu et se faire admirer beaucoup, Virginia le reçut couchée sur son lit, entièrement nue, mais parée de tant de bijoux qu'elle était impossible à approcher. Odalisque lointaine, offerte mais inaccessible. Il s'amusa de la situation et se reput du spectacle sans oser des caresses que les bijoux interdisaient. Tandis qu'elle lui souriait, il sut se défendre du ridicule en lui murmurant les vers de Baudelaire, mort deux ans plus tôt :

*La très chère était nue, et, connaissant mon cœur,*
*Elle n'avait gardé que ses bijoux sonores,*
*Dont le riche attirail lui donnait l'air vainqueur*
*Qu'ont dans leurs jours heureux les esclaves des Mores.*

*Quand il jette en dansant son bruit vif et moqueur,*
*Ce monde rayonnant de métal et de pierre*
*Me ravit en extase, et j'aime à la fureur*
*Les choses où le son se mêle à la lumière.*

Seules les bougies allumées des candélabres éclairaient la pièce, parant de reflets doux la peau de Virginia. Comprenant qu'il respectait le jeu et ne pousserait pas plus avant ses caresses, elle se montra, se dévoila, touchée de l'admiration qu'elle suscitait, chuchotant la suite du merveilleux poème :

*Elle était donc couchée et se laissait aimer,*
*Et du haut du divan elle souriait d'aise*
*À mon amour profond et doux comme la mer,*
*Qui vers elle montait comme vers sa falaise.*

*Les yeux fixés sur moi, comme un tigre dompté,*
*D'un air vague et rêveur elle essayait des poses,*
*Et la candeur unie à la lubricité*
*Donnait un charme neuf à ses métamorphoses ;*

En contrebas, la mer déroulait ses vagues et se frottait aux galets sur un rythme immuable, tandis qu'une branche de pin frappait doucement au carreau, comme une invite. Louis avait le sentiment de goûter un moment rare, plus érotique qu'une étreinte, et il savourait le spectacle, patient et fasciné.

*Et son bras et sa jambe, et sa cuisse et ses reins,*
*Polis comme de l'huile, onduleux comme un cygne,*
*Passaient devant mes yeux clairvoyants et sereins ;*
*Et son ventre et ses seins, ces grappes de ma vigne,*

*S'avançaient, plus câlins que les Anges du mal,*
*Pour troubler le repos où mon âme était mise,*
*Et pour la déranger du rocher de cristal*
*Où, calme et solitaire, elle s'était assise.*

L'âme de Louis Estancelin n'était certes pas au repos, pas davantage que ses sens, et Virginia s'amusait de son émoi.

*Je croyais voir unis par un nouveau dessin*
*Les hanches de l'Antiope au buste d'un imberbe,*
*Tant sa taille faisait ressortir son bassin.*
*Sur ce teint fauve et brun, le fard était superbe !*

*Et la lampe s'étant résignée à mourir,*
*Comme le foyer seul illuminait la chambre,*
*Chaque fois qu'il poussait un flamboyant soupir,*
*Il inondait de sang cette peau couleur d'ambre !*

Soudain, elle souffla les bougies, les plongeant dans une semi-obscurité. Seule la lune veillait encore. À chaque léger mouvement de Virginia, un bracelet, un collier, un pendentif, une boucle d'oreille, une bague sortait brièvement de l'ombre et caressait d'un peu de lumière le corps offert et défendu.

Bien après que Louis fut devenu son amant, ils évoquèrent avec délices ces bijoux, cet amoncellement de bracelets, brillante carapace interdisant l'étreinte. Cela devint pour eux comme un code, un langage amoureux.

Il lui écrivait :

*Sais-tu bien chérie, que tu es fraîche comme une vierge de quinze ans, et douce à croquer comme une pêche de septembre. Souvent, j'ai ce spectacle sous les yeux, et alors, j'ai ton bras sans bracelet, je me fais illusion en pensant à toi. Mais cela ne vaut pas ta main si douce, et ton bras de velours.*

L'adoration de ce nouvel amant fit revivre Virginia, mais elle l'oublia aussi vite qu'elle lui avait cédé.

Rentrée à Passy, elle rencontra dans la petite société d'intellectuels de ses amis Delessert l'historien Imbert de Saint-Amand, auteur d'ouvrages concernant le règne de Napoléon III et les hôtes des Tuileries. Toujours en quête désespérée d'hommages masculins pour se sentir exister, elle se mit en frais pour lui, évoqua longuement les bals des Tuileries ou les « séries » de Compiègne, usant de son joli rire et montrant sa belle gorge. Elle sut le séduire.

Il sut la charmer. Le lendemain, il lui apporta un exemplaire de son dernier ouvrage, *Les Femmes de Versailles*, qu'il lui dédicaça. Il était drôle, érudit. C'était un excellent conteur. Pour le remercier, elle lui envoya sa photo. Il y vit une invite à revenir et on le fit souvent entrer dans « l'ermitage » de Passy.

Durant tout l'hiver, Imbert fit à Virginia une cour discrète, puis pressante, et bientôt effrénée. Elle aimait tant être adulée qu'elle lui céda. Il s'imagina qu'elle éprouvait les mêmes transports que lui. Cet homme de trente-cinq ans ne semblait pas beaucoup s'y connaître en stratégie amoureuse. Il laissa éclater sa passion, proclama dans les billets éperdus qu'il ne cessait de lui envoyer :

*Merci ! Merci parce que tu m'as fait connaître des joies*

*inconnues, merci parce que tu m'as rendu meilleur. Merci parce que tu as réalisé et au-delà l'idéal que je n'osais point entrevoir en rêve. Merci parce que tu as été ma consolatrice, mon bel ange de lumière... J'abdique ma volonté. Je ne suis plus moi, je suis ta chose !*

C'était une grave erreur que de dévoiler à Virginia l'emprise qu'elle avait sur lui. Il devint un homme pantelant qui mendiait le plaisir de la mener à l'Opéra, au théâtre, au Café Anglais ou au restaurant, grappillant des miettes d'intimité avec elle. Dès lors, il ne l'intéressa plus, son assiduité lui fut insupportable.

Durant toute l'année 1869, ce ne fut qu'un incessant chassé-croisé entre Paris, Dieppe, Florence et La Spezia. Où qu'elle fût, Virginia s'ennuyait et ne songeait qu'à repartir aussitôt, lassant ses amis de ses éternelles doléances, exaspérant le roi Victor-Emmanuel par ses exigences de plus en plus pressantes. Il cessa de répondre à ses lettres, à ses reproches, à ses aigreurs. Elle avait trouvé pour son fils un bon précepteur en la personne d'un ecclésiastique. L'abbé Maurette, ébloui par Virginia, s'occupait bien du garçon, empêchant par sa constante présence et ses leçons que la vie de Georges ne fût trop chaotique.

Au mois de novembre 1869, Virginia suivit avec passion le voyage de l'impératrice en Égypte, pour l'inauguration du canal de Suez. Les travaux avaient commencé dix ans plus tôt. Tout le trafic maritime en Méditerranée allait en être changé... L'impératrice était partie de Marseille sans l'empereur. Elle avait rejoint l'Italie du Nord, avait visité l'ancien champ de bataille de Magenta, puis Venise d'où elle s'était embarquée sur son yacht *L'Aigle* pour gagner Athènes, puis Constantinople où le sultan l'avait, disait-on, reçue avec un faste sans précédent. Ensuite seulement, elle s'était rendue en Égypte. Pour l'honorer, le khédive Ismaïl lui avait fait traverser la première en bateau le canal, avant même l'empereur François-Joseph... Combien Virginia aurait aimé être du voyage, connaître ces contrées lointaines si exotiques qui l'auraient divertie plus que ses amants de quelques semaines, de quelques jours ou d'une nuit. Ces brèves conquêtes lui laissaient le goût amer de son impossibilité d'aimer. Leurs étreintes, si répétitives, l'ennuyaient, mais elle les gardait comme amis. Virginia était heureuse de continuer avec Louis Estancelin une correspondance plus politique qu'amoureuse, ainsi qu'avec Louis Adolphe Thiers qu'elle avait connu par le duc d'Aumale. L'ancien avocat d'Aix-en-Provence avait d'abord été favorable à la candidature du prince-président, mais il s'était ensuite opposé à la création du second Empire. Exilé en Suisse après le coup d'État du 2 décembre 1851, rentré en France l'année suivante, il s'était longtemps tenu à l'écart de la vie politique, jusqu'à devenir en 1863 le chef de l'opposition libérale. Il aimait confier à Virginia ses aspirations pour une France plus libérale. Flattée de l'intérêt désintéressé mais presque affectueux qu'il lui portait, elle tentait de comprendre les idées nouvelles, les vœux de tous ces libéraux prédisant l'écroulement de l'Empire.

Tout allait très vite à Paris. Le dimanche 2 janvier 1870 se réunit sous la férule d'Émile Ollivier devenu garde des Sceaux un nouveau ministère. À Daru furent confiées les Affaires étrangères, à Lebœuf la Guerre, à Chevandier de

Valdrôme l'Intérieur et les Finances à Buffet. Ces noms nouveaux étaient inconnus de Virginia, qui, épouvantée, ne se sentait plus dans la course.

Pourtant, à peine fut-il constitué, qu'un coup terrible ébranla ce nouveau gouvernement. Le lundi 10 janvier 1870, Pierre Bonaparte, cousin de l'empereur, assassina le journaliste Victor Noir. Virginia en fut boulversée. Le scandale éclatait bien près de l'empereur...

Pierre Bonaparte était le fils de Lucien, donc le cousin de l'empereur. Virginia l'avait souvent croisé lors des grands bals des Tuileries. Elle savait que les deux hommes s'entendaient mal. Pierre lui avait confié un jour que l'empereur le traitait en parent pauvre. Pour lui, par exemple, on n'ouvrait pas les portes à deux vantaux. De plus, l'empereur avait refusé qu'il se mariât avec une certaine Nina Ruflin, fille d'un ouvrier fondeur, qui lui avait déjà donné deux enfants. Il l'avait donc épousée secrètement.

Recluse à Passy, Virginia n'était au courant des événements importants de la capitale que grâce à son fidèle Joseph Poniatowski. Aussi fut-elle enchantée de le voir arriver chez elle et prendre très au sérieux son rôle d'informateur. Elle le fit aussitôt asseoir dans son salon tendu de rose, lui servit elle-même du café et le pressa de questions.

– Racontez-moi tout. Comment ce drame a-t-il pu se produire ?

– Son mariage malheureux n'a jamais empêché Pierre Bonaparte de se faire à l'occasion le champion de l'honneur des Bonaparte. Considérant que sa famille avait été insultée dans le journal *La Revanche* par le bâtonnier des avocats de Bastia Louis Tomasi, Pierre l'a provoqué en duel. La querelle ayant été reprise par Henri Rochefort dans son nouveau journal, *La Marseillaise*, Pierre Bonaparte a également voulu en découdre avec lui.

– Quel fou ! Quand on porte un nom pareil, mieux vaudrait être un peu prudent !

– Toujours est-il qu'hier, vers deux heures de l'après-midi, deux hommes, Victor Noir et Ulric de Fonvielle, se sont présentés au domicile de Pierre Bonaparte. Celui-ci les a tout d'abord pris pour les témoins d'Henri Rochefort. Ils venaient au contraire de la part du fondateur de *La Revanche*, Pascal Grousset. Pierre avait déjà deux duels sur les bras, il pouvait en accepter un troisième... Pourtant, la querelle ne tarda pas à s'envenimer. Victor Noir, qui était tout sauf patient, souffleta le prince, qui sortit un revolver à dix coups de sa poche et fit feu presque à bout portant sur le journaliste. Ulric de Fonvielle, également armé, tenta de prendre le sien. Il n'en eut pas le loisir. Pierre Bonaparte tira également sur lui. Les deux hommes parvinrent à sortir dans la rue. La foule, attirée par les coups de feu et les cris de Fonvielle, s'agglutina devant l'immeuble. On emmena Victor Noir, grièvement blessé, jusqu'à la pharmacie voisine, où il expira.

– Quelle horreur !

– Pierre Bonaparte et Ulric de Fonvielle se retrouvèrent au commissariat. Le prince portait à la joue une forte ecchymose, prouvant qu'il avait été l'agressé. Je vous ai apporté le dernier article d'Henri Rochefort dans *La Marseillaise.* Il s'est déchaîné.

Virginia lut à mi-voix :

« Voici dix-huit ans que la France est entre les mains ensanglantées de ces coupe-jarrets qui, non contents de mitrailler les républicains dans les rues, les attirent dans des pièges immondes pour les égorger à domicile. Peuple français, est-ce que décidément tu ne trouves pas qu'en voilà assez ? »

» Cet article est vraiment excessif. On ne peut tout de même pas traiter d'assassin un homme qui se fait agresser chez lui...

Dès le lendemain, une foule importante défilait devant le corps de Victor Noir, exposé chez lui. Sa chemise ensanglantée, ouverte, laissait voir la blessure... Mise en scène macabre... Virginia, qui détestait ce genre de spectacle, ne s'était pas déplacée.

Tous les principaux journaux parisiens relatèrent avec force détails les obsèques de Victor Noir. Le frère de la victime conduisit le cortège vers le cimetière de Neuilly. Après l'inhumation, des milliers de manifestants se dirigèrent vers la porte Maillot, défoncèrent les grilles de l'octroi, firent reculer les troupes, continuèrent vers l'Arc de triomphe et les Champs-Élysées. Les troupes impériales, regroupées à la hauteur du palais de l'Industrie, tinrent bon. Les insurgés ne purent passer et se rendre aux Tuileries pour renverser Napoléon III, comme ils y avaient pensé.

Virginia, ainsi que la plupart des Parisiens, avait bien

cru qu'une révolution se ferait ce jour-là, avec son inévitable cortège de violences et de morts...

On hâta le procès de Pierre Bonaparte qui comparut devant ses juges le 21 mars 1870. Il fut bien sûr déclaré non coupable – ses agresseurs étaient venus chez lui, Victor Noir l'avait souffleté, il n'avait fait que se défendre. Il fut tout de même condamné à payer 25 000 francs aux parents de la victime et à acquitter les frais du procès.

Virginia et Joseph Poniatowski s'imaginaient que Pierre Bonaparte s'exilerait, mais ce ne fut pas le cas.

Bientôt, un autre sujet passionna Virginia. Un décret du 23 avril convoquait les Français aux urnes pour le 8 mai suivant. Il s'agissait d'approuver ou de refuser la nouvelle politique impériale. Bien sûr, les femmes ne votaient pas... Virginia se demandait avec angoisse si le régime sortirait grandi ou amoindri d'une pareille confrontation. Elle fut heureuse du résultat. En dépit des deux millions d'abstentions, le plébiscite fut une belle victoire pour l'empereur qui proclama partout avec ravissement : « J'ai retrouvé mon chiffre ! » Elle l'imaginait, souriant en tortillant sa moustache...

Virginia passa l'été à La Spezia avec son fils et sa femme de chambre. Grâce à sa correspondance suivie avec ses principaux amis, elle était régulièrement tenue au courant des événements en France. Elle s'inquiétait pour la santé de Napoléon III, gravement malade mais consacrant toute son énergie à l'écriture de son *Jules César* plutôt qu'à gouverner. Du temps de leur intimité, elle l'avait parfois vu se crisper brusquement tandis qu'une onde de souffrance se répandait sur son visage d'ordinaire impassible. Il lui avait avoué souffrir de la prostate. Elle apprit par une lettre de Joseph Poniatowski que le jeune professeur Germain Sée avait été appelé en consultation le 29 juin à Saint-Cloud et avait diagnostiqué un calcul. Il était partisan de l'opération, mais ses confrères l'en dissuadèrent. Briser le calcul en introduisant dans la vessie un petit appareil broyeur était un procédé aussi délicat que douloureux dont aucune sommité médicale n'osa se charger...

Mais Joseph Poniatowski se souciait davantage de la guerre qui menaçait d'opposer la France à la Prusse. En installant le prince Léopold de Hohenzollern-Sigmaringen, parent du roi de Prusse, sur le trône d'Espagne, Bismarck provoquait l'orgueil national français. La France ne pouvait laisser se reformer contre elle l'Europe de Charles Quint. Dans ses lettres, Joseph Poniatowski annonçait que les conseils des ministres se succédaient à Saint-Cloud, présidés par l'empereur qui soutenait avec énergie le parti de la paix. Son armée n'était pas prête à lutter contre la Prusse, une guerre serait un désastre. L'impératrice en revanche, comme toujours guidée par ses principes religieux, voulait opposer la France à la principale puissance protestante du continent. L'empereur parvint à convaincre Léopold de renoncer à la couronne d'Espagne.

Virginia, soulagée, voyait s'éloigner le spectre de la guerre pour un pays qui était sa seconde patrie...

Pourtant, rien n'était réglé, comme le lui apprit avec

angoisse le prince Joseph Poniatowski. Les conseillers de l'empereur lui arrachèrent une « demande de garanties ». On exigea de la Prusse l'assurance que cette candidature ne se renouvellerait pas et le duc de Gramont, ministre des Affaires étrangères, fut chargé par l'empereur d'expédier du Quai d'Orsay une dépêche à l'ambassadeur français, le comte Benedetti. Celui-ci rendit compte au roi Guillaume à Ems des nouvelles prétentions françaises concernant les malheureuses « garanties ». Guillaume, assez furieux mais désireux d'éviter la guerre, envoya une dépêche à Bismarck pour l'informer de la situation.

Bismarck, à Berlin en compagnie de ses ministres Moltke et Roon, prit le télégramme et entreprit de condenser la dépêche de Guillaume. Et ce fut la trop fameuse dépêche d'Ems. Sorti de son contexte, le refus du roi de revoir Benedetti prenait une tout autre dimension. Comme toujours parfaitement informé, Bismarck connaissait avec exactitude la campagne de presse violemment anti-allemande qui sévissait alors à Paris.

La dépêche parvint à Paris le 14 juillet. Ainsi tronquée, elle paraissait en effet très insultante. L'empereur convoqua aussitôt le Conseil des ministres à Saint-Cloud. On passa au vote, auquel l'empereur s'abstint de participer. Il y eut cinq voix pour la guerre et quatre seulement pour la paix.

– Puisque vous le voulez, messieurs, c'est la guerre, annonça simplement l'empereur [1].

---

1. Les propos tenus lors de ce Conseil des ministres furent rapportés par Paul Dhormoys dans son ouvrage *La Comédie politique*.

La guerre fut officiellement déclarée à la Prusse le 16 juillet. Les journaux de Paris que Virginia se faisait envoyer à La Spezia par ses amis Delessert décrivaient abondamment le véritable vent de folie qui souffla sur la capitale. Partout, on se réunissait en hurlant : « À bas la Prusse ! À Berlin ! » Les libraires tapissèrent leurs vitrines de lithographies belliqueuses. Sur l'une, on voyait un zouave mettre en déroute tout un bataillon de Prussiens, sur l'autre, l'empereur, imperturbable, traversait à cheval une pluie d'obus qui ne le touchaient évidemment pas. Dans les restaurants, on trinquait à la gloire de la France et au prompt succès de ses armées, tandis que le Théâtre des Variétés, plutôt opportuniste, annonçait une reprise de *La Grande-Duchesse*. Hortense Schneider affirma aux journalistes être disposée à jouer Offenbach à Berlin !

Joseph Poniatowski écrivit à Virginia que l'empereur, plus malade que jamais, affaibli, amaigri, prenait la tête de ses armées. L'impératrice, enchantée de devoir assurer la régence pour la troisième fois, feignit de ne rien voir de l'état alarmant de son époux. Et il conta d'un ton désolé que le 28 juillet, pâle à faire peur, incapable de se tenir à cheval, Napoléon III se rendait en voiture à la petite gare de Villeneuve-l'Étang jouxtant le château de Saint-Cloud. Il fit ses adieux à l'impératrice. Joseph ajouta que l'empereur avait trouvé son armée dans un état lamentable. Il n'y avait ni équipement ni munitions, ni cartes de la région. On n'avait pensé à se munir que de cartes de l'Allemagne, puisqu'on était censé l'envahir sans coup férir... Face aux six cent mille hommes des forces allemandes, la France ne pouvait aligner à la frontière que trois cent cinquante mille combattants. À Wissembourg, la division Abel-Douay fut pilonnée par les quatre-vingt-seize pièces de l'artillerie allemande installée sur les hauteurs du Schweigen. Les Français durent se retirer. La célèbre ligne aux fortifications imprenables venait de céder...

Les nouvelles de Paris se succédaient, sans cesse plus alarmantes, et Virginia, le cœur serré, constatait que la belle armée qui avait su faire autrefois l'unité italienne n'était plus que l'ombre d'elle-même. Ce n'étaient que des défaites. En deux combats, l'Alsace et le nord de la Lorraine furent perdus. Virginia, anéantie, n'avait plus de goût pour rien. L'empereur n'était plus le chef valeureux qu'elle avait tant admiré mais un pauvre vieillard fatigué tenant à peine sur sa monture...

Dès lors, Virginia prévit bien des malheurs à venir et ne fut pas surprise d'apprendre qu'au Conseil des ministres, le mardi 20 août, Émile Ollivier avait demandé que l'empereur abandonnât son commandement pour regagner Paris au plus vite. Eugénie, toujours aussi stupide, avait répondu en sanglotant à son Premier ministre que l'empereur ne pouvait rentrer avant une victoire, que ce serait un déshonneur. Perdant tout à fait la tête, elle l'avait alors supplié de laisser au moins son époux se faire tuer à la guerre. Virginia trouvait que l'impératrice aimait décidément bien mal son empereur...

Ce fut à pied, en pleine nuit, que l'empereur entra dans Sedan où son fils était arrivé deux jours plus tôt, avant de partir pour Mézières. Mal approvisionnée, mal armée, la ville n'était protégée par aucune fortification extérieure. L'empereur, en dépit de douleurs de plus en plus fortes, se hissa péniblement sur un cheval et se dirigea vers Givonne. Désespéré, le visage blanchi par la souffrance, il s'avança sur le champ de bataille sans se protéger, ne cherchant que la mort. Tandis qu'il s'arrêtait sur le pont de la Meuse pour se rendre compte de la situation, un obus éclata juste devant lui, à deux mètres à peine. Ses officiers le supplièrent de s'abriter, mais il continua d'avancer seul, au pas de son cheval.

La mort, ce jour-là, ne voulut pas de lui et il reprit tristement le chemin de la ville et de la sous-préfecture où il logeait. À présent, les tirs de l'artillerie allemande se concentraient sur Sedan. Un déluge meurtrier pleuvait sur la ville. Les rues, places, portes, maisons, voitures, tout était impitoyablement pilonné par l'artillerie ennemie. Des fuyards accouraient de partout, des cavaliers qui avaient déserté surgissaient soudain à un train d'enfer. Même s'il avait toujours aussi envie de mourir et s'il ne lui aurait pas déplu d'être enseveli sous les ruines de Sedan, Napoléon, qui avait le cœur tendre, n'en pouvait plus de cette inutile boucherie. Il ordonna de faire flotter le drapeau blanc sur la plus haute tour de la citadelle. Pourtant, les obus continuaient de s'abattre sur la ville. Napoléon III ignorait que ses généraux, désobéissant à ses ordres et refusant de capituler, avaient fait abattre le drapeau blanc. Ce furent de simples soldats qui décidèrent de le rétablir. Partout sur les murailles flottèrent alors d'autres drapeaux blancs...

L'empereur chargea le général Reille d'aller porter une lettre au roi. Au général de Wimpffen, il demanda de négocier avec l'Allemagne une capitulation honorable pour l'armée, le suppliant même de ne pas donner sa démission comme il l'avait proposé. À la sous-préfecture, Wimpffen et le général Ducrot faillirent d'ailleurs en venir aux mains, chacun rejetant sur l'autre la responsabilité du terrible désastre. Resté seul avec Wimpffen, l'empereur tint à le réconforter et sut le persuader d'accepter la désagréable mission qu'il lui avait confiée : se rendre auprès de l'état-major allemand pour négocier au mieux. À une heure du matin, le général de Wimpffen était de retour et rendit compte à l'empereur des draconiennes conditions de la reddition : toute l'armée de Sedan, prisonnière, serait emmenée en Allemagne. L'armistice durerait jusqu'à neuf heures du matin.

En attendant une décision, Bismarck proposa à l'empereur de prendre quelque repos dans le château voisin de Bellevue, où l'on ferait suivre ses bagages. Ce fut là, le 2 septembre 1870 que Wimpffen vint l'avertir de la capitulation de Sedan.

L'empereur prisonnier, soixante mille Français prisonniers... Virginia ne parvenait pas encore à croire à l'ampleur du désastre. Qu'allait-il se passer à Paris, cette ville qu'elle avait tant aimée ? Rien n'y serait certainement plus comme avant. Y aurait-elle encore sa place ? Pourrait-elle garder sa petite maison de Passy ? Surtout, elle détestait se représenter l'empereur malade, diminué, vaincu et prisonnier. Il avait été son amour, il avait fondé un empire, rendu prospère son pays, fait de Paris la plus belle ville d'Europe. Il voulait plus que tout le bonheur de son peuple. Quelle folie que de s'être laissé entraîner dans ce désastre de Sedan ! Bismarck était trop fort, ses armées trop puissantes, on ne pouvait s'opposer à un tel homme... Si elle avait pu demeurer près de lui, elle l'aurait mieux conseillé que cette arrogante et stupide Eugénie qui ne l'aimait pas et voulait s'arroger tout le pouvoir. Et maintenant, l'impératrice si sûre de sa beauté et si fière de son rang n'était sans doute qu'une pauvre femme en fuite. Virginia ne la plaignait pas, toute sa tristesse allait à l'empereur déchu...

Elle apprit par les journaux que le dimanche 4 septembre 1870, après une séance de nuit, le Corps législatif s'était à nouveau réuni à partir de midi dans une atmosphère d'émeute. Jules Favre avait donné lecture d'une proposition de déchéance de l'empereur et de ses descendants, proposition à laquelle souscrivaient aussi Gambetta et vingt-cinq autres députés de la gauche. À trois heures de l'après-midi, la foule des manifestants ayant débordé le service d'ordre, elle avait pénétré dans le Palais-Bourbon en criant : « Vive la République ! » Dans ces conditions, on ne pouvait siéger et le président Schneider avait déclaré la séance levée. La foule avait envahi tout l'hémicycle en hurlant : « La déchéance ! La déchéance ! Vive la République ! » Au milieu d'un tumulte indescriptible, Gambetta avait alors proclamé la déchéance de Napoléon III et de sa dynastie, puis on s'était rendu à l'Hôtel de Ville pour former un gouvernement provisoire.

L'Empire avait vécu... Partout dans Paris, une foule estimée à un million de personnes brandissait le drapeau rouge en chantant la *Marseillaise* dans une atmosphère de liesse, oubliant complètement les Prussiens, qui n'étaient qu'à trois jours de marche de la capitale...

À La Spezia, Virginia lisait interminablement les journaux et les lettres de ses amis. Son père se trouvait à présent en poste au Portugal. Sa mère s'inquiétait avec elle du sort de la France. Ce fut alors qu'elle se disposait à se rendre à Florence que Virginia apprit la fuite puis l'exil en Angleterre de l'impératrice. C'était la fin de tout un art de vivre et de toute une société qu'elle avait follement aimés. Même si Virginia avait beaucoup critiqué la politique libérale de l'empereur dès lors qu'elle n'avait plus été la favorite de la cour des Tuileries ou des « séries » de Compiègne, cela lui faisait mal de l'imaginer humilié, vaincu, séparé de sa famille, prisonnier enfin. Dans le malheur, il retrouvait son admiration, même et surtout parce que son nom était à présent conspué en France.

À Florence, dans l'appartement que le roi Victor-Emmanuel avait laissé à sa disposition, Virginia reprit ses habitudes et trouva un nouveau précepteur pour son fils, qui, à quinze ans, était un bel adolescent blond et brillant, bilingue comme Virginia, faisant bien sûr un peu vieux pour une mère qui n'avait guère envie d'afficher ses trente-trois ans...

Victor-Emmanuel, décidément fidèle à sa manière, continuait de visiter de temps à autre sa Nicchia et cette faveur royale qui ne désarmait pas avec les années touchait Virginia. Le roi aussi était affolé par les événements français. Le danger pour l'Europe ne venait plus de l'Autriche, mais de la Prusse, et il pressentait que Bismarck, décidément insatiable et régnant sur la volonté du vieux roi Guillaume qui, à soixante-treize ans, se reposait entièrement sur son ministre, n'allait pas en rester là.

– C'est Paris que veut Bismarck, affirmait Virginia en se tordant les mains. Le pire est encore à venir.

Tant que les événements restaient aussi fluctuants, il n'était pas question pour elle de regagner Paris, même si son cœur y était resté.

Alors qu'elle se disposait à passer à Florence un hiver triste et morose, occupé par les seules visites trop rares du roi, les invitations de ses amis italiens lui paraissant bien mornes en comparaison du brio parisien, Virginia reçut un petit mot de Thiers demandant une entrevue. Thiers à Florence, Thiers chez elle... Virginia était stupéfaite.

Lui aussi avait soixante-treize ans, mais le petit homme au toupet de cheveux blancs n'avait rien perdu de sa vitalité lorsqu'il entra dans le salon de Virginia. Après lui avoir serré les mains avec effusion, il lui conta l'incroyable périple qu'il venait de faire à son âge.

– Figurez-vous ma chère que le 9 septembre dernier, Jules Favre, devenu ministre des Affaires étrangères du nouveau gouvernement, me proposa une mission : effectuer une tournée secrète des différentes capitales européennes afin d'intéresser les gouvernements étrangers à la cause française et de voir s'ils ne peuvent empêcher l'ogre prussien d'avaler la France toute crue... Le 12, je suis parti pour l'Angleterre. Je parvins à Brighton accompagné de ma femme, de ma belle-sœur, de mon secrétaire, Paul de Rémusat, et de cinq domestiques, comme n'importe quel voyageur un peu fortuné désireux de venir respirer le bon air de la mer. De Brighton, je gagnai Londres le lendemain pour y rencontrer mon homologue anglais, lord Granville. Sans avoir obtenu grand-chose, sinon une promesse de neutralité bienveillante, ce qui était mieux que rien. Laissant ma famille à Londres, j'ai gagné l'Italie. Arrivé à Turin de nuit, j'ai franchi de nouveau les Alpes pendant un terrible ouragan et suis parvenu le 23, épuisé, à Vienne. J'ai rencontré le chancelier de Beust qui m'a conseillé une visite au roi Victor-Emmanuel. Auparavant, j'ai dû me lancer à nouveau sur les chemins. Le 25 à Varsovie, le 26 à Saint-Pétersbourg où je rencontrai le ministre Gortchakoff. Partout, je n'ai trouvé que sympathie pour le désastre français. Mais nul n'osera s'entremettre pour la France en risquant le courroux de Bismarck. Il terrifie toute l'Europe, qui se garde bien de bouger... Le 8, de retour à Vienne j'ai vu l'empereur François-Joseph et ses ministres, Beust et Andrássy. L'empereur m'a fortement conseillé de me tourner du côté de l'Italie. Outre le plaisir de revoir la plus belle et la plus aimable des femmes, c'est aussi la raison de ma visite aujourd'hui.

– L'armée italienne est entrée à Rome le 20 septembre dernier, objecta Virginia.

– Je ne le sais que trop et je comprends que, dès lors, l'Italie n'a plus besoin de la France, qui paraît d'ailleurs en fort mauvaise posture... Je sais aussi qu'aux yeux du roi Victor-Emmanuel, je reste l'un des hommes politiques français à s'être le plus violemment opposé à l'unité italienne. Je pensais alors que cette unité risquait de nous valoir bien des conflits futurs...

Virginia avait toujours apprécié Thiers, qu'elle trouvait aussi courageux que clairvoyant. Surtout, elle était flattée qu'il fût venu la trouver et se demandait, tout excitée, si elle n'allait pas de nouveau jouer un rôle politique. Elle lui dit avec gentillesse :

– Vous devez être exténué par cet incroyable voyage qui n'est guère raisonnable à votre âge. Voulez-vous que je vous fasse préparer une chambre ?

– Rien ne presse. Je désire d'abord bien vous expliquer ce que j'attends de vous. Je sais que vous êtes en excellents termes avec le roi Victor-Emmanuel...

Il n'en dit pas davantage, mais Virginia devina que Thiers, toujours merveilleusement renseigné, n'ignorait rien de leurs relations. Elle répondit avec prudence :

– Le roi est, en effet, un vieil ami qui m'honore de sa confiance. Je ferai tout ce qu'il me sera possible pour vous obliger.

– Je voudrais d'abord obtenir, grâce à votre aimable recommandation, la bienveillance de Victor-Emmanuel envers la France, mais j'ai encore autre chose à vous demander. Je me souviens que vous m'aviez parlé autrefois de votre amitié avec la reine Augusta de Prusse, que vous aviez connue à Plombières et avec qui vous m'aviez dit correspondre toujours.

La sympathie pour la France qu'éprouvait la reine Augusta, petite-fille de Charles de Saxe-Weimar, les nombreux séjours qu'elle y avait faits n'étaient un mystère pour personne.

– Accepteriez-vous, Virginia, de la prier d'intercéder auprès du terrible Bismarck pour obtenir un armistice qui ne soit pas trop calamiteux pour la France ? Je crois savoir que vous êtes très amie avec l'ambassadeur de Prusse auprès de Victor-Emmanuel, Brassier de Saint-Simon, d'origine française comme l'indique son nom. Cette carte non plus n'est pas à négliger.

– Je ferai tout ce que je pourrai pour vous satisfaire. Vous savez combien j'aime la France. Je la considère comme ma seconde patrie. C'est à Paris que j'ai connu les jours les plus heureux de ma vie...

Thiers lui embrassa la main et regagna son hôtel en déclinant son invitation à séjourner chez elle. Il préférait rester libre de ses mouvements. Dès qu'il fut parti, Virginia se mit à son petit bureau pour écrire frénétiquement au roi, à la reine Augusta et à l'ambassadeur de Prusse auprès de Victor-Emmanuel. À nouveau, elle avait une mission. À nouveau, elle avait l'impression de se trouver au centre de la toile politique et d'être utile.

Thiers revint la voir trois jours plus tard pour la remercier.

– Grâce à vous, Virginia, j'ai eu un accueil plutôt aimable du roi que j'avais tant critiqué, à tort, j'en conviens bien volontiers. Votre souverain ne manque pas d'humour, car il m'a fait remarquer en souriant : « Vous avez dit beaucoup de mal de moi »

– Et que lui avez-vous répondu ?

– « Sire, je ne suis jamais convaincu à demi ! » Il faut croire que ma riposte lui plut. Il m'envoya trouver ses ministres, le comte Visconti-Venosta et Quintino Sella. En dépit de leur courtoisie, il me fut aisé de comprendre qu'eux non plus ne prendraient aucun risque pour mon malheureux pays. Pourtant, je ne leur demandais pas grand-chose, seulement que cent mille Italiens pussent rejoindre les cinquante mille Français cantonnés sous les murs de Lyon. La France serait alors capable de résister à la Prusse et le traité de paix signé serait plus favorable...

Il semblait si triste que Virginia chercha désespérément cemment l'aider. Elle lui demanda doucement :

– Vous pensez, n'est-ce pas, que cette armée ne sera jamais réunie ?

– Je n'y crois plus.

– Il y a peut-être encore un moyen, dit Virginia que la difficulté stimulait. Tout demeure donc entre les mains de Bismarck qui, justement, se trouve à Versailles pour discuter des modalités de l'armistice avec le général Boyer, l'émissaire de Bazaine. Je vais écrire à nouveau à Brassier de Saint-Simon pour lui dire votre désir de le rencontrer au plus tôt.

– Vous feriez cela pour moi ?

– Mais bien sûr, pour vous et pour votre pays que j'aime tant.

Virginia rédigea sa lettre pour l'ambassadeur à l'instant même et la confia à son cocher qui se hâta de la porter. Peu après, Thiers avait son rendez-vous avec Bismarck. Il lui fallait se mettre en route sans tarder.

L'entrevue entre les deux hommes eut lieu à Versailles au début du mois de novembre, à l'hôtel de Jessé, rue de Provence. Les discussions durèrent plusieurs jours. Le géant prussien et le petit Marseillais s'entendirent si bien que

Thiers télégraphia aussitôt à Virginia qu'il avait été « très satisfait de l'aimable accueil du chancelier prussien ».

Le problème était que Gambetta persistait à ne pas reconnaître Thiers comme négociateur, même s'il avait la confiance de Favre et du général Ducrot. Tant et si bien que le 6 novembre, ce fut le gouvernement de la Défense nationale et non le chancelier allemand qui décida de rompre les négociations. Et Thiers dut prendre tristement congé de celui qu'il nommait « le sauvage de génie ». De nouveau, il télégraphia à Virginia, pour lui confier cette fois son échec.

Or cette dernière ne s'y résignait pas. Tant qu'elle avait quelque chose à faire, une mission à accomplir, elle se sentait revivre. Que Thiers, un homme politique important, se confiât à elle la galvanisait. La vie n'avait donc pas perdu toute sa saveur...

De sa grande écriture désordonnée, souvent difficile à comprendre tant il y avait de rajouts, de mots biffés, réécrits en travers, Virginia lança ses missives à Versailles, à Paris, en Prusse et auprès de ses amis influents de Florence. Même si elle ne le connaissait pas, elle correspondit avec le chancelier sur un ton de franche égalité pouvant surprendre, lui écrivant peu après sa série d'entrevues avec Thiers :

*Monsieur le comte,*

*Votre courtoise adresse n'a pas besoin d'éloges, mais mérite reconnaissance. Veuillez accepter la mienne, ce n'est que celle d'une femme, mais elle vous vaudra celle de la postérité à venir. Dans l'histoire, il est maintenant l'expression de la satisfaction de tous ceux qui doivent la taire. Leur assentiment à votre manière d'agir est nécessaire à votre pays, ce que chaque Français raisonnable et intelligent comprend.*

*Mais ne pouvant comprendre, il doit demander et n'ose accepter, essaye de refuser. Votre prudente volonté et votre intelligente ambition peuvent seules les aider à sortir de cette prison sans issue possible, dans laquelle l'adresse et la force de l'armée prussienne, aidée par une cruelle destinée, les a si funestement placés. L'honneur militaire ou pour mieux dire l'adresse de ses chefs est incontestablement acquis à la Prusse et sera reconnu de tous gens de guerre. Il n'est nul besoin d'ajouter une feuille à la couronne de cette triste gloire, mais le mérite diplomatique dans le sens d'un arrangement possible pour la paix doit vous revenir personnellement et être signé de vous.*

*L'approbation, la satisfaction sera universelle et les bénédictions du ciel suivront en couronnant l'Allemagne de son Roi-Empereur. Le monde arrêté par vous reprendra sa vie et il y restera pour pleurer les morts.*

*Il y en a assez pour couvrir de deuil l'Europe.*

*Ne faites pas naître la haine, une haine implacable alliée à la vengeance en tuant les affections et les amours.*

*Vous direz que je parle en femme de roman – non je parle pour un homme d'État tel que vous le serez. Mais vous comprendrez en y réfléchissant, si vous faites enfin du vainqueur un ami discret et non un père exigeant. C'est bon tant qu'on est mieux supporté ou lorsqu'on est malheureusement vaincu – mais après ? Gare au vainqueur !*

*Réfléchissez profondément, mûrement, tranquillement et vous trouverez ma raison juste et même bienveillante pour tous les deux. Tout dépend pour chacun des deux d'un seul point, mais ce point sera la goutte d'eau qui formera un torrent en grossissant seule, bien et sans bruit, jusqu'à ce qu'il déborde.*

*Ils ont perdu, ils sont perdus et c'est à vous de céder. Il faut en avoir la fière générosité. Permettez-moi le conseil et recevez-le comme venant de moi en particulier. Votre esprit ne doit pas s'en offenser, ne saurait s'en choquer ni m'en vouloir et surtout pas en accuser la France, ni en soupçonner l'Italie, qui y est complètement étrangère et doit rester neutre. Son intervention se borne à la prière, à l'espérance.*

*Faites un premier pas vers les Parisiens, arrivez jusqu'à leur permettre de vivre puisqu'ils consentent à la conservation de Paris et je vous assure de l'efficace et sincère coopération de ceux qui sont à la tête de sa défense pour former un gouvernement régulier et stable avec lequel vous puissiez signer la paix qu'amènera l'avenir inévitablement.*

*Je sais bien que les autorités militaires voudraient une compensation équivalente, je n'ignore pas que ce sont là des lois de guerre. Chacun comprend que la Prusse a le droit légitime de l'exiger, mais tout le monde lui saura gré d'admettre l'exclusion, d'en faire l'abandon indispensable aux circonstances si extraordinaires s'agissant d'une ville comme Paris et imprévues dans l'histoire. Répondez-moi seulement sans dire non, et veuillez me dire quels seraient les équivalents matériels non militaires, les garanties morales que vous accepteriez encore pour que je tente une dernière démarche de rapprochement.*

*Votre courtoisie n'a pas besoin d'éloges, ni votre haute intelligence de preuves. Elle mérite reconnaissance et celle de Thiers pour la France vous est acquise.*

*Veuillez recevoir mes remerciements tout particuliers car certaines personnes, tout en ne doutant pas de votre savoir-faire, craignaient un peu la mauvaise tournure, les mauvaises impressions des choses, de là aigreur et rupture irrémédiable, incroyable.*

*Thiers a été très satisfait de votre aimable accueil.*

*Comtesse de Castiglione*

En dépit du style un peu incertain – après tout, elle était italienne –, Virginia avait laissé parler son cœur tout en ménageant la susceptibilité de Bismarck. Pourtant, elle en était arrivée à une étonnante familiarité avec lui, évoquant tranquillement les entrevues les plus cachées, se permettant de lui donner des conseils...

L'échec de ces tractations secrètes qui avaient été possibles grâce à son intervention désespéra Virginia. Puisque rien de concret n'était sorti de toutes ces tentatives, puisque Thiers n'avait pas réussi à se faire le porte-parole du gouvernement pour discuter des conditions du traité de paix avec Bismarck, c'était la preuve qu'elle avait échoué. C'était la preuve, surtout, que les hommes, avec leur égoïsme forcené, ne voulaient pas de l'intervention d'une femme dans leur politique. En un instant, alors qu'elle s'était trouvée quelque temps de nouveau plongée au sein des événements importants de son époque, elle n'était plus rien...

# 8

Virginia, toujours à Florence, souhaitait rentrer avec son fils et ses domestiques à Paris, même si les inévitables changements survenus lui faisaient un peu peur. Tout son entourage la dissuada d'entreprendre ce voyage. Les événements se précipitaient et Paris devenait un lieu de résidence dangereux. Le gouvernement de Défense nationale se révélait incapable de faire l'unanimité. Il ne contrôlait ni la situation militaire – les Prussiens continuaient d'infliger des défaites à l'armée –, ni l'économie et la politique. L'ennemi assiégeait Paris et l'on manquait déjà de tout. Au sein du gouvernement s'affrontaient ceux qui voulaient la paix à tout prix et ceux qui n'acceptaient qu'un armistice honorable. Celui qui fut signé le 28 et 29 janvier 1871 n'était guère satisfaisant et laissait un pays humilié, à genoux.

Le 8 février 1871, le pays, appelé à voter, élut une assemblée conservatrice, ce qui rassura un peu Virginia, toujours impatiente d'y revenir. Vingt-six départements avaient opté pour Adolphe Thiers, le seul capable, à leur avis, de discuter de la paix dans les meilleures conditions possibles. Dès qu'elle connut l'issue du vote, Virginia s'en trouva rassérénée. Elle aussi faisait confiance au petit homme en noir, image d'un certain patriotisme raisonné s'inclinant devant l'inévitable alors que Gambetta voulait continuer la lutte armée à tout prix... Mais avec quelles troupes, quels crédits ? Ce n'était toujours pas le moment de rentrer à Paris, puisque le gouvernement s'en allait à Bordeaux, loin des Prussiens. Thiers était nommé chef du pouvoir exécutif, autant dire chef de l'État. Nanti de ces nouveaux pouvoirs, Virginia devinait qu'il n'aurait rien de plus pressé que de discuter de la paix avec Bismarck.

Les préliminaires en furent signés le 28 février. Ils étaient nettement plus favorables à la France que ne l'avait été l'armistice. Le Prussien éprouvait décidément de la sympathie pour le petit homme infatigable quoique âgé. Les indemnités de guerre avaient été réduites et le territoire de Belfort restait à la France. Dès le 10 mars, l'Assemblée se transporta à Versailles.

Une semaine plus tard, constatant qu'il ne pouvait rien attendre d'un gouvernement aussi divisé, Thiers décida de récupérer les canons regroupés à Montmartre et Belleville et d'occuper militairement Paris, ce qui fit très peur à Virginia qui détestait la violence. Son choix se révéla bien vite une erreur de stratégie. Il avait sous-estimé les mouvements révolutionnaires qui s'étaient organisés depuis les grandes grèves qu'avait connues le régime, notamment celles du Creusot. Les ouvriers ne voulurent pas laisser reprendre « leurs canons ». De plus, Paris s'insurgeait contre la cession de l'Alsace-Lorraine à la Prusse. Mais que faire d'autre face à un ennemi tout-puissant ? Ce fut l'émeute et la proclamation du gouvernement révolutionnaire de la Commune de Paris.

Virginia imaginait Thiers faisant face à tous les problèmes à la fois sans jamais se décourager. Sa première préoccupation, il le lui avait confié, était d'obtenir de toute urgence une paix définitive. Ce fut le traité de Francfort, signé le 10 mai 1871 avec la Prusse. La France cédait donc à l'Allemagne l'Alsace moins Belfort, le nord-est de la Lorraine avec Thionville et Metz, mais sans le bassin de Briey. L'indemnité de guerre était fixée à cinq milliards de francs-or et garantie par l'occupation de vingt et un départements français tant qu'elle ne serait pas payée.

Il restait à Thiers à reprendre Paris et donc à réprimer la Commune. Les divergences politiques éclatèrent lors de la formation d'un Comité de salut public rappelant dangereusement à Virginia la Convention et ses excès sanglants. Quelques décrets furent votés dans l'urgence sur les salaires, la séparation de l'Église et de l'État, le sort des otages, les associations ouvrières... En revanche, aucune mesure économique ne fut prise, aucune grande entreprise ne fut nationalisée, pas plus que la Banque de France.

Après avoir occupé quelques points stratégiques en banlieue, les troupes versaillaises entrèrent dans Paris, renversant une à une les barricades, fusillant sauvagement les prisonniers. Des incendies furent allumés par les insurgés un peu partout dans la capitale. Ce fut la Semaine sanglante du 22 au 28 mai 1871. Les révoltés tirèrent leurs dernières cartouches dans le cimetière du Père-Lachaise, la dernière barricade, celle de l'avenue Parmentier, fut prise. Les chefs du mouvement morts ou en fuite, les arrestations de masse continuèrent pourtant. Virginia, le cœur navré, apprit par les journaux italiens, le courrier de France n'arrivant que difficilement, que les tribunaux militaires continuaient à condamner les anciens insurgés qui étaient fusillés, jetés au bagne ou en prison par milliers. C'en était pour le moment fini du parti révolutionnaire. Il avait été rudement exterminé. Tout se terminait dans un bain de sang.

Thiers, devenu le chef de l'État après les Bourbons et les Bonaparte, s'énorgueillissait un peu naïvement de n'avoir dû son poste suprême ni à l'héritage du nom, ni à la gloire des batailles, seulement à la répression de cette Commune qui aurait pu entraîner Marseille et Lyon dans l'émeute et avait fait trembler la France... Virginia trouva qu'il s'était montré inutilement brutal, ce qui ne laissait pas de la stupéfier.

Virginia s'étonnait que Paris connût ce déchaînement de violence, cette haine jaillissante, ces coups de feu dans les rues, ces otages qu'on exécutait sans jugement. Thiers avait maté sans faiblir, mais aussi sans pitié, une rébellion dont elle voyait mal les raisons profondes. Les maisons, les palais des Tuileries et de Saint-Cloud avaient été incendiés, détruits. Toutes ces atrocités la stupéfiaient. La misère avait-elle donc été si grande en France, alors que Napoléon III n'avait cessé de se préoccuper du sort des plus démunis ? Ce second Empire qu'elle avait tant aimé, ce goût de fête et de plaisir semblable à une bulle de champagne n'avait-il donc profité qu'à de trop peu nombreux nantis ? Elle avait cru que Thiers, cet homme courageux et intelligent qu'elle appréciait, allait rebâtir sur les décombres du second Empire un monde presque semblable au précédent. Elle n'avait prévu ni le déferlement de telles passions ni de telles représailles. L'écroulement était total... Il n'y avait plus de fête, plus de plaisir et tout était devenu laid. Paris s'engluait dans une mare de sang. Tout était fini pour elle... Ne venait-elle pas d'avoir trente-quatre ans ?

L'avenir lui faisait peur. Où Georges allait-il vivre s'ils ne pouvaient rentrer à Paris, s'il ne devait plus suivre les cours de sa pension Comte, à Neuilly ? Il y avait été heureux, s'y était fait des amis de son âge tout en restant proche de sa mère, venant la rejoindre à chaque congé à l'ermitage de Passy. Cette petite maison modeste lui semblait tout à coup le comble du luxe et, avec son habituelle frénésie, elle se jeta sur son écritoire et envoya missive sur missive. Elle écrivit pour les supplier de la protéger, elle et son fils, à Thiers, à Bismarck, aux souverains prussiens, au ministre des Affaires étrangères italien, au prince Poniatowski qui ne pouvait pas grand-chose pour elle et avait, lui aussi, les débris de sa fortune à préserver. Puis elle se tourna vers Estancelin, devenu général, vers les Rothschild qui avaient d'autres soucis qu'elle dans cette tourmente générale. Ensuite elle s'adressa aux Delessert, au docteur Blanche, qui avait perdu son fils, Joseph, à Imbert de Saint-Amand qui n'avait plus son poste aux Affaires étrangères et qu'elle accepta de recommander à Thiers...

Il fallait de toute urgence préserver ses biens de Passy, déménager ce que la maison contenait de plus précieux, ses meubles, souvenirs, photographies, tableaux, tapis, les toilettes qu'elle n'avait pas emportées et qu'elle ne remettrait jamais, celle des bals de jadis, aux Tuileries comme à Compiègne. Et Virginia écrivait à en avoir la main endolorie, sans grands résultats tout d'abord. Elle s'adressa alors à un jeune homme qui lui avait fait une cour éperdue à Florence et qui se trouvait pour l'heure en mission diplomatique à Paris, un certain Rodolfo Resasco.

Rodolfo, toujours épris et trop heureux de lui être utile, lui répondit qu'il était à ses ordres. Le malheureux ignorait à quoi il s'engageait... Il fut aussitôt submergé par une masse de télégrammes arrivant tous les jours, parfois plusieurs fois par jour. Il fallait emballer les cristaux, dentelles, tableaux, les précieuses lettres, robes, colifichets, les nécessaires de toilette, les éventails, les tapis, les tentures... Débordé, affolé, Rodolfo n'en pouvait plus.

Virginia voulut lui envoyer du renfort en la personne d'un certain Rafaello Lualdi, un autre de ses admirateurs... Rafaello se trouvait quant à lui à Florence. Même s'il affirmait que la chère comtesse de Castiglione pouvait disposer de lui à sa guise, la France était tout de même occupée par la Prusse, les frontières n'étaient plus libres. Et ce fut une nouvelle frénésie de lettres. Pour pouvoir rapatrier ses biens en Italie, Virginia écrivit de nouveau à Thiers, à Bismarck, aux souverains prussiens, aux ministres des deux pays en guerre... Le plus étonnant fut qu'elle obtint pour son Rafaello la permission de franchir les lignes des deux armées, de se rendre à Paris, puis de revenir par Dieppe avec les derniers meubles, les dernières caisses, ce qui la calma un peu.

Dès lors, elle put ne se préoccuper que de politique, sa seule véritable passion. Peut-être les Bourbons pourraient-ils remonter sur le trône ? Ou bien l'empire serait-il une fois de plus restauré ? Toujours avec l'obsession de jouer un rôle pour n'être pas oubliée de ses anciens amis, elle écrivait, inlassablement. Au prince Napoléon, elle s'adressait en ces termes, afin de le persuader qu'elle était toujours influente, toujours au centre de la toile :

*J'irai à Paris dès qu'un peu de calme dans les esprits y sera revenu et la tranquillité de la vie matérielle reprise. Trouverai-je encore trace de Passy ? On dit que oui. J'ai eu le plaisir de retrouver à Florence mon ancien ami Thiers (toujours jeune) en parfaite idée de paix et d'espoir d'un gouvernement d'ordre. Je le souhaite pour la France, quoique ce pauvre Paris ne sera pas agréable à habiter de longtemps. Quant à moi, je suis toujours la même amie de mes amis quels qu'ils soient.*

De Versailles, la ville des rois, Thiers présidait désormais aux destinées de la France. Il avait maté durement la Commune, réprimé toute velléité de révolution, rétabli l'ordre. C'était le grand « libérateur du territoire » qui inspirait confiance au pays, autour duquel la nation se reconstruisait. Virginia lui écrivit, non sans quelque ironie :

*Florence, 9 juillet 1871*

*Mon cher Vice-Roi,*

*Doit-on vous faire compliment, peut-on vous blâmer, vous admirer, ou faut-il vous plaindre ? Je ne sais en vérité par où commencer à me rappeler à vous au milieu de vos douleurs, de vos pertes personnelles et peines publiques et après votre triomphe. Je vous dirai seulement que j'ai constamment suivi de loin par mes yeux vos actes et vos paroles, et de près par la pensée vos impressions.*

Virginia se trouvait en réalité très seule. Une nouvelle fois, elle s'était brouillée avec sa mère et son père était toujours au Portugal. Au cours du mois de février 1872, elle reçut de fort mauvaises nouvelles de la marquise Oldoïni. Isabelle avait eu une commotion cérébrale. Parfois, elle délirait et ne reconnaissait plus personne. Oubliant leurs éternelles querelles, Virginia, qui avait bon cœur et s'émouvait de la détresse de sa mère, partit avec Georges pour le village de son enfance.

Ce qu'elle y trouva l'atterra. Tout était dans un état de négligence insensé. Le ménage n'était plus fait depuis longtemps, le ravissant parc était envahi par les herbes folles. Les chevaux avaient disparu. Le cuisinier, le cocher, les jardiniers, qu'on n'avait plus payés depuis longtemps, s'étaient servis avant de disparaître. Sur les murs, bien des tableaux manquaient, l'argenterie n'était plus qu'un souvenir. Seule une vieille servante, Ratti, ainsi qu'Émilio, le portier, étaient demeurés près de leur maîtresse. À eux deux, ils ne pouvaient faire de miracles. Il n'y avait plus de provisions dans les cuisines. Virginia, affolée, parcourait les pièces du vieux palais jadis si magnifiquement meublé, à présent presque délabré. Il était impossible de remédier à tout.

Le plus urgent était d'installer la malade de façon plus confortable, de nettoyer sa chambre de fond en comble, de changer les draps du lit dont Isabelle ne sortait guère que pour s'asseoir sur une chaise longue disposée devant la fenêtre. Aidée de sa chère Luisa qui avait de l'énergie à revendre et savait s'accommoder de bien des situations, Virginia baigna, lava, coiffa, changea sa mère qui ne la reconnaissait pas. Elle la vêtit d'une chemise propre, lui fit avaler un repas sain. De la viande, des légumes frais, des laitages redonnèrent quelques couleurs au vieux visage parcheminé, d'où toute beauté s'en était allée. Parfois, la marquise Oldoïni se mettait dans des colères folles, fixant sa fille sans la reconnaître et hurlant :

– On me vole, on me dépouille, on veut me tuer !

Georges courait chercher le médecin, qui préconisait de nouveaux calmants. Que pouvait-on faire d'autre ? L'adolescent était bouleversé de voir sa grand-mère dans un tel état. C'était elle qui l'avait recueilli à la mort de son père. Isabelle l'avait choyé, soigné, rassuré lorsqu'il s'était senti seul au monde avant le retour de sa mère. À présent, ce n'était plus qu'une vieille femme maniaque, à la cervelle dérangée, méchante et terrifiée.

Finalement, les soins dont Virginia entourait sa mère semblèrent porter leurs fruits. La malade s'apaisa. Elle reconnut sa fille et son petit-fils et n'eut plus de crises d'angoisse qui se muaient en hurlements, de colères sans objet. Elle accepta de prendre ses potions, de se faire laver, habiller... La mère et la fille se retrouvaient. L'ancienne tendresse perturbée par tant d'incessantes disputes revenait. Isabelle réclama Georges, le contempla avec adoration en murmurant :

– Tu es si beau, tout à fait ta mère à ton âge, en plus viril, bien sûr.

C'était vrai que Georges était beau, mais il ressemblait aussi à son père qui avait d'ailleurs été fort séduisant. Il était grand, élancé, la taille bien prise dans sa veste d'intérieur, le visage fin, mais trop grave pour son âge. Il souriait rarement. Il avait été trop malmené par les disputes de ses parents, la vie chaotique menée avec sa mère. Les craintes de Virginia, qui voyait souvent l'avenir sous de sombres couleurs, s'étaient communiquées à son fils, qui ne connaissait pas l'insouciance heureuse de son âge.

La rémission de la malade ne dura guère. Après une nuit agitée, de nouveau torturée par ses tourments imaginaires, la marquise Oldoïni s'éteignit dans la matinée du 9 mars 1872.

Virginia, même si elle ne s'était guère entendue avec cette mère difficile, qui n'avait pas supporté de vieillir et de voir peu à peu disparaître la beauté dont elle avait été si fière, en ressentit un immense chagrin et en fut la première étonnée. Elle contempla ce corps épaissi, ce visage malmené par les années et en éprouva une grande compassion. Tout était si fragile... La beauté s'enfuyait si vite... Cette mort la terrifiait, c'était comme l'annonce de sa propre vieillesse, de sa propre décrépitude. Elle avait trente-quatre ans.

Elle télégraphia au Portugal et son père arriva trois jours plus tard. Dieu, que les années l'avaient marqué... Virginia en prit brutalement conscience en le voyant descendre péniblement de voiture, devant le vieux palais de La Spezia. Il n'avait guère vécu auprès de son épouse, pourtant, il parut stupéfait et bouleversé par la mort d'Isabelle.

On fit de belles funérailles à la marquise Oldoïni. Toutes

leurs connaissances de Gênes, de Turin ou de Florence s'étaient déplacées, ainsi que les gens du village, pêcheurs et paysans, Virginia comme son père y avaient tenu.

En regardant la bière descendre dans le caveau familial de leur petit cimetière de La Spezia, il sembla à Virginia qu'une page de sa vie se tournait. C'était un arrachement. Quant à Georges, il ne pouvait retenir ses sanglots et Virginia le prit dans ses bras.

Après l'enterrement, elle régla avec son père les affaires les plus urgentes, s'occupa de toucher quelques fermages en retard, paya d'avance leurs gages à Émilio et à Ratti, ferma la majeure partie du palais et les chargea de veiller sur le reste. Son père devait reprendre son poste à Lisbonne, elle-même ne souhaitait pas s'éterniser en Italie. Maintenant que toutes ses affaires avaient été rapatriées à Florence, elle voulait revoir Paris. Même changée, même infidèle à ses souvenirs, Paris lui manquait trop...

Virginia ne prit que le temps de boucler ses malles et de mettre en ordre l'appartement de Florence que le roi Victor-Emmanuel tenait toujours à sa disposition.

En mai, elle était à Paris et se mettait en quête d'un logement, car elle avait interrompu la location de son ermitage de Passy. Quant à Georges, il était trop âgé pour être encore admis dans sa pension, sa seule stabilité dans une vie qui n'en avait guère connu. Virginia trouva deux appartements à louer dans ce même immeuble du 10, rue de Castiglione, qui avait connu ses débuts parisiens. Ils étaient si encombrés de tous les souvenirs de la maison de Passy qui n'avaient pu être acheminés vers Florence, et dont Virginia refusait de se séparer, qu'elle chercha bientôt autre chose. Elle retint finalement un appartement à l'hôtel de l'Alma, au 11, de la rue Saint-Arnaud. Le cher Estancelin fut l'un des premiers à venir voir ce logis hâtivement installé et rendu charmant par ses soins.

Ce fut pour elle un grand bonheur que de retrouver sa haute stature, ses gestes d'homme dans un univers si féminin, ses rires retentissants, sa truculence et sa gaîté. Même s'ils n'étaient plus amants, ils restaient des amis proches. Elle adorait s'allonger sur sa chaise longue, devant la fenêtre ouverte, et l'écouter lui parler de politique. Thiers avait opté pour la république et restauré la croissance nationale. La production de houille et d'acier bouleversait les données économiques du pays. La Prusse avait été indemnisée bien plus tôt que prévu et les troupes d'occupation étaient reparties au-delà des frontières...

Dans une France encore meurtrie, mais qui avait retrouvé la paix, tout restait possible. Virginia optait pour la monarchie. Le prétendant des Bourbons, le comte de Chambord, fils posthume du duc de Berry et de la princesse Marie-Caroline de Bourbon-Sicile, avait été élevé par sa tante, la duchesse d'Angoulême, la fille de Louis XVI et de Marie-Antoinette. Elle lui avait donné une éducation rigide et très pieuse, bien éloignée des réalités politiques qu'elle ne connaissait guère. Ses amis avaient conduit d'habiles pourparlers avec les orléanistes. De son mariage avec une princesse de Modène, celui que l'on commençait à appeler couramment Henri V tant son accession au trône semblait certaine n'avait pas eu d'enfant. Il lui suffisait de reconnaître comme son héritier le comte de Paris, petit-fils de Louis-Philippe, pour être assuré du soutien de tout le clan des Orléans. D'ailleurs, avec ou sans son consentement, ce dernier deviendrait à sa mort le prétendant officiel. Et Virginia, rêveuse, s'enfiévrait à l'idée d'un possible retour des Bourbons sur le trône de France.

Comme elle le faisait chaque été lorsqu'elle était en France, Virginia retourna avec son fils à Dieppe, cette station balnéaire qu'elle aimait tant. Aussitôt arrivée, elle écrivit dans la fièvre au duc d'Aumale qui l'avait si gentiment reçue lors de ses divers séjours en Angleterre et avec qui elle continuait de correspondre :

*Il faut conquérir la France et nul plus que vous n'est en mesure de le faire.*

Le duc, qui connaissait les prétentions ridicules du comte de Chambord pour son retour en France – l'abolition du drapeau tricolore pour le drapeau blanc des royalistes, comme si rien ne s'était passé depuis la Restauration – lui répondit sans trop s'engager :

*J'ai été, Madame, très touché, très reconnaissant de votre sympathie et de votre bon souvenir. J'aurais voulu, je voudrais encore pouvoir vous en remercier de vive voix et, si je vous savais à Paris, je tâcherais certainement d'aller vous y faire visite.*

Le duc d'Aumale était, en effet, revenu à Paris dès 1871. Devenu député à l'Assemblée nationale, il avait réintégré ses fonctions au sein de l'armée. Il se vouait désormais à ses écrits, ses collections, la restauration de son superbe domaine de Chantilly et à ses écuries, ce qui lui suffisait amplement. Les bâtiments avaient beaucoup souffert de la Révolution, les douves, les bassins devaient être curés, les jardins dessinés par Le Nôtre et La Quintinie nettoyés, modernisés dans le goût des perspectives à l'anglaise que le duc avait pris durant son exil.

Pourtant, il tint parole et vint rendre visite à Virginia à l'automne 1872, lorsqu'elle fut de retour dans son appartement parisien. Il n'arriva pas seul, mais accompagné de son neveu, le duc de Chartres.

Robert d'Orléans, duc de Chartres, second fils du duc d'Orléans, avait trente-deux ans. Il fut ébloui par sa beauté. L'admiration évidente qu'elle lut dans ses yeux, la cour pressante qu'il lui fit donnèrent à nouveau envie à Virginia de se parer pour un homme, de l'enflammer. Elle fut à lui. Il en fut envoûté et ne tarda pas à lui adresser des messages fiévreux :

*Est-il utile, est-il prudent, surtout est-il nécessaire de parler de tous les souvenirs de samedi ? J'ai connu une ivresse qui m'a presque fait peur.*

Comme d'habitude, Virginia ne se sentit revivre que durant le moment si bref de la séduction. Elle avait cette science, ce pouvoir, lorsqu'elle le voulait vraiment, d'être une incomparable maîtresse, celle qui faisait croire à l'amant qu'il était l'unique et le meilleur, le dispensateur de toutes les extases, de tous les bonheurs. Elle ne trichait pas. Elle était sincère… pour un temps toujours plus éphémère…

Même si cette nouvelle passion la flattait, même si, grâce au duc de Chartres, elle retrouvait avec délices l'infini plaisir de se savoir belle et désirée, de se montrer au théâtre ou au Bois au bras d'un homme – et d'un homme en vue, appartenant à la famille royale –, ce n'était pas la seule attraction qu'il exerçait sur elle. Virginia caressait encore le doux rêve de *jouer un rôle.* Par l'intermédiaire du duc de Chartres, elle espérait avoir prise sur le duc d'Aumale et restaurer la monarchie. Ce serait un peu son œuvre… De toute urgence, il lui fallait donc le revoir. Et ce fut encore Estancelin, ami du duc, qui fut chargé de la commission, alors qu'elle se disait alitée, épuisée…

*C'est le devoir des rois de visiter les malades et le droit des princes, ayant régné ou devant gouverner. Qu'il vienne donc jusqu'à cette chambre de malade ; sans quoi il pourrait s'imaginer qu'on le reçoit sans bracelet. L'étiquette sera rigoureusement observée dans les moindres détails. Annoncez-lui tout cela, et s'il se décide, faites-moi connaître le jour où il viendra, cet agneau que je ne mangerai pas car je serai au lit.*

Le duc d'Aumale lui rendit visite comme il en avait été prié, mais il omit de se faire annoncer par le général Estancelin. Virginia le fit à contrecœur entrer dans une chambre en désordre et elle se sentit laide à faire peur. Il était vêtu de noir, n'avait donné à Luisa ni ses gants d'un élégant gris perle ni son chapeau, qu'il tenait sur ses genoux. Très raide, presque compassé, il s'assit du bout des fesses sur la chaise qu'on lui indiquait, au chevet du lit.

Il n'y avait plus dans ses yeux l'admiration d'autrefois. Ce n'était qu'un visiteur courtois, impassible, qui s'ennuyait un peu et n'avait qu'une hâte, s'en aller dès que la simple courtoisie le lui permettrait. Il lui demanda avec politesse et indifférence des nouvelles de sa santé. Elle aiguilla la conversation vers la politique, puis lui posa une question abrupte :

– Si vous aviez, monsieur le duc, les suffrages des Français, accepteriez-vous la couronne offerte ?

– La question ne se pose même pas, ma chère. La restauration de la monarchie n'est pas à l'ordre du jour.

La réponse était sans ambiguïté comme sans enthousiasme. Il ne croyait pas à la possibilité de régner un jour. Virginia, déçue, avait l'impression qu'il n'y tenait même pas et le trouva par trop dépourvu d'ambition. Lui aussi avait vieilli... Elle rendit compte dans un style bizarrement haché de la teneur de leur entretien dans un petit billet qu'elle fit porter à Estancelin :

*Il a parlé tout le temps politique, Gambetta, roi. C'est ce qu'il voudrait être, mais élu, c'est moi, femme, qui vous le dis.*

À nouveau, Virginia connut des ennuis d'argent. Le banquier Laffitte, qui n'avait pas su investir à temps dans les nouvelles industries, avait lui aussi des embarras financiers et demanda avec insistance à la comtesse de Castiglione de le rembourser des sommes jadis prêtées. Cet argent, il y avait longtemps qu'elle ne l'avait plus. Elle l'avait confié à Joseph Poniatowski pour réaliser l'une de ses mirobolantes affaires à venir... Elle lui écrivit pour le lui demander. Lors de la Commune, Joseph s'était réfugié avec Mathilde, sa femme, à Londres d'où il n'était pas revenu. Il y vivait péniblement de sa musique. Le climat anglais pluvieux ne lui convenait pas, il toussait beaucoup, se sentait épuisé, crachait le sang. Il répondit assez vertement à Virginia :

– Ton conseiller se trompe, car le Tribunal dira : « Qu'est-ce que cela me fait, l'usage que Mme la Comtesse a fait des 250 mille qu'elle doit à M. Laffitte, elle les doit et voilà tout. » Si tu m'attaques, je dirai la vérité, car je n'ai rien à perdre, mais je ne vois pas quelle utilité tu en tireras, sinon de mettre ton cul à la fenêtre. Il est vrai qu'il est si beau qu'on le regardera volontiers ! Demander de l'argent au Patron *(Napoléon III)*, c'est un rêve, car il n'en a pas, et s'il en avait, il ne le donnerait pas et, dans sa situation actuelle, il ferait bien.

Le banquier n'intenta pas de procès à Virginia et la dette fut à nouveau oubliée. De loin, Virginia continuait à se soucier du sort de Napoléon III, qui avait été libéré par le vieux roi Guillaume II et avait retrouvé Eugénie près de Londres, où la reine Victoria, compatissante, avait mis une jolie propriété à leur disposition. Virginia pensait souvent à lui, mais le cœur serré, heureuse qu'il eût retrouvé sa famille. Elle savait que l'empereur, vieilli, malade, fatigué du pouvoir, n'espérait plus grand-chose pour lui-même, mais tout pour son fils, qui approchait de sa majorité. Joseph Poniatowski n'en voulut pas longtemps à Virginia de ses demandes de remboursement et continua à lui écrire. Il fréquentait encore l'ancienne famille impériale. Il apprit à Virginia que le prince Napoléon, cousin de l'empereur, était venu le voir pour lui faire part d'un projet mis au point par Fleury. Projet auquel le prince Joseph faisait allusion quand il disait clairement à Virginia qu'elle n'obtiendrait pas un liard de l'empereur en exil. Louis Napoléon et son cousin comptaient se rendre en grand secret à Thonon où les attendraient des dragons. De là, ils gagneraient Lyon et marcheraient sur Paris. Il était primordial, pour la réussite de ce nouveau coup d'État, que l'empereur fût en bonne santé, ce qui était loin d'être le cas[1].

Le duc de Chartres, à cause de son métier de soldat, voyageait beaucoup. Des lettres enflammées parvenaient à Virginia de Crimée ou de Naples. Elle le revit avec plaisir à chacune de ses permissions, heureuse d'être toujours aimée et de briller dans le regard d'un homme. Entre-temps, elle reçut aussi son ancien amoureux, Imbert de Saint-Amand. Virginia n'avait jamais été fidèle. Il lui fallait du bruit, de l'agitation autour d'elle, une présence masculine, même envahissante. Leurs retrouvailles furent très tendres, mais suivies de nouvelles fâcheries. Virginia ne

---

1. Une première opération pour briser et expulser la pierre de la vessie eut lieu avec un certain succès le 2 janvier 1873, mais ce n'était pas suffisant. Une deuxième eut lieu le 6, une troisième devait être faite trois jours plus tard. L'empereur, fiévreux, très affaibli, délirait, et elle ne fut pas tentée. On lui fit donner les derniers sacrements par le prêtre de Chislehurst.

pouvait s'en empêcher. Elle n'aimait que le drame et les scènes... Et la gouvernante de l'Hôtel de l'Alma, ébahie par cette incessante valse de soupirants et par la qualité princière de certains, se faisait entremetteuse. Elle jouait les importantes, recevant les uns, faisant attendre les autres, se chargeant volontiers des diverses missives et commissions adressées à Virginia.

Parfois, Virginia s'alarmait sans raison. Dans la rue, cette ombre se cachant d'arbre en arbre, c'était un mystérieux espion qui en voulait peut-être à sa vie ? On la guettait. On soudoyait sa gouvernante, on ouvrait ses courriers. Ses jours étaient peut-être en danger ? Brusquement affolée, elle écrivait à Thiers, qui, en dépit de la folle masse de travail qu'il assumait, prenait le temps de la rassurer du mieux qu'il pouvait.

Virginia savait pouvoir compter sur son ancienne amitié. Pour un temps, elle s'apaisait...

Joseph Poniatowski, dont la santé déclinait, continuait à lui écrire ponctuellement, donnant des nouvelles de sa propre maladie et de celle de l'empereur, qui préoccupait tous les exilés de Londres. Virginia avait suivi en tremblant les issues des deux premières opérations subies par l'empereur. L'annonce de sa mort, qu'elle lut dans les journaux et gazettes dès le 10 janvier, la bouleversa. Bien sûr Napoléon III l'avait écartée de lui, de la Cour et de tout ce qui brillait en France. Pourtant, pendant deux ans, il l'avait follement aimée, elle en était sûre. Il avait pris des risques pour elle, affichant leur liaison devant l'impératrice ! Elle avait su le convaincre de faire l'unité italienne, ce qui l'avait un temps grisée. C'était vrai qu'elle lui avait dit en évoquant les autres femmes : « Je les égale par ma naissance. Je les surpasse par ma beauté. Je les juge par mon esprit. » Quelle folle présomption et combien l'écroulement de tous ses rêves dorés avait été cruel... L'empereur l'avait beaucoup fait souffrir, mais il avait su la combler... Jamais elle ne regretterait d'avoir été sienne. À présent, *son* empereur était mort... Virginia se terra chez elle et le pleura avec émotion [1].

Même si elle épousait la cause royaliste, elle restait proche des bonapartistes, surtout du duc d'Aumale, bien qu'elle n'eût toujours pas pardonné les gants gris perle, et du duc de Chartres qui accourait fidèlement à chacun de ses retours. Le parti bonapartiste, atteint par la défaite de Sedan, reprenait de la force et de la cohésion. Les élections partielles lui avaient donné de nombreux sièges à l'Assemblée. La mort de l'empereur le rendit pour un temps follement populaire. Partout, on le pleurait. Il fut même décidé que des délégués de toutes les provinces traverseraient la Manche pour acclamer le prince impérial aux obsèques de son père, ce que la police de Thiers sut empêcher....

---

1. Le prince impérial, cadet à l'Académie royale militaire de Woolwich, fut alors prévenu. Il revint en hâte à Chislehurt, mais ne trouva pas son père vivant. Des milliers de personnes, dont quatre mille Français et parmi eux une délégation ouvrière étaient présentes aux funérailles qui eurent lieu le 15 janvier.

D'après les dernières volontés de l'empereur, c'était Eugénie qui recevait sa fortune et le titre de régente, ce qui ulcéra Plonplon, qui exigeait la direction politique du parti bonapartiste et la garde du futur empereur, ce qu'il n'obtint évidemment pas...

Comme tous ceux qui avaient aimé l'empereur, Virginia suivait avec passion les écrits au vitriol d'un certain Paul de Cassagnac. Ce directeur du journal *Le Pays*, un bonapartiste convaincu, s'était fait le champion de l'impératrice et avait prévenu qu'il se battrait en duel contre quiconque en dirait du mal. Il était excellent tireur, l'avertissement porta. Cassagnac était jeune, beau et plein d'esprit. Virginia désira le connaître, et elle chargea un autre de ses amis journalistes, Musan, de le lui amener.

Paul de Cassagnac vint donc à l'Hôtel de l'Alma, amusé à l'idée de rencontrer un ancien amour du vieil empereur. Lui aussi fut sous le charme. Cassagnac était bouillant, passionné et... pressé. Il bouscula les habitudes de la comtesse de Castiglione qui adorait se faire désirer, se refuser, bouder, avant de laisser revenir à elle le malheureux soupirant éconduit. Le soir même, il fut dans son lit. Avoir cédé si vite... Elle-même en était stupéfaite en lisant le billet brûlant, accompagné de fleurs, qu'il lui adressa le lendemain.

*Demain soir, si vous voulez, j'irai vous dire combien je suis encore ému de mon beau rêve et le désir fou que j'ai de le voir se renouveler. Il y a entre nous un lien désormais fatal et je ne le briserai jamais.*

*À vous,*
*Paul*

Dès le deuxième rendez-vous, Virginia tenta de reprendre l'avantage. Elle voulut se refuser, essaya ses poses languissantes. Il la regarda en riant et... s'en alla ! Déconcertée par une froideur inconnue, Virginia lui écrivit, s'excusant et le priant de revenir. C'était la première fois qu'elle se laissait aller avec un homme. Ce nouveau comportement ne lui réussit guère. Paul de Cassagnac répondit de façon laconique : « Je t'aime bien. » Après leur troisième rendez-vous, elle le supplia de lui répondre. Ce qu'il fit par ces mots :

*La Payse, j'ai horreur d'écrire, aussi je ne t'écris pas. Mais j'adore t'embrasser des pieds à la tête et c'est ce que je viens faire ici.*

Virginia, désespérée de voir ses pauvres ruses demeurer pour la première fois sans effet, n'en finissait plus de scruter son miroir, à la recherche d'une nouvelle ride, d'un cheveu blanc. Mais non, elle était toujours belle. Pourtant, insensiblement, les défenses de Cassagnac cédaient. Virginia, bouleversée, reçut enfin l'aveu qu'elle n'espérait plus :

*Ma jolie Payse, je t'abandonne pour la campagne, mais ce n'est plus comme autrefois, sans penser à toi et en t'oubliant. Et la meilleure preuve, la voici : avant de partir, je viens t'embrasser tendrement et te demander un long rendez-vous pour après-demain vendredi, chez moi ou chez toi comme tu voudras. Malgré moi, tu pénètres dans ma vie, tu t'y infiltres et je te jure que je ne m'en trouve pas trop mal ! Hier, je me suis couché, comme une bête, sans avoir vu ta lettre qui était sur ma table et il m'eût été bien facile d'aller te voir une heure. J'en suis tout peiné et je viens te demander pardon de ne pas t'avoir donné ce plaisir si aisé. À toi mon meilleur baiser et mon plus tendre souvenir et à après-demain.*

Ce fut un homme éperdu et amoureux qui accourut au rendez-vous. Virginia retrouva sa confiance en elle et en sa beauté qu'elle avait un instant crue menacée. Juste après le fameux rendez-vous, il lui fit porter un nouveau billet :

*La Mina, j'ai encore envie de toi. Je t'attends ce soir de bonne heure. Nous nous mettrons dans le bleu jusqu'au cou.*

*P.-S. : Viens en blonde.*

Même ses aveux amoureux restaient un peu moqueurs, ce qu'elle adorait. Il n'y avait que lui pour lui écrire avec une telle désinvolture :

*J'ai oublié hier, je ne sais pas ce que sera demain, mais ce soir 23 juillet 1873, je t'aime.*

Tout à cette nouvelle passion qui la comblait, Virginia ne pensait guère à son fils qu'elle avait installé sous les toits pour recevoir tranquillement son amant. Georges s'ennuyait ferme auprès de son directeur de conscience, l'abbé Maurette. Désœuvré, oisif, il désirait continuer ses études, or sa mère n'y pensait pas. Il venait d'avoir dix-huit ans. Ce n'était plus un enfant, mais presque un homme, un être mélancolique et pensif, solitaire, vivant sans cesse dans la crainte de déplaire à cette mère fantasque qui l'oubliait parfois durant des semaines et qu'il trouvait si belle dans ses magnifiques toilettes. Ce fut l'abbé Maurette qui proposa un précepteur à Virginia. Un certain Genulphe Sol, ancien journaliste à

*L'Avant-Garde*, publication qui avait sombré en 1870. Ni Virginia ni l'abbé ne se renseignèrent beaucoup sur les capacités de Sol, ni sur sa moralité. Virginia n'apprit que plus tard qu'il avait vécu longtemps en ménage avec une veuve du nom de Joséphine Bellande, aussi douteuse que lui, allant avec elle de villes d'eaux en villes d'eaux et vivant d'expédients.

Georges, dont l'enfance avait été triste et solitaire, et l'adolescence plus morne encore, se confia avec naïveté au bellâtre. Il lui révéla qu'à sa majorité lui reviendraient une somme de 100 000 francs et de nombreux meubles et tableaux de valeur légués par son père pour aider à son éducation. Avec opiniâtreté, Sol, qui était tout sauf honnête et désintéressé, aviva les plaies de son élève. Oui, il avait été un enfant délaissé, un jeune homme sacrifié par sa mère qui touchait sans vergogne la rente laissée par son père, achetait sans cesse de nouvelles toilettes et se souciait fort peu de lui. Georges comprit brusquement qu'il avait été malheureux, ce qu'il ignorait jusqu'alors, tout à sa dévotion pour sa mère...

Sol lui expliqua comment s'y prendre pour se faire émanciper et toucher enfin les sommes qui lui étaient dues. Il suffisait de s'emparer des nombreuses lettres galantes que sa mère conservait dans une cassette, puis de s'enfuir en Italie auprès de sa famille paternelle et de poser ses conditions : son émancipation contre les lettres. Il s'agissait de vol et de chantage, mais le précepteur indélicat sut si bien présenter les choses qu'elles parurent normales au jeune homme.

Et la nuit du 24 novembre, Georges fit discrètement son

balluchon et partit pour l'Italie. Ce fut la fidèle Luisa qui s'aperçut le matin, en lui montant son petit déjeuner, que Georges n'avait pas dormi dans son lit et qu'il avait fait son sac, car bien des vêtements manquaient dans l'armoire.

Virginia, atterrée, ne comprenait rien à tout cela. Elle s'inquiéta du sort de son fils, ignorant où il se trouvait car il n'avait pas laissé la moindre lettre. Toujours un peu théâtrale, elle s'empara d'un tube de laudanum devant Luisa et tenta d'en avaler le contenu. Bien sûr, la femme de chambre le lui arracha aussitôt des mains.

Lorsque Sol se présenta à dix heures pour commencer ses leçons comme s'il n'avait rien su de la fuite de son élève, Virginia l'accueillit comme un sauveur. Elle se doutait bien que son fils était parti pour l'Italie – il n'avait nulle part ailleurs où aller. Sol joua les hommes dévoués, indispensables, proposant aussitôt ses services.

– Dès demain, promit-il, j'irai chercher Georges en Italie, mais il me faudrait un peu d'argent pour payer mon voyage.

– Est-ce que 300 francs vous suffiraient ? demanda Virginia, éperdue de reconnaissance.

On se mit finalement d'accord sur la somme de 500 francs. Bien sûr, ce départ faisait aussi partie du plan soigneusement ourdi par le peu scrupuleux précepteur.

Et Sol partit. Affectant de parcourir l'Italie à la recherche de Georges, il se rendit à Turin, à Florence, à Pise où il prétendit l'avoir enfin retrouvé.

Entre-temps, Virginia, s'étant enfin aperçue du larcin de son fils, entra dans l'une de ces terribles colères qui la prenaient parfois, mais c'était trop tard. Parmi toutes les lettres dérobées, amoureuses ou politiques, la plupart étaient anciennes. Seules celles de Paul de Cassagnac se trouvaient parmi les plus récentes. Si Georges les vendait à ses ennemis politiques, c'en serait fini de la réputation du journaliste. Paul serait la risée de Paris, son avenir professionnel et politique serait terminé... Son journal avait un correspondant en Italie, un certain Goujon que Paul chargea de mener l'enquête pour savoir où se trouvaient à présent Georges et son indélicat précepteur. Paul avait compris que Sol était de mèche avec son élève et avait abusé de la crédulité de Virginia. Ce Goujon s'adressa à toutes les connaissances de Virginia en Italie. Les Doria lui apprirent par un télégramme :

*Sol menteur se méfie de vous et vous dépiste. D'accord ensemble. Ils sont à La Spezia tous les deux.*

L'abbé Maurette, désolé d'avoir si mal conseillé la comtesse de Castiglione, catastrophé de l'indélicatesse commise par Georges, multipliait les lettres à Sol comme à son ancien élève. Sol prit peur, craignant d'être accusé de vol et de chantage. Il réclama encore de l'argent pour rentrer, ce que Virginia fut forcée de lui accorder, gagna Gênes et quitta la ville le 6 décembre.

Resté seul, Georges s'ennuya ferme à l'Hôtel de Gênes où il était descendu. Il prenait ses repas chez d'anciens amis de sa mère et de sa grand-mère, le baron et la baronne de Morand, qui l'incitèrent à rendre à sa mère ce qu'il lui avait dérobé, lui promettant d'intercéder en sa faveur. Surtout, Sol parti, le jeune homme se sentit tout à coup bien moins sûr de lui, même s'il affirma le contraire dans la lettre assez naïve qu'il adressa à son ancien précepteur :

*Voici ce que j'ai pensé ; que la comtesse fasse un acte, valable en loi, dans lequel elle déclare me laisser libre jusqu'à ma majorité, et qu'elle s'engage à me payer comme pension ce qui me revient. Mais comme je la connais, je ne veux pas m'exposer à ce qu'elle promette et ne paye pas, je veux qu'elle m'ouvre un crédit sur une banque quelconque. Contre tout cela bien arrêté et fixé, je lui remettrai ses papiers, car si cela s'arrangeait ainsi, je ne veux pas m'en servir.*

Il terminait piteusement : *Donnez-moi un peu de vos nouvelles car je m'embête bien.*

En fait, Georges avait conscience d'avoir mal agi, même s'il ne voulait pas céder. Il se sentait seul, sans amis, sans argent. La soirée de Noël 1873 puis celle du nouvel an lui parurent autant de calvaires. Cette nuit-là, il envoya à sa mère une lettre respectueuse et désolée, qui reprenait pourtant, mais sur un autre ton, ses précédentes revendications. Enfin, sur les instances de Paul de Cassagnac, Virginia céda, demandant à son fils de tout régler avec son avocat italien, un certain Mongini :

*Vous m'avez fait de la peine, mon cher enfant, en défaisant tout à coup ce que vous aviez si bien réparé par votre lettre de bonne année. Je n'ai donc plus qu'à vous accorder ce que vous me demandez, mais à une condition : rendez nos papiers cachetés à Mongini et qu'il les remette à Morand. À ce prix, nous nous entendrons et je vous rendrai de votre liberté tout ce que Mongini pourra vous en faire avoir ; et n'oubliez pas la déclaration formelle écrite devant lui, Mongini, et approuvée par lui, que vous n'en avez pas gardé un seul.*

Tout fut réglé devant l'avocat. Georges rendit les papiers compromettants et promit ne pas en détenir d'autres. Sa mère lui fit remettre un titre de rente de 15 000 francs par an, exigeant l'éloignement définitif de Sol, ce à quoi Georges fut contraint de se soumettre avec tristesse.

Quant à Virginia, elle fut stupéfaite du tour qu'avait pris l'affaire et se demanda qui était ce fils qu'elle prenait encore pour un enfant et qui l'avait attaquée si durement, n'hésitant pas à la faire chanter pour lui extorquer son héritage. Se pouvait-il qu'elle le connût si mal ? Avait-elle été une mauvaise mère ? Toutes ces questions se pressaient dans sa tête...

La France devenait peu à peu plus stable et Virginia, de nouveau, s'y sentit presque bien. Le pays avait définitivement, semblait-il, adopté la république lors des élections du 30 janvier 1875. La Constitution de 1875 prévoyait un président élu par les deux assemblées pour une durée de sept ans – ce qui laissait le temps à la monarchie de s'organiser si le trop intransigeant comte de Chambord venait à mourir –, une Chambre des députés et un Sénat. Ce Sénat, pièce maîtresse de cette constitution, était chargé de modérer ce que le suffrage universel aurait pu avoir de trop novateur. Virginia voulait bien d'une république, mais conservatrice. Elle n'appréciait guère les changements, encore moins les révolutions ou les guerres.

De retour à Paris, Georges ne voulut pas reconnaître ses torts envers sa mère et lui exposa ses griefs dans ses lettres. Mais elle lui manquait. Il l'avait tant admirée, la trouvait si belle, si brillante, avec cette cohorte de soupirants attendant devant sa porte un geste, une invite, un sourire de leur idole... Pourtant, il gâcha beaucoup les retrouvailles et une réconciliation que Virginia souhaitait autant que lui en adoptant un ton rêche et coupant.

– Je suis heureux de vous revoir, mère, mais tout n'est pas encore réglé entre nous.

– Que voulez-vous encore ? demanda Virginia en réprimant le mouvement de tendresse qui l'avait portée vers lui.

– Il faut que vous me donniez la police d'assurance me concernant. Je veux aussi la restitution des meubles ayant appartenu à mon père et la nue-propriété d'une somme de 100 000 francs déjà mentionnée dans votre contrat de mariage avec mon père.

– Je suis d'accord pour vous accorder cette police d'assurance ainsi que les souvenirs de votre père, mais cette somme que vous osez me réclamer aujourd'hui, je ne l'ai plus. Vous ignorez peut-être qu'à la mort de votre père, j'ai dû hypothéquer le palais de mes parents à La Spezia pour régler les dettes les plus criantes laissées par mon époux.

– C'est vous qui l'avez ruiné, madame ! Et je veux cette somme, sinon, je ne vous reverrai de ma vie.

Virginia, étourdie par cette nouvelle dureté à son égard, céda.

– Je ferai établir au consulat les actes que vous me demandez et que nous signerons ensemble. Permettez-moi pourtant de vous dire que je ne vous ai pas élevé ainsi et que vos exigences, fort déplacées, me peinent infiniment.

– Vous ne m'avez pas élevé du tout !

La mère et le fils se retrouvèrent froidement au consulat d'Italie à Paris pour signer ensemble une convention datée du 18 février 1875. Cette convention stipulait que Virginia rendait à Georges tout l'héritage de son père, mais ne reconnaîtrait plus ses dettes.

Peu après, enfin libre et doté de quelques biens, Georges vint faire ses adieux à sa mère. Il avait un peu honte et se sentait malheureux en lui annonçant :

– Je m'embarque prochainement pour l'Argentine en qualité d'attaché à la légation d'Italie. Je vous demande votre bénédiction, mère.

Virginia se précipita pour l'étreindre. En dépit de son ressentiment, et surtout de l'humiliation subie, elle le regarda partir avec douleur.

Désormais, elle se sentit plus seule que jamais, consciente d'avoir été une mauvaise mère et le regrettant. Surtout, elle n'avait pas vu grandir son fils... Et maintenant qu'il était parti si loin, elle ne pouvait plus rien réparer. Ce n'était pas son père, fantasque et toujours au Portugal, qui aurait pu lui tenir lieu de famille. D'ailleurs, ne lui avait-il pas annoncé son intention de se remarier avec une certaine Doña Carlotta de Moraès Sarmento ? Ladite Carlotta, à peine un peu plus jeune que Virginia, avait deux filles d'une précédente union. Virginia pouvait dire adieu aux biens des Oldoïni ! Après un bref veuvage, son père n'était pas resté seul bien longtemps...

Son épuisante lutte avec Georges, la violente déception qu'il lui avait causée, ce départ imprévu pour un pays lointain, ces éternels soucis d'argent, tous ces tracas n'arrangèrent pas le caractère déjà mélancolique de Virginia. Ses amants, Paul de Cassagnac comme le duc de Chartres, s'en plaignirent. Peu à peu, leurs sentiments s'émoussèrent, leurs relations avec Virginia s'espacèrent.

Seule, elle suivit avec intérêt les élections législatives du 20 février 1876, qui firent émerger une nouvelle Chambre. Dès le 8 mars, les sénateurs, réunis à Versailles, élirent pour président un orléaniste libéral, le duc d'Audiffret-Pasquier, tandis que les députés, dans une salle construite pour eux dans l'aile gauche du palais, votaient pour le républicain Jules Grévy, l'ennemi sournois de Gambetta. Ce fut à Armand Dufaure, ancien garde des Sceaux, que l'on fit appel pour former le nouveau gouvernement tandis que Gambetta était élu à la présidence de la commission du Budget, la commission la plus importante.

Quand Virginia tournait ses regards vers l'Italie, sa vraie patrie, les événements ne la rassuraient pas davantage. Même si elle n'était pas très assidue aux offices, elle restait une catholique convaincue. Elle avait regretté l'annexion de Rome au royaume d'Italie et considérait, de même que bien des catholiques, le pape Pie IX comme quasiment prisonnier au Vatican. Ses craintes s'accrurent au début de 1877, lorsque la Chambre italienne vota une loi d'inspiration nettement anticléricale. Le pape eut si peur de perdre son indépendance spirituelle qu'il demanda par une encyclique aux catholiques du monde entier d'agir en sa faveur. Virginia trouva sa demande normale. Le malheur voulut que les Comités français d'action catholique fissent circuler partout une pétition suppliant les pouvoirs publics de faire respecter « par tous les moyens » l'indépendance du Saint-Siège. La pression religieuse s'ajoutait à la tension internationale au moment où un conflit armé éclatait entre la Russie et la Turquie, appuyée par l'Angleterre...

À la Chambre, les groupes de gauche s'associèrent aussitôt pour adresser une interpellation au clergé français en lui reprochant de trop se mêler de politique. Que les affaires italiennes – et donc la question de l'Église – fussent ainsi au centre de l'opposition entre la droite et la gauche mettait Virginia très mal à son aise. Dans son cercle d'amis, dès que l'on abordait le problème, le ton montait... Il était loin, le temps où Virginia était fêtée parce qu'elle était italienne et parce que les Français étaient fiers du rôle joué par leur pays dans la formation de l'unité de l'Italie...

Quant au maréchal de Mac-Mahon, devenu président de la République et occupant l'Élysée, il était entouré de catholiques fervents en la personne de son épouse, fort pieuse et fort croyante, et de son ami le duc de Broglie, un libéral allié de Paul de Cassagnac.

Le maréchal de Mac-Mahon chargea le duc de Broglie de former le nouveau ministère, ce qu'il fit. Or la Chambre, deux jours plus tard, par 363 voix contre 158, lui refusa sa confiance. La question religieuse restait donc la principale pomme de discorde entre droite et gauche...

La parole était maintenant au Sénat qui, le 22 juin, après

avoir entendu un discours du duc de Broglie et une protestation enflammée de Victor Hugo, autorisa le président de la République à dissoudre la Chambre. Elle n'avait pas duré longtemps...

Tout Paris s'enflamma pour la nouvelle bataille électorale en cours. Virginia, plus que jamais, écrivit à ses amis pour s'enquérir de leurs positions, surtout à Thiers, Cassagnac, le duc de Chartres, le duc d'Aumale ou Estancelin. Ce tourbillon politique dans lequel était plongée la capitale la passionnait et lui faisait un peu oublier la trahison de Georges, son éloignement et les trop rares nouvelles lui parvenant d'Argentine. Les lettres du Portugal, où était toujours son père, n'étaient guère plus fréquentes.

Durant le mois de juin, Virginia décida de s'installer plus confortablement à Paris. Elle trouva à louer un entresol agréable au 26 de la place Vendôme, au-dessus de chez Lombart, le célèbre fabricant de bronzes d'art. Elle adorait ce quartier, les jolis hôtels de la place, les boutiques élégantes. D'ailleurs, il était temps pour elle de quitter l'Hôtel de l'Alma où le personnel, exaspéré par ses éternelles suspicions – Virginia continuait, à certains moments de crise, de se croire espionnée par le monde entier –, ne la supportait plus. Et puis, elle serait plus libre dans cet entresol, avec sa fidèle Luisa... Elle fit venir des meubles d'Italie, s'amusa à acheter de nouvelles tentures, de nouveaux rideaux, d'autres tapis. De ses fenêtres, elle pouvait apercevoir la célèbre colonne qui avait remplacé la statue équestre de Louis XIV. L'été se passa vite, dans les apprêts de sa nouvelle installation.

Septembre commençait à peine à roussir les feuilles des

marronniers lorsque la mort de Thiers, emporté par une congestion cérébrale, frappa Virginia. Elle avait voué une sincère amitié au petit homme à la redingote noire. Il était le dernier à lui avoir confié une « mission », à elle qui avait tant besoin de se sentir utile et de se dépenser. Il l'en avait jugée digne, il avait toujours répondu aimablement à ses lettres, s'enquérant de ses opinions, lui confiant ses doutes comme ses espoirs.

Virginia se rendit, en compagnie de vingt mille autres Parisiens, à ses obsèques, à l'église Notre-Dame-de-Lorette. Un immense cortège accompagna ensuite la dépouille de Thiers jusqu'au cimetière du Père-Lachaise. Elle savait que le vieil homme se préparait à succéder à Mac-Mahon à la présidence de la République et elle était peinée de ce que ses vœux n'eussent pas été exaucés. Elle se demanda qui serait le futur chef de l'État et pensa, comme beaucoup, que ce serait Gambetta. C'était le souhait de Thiers et, à présent, celui de Virginia, puisqu'il devenait évident que les partisans des Bourbons comme des Orléans avaient laissé passer le moment opportun.

Elle fut stupéfaite de lire dans la presse le vibrant hommage que rendit Gambetta au cirque du Château-d'Eau, devant sept mille personnes, à son vieil ennemi Jules Grévy.

Gambetta avait en effet déclaré :

– Je reste dans le rang sans vouloir m'élever au-dessus des hommes qui ont consacré toute leur vie à notre parti.

On vivait décidément des temps étranges, conclut Virginia, où même les meilleurs tribuns n'étaient plus capables d'assumer leurs ambitions...

Le 9 janvier 1877, un nouveau coup la frappa. Le roi Victor-Emmanuel II venait de mourir. Son fils Humbert Ier lui succéda. Bien sûr, le vieux roi n'avait pas été le plus épris ou le plus romantique de ses amants. Il était bourru, trop direct, avait des manières impossibles et aucun de ces raffinements que Virginia prisait tant chez un homme. Pourtant, à sa manière, au-delà du temps et de la distance, il l'avait aimée avec une certaine constance. Il l'avait aidée financièrement, lui faisant verser, avec une régularité méritante pour lui qui était si pingre, une pension de 4 000 francs par an, qui, à son heureuse surprise, ne cessa pas à sa mort... Il avait donc pris des dispositions pour que la pension continuât et Virginia en fut touchée aux larmes...

Sa correspondance avec son fils devenait régulière et tendre. Georges ne passa que deux ans en Argentine. Son grand-père lui ayant promis un poste diplomatique à l'ambassade d'Italie au Portugal, il rentra donc. La mère et le fils se revirent à Paris et se réconcilièrent. Virginia chargea même Georges de veiller à ses intérêts en Italie, ce dont il s'acquitta fort bien. À La Spezia, puis à Turin, il revit souvent l'une ses cousines et courtisa cette jolie jeune fille grisée par le récit de ses aventures exotiques. Il revint à Paris pour annoncer ses fiançailles à Virginia et lui demander sa bénédiction.

– Vous n'avez que vingt-trois ans, Georges, n'est-ce pas un peu jeune pour fonder une famille ?

– Les voyages m'ont mûri et j'ai, en outre, une bonne situation dans la diplomatie.

– Eh bien, je suis heureuse de cette nouvelle ! Où comptez-vous vous marier ?

– À La Spezia, bien sûr. Assisterez-vous à notre mariage ?

– Quelle question, Georges ! Comme si j'allais manquer une pareille fête... Donnez-moi vite de beaux petits-enfants à chérir.

Ce fut un superbe mariage. Virginia fut ravie de revoir le petit port qu'elle aimait tant et le palais de son enfance, ouvert, nettoyé et paré pour la circonstance. Sa belle-fille, qu'elle avait connue enfant, lui sembla bien jolie sous ses voiles et lui fit la meilleure impression. Ce fut aussi l'occasion de revoir son père, le marquis Oldoïni, que son récent mariage avait rajeuni et qui présenta sa nouvelle épouse à sa fille. Après trois jours de festivités, le jeune couple partit pour Lisbonne. Virginia n'aurait pas profité longtemps du retour de son fils, mais elle était ravie de le savoir bien établi et heureux.

Un an plus tard, Georges fut nommé à Madrid. Sa carrière s'annonçait sous les meilleurs augures.

À l'automne de 1879, Georges écrivit à sa mère de Turin pour lui apprendre qu'il avait été reçu chaleureusement par le nouveau roi, qui regrettait l'installation de Virginia à Paris. Elle fut flattée qu'il se souvînt d'elle.

À peine arrivé en Espagne, Georges, souffrant, dut s'aliter. On crut d'abord à une grippe, mais c'était beaucoup plus grave. C'était la variole, une maladie terrible qu'on ne savait pas bien soigner. De plus en plus faible, mangeant à peine, brûlant de fièvre, il n'avait plus beaucoup d'espoir de guérir. Il s'éteignit un mois plus tard. Il n'avait que vingt-quatre ans.

Virginia ne supporta pas la nouvelle. Ainsi, Georges lui était enlevé alors qu'elle avait enfin renoué des liens affectueux avec lui, alors que son existence s'annonçait si bien, un beau mariage avec une jeune femme délicieuse, un avenir brillant dans la diplomatie. C'était d'une cruelle injustice. Il devint tout à coup pour elle très précieux, « le seul être qu'elle eût aimé véritablement sur terre », comme elle l'écrivit avec quelque inconscience à son cher Estancelin, oubliant que lui aussi avait été amoureux d'elle...

# *Épilogue*

Virginia avait le sentiment de survivre à son époque, à son histoire, à ses amants, à ses amis. Tous les témoins de sa gloire passée avaient disparu. Joseph Poniatowski était mort en Angleterre, ainsi qu'Henri de La Tour d'Auvergne et son père, le vieux marquis Oldoïni... Même les hommes politiques ayant tant compté pour elle n'étaient plus : Napoléon III, Victor-Emmanuel II, Thiers, tous étaient morts. Parfois, un mémorialiste ou un journaliste l'égratignait encore. Il y eut des articles injurieux sur elle dans *Le Gaulois*, dans *L'Éclair* et dans *L'Événement* à l'occasion de la parution des mémoires de M^me^ Carette en 1889. Dans ce livre intitulé *Souvenirs intimes de la cour des Tuileries*, Virginia n'était pas épargnée... Elle en fut profondément blessée.

Louis Estancelin, ami toujours fidèle, vint la consoler du livre comme des articles. Elle qui ne s'habillait plus guère s'était parée pour lui et le reçut dans une semi-pénombre, ne dévoilant pas trop crûment un visage vieilli. Il lui dit en lui prenant les mains :

– Je vous vois bien affligée par toutes ces médisances. Il

n'y a qu'un moyen de les dissiper : prenez à votre tour la plume pour raconter la vraie histoire, puis publiez vos mémoires. Vos succès comme votre rôle politique lors des événements de 1859 puis de 1870 devraient passionner les lecteurs !

L'idée lui plut. Relater les événements dont elle avait été plus que spectatrice, c'était les revivre un peu. Retrouver l'atmosphère effervescente d'un Paris sous Napoléon III et le désir qu'elle lisait autrefois dans ses yeux. Être une dernière fois sur le devant de la scène. À nouveau, Virginia avait un but et à peine Louis Estancelin parti, elle s'assit devant son bureau et commença à écrire avec ardeur :

*Lisez et retenez, vous qui aimez l'Histoire. La mienne en est une, curieuse et accidentée, de choses et d'autres me concernant, me touchant, me frappant à tort et à travers, et d'événements publics me blessant de part en part, me changeant du tout au tout, en affaires, en amour, en famille, en pays, en santé, en fortune, en logement, en emplacements dont tous s'effondrent, à mesure que je tente d'y prendre pied. Fatalité ou providence, je ne sais, car dans ce cahot qui me secoue sans cesse, et dans ce jeu de volant de la vie et de la mort qui m'étreint, je ne distingue plus rien et je finis par me laisser aller aux hasards de ma destinée, me disant à tout, et entre tout, comme les Arabes : « C'était écrit. »*

Si elle mélangeait quelque peu les dates et les lieux, il lui aurait été facile de remédier à ces carences. Le principal obstacle à cette écriture, c'était qu'elle ne voulait révéler aucune de ses liaisons et qu'elle niait farouchement avoir été la maîtresse de Victor-Emmanuel II, de Napoléon III comme de tous les autres. Ce n'était pas convenable pour la comtesse de Castiglione. Dès lors, rien ne pouvait s'expliquer logiquement dans sa vie et Louis, après avoir lu les premières pages, renonça à la pousser davantage dans ce projet.

Les événements politiques glissaient sur elle sans l'atteindre. Elle n'y portait plus qu'un intérêt de façade. Chaque matin, Virginia ouvrait sa fenêtre et laissait pendre à la rambarde de sa fenêtre un petit panier dans lequel un coursier lui déposait les journaux. Elle se gardait bien de se montrer, même si le livreur restait parfois embusqué pour tenter d'apercevoir la « mystérieuse comtesse de Castiglione », celle dont la beauté avait fait courir le Tout-Paris du second Empire. Il ne distinguait qu'une forme noire, drapée de voiles, un visage dissimulé derrière d'épaisses mousselines.

Virginia avait brutalement pris conscience du temps qui passait. À quarante-huit ans, le visage blême et défait était trop maquillé, couvert d'une sorte d'emplâtre blanc au milieu duquel les yeux, soulignés de larges cernes bruns, paraissaient immenses, mais éteints. Son corps de légende, toujours drapé de multiples épaisseurs, s'était empâté. Elle n'était plus belle. Elle n'avait plus ni amis ni famille, elle se croyait pauvre et ruinée, ses propriétés italiennes, laissées à l'abandon, ne lui rapportaient plus rien alors que sa fortune, bien gérée, aurait pu la faire vivre plus que décemment[1]. Privée d'une splendeur qui avait fait couler tant d'encre, avait inspiré tant de passions malheureuses, Virginia n'était plus rien et s'abîmait dans une mélancolie de plus en plus profonde. Quand sa bonne, Luisa, devenue sa dernière confidente, lui reprochait son apathie, elle lui répondait :

– Quinze ans d'enfance, quinze de jeunesse, quinze de vieillesse, tu vois bien que le compte n'y est pas et que j'ai déjà dépassé mon temps...

La seule distraction qu'elle se permettait, poussée par la curiosité, était d'aller voir avec Luisa la progression de ce curieux assemblage de fer et de plomb qu'un certain Alexandre-Gustave Eiffel édifiait au Champ-de-Mars. Lentement l'ouvrage progressait et les paris s'ouvraient pour savoir s'il allait être prêt, comme son ingénieur l'affirmait, pour la nouvelle Exposition universelle de 1889. Dire que ce fou avait la ferme intention d'élever sa tour à trois cents mètres du sol...

Lorsque son propriétaire, M. Demonjay, mourut, durant l'hiver 1893, Virginia comprit qu'il lui fallait trouver de toute urgence un nouvel appartement. On ne la laisserait pas vieillir et mourir en paix... Le joaillier Boucheron avait

1. À sa mort, ses cousins Tribone héritèrent de ses deux millions d'immeubles et de bijoux, une somme considérable pour l'époque, alors qu'elle vivait dans une pauvreté bien proche de la misère, ne survivant que grâce à sa pension italienne et à la largesse des Rothschild qui avaient pitié d'elle, même s'ils ne la voyaient plus.

acheté le rez-de-chaussée et il réclamait l'entresol aux héritiers. Elle avait beau écrire lettre sur lettre à ses anciens amis, les supplier d'intervenir, on ne pouvait rien faire et il lui fallut obtempérer quand un avis d'expulsion lui fut notifié.

Pour fuir une solitude devenue insupportable et un appartement dont elle n'ouvrait plus guère les persiennes, de peur d'être reconnue ou assaillie par les huissiers, Virginia avait pris l'habitude de dîner à la nuit tombante, quand elle était sûre qu'on ne pouvait plus la voir, dans un restaurant proche de son logis, le restaurant Voisin, rue Cambon. Elle y mangeait seule, dans un cabinet particulier, toujours masquée par ses voiles. Le maître d'hôtel, ému de sa détresse, lui proposa un petit logement composé de trois chambres obscures et délabrées, situées juste au-dessus du restaurant. Elle n'eut pas le courage de chercher autre chose, encore moins celui de changer de quartier et de renoncer à ses dernières habitudes, une marche solitaire au crépuscule, ces dîners dans le même cabinet qui lui était réservé.

Elle accepta l'offre avec reconnaissance et s'installa dans les pauvres pièces. Elle allait avoir cinquante-sept ans, mais qui s'en souciait, hormis elle-même ? Que lui importait que l'appartement fût sale et triste ? Il convenait à son humeur. Même Luisa n'avait plus le droit de nettoyer ou d'aérer sa chambre dans laquelle Virginia demeurait confinée le jour entier, guettant la nuit pour sortir. Les draps de soie noire dissimulaient la crasse et n'étaient que rarement changés. Elle qui avait été si coquette se vêtait n'importe comment d'une jupe et d'un calicot à peine propres, encore moins repassés... Des semaines durant, elle ne voyait que Luisa et ses chiens, Sandouga et Kasina, petits saucissons devenus obèses à force de gâteries... Quand ils moururent, elle les fit empailler. Elle les caressait et avait avec eux de longues conversations désolées.

L'année suivante, elle enterra son vieil ami, le docteur Blanche. Ce fut pour elle l'occasion d'un triste pèlerinage à Passy. Mme Delessert, sa chère « maman Delessert », n'était plus. Des étrangers habitaient son « ermitage ». Devant le cercueil sur lequel elle jeta une rose blanche, elle eut la surprise de reconnaître le petit Jacques, le fils du docteur avec qui Georges montait autrefois à cheval à Dieppe. C'était le docteur Blanche qui lui avait fait découvrir cette station balnéaire. Jacques-Émile Blanche commençait à devenir un peintre de renom et elle lui fit cette étrange proposition :

– Je crois être encore à même, lui dit-elle, dans un certain éclairage, d'offrir quelques vestiges de ma splendeur. Si vous le voulez bien, je viendrai chez vous vers la fin du jour, vous aurez fermé les persiennes. Je disposerai les rideaux, le siège où vous vous assiérez et le mien. Demain, quand le soleil sera en face de la maison et bas, attendez-moi. Je veux que vous sachiez comment était l'amie de votre père.

Pour la dernière fois, Virginia prit un temps infini pour sa toilette. Elle se farda avec outrance, agrandissant ses yeux au khôl, retraçant ses sourcils, mettant sa plus belle robe noire et un étrange chapeau d'où partaient des plumes aussi fatiguées qu'elle. Des cheveux bruns et pauvres formaient de courtes boucles plaquées sur son front et ses joues. Une épaisse voilette dissimulait en partie le visage blafard et se terminait en gros nœud sous le menton. Un paletot plus court que sa jupe achevait de l'engoncer. On voyait à peine ces célèbres colliers de perles pendre sur sa poitrine. Elle se voulait mystérieuse, mais elle ne fut que pathétique lorsqu'elle se montra, comme elle l'avait promis, au fils de son fidèle ami. Tout était prêt et il en traça un portrait magnifique et triste, aussi beau que peut l'être une ruine [1]...

Inlassablement, Virginia réécrivait de nouvelles versions de son testament, affirmant qu'elle n'avait plus aucune famille, ce qui était faux, demandant que l'on n'envoyât que deux faire-part après sa mort, l'un aux Rothschild, l'autre au roi Humbert d'Italie, et que l'on payât les journaux pour qu'ils ne fissent publier aucun écho la concernant. Le reste n'était pas bien cohérent. Elle voulait être ensevelie dans la fameuse « chemise de Compiègne », veillée par trois sœurs vêtues de violet et d'orange, sans fleurs

---

1. « J'étais épouvanté. Ma main allait-elle obéir ? Toile et pastels étaient tout prêts. Cette scène se passait dans une pièce tendue de cretonne bleue ; les vitres de même couleur créaient une atmosphère laiteuse comme la fumée d'une cigarette. Mon modèle entra sans bruit, glissa sur le tapis, telle une apparition sur la scène. Elle s'installa de profil, le buste bien droit. Malgré sa haute coiffure en forme de diadème, c'était un tout petit tas. Un à un, les voiles se répandirent sur le sol... et je reconnus la reine d'Étrurie, l'ermite de Passy – idole de la cour de Napoléon III –, un illustre visage, mais fardé, ruiné, de marchande à la toilette, un bout de sucre d'orge réduit dans la main d'un enfant qui le suce. »

ni croix, embaumée par une simple piqûre... Enfin, se souvenant qu'elle était italienne, elle défendait à la police parisienne de mettre un pied chez elle, stipulant qu'elle défendait :

*... au Préfet de police français lui-même et au procureur de la République en personne de toucher à rien, ni visiter, ni saisir, ni séquestrer, ni cacheter, éliminant et excluant de cette exécution immédiate le consul d'Italie Lucchesi Palli et tout ambassadeur, conseiller, secrétaire, employé aux gages de l'ambassade.*

Elle ne voulait, pour suivre son corbillard, que le petit personnel du restaurant Voisin et du Café de Paris, qui en était tout proche. Il y aurait avec elle dans la bière, sous chacun de ses pieds, Sandouga et Kasina, revêtus de leurs belles robes d'hiver bleu et violet, brodées à ses chiffres, avec des colliers de roses et de cyprès. Ni croix, ni prêtre, ni église, ni autres fleurs...

Au mois de mars 1899, Virginia était au plus mal. Son médecin la fit veiller jour et nuit par un interne. À ses amis les plus chers, Louis Estancelin et le duc de Chartres, elle écrivit des missives incompréhensibles, où elle évoquait sa fin prochaine et leur défendait de la pleurer, ne voulant pas les affliger. Elle souffrait tant du dos qu'elle ne parvenait plus à avaler quoi que ce fût. Elle était devenue très faible, très maigre.

Dans la nuit du 28 au 29 novembre 1899, en présence

de sa fidèle servante Luisa Corsi et de deux garçons du restaurant Voisin, Virginia de Castiglione s'éteignit doucement des suites d'une apoplexie cérébrale l'ayant laissée paralysée du côté gauche.

Elle fut ensevelie comme elle le souhaitait, sans aucun faste, dans un caveau du Père-Lachaise. Pourtant, on avait omis de la revêtir de la fameuse « chemise de Compiègne » et l'on n'avait passé aucun rang de perles à son cou ou à ses poignets car ces perles, présent de l'empereur, valaient une fortune.

Souvent, elle avait rêvé d'une tombe de marbre blanc, sur sa chère colline de La Spezia, où elle aurait été aux côtés de son fils Georges et de sa mère. Une inscription en lettres écarlates aurait mentionné que gisait là celle qui avait été la plus belle femme de son temps, mais ce rêve non plus ne fut pas réalisé, pas plus que ses petits chiens ne furent mis en bière avec elle.

# *Bibliographie*

ALLEM (Maurice), *La Vie quotidienne sous le second Empire*, Paris, 1957.

ANTHONY (Evelyn), *Victoria*, Paris, Robert Laffont, 1962.

AUBRY (Octave), *Le Second Empire*, Paris, Arthème Fayard, 1938.

AUGUSTIN-THIERRY (A.), *Son élégance le duc de Morny*, Paris, Amiot-Dumont, 1951.

AUTIN (Jean), *L'Impératrice Eugénie ou l'Empire d'une femme*, Paris, Fayard, 1990.

AVENEL (Henri), *Histoire de la presse française depuis 1789 jusqu'à nos jours*, Paris, 1900.

BAC (Ferdinand), *Intimités du second Empire*, Paris, Hachette, 1931.

BAROCHE (M^me^ Jules), *Le Second Empire, notes et souvenirs*, Paris, Éditions G. Crès & Cie, 1921.

BAINVILLE (Jacques), *Les Conséquences politiques de la paix*, Paris, Librairie Arthème Fayard, 1940.

—, *La Troisième République*, Paris, Librairie Arthème Fayard, 1949.

BELLESORT (André), *La Société française sous Napoléon III*, Paris, Librairie Académique Perrin, 1960.
BERNARDY (Françoise de), *Albert et Victoria, la vie singulière d'un prince consort*, Paris, Amiot-Dumont, 1952.
BERTAUT (Jules), *Le Boulevard*, Paris, 1957.
BERTHOMMIER DES PROST (colonel Arthur), *De Sébastopol à Sedan. Lettres d'un officier d'artillerie de Napoléon III*, Moulins, Éditions des Cahiers Bourbonnais, 1962.
BEYENS (baron Eugène), *Le Second Empire vu par un diplomate belge*, Bruges, 1924-26.
BOULENGER (Marcel), *Le Duc de Morny, prince français*, Paris, 1925.
BOUTET DE MONVELN (Roger), *Les Variétés*, Paris, Plon-Nourrit, 1905.

CARETTE (M^me^), *Souvenirs intimes de la cour des Tuileries*, Paris, Paul Ollendorff, 1889.
CAMP (Maxime du), *Souvenirs de la vie littéraire*, Paris, Hachette, 1882-83.
—, *Souvenirs d'un demi-siècle. Au temps de Louis-Philippe et de Napoléon III. 1830-1870*, Paris, 1949.
CASTELOT (André), *La Féerie impériale*, Paris, Perrin, 1973.
—, *Napoléon III*, Paris, Perrin, 1999.
CASTILLON DU PERRON (Marguerite), *La Princesse Mathilde. Un règne féminin sous le second Empire*, Paris, Amiot-Dumont, 1953.
CHAMBRIER (James de), *La Cour et la société du second Empire*, Paris, 1902.
CHASTENET (Jacques), *Gambetta* Paris, Fayard, 1968.
CLAUDE, *Mémoires de Monsieur Claude, chef de la police de sûreté sous le second Empire*, Paris, 1897.
CLUSERET (général), *Mémoires*, Paris, J. Lévy, 1887-1888.

CHRISTOPHE (Robert), *Le Duc de Morny, Empereur des Français sous Napoléon III*, Paris, Librairie Hachette, 1951.
CHRISTOPHE (Robert), *Napoléon III au tribunal de l'Histoire*, Paris, France-Empire, 1971.

DASH (comtesse de), *Mémoires des autres,* tome V. *Le second Empire*, Paris, 1897.
DAUDET (Alphonse), *Souvenirs d'un homme de lettres*, Paris, C. Marpon, 1922.
DECAUX (Alain), *La Castiglione*, Paris, Perrin, 1964.
—, *Offenbach roi du second Empire*, Paris, Perrin, 1966.
DELVAU (Alfred), *Les Dessous de Paris*, Paris, Poulet-Malassis, 1860.
DHORMOYS (Paul), *La Comédie politique*, Paris, Firmin-Didot, 1886-1887.
DUFOUR (Hortense), *George Sand la somnambule*, Paris, Éditions du Rocher, 2002.
—, *Sissi, les forces du destin*, Paris, Flammarion, 2003.
DUFRESNE (Claude), *La Comtesse de Castiglione, maîtresse de Napoléon III, espionne et intrigante*, Paris, Pygmalion, 2002.

ÉVANS (Thomas), *La Fin du second Empire*, Paris, Plon, 1935.

FERRY (Jules), *Les Comptes fantastiques d'Haussmann*, Paris, Le Chevalier, 1894.
FEUILLET (M^me^ Octave), *Quelques années de ma vie*, Paris, Calmann-Lévy, 1897.
FONVIELLE (Ulric de), *Souvenirs*, Paris, in-18°, 1861.

GARETS (comtesse des), *Souvenirs d'une demoiselle d'honneur de l'impératrice Eugénie en exil*, Paris, Calmann-Lévy, Paris 1929.
GIRARD (Louis), *Napoléon III*, Paris, Fayard, 1986.

GONCOURT (Edmond et Jules), *Journal*, Paris, Flammarion et Fasquelle, 1918.
GRANIER DE CASSAGNAC (Adolphe), *Souvenirs du second Empire*, Paris, Éditions Dentu, 1879-1882.
GRÈCE (Michel de), *L'Impératrice des adieux*, Paris, Plon, 1998.
GROSSMANN (Robert), *La Comtesse de Pourtalès*, Strasbourg, La Nuée Bleue, 1995.
GROTE (Gerda), *Le Duc de Morny*, Paris, Fayard, 1967.

HOUSSAYE (Arsène), *Mes confessions*, Paris, Éditions Dentu, 1885-91.
HUGO (Victor), *Actes et paroles*, Paris, Michel Lévy frères, 1872.

JOLLIVET (Gaston), *Souvenirs de la vie de plaisir sous le second Empire*, Paris, Tallandier, in-8°.

LABRACHERIE (Pierre), *Napoléon III et son temps*, Paris, Julliard, 1967.
LANO (Pierre), *Les Femmes et Napoléon III*, Paris, Flammarion, in-8°.
LAVISSE (Ernest), *Souvenirs*, Paris, Calmann-Lévy, 1912.
LUEZ (Philippe), *Pauline de Metternich*, Paris, Payot, 2004.

MAC-MAHON, *Mémoires*, Paris, Plon, 1932.
MAUGNY (comte de), *Souvenirs du second Empire*, Paris, Éd. Kolb, 1889.
MÉRIMÉE (Prosper), *Lettres à Panizzi*, Paris, Calmann-Levy, 1881.
MÉRIMÉE (Prosper), *Lettres à M^me de Montijo*, Paris, Mercure de France, 1995.
METTERNICH (princesse de), *Souvenirs*, Paris, Plon, 1922.
MIQUEL (Pierre), *Le Second Empire*, Paris, Plon, 1992.

MILZA (Pierre), *Napoléon III*, Paris, Perrin, 2004.
MORNAND (Félix), *La Vie de Paris*, Paris, Librairie Nouvelle, 1855.
MORNY (duc de), *Biographie du duc de Morny*, Paris, 1867.
MOULIN (Jean-Marie), *Guide du musée national de Compiègne*, Paris, Réunion des Musées nationaux, 1992.

NAPOLÉON III, « Extinction du paupérisme », in *Œuvres de Napoléon III*, Paris, 1839.

PALÉOLOGUE (Maurice), *Entretiens avec l'impératrice Eugénie*, Paris, Plon, 1928.
PERSIGNY (duc de), *Mémoires*, Paris, Plon, 1896.
PINCEMAILLE (Christophe), *L'Impératrice Eugénie de Suez à Sedan*, Paris, Payot, 2000.
PROUDHON (Charles-Joseph), *Napoléon III*, Paris, Librairie Marcel Rivière, 1959.

ROUX (Georges), *La Guerre de 1870*, Paris, Fayard, 1966.

SAINT-HILAIRE (Émile Marco de), *L'Art de mettre sa cravate*, Paris, 1827.
SEREAU (Raymond), *Connaissez-vous Napoléon III ?*, Bruxelles, Bloud et Gay, 1960.

TASCHER DE LA PAGERIE (Stéphanie), *Mon séjour aux Tuileries*, Paris, Paul Ollendorff, 1893-1895.
TULARD (Jean) *Dictionnaire du second Empire*, Paris, Fayard, 1995.

VÉRON (docteur Louis), *Mémoires d'un bourgeois de Paris*, Paris, 1853-1855.

VIEIL-CASTEL (Horace de), *Mémoires du comte Horace de Vieil-Castel sur le règne de Napoléon III*, Paris, Chez tous les libraires, 1883.

VILLEMESSANT (Henri de), *Mémoires d'un journaliste*, Paris, Denoël, 1878.

## DU MÊME AUTEUR

### *Aux Éditions Albin Michel*

LA MAGNIFIQUE, roman.

RASPOUTINE, LE FOL EN CHRIST, roman.

LA DERNIÈRE IMPÉRATRICE, roman.

### *Chez d'autres éditeurs*

UNE FAUSSE SORTIE, roman, René Julliard.

UNE ÉTOILE QUI DANSE, roman, René Julliard.

L'OMBRE CLAIRE, roman, Pierre Belfond.

MÉTRO CHARONNE, roman, Olivier Orban.

LES DIEUX ET LES CHIENS, roman, Pierre Belfond.

L'ŒIL D'OSIRIS, roman, Pierre Belfond.

PEAUX D'HOMMES, essai, Paul Vermont.

UNE CROISIÈRE EN ENFER, roman, Pierre Belfond.

MONSIEUR LE MARQUIS, roman, Pierre Belfond.

D'AZUR ET D'HERMINE, roman, Pierre Belfond.

LES MIRAGES DE NAPLES, roman, Robert Laffont.

LE DERNIER DUEL, roman, René Julliard.

THÉRÈSE D'AVILA, IVRE DE DIEU, roman, Robert Laffont.

L'ÉLUE DU PALAIS, roman, Pierre Belfond.

MES VÉNÉNEUSES, nouvelles, Séguier.

LA COCARDE NOIRE, roman, Plon.

GRANDE ET PETITES HISTOIRES DE CAFÉS, nouvelles, Pégase.

BOSIE AND WILDE, roman, Le Rocher.

*Composition IGS-CP*
*Impression : Imprimerie Floch, octobre 2006*
*Éditions Albin Michel*
*22, rue Huyghens, 75014 Paris*
*www.albin-michel.fr*

*ISBN : 2-226-17363-3*
*N° d'édition : 24656. – N° d'impression : 66727*
*Dépôt légal : novembre 2006*
*Imprimé en France.*